그늘까지도 인생이니까

그늘까지도 인생이니까

기업인 박용만의 뼈와 살이 된 이야기들

박용만

마음산책

그늘까지도 인생이니까

기업인 박용만의 뼈와 살이 된 이야기들

1판 1쇄 발행 2021년 2월 20일
1판 5쇄 발행 2022년 3월 5일

지은이 | 박용만
펴낸이 | 정은숙
펴낸곳 | 마음산책

편집 | 권한라 · 성혜현 · 김수경 · 나한비
디자인 | 최정윤 · 오세라 · 차민지
마케팅 | 권혁준 · 권지원 · 김은비
경영지원 | 박지혜

등록 | 2000년 7월 28일(제2000-000237호)
주소 | (우 04043) 서울시 마포구 잔다리로 3안길 20
전화 | 대표 362-1452 편집 362-1451   팩스 | 362-1455
홈페이지 | www.maumsan.com
블로그 | blog.naver.com/maumsanchaek
트위터 | twitter.com/maumsanchaek
페이스북 | facebook.com/maumsan
인스타그램 | instagram.com/maumsanchaek
전자우편 | maum@maumsan.com

ISBN 978-89-6090-664-8 03810

★ 책값은 뒤표지에 있습니다.

안 그래도 세상은 끊임없는 평가의 연속으로 이루어져 있다.
성적이나 고과 같은 평가뿐만이 아니라 평판이나 뒷담화에 이르기까지
끊임없이 서로를 평가하고 그에 영향받으며 살아간다.
그러니 세상의 잣대에 맞추어 혹은 자신이 세운 잣대에 맞추어
늘 나 자신까지 평가를 해대는 것은 안 했으면 좋겠다.

이야기를 솔직하게
쏟아내는 작업

내 인생에도 '그늘'이 있다고 말하면 고개를 갸우뚱하는 사람들이 있을지도 모른다. 하지만 아무리 운 좋은 인생이었다 할지라도 양지뿐인 인생은 드문 것 같다. 적어도 내가 바라본 삶은 그렇다. 안락한 삶이 양지라면, 불운한 삶은 그늘이고 웃음이 양지라면, 눈물은 그늘이다. 이기는 판은 양지고, 지는 판은 그늘이다. 살다 보면 양지 아래 그늘이 있었고, 그늘 안에도 양지가 있었다. 양지가 그늘이고 그늘이 양지임을 받아들이기까지 짧지 않은 세월이 걸렸지만, 그게 다 공부였지 싶다. 그걸 깨닫고 나니 양지가 아닌 곳에 있는 순간에도 사는 것이 좋다.

한편으로 나는 고독을 끔찍하게 싫어하지만 고독한 작업을 즐긴다.
내가 그렇고 내가 좋아하는 것들이 그렇다.

천성적으로 사람을 좋아하고 어울리는 상대를 미리 규정하지 않는다. 그래서 새로 오는 업무 비서들이 대부분 갸우뚱한다. 나와 연락이 오고 가는 사람들이나 만나는 사람들이 자기가 예상했던 프로토콜의 밖에 있는 일이 다반사인 데다가, 만나는 사람들을 통해 나를 이해하거나 예측하는 것은 도저히 가능하지 않음을 알게 되기 때문이다. 편하게 내가 좋아하는 사람, 나를 좋아하는 사람들과 어울려 있을 때 나는 행복하다. 그들이 가진 직업, 생활, 성별, 사고 등의 모든 면이 다를수록 오히려 흥미를 가지게 되고, 인간으로 가까워진다. 예측 가능한 것을 편안해하는 사람도 있지만, 나는 지나치게 예측 가능한 사람이 불편할 때도 많다. 왜냐면 그 예측 가능하고 분명한 성향에 나를 맞춰야 할 것 같아서 불편하기 때문이다. 인간적으로 가까워 편안한 사람과 어울려 있는 때가 제일 나답다는 말을 듣는다.

언젠가 글을 쓴 적이 있다. 나는 사시사철 변하지 않는 상록수를 좋아하지 않는다고.

그 변함 없음이 오히려 가식 같고, 푸르렀다 메말라 가고 솟았다 떨어지는 나무가 솔직해 보인다고 했다. 심지어 그래야 살아 있음이 느껴진다고 했다. 아마 변하고 안 변하고 보다, 삶이 느껴지는 솔직함이 좋다고 하는 것이 더 맞을지 모른다.

그런데 내가 좋아하는 사진도 글쓰기도 누가 곁에 있으면 불편한 작업들이다. 철저하게 혼자의 세계로 들어가 내 생각 내 시야 속에 나만 있어야 작업이 되기 때문이다.

　사진 좋아하는 사람과 같이 카메라를 들고 나가면 외롭지 않고 좋을 것 같지만 천만의 말씀이다. 내가 사진을 하기 위해 바라보는 세상에 나만 있어야 한다. 그래야 내 시선이 솔직해지고 내가 만족하는 시선에 나를 둘 수 있다. 그뿐인가? 옆에서 내가 바라보는 시선을 따라 동반자도 사진을 찍는다. 그러면 그 찍는 소리가 날 때마다 내 시선을 보여주기 싫어지기도 한다. 흔히 내 것을 만드는 데 집중하는 사람들이 그러하듯이 내가 느끼는 아름다움은 나만의 것이어야 그 표현이 즐거워진다.

　글쓰기야 말할 것도 없다. 내가 가진 감각들은 중단 없이 나를 생각으로 이끌고 간다. 시각, 청각, 후각, 촉각, 내가 느낀 모든 감각은 결국 작든 크든 아니면 찰나든 한나절이든 생각을 만들어낸다. 그러면 그렇게 자극에 의해 생긴 생각은 내가 혼자가 아님을 알도록 일깨운다. 혼자가 아니면 글쓰기는 방해받는다. 글 속에 오로지 나 혼자 들어앉아야 글이 되고, 그래야 솔직한 글이 된다. 철저하게 외로워야 아름다운 사진도 되고 솔직한 글도 된다고 해야 하나? 글 쓰는 작업 속에 남이 같이 들어가면 글을 어지럽힐 뿐 아니라, 결과적으로 솔직하지 못하고 남의 눈에 편안한 글이 되고 만다. 그럼 정작 그 글을 쓴 내게는 버리고 싶어지는 글이 되어버린다.

이 책 속의 글이 얼마나 솔직할까는 읽는 사람들이 판단할 몫이다. 솔직하지 않다고 이야기하면, 듣는 나는 '왜 그럴까?' 갸우뚱하면 그걸로 끝이다. 왜냐면 이 글들을 쓰는 동안 철저하게 나 혼자였기 때문이다. 물론 내가 나 자신에게조차 솔직하지 않을 수도 있다. 그것도 괜찮다. 결과가 완벽하게 한 점의 꾸밈이나 감춤 없이 100퍼센트 유리알 같아짐은 중요하지 않다. 그 역시 읽는 사람이 판단할 몫이기 때문이다.

아무튼 이 글을 쓰면서 더없이 즐거웠고 후련했다. 내가 충분히 몰입해서 내 이야기를 쏟아내며 즐길 수 있을 만큼 외롭고 철저하게 혼자였기 때문이다.

한 인간으로 살아오면서 어른이 되고 가장이 되고 부모가 됐다. 동시에 회사에서는 사원에서 시작해서 최고경영자가 됐다. 기업인들을 대표하는 대한상공회의소 회장을 7년 넘게 하고 퇴임 시기가 얼마 안 남았다. 그렇게 성장하고 나이 들어가면서 많은 일을 겪었다. 그렇게 겪은 일들을 자서전처럼 세상과 나누기에는 나는 아직 젊다. 아니 아직도 미숙하다고 해야 맞다. 그런데 그렇게 겪은 일들은 제쳐두고, 내가 생각하고 사랑하며 살아가는 이야기를 글로 나누는 것은 지금도 SNS에서 늘 하는 일이니 괜찮지 싶었다. 그리고 그런 이야기를 글로 쓰고 사람들과 나누는 일이 내게는 즐거운 일이다.

그래서 이 책을 쓰게 됐다. 자서전은 아니고 내가 늘 그랬듯이 내가 하는 생각을 글로 옮겨 즐기자는 생각에서 써 내려간 책이다. 글 속에서 호칭이 자주 달라지는 것은 지나온 에피소드의 시기에 따라 내게 주어졌던 호칭을 그대로 썼기 때문이다. 내 이야기를 읽다 보면 동의할 수도 있고 동의하지 않을 수도 있음을 안다. 즐겁고 웃음이 떠오를 수도 있고 아니면 비웃음이 오히려 솟을 수도 있겠다 싶다. 그렇지만 어떤 잣대에 비춰 판단하거나 평가하지 않고 그냥 친구의 즐거운 이야기를 듣듯이 읽어주시기를 소망한다.

2021년 2월
박용만

차 례

2

3

4

김치밥을 해놓고
식탁에 마주 앉았을 때

대한상공회의소(이하 대한상의) 회장 임기가 거의 끝나가니 한 친구가 내게 물었다.

"회장님, 지난 7년 8개월 돌아보니 어떠세요?"

질문을 받고 보니 답은 하나밖에 없었다.

"내가 돌아봐야 뭐 하나? 자네가 돌아보고 말해줘."

안 그래도 지난 일 돌아보는 것을 그다지 좋아하지 않는데다가 내가 한 일 내가 돌아보면 뭐 하나 싶었다. 잘못은 숨기고 싶고 잘한 것은 알리고 싶어질 텐데 그 모두가 그다지 좋은 모습은 아니다. 그러니 결국 나는 내가 지나온 길 돌아볼 적임자가 아니다.

그렇다고 굳이 남들에게 돌아봐 달라고 할 일도 아니다. 마찬가지로 좋은 일은 더 말해줬으면 싶을 것이고 싫은 것은 좀 잊어줬으면 싶을 테니 부탁받는 사람 입장도 난감할 뿐이리라 싶다. 결국 누군가 평가하려면 하는 것이고 그마저도 필요 없다 싶으면 안 할 것이니 난 나대로 내 삶 계속 살아가면 될 일이다.

후배가 문득 질문을 한다.

"회장님의 화양연화는 언제일까요? 지금? 매일 오늘? 아직 안 왔을까요? 아니면 지나갔나요?"

'화양연화'는 인생에서 가장 아름답고 행복한 순간을 표현하는 말이다. 질문을 받고 보니 사실 답이 딱히 떠오르지 않았다. 그래서 조금은 퉁명스럽게 답을 했다.

"잘 모르겠어. 더 좋은 때가 앞으로 올지 안 올지 모르니까."

"당연히 앞으로 그런 날이 온다고 하면 희망이라고 볼 수도 있겠지만, 내 나이에 욕심이라 할 수도 있잖아. 그렇다고 이제 오지 않는다, 이미 지나갔다고 하면 그건 또 지나치게 과거사 곱씹으며 사는 것 같아."

이럴 때는 사실 비겁하지만 콘텐츠보다 메신저를 때리면 된다.

"근데 그런 건 왜 물어보고 그래?"

후배의 질문을 그렇게 막아 버리고 나니 언젠가 친구와 영화 이야기를 한 기억이 돌아왔다. 친구가 본 영화 줄거리가 이랬다. 사람은 죽으면 바로 천당으로 가지 않고 중간 세계에 머물고 있다가 "당신이 이승에 있을 때 가장 행복했던 순간이 언제였습니까?"라는 질문에 답을 하면 중간계를 떠나게 된다. 그런데 영화 속에서는 수없이 많은 사람이 그 질문에 답을 못해서 중간계를 떠돈다는 이야기였다.

그 이야기를 하다 말고 친구가 내게 물었다.

"너는 지금까지의 삶에서 언제가 제일 행복한 순간이었어?"

막상 질문을 받으니 나도 마땅한 답이 없었다.

그날 밤, 잠 못 이루고 그 생각을 했다. 입학시험에 붙었을 때? 결혼했을 때? 아이를 얻었을 때? 아니면 사장이 됐을 때? 별의별 이벤트를 생각해도 그보다는 다른 것이 더 행복해 보였고, 어떤 것은 그렇게 행복해해서는 안 될 일이란 생각도 들었다. 나도 답을 못 내리고 생각하다 마침내 무릎을 쳤다. 답은 내 바로 곁에 있었다.

'아무 특별할 일이 없는 어제저녁 식구들과 저녁상에 둘러앉았을 때'가 바로 그 순간이라는 생각이 들었다. 인생의 행복은 이벤트나 순간으로 다가오지 않는 것이라는 생각에 미치자 참으로 흔한 일상이 소중하게 여겨졌다. 그렇게 주고받은 친구와의 대화가 오랫동안 마음에 남았다.

친구와 주고받은 기억이 돌아오니 내 인생의 화양연화를 묻던 후배에게 답을 줄 수 있었다.

답이 답을 만들었다고 해야 할까.

연락을 했다.

"답을 줄 수 있을 거 같아. 어제저녁 아내와 김치밥을 해놓고 식탁에 마주 앉았을 때야."

짬뽕 먹는 방법
알아요?

사람들이 나한테 종종 이렇게 말한다. 생각했던 대기업 회장과 많이 다르다고. 물론 선입견을 가지고 보면 그럴 수밖에 없는데 나는 그 선입견이 부담스럽고 힘들 때가 많다.

한번은 한국방송작가협회에서 나한테 강연 요청을 해왔다. 그래서 내가 "방송작가협회가 뭐 하는 데요?" 그랬더니 "방송작가들이 모이는 데예요" 한다. 내가 다시 "방송작가가 뭐 하는 분들이지요?" 하니, 방송작가라 함은 모든 방송에 들어가는 콘티들을 쓰는 사람이란다. 그래서 내가 "피디가 쓰는 게 아니고?" 되물으니 "피디는 촬영할 때 연출하는 거고요. 작가가 따로 있어요" 한다.

그러면 어떤 대본들을 쓰냐고 물었다. 드라마 대본도 쓰고, 예능에서부터 시사교양 프로그램까지도 대본이 다 있다는 걸 나는 그때 처음 알았다.

그래서 내가 "어휴, 근데 그 일 하는 사람들한테 내가 무슨 강연을 하겠소? 나, 못 하겠소"그렇게 거절했다. 그러다가 며칠 지나고 보니까 갑자기 해야 할 것 같다는 생각이 들었다.

아내는 티브이 드라마를 좋아한다. 저녁 시간에 맞춰 좋아하는 드라마를 보는 것은 물론이고 같은 시간대에 다른 방송에서 재미있는 드라마를 하면 그건 다시 보기로 본다. 그러다 보니 나도 선택의 여지 없이 드라마를 봐야 한다. 나는 집에 들어가면 좋은 남편으로서의 중요 조건 중에 하나가 뭐든 아내와 함께하는 것이라고 생각한다. 반항하지 않고 자기만 좋아하는 프로그램 틀지 않고 같이 보며 같이 웃고 같이 비난하고 같이 증오하고 사랑하는 드라마 시청, 이게 얼마나 좋은 일인가.

그런데 이런 얘기 하면 사람들이 나한테 묻는다.

"아니, 집에 티브이가 한 대밖에 없어요? 요새 웬만하면 두 대씩 있는데!"

아, 물론 티브이는 두 대 이상이 있다. 그렇지만 가끔 한 번 있는 이른 귀가 후 아내가 응접실에서 드라마 보는데, 내가 시사교양 프로그램 본답시고 방 안에 혼자 들어가 있으면 거 참, 싸가지 없는 남편 아닌가.

그래서 나는 드라마가 좋든 싫든 아내 옆에 앉아 있다. 집에서 내 눈앞에는 스크린이 항상 세 개가 떠 있다. 아내가 보는 드라마, 그리고 앞에 아이패드나 컴퓨터, 또 하나는 핸드폰. 이렇게 세 개의 스크린이 사이즈별로 원근감을 구성하면서 늘 있어야 한다. 그래야 핸드폰으로 문자질과 채팅하고 동시에 앞에 있는 스크린으로 내가 보고 싶은 거 봐 가면서 아내가 보는 드라마에 가끔 초도 쳐주고 동참할 수 있다. 그런데 그렇게 드라마를 보다 보니 거기 나오는 대기업 회장들이라는 이들은 정말 이상한 사람으로 비친다.

어느 날 저녁 드라마를 보다가 갑자기 생각이 들었다. '나, 방송작가협회 강연 해야겠다!' 그래서 다시 연락해서 "나, 갈게요" 했다. 다만 "하고 싶은 얘기 아무거나 해도 되죠?" 슬쩍 물어봤더니 내 마음대로 해도 좋다는 거다. 주제는 무엇이든 좋으니 내 마음대로 해달란다.

그날 방송작가협회에서 연 교양 강좌 역사상 사람이 제일 많이 모였다고 한다. 300명도 넘게 왔으니, 좌우간 강당에 사람들이 꽉 들어차 있었다. 거기서 내가 회사 경영하는 얘기, 구조조정 얘기 등등 하다가, 드라마 속 회장과 우리 집 회장의 차이를 이야기했다.

드라마 속 회장 아들이 감기에 걸렸다 치자.

드라마 속 회장1 "이놈아, 체력도 능력이야."

드라마 속 회장2 (목소리 낮게 깔고) "여보, 김 박사 좀 다녀가시라고 해요."

우리 집 회장 (소스라치게 놀라며) "아오, 야! 가까이 오지 맛!"

드라마 속의 회장은 레스토랑에 가면 아는 메뉴가 하나밖에 없다. 그리고 최대한 낮은 톤으로 느리게 말한다.

"늘 먹던 걸로."

변화와 혁신을 모르는 진부한 인간들이다.

드라마 속의 회장님은 차를 타고 가도 품격이 장난 아니다. 지그시 눈을 감고 상념에 잠기거나 정면을 조용히 응시하며 타고 간다. 타고 내릴 때도 반드시 앞자리의 비서가 먼저 내리거나 기다리던 사람이 문을 열어드려야 한다.

나?

와서 열어줄 때까지 숨차서 못 기다린다. 심지어 정차 전에 문을 열기 때문에 기사가 차가 완전 정지할 때까지 도어 잠금을 절대 안 풀어준다. 차가 서고 문손잡이가 부서져라 대여섯 번 잡아당기면 그제야 풀어준다.

방송작가들이 웃느라고 난리가 났다. 물론 실제로 그런 드라마처럼 사시는 분도 있을지 모른다. 그래서 내가 그때 강연 이후로 친해진 방송작가들 몇 사람하고 나중에 술 한잔하면서 "진짜로 그런 분도 있나 봐?" 슬쩍 말했더니 "아니, 그럼 우리가 맹탕 거짓말을 썼겠습니까!" 웃으면서 답한다.

아무래도 드라마 속 회장은 지나치게 극화된 면이 있다. 내가 보니 뭐 그렇게까지 이상한 사람들은 없다. 늘 따라다니는 경호원들이 있는 분들은 있다. 하지만 회장 경호원들이 그 회장 아들의 여자 친구 아버지가 하는 빵집이나 세탁소에 쳐들어가서 때려 부수고 그런 일은 없다. 이렇게 방송에 나오다 보니 회장을 보좌하는 검은 양복을 입은 사나이들에 대한 편견들이 꽤 많은데 나도 실제 사건이 한 번 있었다.

　우리 계열사 중에 크리에이티브한 일을 담당하는 상무가 있다. 그 친구가 아트디렉터로 기획한 공연이 성공을 했다. 그래서 연출한 감독님을 한번 만나게 해달라고 부탁했다. 그 감독과 지인이 같이 나왔고, 나는 아트디렉터와 동행해서 만나 식사를 했다. 그러니 내가 그분들을 대접하는 자리인 셈이었다.

　그 당시는 내가 말술을 거부하지 않을 때라 앉자마자 기분 좋게 연달아 원샷, 원샷…… 빈속에 그냥 쉴 새 없이 술을 마셨다. 다들 술에 취하기 시작했는데, 나와 같이 간 아트디렉터가 제일 빨리 취해버렸다. 대접하려고 모신 손님하고 도저히 대화를 나누지 못할 지경까지 이르렀다. 대화를 하려고 하면 옆에서 혀 꼬인 발음으로 "회댱님~"하며 내 주의를 끌려 애쓴다. 그러고, 수습하고 간신히 다른 화제를 꺼내려고 하면 "근데요, 회댱님? 회댱님~~~"계속 한마디도 못 하게 끌어 잡아당기는데…… 손님 모신 자리에서 이른 시간에 만취했으니 참 난감했다. 고민하다가 복안이 떠올랐다. 아트디렉터의 친한 동료가 떠올랐다. 그래서 테이블 아래로 몰래 문자를 보냈다.

　"자네, 혹시 지금 어디쯤 있나?"
　"저 회사 근처에서 저녁 먹고 있습니다."

"내가 지금 여기가 청담동인데, 혹시 급히 좀 와 줄 수 있 겠어?"

"아, 예. 회장님 가겠습니다. 한 15분이면 도착하겠습니 다."

"지금 내 옆에 그 K모가 있거든. 근데 좀 많이 취했어. 데 리고 가줄래?"

15분 후에 이 친구가 왔다. 키가 크고 얼굴이 검은 편인데 하필 그날따라 까만 양복을 입고 왔다. 조심스럽게 들어와서 는 낮은 목소리로 "잠깐 나가자" 하니까 취한 친구는 그 얼굴 을 흘낏 보고 자기 동료를 순순히 따라 나갔다. 결국 손님 둘 과 나 셋이 남아 몇 잔을 더 하고 헤어졌다.

한 달쯤 지나서였을까. "지난번에는 초장부터 너무 취해 서 우리 동료가 실례를 했어요. 우리 저녁을 한번 더 합시다" 제안을 했다. 다시 만나 술을 먹는데, 처음 만날 때만 해도 두주불사로 술을 그렇게나 잘 먹던 사람들이 그날은 술을 가 만히 따라만 놓고 긴장한 얼굴로 앉아 있다. 내가 먼저 마셔 가면서 권하는데도 영 흥이 안 난다. 너무 긴장하고 앉아 있 길래 30분쯤 지난 다음 물어봤다.

"아니, 왜 그러세요? 혹시 지난번에 많이 불쾌하셨어요?"

그랬더니 둘이 당황해서 얼버무린다.

"아아~~니요."

"진짜 아니에요."

"아니, 진짜 왜 그래요? 분위기 너무 이상하네!"

그랬더니 맞은편에서 서로 마주 보며 눈짓을 교환한 둘이 실토를 한다.

"저…… 그냥 말씀드릴게요. 회장님. 사실은요. 저희가 지금 좀 무서워요."

"아니, 뭐가 무서워요?"

"저번에 보니깐 회장님 앞에서 술 취하니까 검은 양복 입은 사람이 와서 끌고 갔잖아요. 지금 무서워 죽겠어요."

"아니~~ 그게 아니고요! 그…… 참, 나…… 나, 드라마 회장 아니라고요!"

'박용만과 술 먹다가 추태를 부리면 바로 검은 양복이 와서 끌고 나간다.' 사람 선입견이 이렇게 무서운 거다. 조금 피곤하다.

점심에 내가 짬뽕을 먹었다고 하면 트위터에 줄줄이 이런 말이 달렸다.

"회장님도 짬뽕 드세요?"

"회장도 그런 거 먹어요?"

"우와, 짬뽕도 드실 줄 아세요?"

그러면 내가 "짬뽕 먹는 방법 저도 알아요. 일단 짬뽕을 떠서 입에다 넣고 씹어서 삼킨다." 이렇게 답변도 했다.

대기업 회장은 음식도 특별한 것만 먹을 거라는 선입견 탓인 듯하다. 우리가 일반적으로 대기업 회장을 볼 일은 대개 몇 가지 경우다.

공식 행사에 참석한 절제된 모습의 회장, 발표하는 회장, 공장 돌아보는 회장, 주로 이런 모습들을 본다. 그리고 가끔은 포토라인에 서서 사과하는 회장……

그런 모습만 보다 보니 와이셔츠에 빨간 국물 막 튀겨가면서 짬뽕 들이켜는 회장은 잘 상상이 안 될 수밖에 없다. 나는 멸치를 좋아한다. 특히 생멸치를 고추장에 찍어 먹는 걸 좋아한다. 남해에서 주문한 멸치가 왔다. 티브이 드라마를 다시 보기로 틀어놓고 있는 대로 늘어난 티셔츠를 걸치고 멸치똥을 따고 있다 보니 이건 완전히 '아줌마'다. 나를 공식 석상에서만 보는 사람들이 이런 나를 보면 어떤 표정을 지을지 궁금하다.

게다가 밥도 좋아한다. 우리나라 사람 중에 밥 싫어하는 사람이 있을까 싶지만 나는 밥 좋아하는 정도가 유별나다. 그러니 늘 체중 관리에 실패할 수밖에 없다. 밥 때문에 늘 체중 관리가 어려우니 조심을 하지만 저녁 늦게 집에 들어가면 밥통이 있는 주방으로 향한 눈길을 떼지 못한다. 그러다 할 수 없이 나 자신과 단단히 약속을 하고 기어이 밥통을 연다. "멸치나 김치나 뭐든 한 점에 딱 한 순갈만 먹자." 그러고 나면 나 자신과의 약속을 지키기 위해 동원하는 수단이 있다. 한 순갈의 약속은 지켜야 하니까 집에 있는 순갈 중 제일 큰 것을 찾는다. 그러면 손에 잡히는 것이 주걱이다. '주걱으로 한 주걱도 한 순갈이지' 합리화를 하며 입이 터질 정도로 한 주걱을 쑤셔 넣는다. 그리고 입술의 힘이 감당 못 해 밥알들이 터져 나오는 것을 간신히 막으며 그 한 주걱을 씹으며 나온다. 그래도 약속을 지켰다는 생각에 죄책감이 덜 든다. 이런 모습을 하도 봐 온 아내는 아무 감흥이 없다. 그게 나니까.

SNS를 처음 시작할 때 사람들이 그런 나의 일상적인 모습을 재미있어했다. 그리고 내가 즉석에서 질문에 답변하는 글도 사람들이 남이 써주는 것 아니냐고 의심까지 했다. 실시간으로 트위터 켜놓고 내가 30분 동안 질의응답 시간을 열면 별의별 질문을 다 했다. 그 자리에서 내가 바로바로 답변하는데 이런 식이었다.

젊은 청년이 묻는다.

Q. "저는 꿈과 현실 사이에서 계속 방황하고 있습니다. 어떡하면 좋을까요?"
A. "눈 뜨고 일어나세요!"

Q. "회장님은 술 드실 때 어떻게 드세요?"
A. "잔에 따라서 건배하고 마십니다."

Q. "회장님은 가장 갖고 싶은 차가 어떤 차세요?"
A. "아들이 번 돈으로 사 주는 차."

Q. 자판기가 돈 먹었어요…… 나쁜 자판기!

A. 자판기는 동전 투입구가 고장 날 때를 대비해서 '발로 냅다 걷어차기' 기능이 대부분 장착돼 나오는데요.

Q. 잠을 설쳐서 목이 안 돌아가는 아침……ㅜㅜ
A. 그럼 몸을 돌리세요!

Q. 회장님은 세상에서 뭐 하실 때 가장 즐거우세요?
A. 집에서 놀 때지요.

Q. 전용기 구입하시믄 운전은 제가 해도 될까영?
A. 안 살 거예요.

Q. 회장님~ 요즘 신입 사원들의 가장 큰 문제점이 뭘까요?
A. 귀엽다는 거져.

Q. 저는 두산 응원하구요! 제 친구는 LG 응원합니다. 근데 전 LG 다니구요. 제 친구는 두산 다닙니다.
A. 두 분이 그룹사운드 만드세요. 'The 배신s'

Q. 하고 싶은 일과 잘하는 일 사이에 갈등 중입니다. 하고 싶은 일을 하기에는 갖고 있는 환경이 힘들어질 거 같고 잘하는 일을 하기엔 삶이 너무 재미없어요.
A. 잘하는 일을 먼저 해서 인생을 순탄대로에 올리면 하고

픈 일 하기가 쉬워집니다.

Q. 회장님께선 삶이 두려울 때 어떤 선택을 하셨던가요?
A. 삶이 왜 두렵지요? 죽음이 더 두렵지 않나요?

Q. 회장님의 식견으로 미래에 뭘 하면 돈을 많이 벌 수 있을까요?
A. 그걸 알면 저부터 해치우지 이러고 있겠습니까?

Q. 오너~ 입장에선 빨간 날들 주루룩~이 별로시죠? 솔직하게~ㅋㅋ
A. 솔직하게 신나죠. 나도 노니까요. ㅋㅋㅋㅋ

Q. 회장님은 언제나 밝고 에너지가 넘치십니다. 하루를 시작하실 때 어떻게 시작하세요?
A. 네…… 일단 눈을 뜨며 시작합니다. ㅎㅎㅎ

Q. 회장님 야근도 안 하면서 회사 밥 먹고 퇴근하는 밥퇴에 대해서 어떻게 생각하시나요?
A. 밥 먹여 보내니 기분 좋지 않나요?

특히 젊은 사람들이 아주 재미있어했다. 대기업 회장의 감춰둔 사생활과 생각을 보고 직접 듣는 것이 흔치 않은 탓이겠지 생각한다. 회사 임원들도 이제는 그러려니 하지만 처음에는 꽤나 신경들을 쓰는 눈치였다.

배탈이 나서 병원에 입원했다 퇴원한 다음 날 아침에 회사 나오니 중역이 와서 한마디 한다.

"회장님, 그 병원 얘기는 페이스북에 안 올리시는 것이……."

아마 지도자의 건강은 회사 이미지와 관련 있다고 생각했겠지.

조금 후 또 다른 친구가 오더니 "회장님, 편찮으신 것을 너무 공개적으로……."

그래서 이번에는 즉답을 했다.

"아니, 뭐 내가 비리비리 골골해서도 아니고 급하게 이거저거 주워 먹다 보니 설사 좀 해댄 거고. 아, 그리고 잼나다는 사람들만 많은데 별 난리 부르스는……."

그랬더니 "그 말씀하시는 스타일도……."

"잠깐! 이거 쫄따구한테 야단맞은 거 맞지?"

"앗! 회장님! 그 용어도 좀……."

뭐라 해도 초지일관 나는 SNS를 떠나지도 않았고 내용이나 말투를 바꾸지도 않았다. 그런데 언제부턴가 일부 SNS는 조금씩 정치 쟁점을 두고 논쟁이 벌어지는 장으로 바뀌었다. 그때부터는 조금씩 멀리하게 되었다. 내가 그런 토론 자체를 불편해하는 사람은 아니다. 나라는 존재가 존재 자체로 사람들을 불편하게 하거나 분노의 대상이 될 수 있다면 내가 빠지는 게 좋겠다는 결론을 내렸다. 대기업 회장에 대해서 그리고 내가 일일이 다 설명할 수 없는 내 일과 관련해서 분노를 가진 분들이 참 많다는 걸 SNS를 통해서 나는 알고 있다. 그리고 그 분노의 출발점이 어디에서 오는지도 안다. 그리고 그 분노에 대해서 비난할 수도 없단 생각도 든다. 그들이 꼭 대기업 회장들만 미워서 그런 것도 아니지 않겠나.

대신에 페이스북은 내가 고르는 친구들과 소통하는 거니까 괜찮다. 내 페이스북 친구들이 3000명 가까이 되는데 직접적으로 만나서 아는 사람이 3분의 1쯤 되는 것 같고 3분의 2쯤은 모르는 분들이다. 물론 내가 페이스북 친구로 모르는 사람들 모두를 받아들이진 않는다.

페이스북으로 넘어가면서부터 조금 달라진 게 페이스북은 트위터보다 글을 길게 쓸 수 있다는 점이다. 페이스북은 긴 글을 쓰고 사진과 글을 같이 올릴 수 있고 인스타그램은 완전히 사진 쪽이다. 나는 둘 다 즐겨 한다. 그렇게 많은 사람들과 소통하고 내 삶의 상당 부분을 공유하는 것이 별로 불편하지 않다. 그것이 불편하면 내가 삶을 바꾸면 될 일이지, 바꾸지 않으며 감추거나 포장할 일은 아니다. 왜냐하면 아무도 내게 내 삶을 보여주라고 강요하는 사람은 없기 때문이다.

꼭
이기지 않아도 좋습니다

　너무 점잖으면 재미없는 것이 야구 관람이다. 물론 사람에 따라 다르겠지만 나는 그렇다. 야구장에 가면 종종 "불편할 텐데 왜 꼭 블루석에서 보세요?"라고 묻는 사람들이 있다. 그런 질문을 받으면 참 답을 하기가 힘들다. 왜냐면 불편하지 않음을 설명해야 하고 왜 그 자리가 좋은지 두 가지를 설명해야 하기 때문이다.

　야구 관람은 흥분해야 재미가 커진다. 게임의 전개에 따라 긴장하고 환호하고 낙담하고 분노하고 너무 좋아 춤도 추고 소리도 고래고래 질러야 제맛이다. 나에게 야구는 집에 앉아 혼자 보는 경기가 아니다. 해설자의 노련한 분석이 재미를 보태준다고 생각하는 분들이 훨씬 많겠지만, 나는 그런 관람이 재미가 없다. 아마 그만큼 내가 야구를 깊이 알지 못하기 때문인 듯싶다. 솔직히 시즌 초반에 가면 우리 팀 선수 이름을 보고 "어, 저 친구가 우리 선수야?" 하고 황당한 질문을 하기도 하고, "이 게임이 왜 그렇게 중요한 건데?" "뭐야? 방금 그 친구 왜 아웃인 거야?" 엉뚱하게 무식한 질문을 하기도 한다. 하지만 생면부지의 주변 좌석 사람들과 찰나에 친구가 되어 하이파이브도 하고 수만 명이 하나로 공감하고 열광하는 현장에서 보는 야구는 게임을 잘 몰라도 즐겁다.

그래서인지 가끔 본부석 근처나 홈베이스 뒤쪽의 지정석에 자리를 얻어 야구 관람을 가면 그렇게 시간이 따분할 수가 없고 남의 음식 보고 침 흘리듯, 열광하는 1루 측 일반석을 계속 쳐다보고 앉아 있다. 그러다 게임의 긴장 수위가 올라가면 나도 모르게 소리를 친다.

"○○○ 파이팅!"

그런데 그런 좌석에서는 고래고래 소리를 지르면 주변의 모든 사람이 '저거 뭐지?' 하는 표정으로 오히려 날 쳐다본다. 그러니 점잖게 앉아서 봐야 한다. 무엇보다 미친 듯 흥분하며 같이 공감하기에는 좌석 간 거리가 멀다. 홈런을 쳐서 하이파이브를 하려 해도 바로 옆자리 동행자 이외는 걸어가서 해야 하니 그것도 참 재미없다.

아무튼 그렇게 일반석만을 고집하다 보니 내가 대강 어디에 앉았는지 알려지기 시작했다. 처음에는 호기심을 가진 사진기자들이 야구장에 내가 왔다는 이야기를 듣고 날 찾느라고 애를 먹었다. 새까맣게 몰려 앉은 사람들 틈에서 야구 모자까지 눌러쓴 나를 찾는 일은 쉬운 일이 아니기 때문이다. 그러다 차차 항상 1루 측 일반석에 앉는다는 것이 알려지면

서부터는 사진기자들은 일이 쉬워진 반면, 나는 관람이 불편해지기 시작했다. 중요한 게임이 되면 어김없이 멀리서 나를 찍어대니 미친 듯 열광하는 것도 조금 자제를 해야 했고, 카메라가 나를 향하고 있는 것을 알고 있으니 매사에 행동거지가 불편하긴 했다. 하지만 천성이 남의 이목을 그다지 가리지 않는 터라 이내 나도 적응을 해서 내키는 대로 원래의 나로 돌아가 야구 관람을 했다. 그러다 사진기자가 카메라 들고 나를 향하면 일부러 윙크도 하고 브이 자도 그려주곤 했다. 사진을 잘 찍히기 위해서가 아니라 그렇게 흥밋거리의 포즈를 사진에 담으면 기자가 꾸벅 인사를 하고 얼른 떠나주기 때문이다. 그러고 나면 나도 편해지니까 서비스 겸 나 좋자고 포즈를 취해줬다.

"엄마야, 나 어떡해!"
회사 직원이 신문을 보고 비명을 지른다. 야구 관람을 갈 때는 회사의 젊은 친구들과 많이 다닌다. 내 곁에 있으면 사진을 찍히는 일이 있다는 것을 안 회사 직원이 야구 관람을 하는 날, 미용실 가서 머리도 하고 화장도 하고 왔다. 한껏 예쁘게 하고 왔는데 하필 닭다리를 뜯느라 입 크게 벌리고 닭이 입에 들어가는 장면을 사진기자가 찍어냈다. 그래서 그 친구는 한동안 야구 먹방으로 놀림을 당했다.

가을 야구에 진출을 하면 거의 대부분 게임을 보러 간다.

최근 몇 년간 대한상의 회장 일 때문에 바빠서 못 간 것이 아쉽다. 아무튼 가을 야구에 들어가면 매 게임의 긴장도와 흥분도가 배가 된다. 당연히 나는 몇 배로 더 즐겁다. 늘 비슷한 자리에 앉는 관객들이 이제는 눈이 마주치면 인사도 하고 같이 파이팅도 한다. 누구든 상관없이 모두가 그렇게 하나가 되는 것이 참 즐거운 일 중의 하나다.

"괜찮으시겠습니까?"
"웬만하면 참으시지요."
몇 해 전 오랜만에 베어스가 코리안시리즈 막판까지 갔을 때 구장이 대구로 바뀌었다. 대구 구장에 가겠다니 주위에서 만류를 하는 이들이 있었다. 홈경기도 아닌 데다 내 습관대로 일반석에 앉으면 주변의 상당수가 대구 관중일 텐데 혹시 모르는 불상사를 걱정들 했다. 내가 조용히 볼 사람도 아니고 잘못하면 흥분한 관중 사이에 일이 생기지 않을까 싶었나 보다. 그런데 그렇다고 포기할 수는 없었다. 마지막 우승을 해보고 12년이 지나다가 드디어 우승의 문턱에 왔는데 응원을 안 갈 수는 없었다.
막상 대구 구장의 관중석에 들어서니 주변은 모두 서울서 내려온 베어스 골수팬들이었다. 시간이 흐르며 먼 곳의 관중도 나를 알아보기 시작했다. 걱정과는 달리 대구 측 구단의 팬들이 몰려와서 사인을 부탁하기도 하고 같이 사진을 찍자는 요청이 이어졌다. 그래서 즐겁게 웃고 인사하며 대구의 야구팬들과 같이 응원을 했다. 승부가 있긴 해도 그만큼 야구는 같이 즐기는 흥겨운 스포츠인 것이다.

인터넷과 SNS에 열린 창구가 유난히 많은 내게는 이런저런 메시지들이 여과 없이 들어온다. 야구 관련해서도 응원, 칭찬은 물론이고 비난, 야유에 이르기까지 수없는 메시지들이 들어온다. 그런데 그해는 조금 달랐다. 메시지들의 양이 많은 것도 물론이었지만 그 홍수 같은 메시지들에 분명히 베어스에게 전하려 하는 이야기가 있었다. 대구 구장에서 코리안시리즈 6차전이 시작되기 직전에 선수들 앞에 내가 선 이유는 승리의 재촉이 아니라 바로 그 이야기를 전하기 위함이었다.

그해는 두산이 시즌 4위로 간신히 턱걸이하듯 준플레이오프에 올라 연 16게임의 가을 야구를 치르며 악착같이 코리안시리즈 우승을 향해 올라가는 기적의 끈기를 보여주던 해였다.

"베어스를 보면서 내 삶을 생각합니다. 제대로 취직도 못했고 무엇 하나 가진 것 없는 패배자라는 생각에서 벗어나게 해준 것이 베어스입니다. 나도 치고 올라갈 수 있다는 자신이 생깁니다."

어느 젊은이가 보내준 이 메시지를 읽고 참으로 가슴이 뭉클했다. 그래서 당연히 응원도 가야겠지만 이 젊은이의 메시지를 선수들에게 꼭 전해야겠다는 생각이 들었다. 그래서 더욱 만류를 무릅쓰고 대구 구장으로 달려갔다.

구단 관계자에게 내가 꼭 전하고 싶은 이야기가 있으니 시합 전에 잠시 선수들을 만나게 해달라고 부탁을 했다. 그랬더니 준비가 되면 안내를 하겠다고 했다. 사실 주요 시합이 있는 구장에서 코칭스태프도 아닌 그룹 회장이 선수들에게 이야기를 한다는 일이 흔한 일은 아니다. 그런데 그렇게 해야만 했다. 구단 간부가 와서 가자고 하길래 내려갔다. 내 생각은 그냥 로커 룸에 잠시 들러 선수들에게 준비한 메시지 읽어주고 나오려는 것이었는데, 따라 내려가 보니 글쎄 선수들을 운동장 더그아웃 앞에 둥글게 모아놓은 것이었다. 그러니 내가 야구장 안으로 들어가서 이야기를 할 수밖에 없었다. 함성에 소리는 잘 전달이 되지도 않고 내가 운동장에까지 들어와 선수들에게 훈시하는 것 같은 모습이 전파를 탔다. 결국 본의 아니게 "지가 뭔데 선수들에게 훈시냐?"라는 비난을 듣게 됐다.

아무튼 그날 준비해 가서 선수들에게 읽어준 메시지를 소개한다.

"선수 여러분! 오늘 저는 승리를 재촉하기 위함이 아닌 메시지를 전하기 위해 왔습니다.

요즘 어려운 경제에 취업난까지 겹쳐 맨손의 성공은 꿈도 꾸기 어렵다고 생각하는 젊은이들의 다수가 여러분들을 지켜보고 있습니다.

그런데 그들이 열광하고 있습니다. 야구가 아닌 자신의 삶의 이야기로 여기고 있다는 것입니다. 여러분의 승부를 보며 지치고 다쳐도 끝까지 물고 늘어지는 게임에 열광하고 있는 것입니다.

4등 바닥에서 시작해서 우승한 예가 없다는 전설에 도전하는 베어스 팀을 보며 그들도 주먹을 다시 쥐고 용기를 얻는 것입니다. 자신의 삶에 대한 싸움을 다시 시작하는 용기를 갖는 것입니다.

'그래, 나도 할 수 있다.'

'나도 한번 이겨보자.'

'나도 승자라고 소리쳐보고 싶다.'

이렇게 마음속으로 소리치며 베어스의 게임을 보고 있다는 것입니다.

내가 받은 메시지들은 이런 것들입니다.

'이번 베어스의 싸움은 내 삶의 이야기며 인생입니다.'

'4등도 우승할 수 있다는 걸 보며 희망이라는 단어를 배웁니다.'

이것이 내가 전할 메시지입니다.

우리의 경기를 보며 자신의 삶의 싸움이라고 느끼는 많은 젊은이에게 우리는 응답할 의무가 있습니다. 저는 여러분에게 우승만을 요구하지 않습니다. 지치고 자빠져도 마지막 이닝, 마지막 공까지 악착같이 물고 늘어져 싸우는 모습을 통해 끈기와 근성을 보여줘야 합니다. 승패와 상관없이 할 수 있다는 가능성을 보인 우리가 바로 이번 가을 야구의 주역입니다."

결국 그렇게 두산 베어스는 마지막 게임에서 우승은 놓쳐버렸지만 그해 가을 야구의 대부분의 이야기를 독점하는 주역이 되었다. 4등에서 우승을 한 적이 없다는 전설을 깨지는 못했지만, 야구를 보는 모든 사람들의 가슴속에 희망과 도전 그리고 눈높이와 근성으로 빛나는 분명한 이야기의 주인공이 되긴 했다.

베어스 구단과 나는 사실 공적인 관계가 없다. 구단주도 아니었고 그룹의 회장으로 재직하던 4년 동안에만 일부 관계가 있었을 뿐이다. 그 이외에는 나도 그냥 팬의 한 사람일 뿐이다. 그래도 구단 관계자를 만나면 늘 같은 이야기를 한다.

"꼭 이기지 않아도 좋습니다. 항상 베어스다운 야구를 해주세요. 끝까지 마지막 공 하나까지 포기하지 않는 끈기를 보여주세요. 그게 팬들을 위한 것입니다."

결과적으로
다행한 일이다

"나와 같이 좀 가야겠다."

열여덟 살의 뜨겁던 여름날, 아버지의 비서에게서 전화가 왔다. 암으로 투병하시던 아버지가 돌아가실 시간이 임박했다는 소식을 전해왔다. 열여덟 살 때까지는 따로 내 엄마의 집에서 장남으로 자란 터라 아버지의 위급한 소식은 물론이고 큰어머니와 형들이 사는 아버지의 집에 처음 발길을 들여놓을 생각에 무척이나 긴장했다. 그날의 생경했던 감각은 지금도 생생하다. 아버지가 사는 집이 따로 있다는 현실을 처음으로 온몸으로 받아들여야만 했던 날, 그 집을 가득 메운 사람들 중 익숙한 얼굴이라고는 아버지의 운전기사와 비서가 전부였다. 그리고 내가 그 집에서 유일하게 편안할 수 있던 장소는 아버지의 머리맡 의자뿐이었다. 아버지는 이미 의식을 잃은 상태로 산소호흡기를 통해 가쁜 숨을 내쉬고 계셨다.

"아니, 쟤 좀 봐. 곁에서 저렇게 한시도 안 떠나고 앉아 있네."

오가는 친척들이 어깨 너머로 수근거리는 소리가 들렸다. 하지만 나는 그 자리를 뜰 수가 없었다. 그 집에서 어색하지 않게 할 수 있는 행동이라고는 익숙한 아버지를 바라보고 있는 것뿐이었기 때문이다. 아버지는 그로부터 사흘 후 세상을 떠나셨다.

장례식이 끝나고 큰형이 내게 말했다.

"너는 내 동생이다."

큰형의 말이 무엇을 의미하는지를 정확히 모두 이해하는 데는 시간이 걸렸다. 그리고 우리는 그날부터 정말 '형제'로 지내기 시작했다.

분명히 아버지는 부자였다. 또한 나는 형들과 어머니가 달랐지만, 어린 시절 자라며 경제적인 어려움은 없었다. 하지만 나이 많은 아버지가 내가 원하는 시점보다 일찍 세상을 떠나실지도 모른다는 생각은 늘 내 곁에 있었다. 아무에게도 털어놓지 못하는 그 생각은 내 안에서 제멋대로의 모습으로 커져만 갈 뿐이었다. 지금 누리는 안정이 떠나는 아버지와 함께 신기루처럼 한순간에 사라져버릴지도 모른다는 불안이 늘 함께한다는 것은 어린 마음에도 꽤나 버겁고 힘든 일이긴 했다. 다르게 표현하자면 나는 아버지가 쥐고 있는 여러 가닥의 끈 중 하나에 매달려 있는 기분이랄까. 그런 생각을 지우는 방법은 공부였다. 열심히 공부해서 좋은 학교에 간다는 생각을 하면 좋았다. 그때는 그것이 미래에 대한 생각의 전부였다.

어린 시절에도 절대적으로 어렵고 절박한 사람들의 상황을 내가 직접 겪어본 것은 아니었고 적어도 그 시절에 밥을 굶는 불안은 전혀 내 삶에 없었다. 다만 미래의 불안이 꽤나 둔중한 무게로 짓눌러 오며 생존과 독립에 대한 생각을 할 수밖에 없었다. 미래가 분명치 않은 채 살아가던 날들의 생각이 훗날 내 삶의 많은 부분들을 결정하고 내 사고를 형성하는 역할을 했다. 의존할 곳이 없고 정해진 삶의 길이 없으니 독립심과 적극성을 갖게 됐고 기득권이 없으니 균형감을 갖는 데도 도움이 됐다. 그리고 그것은 결과적으로는 다행한 일이고 내게 주어진 축복이라 생각한다.

졸업하면
어떡할 거야?

    1982년 가을에 사우디아라비아 리야드 국제공항 화물터미널 공사 현장에 일하러 갔었다. 픽업트럭 몰고 리야드 시내를 다니면 거기가 거기로 뻔할 정도였는데 요즘 비행기 창문에서 보면 어마어마하게 도시가 팽창했고 건물들의 스카이라인이 완전히 변했다. 그 당시 리야드 시내에서 전자제품 많이 팔던 거리를 우리 근로자들이 '청계천 세운상가' 이런 식으로 이름 붙여 기억하곤 했는데 어디가 어디인지 이제는 찾을 수조차 없게 발전했다. 오늘의 사우디를 건설하는 데 대한민국 기업인과 근로자의 땀을 빼놓고 이야기하기 어렵고 오늘의 대한민국 경제를 이루기까지 사우디에서의 우리 활동이 없었으면 불가능했다. 국가 간 동반 성장의 산 증거다.

    그곳에서 일할 때 서울에 두고 온 아들이 세 살이었다. 국제전화 회선이 많지 않아서 전화하기가 쉽지 않았다. 저녁을 먹고 나면 사무실로 돌아와 서울에 전화를 했다. 전화가 연결될 때까지 운 좋은 날은 몇 분, 안 좋은 날은 30분이 넘게 전화를 해야 했다. 그렇게 잘 안 터지는 국제전화가 수십 수백 번 만에 힘들게 연결되면 수화기를 통해 멀리 들리는 소리로 "아빠" 하는 아들 목소리에 눈물이 글썽하곤 했다. 나뿐이 아니라 현장 사무실에 와서 서울에 전화를 하는 직원들 상당수가 그랬다.

그래도 그때는 달러 버는 재미에 다들 그런 삶이 당연하고 자랑스러웠다. 나야 뭐 그다지 오래 있지 않았지만 그곳 중동 사막에서 청춘을 보낸 사람들 정말 많다. 젊은 아내와 어린 아이를 놓고 나와서 술도 오락도 없는 사막에서 일만 하다가 1년에 한 번 가족 얼굴 보는 삶으로 청춘을 보낸 사람들이 그들이다. 그들의 땀 덕분에 오늘의 대한민국이 있다. 개발 시대의 꼴통이라고 손가락질당하고 매도당하지만 정작 대부분의 그들은 그저 그렇게 죽어라 일해 버는 돈이 내 자식에게는 풍요를 가져다주겠지 하는 희망과 열정만 있었을 뿐이다.

나는 나대로 사우디아라비아에 얽힌 옛일이 내 인생에 참 큰 터닝포인트였다. 대학을 졸업하고 나는 외환은행에 들어갔다. 본점 영업부에서 직장 생활을 시작해서 2년을 다니고 유학을 갔다. 경영학석사과정MBA이 거의 끝나갈 무렵 서울에서 셋째 형(박용성 회장)이 출장을 왔다.

"졸업하면 어떡할 거야?"

"글쎄요, 아직 정하지는 않았는데 공부를 더 할까 생각하고 있어요."

　사실 은행으로 되돌아가기는 싫었고 딱히 정해놓은 진로
도 없었다. 어릴 때 죽어라 공부해서 좋은 학교에 가는 것이
바로 미래라고 생각했는데, 막상 경기고등학교에 서울대 경
영학과를 졸업하고 유학까지 했어도 그 학벌이 미래는 아니
었다. 뭘 할까 정하지 못했을 때, 제 버릇 남 못 준다고 가장
쉬운 선택은 또 공부를 하는 것이었다. 그러니 공부를 더 해
서 경영학 박사를 하거나 아니면 늘 하고 싶었던 창의적인
일을 하기 위해 건축디자이너로 길을 바꿀까 생각을 하고 있
던 참이라 형의 질문에 똑 부러지게 답을 할 수가 없었다.

　"야! 경영학 한 놈이 공부 더 해서 뭐 해. 사우디에 공사가
커지는데 뉴욕에서 자재를 많이 사서 보내니 거기서 일 좀
하면 좋겠어."

　내가 회사에 들어가서 조직 구성원으로부터 받을 편견을
생각하면 그다지 쉽게 생각이 기울지 않았지만, 한편으로는
내가 필요하다고 하는 형의 말이 크게 다가오기도 했다. 그렇
게 발을 들여놓은 회사에서 결국 오늘까지 일을 하게 됐다.

　회사에 처음 들어가니 예상한 대로 내 처지가 참으로 애매
했다. 어릴 적에 나는 아버지 회사에 절로 들어가는 처지라
는 생각을 해본 적이 없었다. 나는 내 길을 간다는 것이 당연
한 생각이었다. 뭐든 할 수 있으니 그 많은 가능성이 즐겁기
도 했고, 한편으로는 아무것도 정해진 것이 없으니 내 발로

일어서 갈 길을 찾아야 했다. 하지만 회사에 발을 들여놓는 순간 애매한 처지의 오너 일가로서 불편함이 있을 것이라고 생각했던 근거들이 현실이 되어왔다.

식구 많은 집안에서 큰형은 이미 중년이셨고 장손인 조카와 나이 차이도 얼마 나지 않는 처지의 나는, 집안이 소유한 회사에서 사실 참으로 애매한 입장이었다. 오너의 가족이라는 어중간한 입장이 그다지 당당하지도 않았고 특권이 주어져보았자 편안하지도 쉽지도 않았다. 한편으로는 오너들에게 주어지는 쉬운 성공이 나에게도 달콤한 유혹이었지만, 다른 한편으로는 '내가 뭐가 모자라서'라는 자존심에 쉽게 얻어지는 것들에 대한 경계심이 늘 나를 채찍질했다. 모르는 사람들이 나를 '곱게 자라 탄탄대로의 인생을 부여받은 사람'으로 바라보는 시선을 느끼면 늘 불편했다. 하지만 매번 그럴 때마다 나는 아니라고 설명할 수도 없는 일이고, 그런 편견이 내게 그다지 중요한 일도 아니었다. 내가 아니면 그만이었고 그렇게 바라보거나 말거나 나는 내 삶을 내 방식대로 살면 그만이었다.

어쨌든 그렇게 애매한 오너 일가로 발을 들여놓은 회사에서 일 잘해 인정받으면 잘될 것이고 일 못하면 어느 구석에서 밥 축내는 인물이 되어 민폐의 표상이 될 것임은 경험 없이도 알 수 있는 일이었다. 그러니 결국 '모 아니면 도'였다. 나를 능력으로 증명하든가 아니면 너무 늦기 전에 다시 나가서 내 길을 찾든가 선택을 해야 한다는 생각을 하니 여느 직장이나 다를 것도 별로 없었다. 지금 생각하면 그런 입장이 나를 성장시켰음도 부인할 수 없다. 자존심대로 살려니 누구보다 더 노력해야 했고, 앞일이 막막할지도 모를 사원들 생각에 그나마 꽤 가깝게 공감할 수 있던 것은 정말 달리 배울 수 없는 공부가 되긴 했다.

사랑의 만두
다 드세요

할머니가 매달리는 내 손을 떼어놓고 성당에 가신 날은 동대문 시장에 들러 중국 사람이 쪄내는 만두를 손에 들고 오시곤 했다. 지금처럼 스티로폼으로 만든 배달용 그릇이나 하다못해 비닐봉지도 흔치 않던 그 시절엔, 종이처럼 얇게 대패로 밀어낸 나무에 만두를 포장했었다. 성당에서 돌아오신 할머니 손에 들린 만두 꾸러미를 보면 나는 환호를 지르며 마당을 뛰며 돌고, 그사이에 할머니는 간장에 초를 쳐서 갖고 나오셨다.

포장을 열면 나무 냄새와 만두 냄새가 모락모락 솟고, 나는 정신없이 만두를 입에 물었다. 그러다 두 개째를 입에 물면서 "할머니도 하나 먹어!" 하고 내밀면 할머니는 "그래" 하시며 아무 말 없이 만두를 받으셨다. 게 눈 감추듯 다섯 개를 다 먹어치우고 나면, 먹는 시늉을 하느라 이빨 자국만 살짝 있는 만두를 뒷짐 진 손에서 내미시며 "할머니는 먹기 싫다.

내 새끼 더 먹어라" 하셨다.

나는 어른이 되고 성당을 찾기 시작했다. 어릴 적에는 할머니가 성당에 데리고 가면 집에 가자 칭얼대는 탓에 주일에는 집에 남겨지던 내가 제 발로 성당을 찾아 영세를 받은 것이다. 어떻게 영세를 받게 되었느냐고 누가 물으면 나도 마땅한 답이 없다. 그냥 그래야 할 것 같았고, 차일피일 영세받기를 미루는 것 자체가 큰 죄를 짓는 것 같았다. 어릴 적 할머니가 머리에 심어주신 생각 때문에 그랬었나 보다 싶었다. 그렇게 영세를 받고도 한참을 냉담을 하고 성당에 다니지 않았다. 어릴 적부터 할머니 신앙심을 보고 영세를 받았음에도 성실히 다니지 않는 내가 참 의문이었다. 그리고 그 냉담 중에 할머니는 하느님 곁으로 가셨다.

"이번 주일엔 성당 가야겠다!"

할머니 가시고 한참 후 어느 새벽에 문득 나도 모르게 그 한마디가 튀어나왔다. 그렇게 정말 오랜만에 성당을 찾은 그날, 주일미사 시간이 어찌 지났는지도 모를 정도로 갑작스러운 환희와 즐거움 속에 빠졌다. 늘 '시간이 얼마나 지났나?' 한 시간 미사 동안 수십 번 시계를 들여다보던 내가, 그날은 무슨 이유인지 기도 하나하나가 가슴을 흔들고 부르는 성가마다 그 어느 애창곡보다 입에 붙었다. 아무리 생각해도 타당한 논리적 이유를 찾을 수 없었다. 하느님의 부르심이 아니라면 달리 설명할 방법이 없다. 그러고는 그 뒤엔 열심히 성당을 찾게 되었다. 설명할 수 없는 그 주일의 일을 시간이 흐른 뒤에 돌아보니, 할머니가 하느님께 졸라 내게 은총을 내려주십사 한 것 같다는 생각을 했다. 늘 허리 뒤로 감춘 손에 들고 계시던 그 만두 한 알을 내게 내미셨듯이, 내가 하느님 가까이 오도록 살펴주신 것 같다.

돌아가신 분이 세상을 떠나실 때 무슨 생각을 하셨을까 참 궁금했었다. 내가 알 길이 없지만 그냥 속으로 나는 생각한다. "내가 하느님 곁에 가서 언젠가 그 만두 한 알 내 새끼 손에 쥐여줄게" 그러셨을 것 같다.

나를 키워주신 외할머니는 150센티미터가 간신히 넘는 키에 아주 작은 체구를 가지셨다. 살 붙은 데도 거의 없으셔서 주름이 많은 얼굴이며 손이 안쓰럽기까지 한 분이셨다.

참 독실하신 분이셨다. 해야 할 기도를 거르는 법이 없고 무슨 일이든 하느님이 곁에서 귀뜀이라도 해주시는 듯이 말씀을 하시곤 했다. 장난이 심하면 "하느님이 이 노옴! 하신다" 정도는 하루에 수십 번 듣던 이야기이고, 내가 억울하거나 분노하거나 속이 상해 울면 그냥 조용 조용히 "참아라. 모두 죄로 갈 거다. 네가 잘못한 거 없다"라고 하셨다. 격하게 내 편을 들어주시지도 않았고, 나 대신 누군가에게 화를 내주시지도 않았다. 돌이켜보면 참으라고만 하셨지만 그 속에 옳고 그름은 분명히 지적해주신 셈이다.

할머니 생전에 거짓을 말하셨던 기억이 없고, 남에게 심한 소리를 하거나 분노를 격하게 표출하는 모습도 뵌 적이 없다. 그냥 웬만하면 웃고 웬만하면 참고 지나가는 분이셨다. 하루의 대부분 시간 동안 손에 기도서나 묵주가 들려 있었고, 새벽에 얼핏 잠이 깨면 기도를 하던 할머니가 그 깡마른 손으로 내 얼굴이며 가슴께를 쓰다듬어 주셨다. 따뜻하고 보드라운 손길은 아니었지만, 할머니가 동시에 입속으로 외우는 기도 소리와 함께 익숙한 보호막에 싸이듯 안도 속에 다시 잠들곤 했다.

여름이니 몸에 이불이 닿는 것조차 더위를 보태는 것 같아도 꼭 배는 가려야 자는 버릇은 할머니 때문에 생겼다. 늘 그렇게 배는 꼭 덮어야 한다고 이불을 찰 때마다 도로 끌어다 엎어주곤 하셨다. 지금 생각해보면 내가 무의식중에 하는 버릇들의 대부분은 그렇게 할머니 손이며 입으로 내게 전달된 것들이다.

세월 가며 그 감사함을 잊지 못하지만 한편으로 할머니 생각은 늘 슬프다. 신앙 때문인지 성격 때문인지 늘 참으라고만 하셨던 모습이 안타까웠다. 그리고 실제로 무슨 일을 당해도 참고 혼자 삭이는 할머니가 안쓰러웠다. 그래서 나는 늘 대신 분노하며 슬펐다. 그런데 그러면서 체념하듯 해주신 죄와 잘못에 관한 말씀들이 내게는 아주 오랜 시간이 지난 후에 큰 힘이 됐다.

눈이 오나 비가 오나 종로4가 성당의 주일미사를 할머니

가 빠지시는 것을 본 적이 없다. 그렇게 나를 끔찍이 챙겨주
시고 아껴주셨던 할머니가 주일미사만큼은 아무리 내가 칭
얼대고 할머니 손길을 졸라도 양보하시는 법이 없으셨다. 그
러면서 조르는 나 때문에 발길이 안 떨어지시는 날엔 꼭 한
마디 하신다. "이 할미가 하느님 뵈러 갔다 오는 게 내 새끼
한테도 좋지."

　당신 손으로 기르는 어린 손자의 미래를 위한 기도도 늘
모자라지 않나 생각하셨을 것이다. 그렇게도 자신의 것은 무
엇 하나 챙기는 법이 없으셨던 분이 어느 날 갑자기 내게 평
생 처음으로 부탁을 하셨다.

　"용만아, 내가 성당 다니는데 이제 외투가 무거워. 가볍고
따뜻한 게 있으면 좋겠어."

　생전 당신 자신에게는 아무런 욕심도 없고 심지어 당신에
게 필요한 것조차도 꼭이라는 수식이 붙을 때까지는 내색조
차 않으셨던 할머니의 부탁의 말을 듣고, 한편으로는 너무도
처음 겪는 일이라 놀랐고 다른 한편으로는 조급함에 가슴이
철렁했다. 그리고 그날부터 할머니 외투 생각에 마음이 급
했다. 마침 한두 주 후에 일본에 출장 갈 일이 있었다. 노인
이 많은 사회라 노인들 물건이 많은 곳에 가서 정말 좋은 외
투를 사 드리겠다고 생각했다. 그런데 그 약속을 지킬 수조
차 없이 허망하게 며칠 후 세상을 떠나셨다. 내게 평생 주기
만 하셨던 할머니의 외투를 장례 후 기어이 사 들고 왔으나
미련이 남은 나의 부질없는 짓일 뿐이었다. 이렇듯 할머니는

내게 회한과 그리움이며 안식의 피난처이기도 했다.

얼마 전 새벽 꿈속에서 외할머니를 사진처럼 닮은 어느 할머니를 만났다. 외할머니가 돌아가시기 10년 전쯤의 모습을 한 할머니가 성당 앞 벤치에 앉아 계셨다. 내가 너무 놀라서 아무 말도 못 하고 쳐다보고 있으니까 먼저 나를 향해 말을 걸어 오셨다.

"왜 그렇게 날 쳐다보세요? 날 아세요?"

"아뇨…… 돌아가신 우리 할머니를 너무 닮으셨어요."

그러고 나서 너무도 당연한 권리인 듯 "저…… 저 한 번만 안아 주시겠어요?" 했다.

할머니는 말없이 고개를 끄떡이며 팔을 벌렸다.

그리고 그 품에 안겨 난 그만 넋을 놓은 듯이 통곡을 하며 울어버렸다.

남남으로 처음 만난 할머니가 마치 '그래, 괜찮다…… 내가 다 안다……'라고 하듯이 울음을 멈추지 못하는 내 등을 가만가만 쓰다듬어 주셨다.

그렇게 한참을 울부짖다가 갑자기 잠에서 깨버렸다. 온몸이 땀에 흠뻑 젖었다. 그런데 깨어버린 꿈이 생시인 양, 그 할머니 연락처를 미처 묻지 못했다는 자책과 아쉬움에 지금도 가슴이 뻐근하고 눈물이 난다. 참 잔인한 꿈이다.

할머니가 영원한 삶을 하느님 곁에서 보내고 계심을 믿는다. 아침마다 밥 안 먹고 그냥 학교 간다고 투정을 하면 "내 새끼 배고프면 할미도 배고프다" 하시며 밥을 떠주셨다. 부엌 밥솥을 열면 수증기가 구름처럼 올라오고 그 속에서 김 서린 머리로 밥을 퍼주시던 모습이 눈에 선하다.

할머니 위한 미사를 지내거나 산소를 찾으면 지금도 눈물이 솟는다. 그러면 조용히 혼자 할머니께 말을 건넨다.

"할머니! 나 이제 배불러. 나도 하느님 사랑 참 많이 받고 있어요. 이젠 할머니가 하느님 곁에서 그 사랑의 만두 다 드세요."

한 소녀가
방문 앞에 서 있었다

초등학교 5학년까지 나는 명륜동의 집에서 회기동에 있는 경희초등학교를 다녔다. 어쩌다 그렇게 멀리 떨어진 학교를 다녔는지는 모르겠다. 초등학교 3학년 때인가 가까운 곳으로 전학을 시키려는 시도가 있긴 했지만, 그냥 새로운 학교로 간다는 것이 싫어서 부모님과 결사 항전까지 해가며 그 먼 학교를 다녔다. 아무튼 중학교에 가기 위해서는 지독한 입시를 치러야만 하는 시절이었기에, 6학년 졸업반에는 별 수 없이 집 가까운 학교로 전학을 하게 되었다.

그때는 지금과는 달리 참으로 숫기도 없고, 처음 만난 사람이나 친구 앞에서는 얼굴부터 붉어지는 아이였기에, 옮겨 간 학교가 너무도 낯설고 싫기만 했다. 단지 아침부터 밤까지 쉴 새 없이 이어지는 입시 공부는, 친구를 사귀기 위한 어색하고 쑥스러운 시도를 하지 않아도 되는 빌미가 되어서, 그나마 다행으로 있는 듯 없는 듯 학교를 다녔다.

그러던 중 소위 과외 선생님을 한 분 모셔 오게 되었다. 혼자보다는 둘이 공부를 하는 것이 낫다고 해서 같이 공부할 친구를 소개받았다. 그렇게 해서 재수를 하는 탓에 나보다 한 살이 더 많은 친구와 함께 공부를 하게 되었다. 재수를 한다는 그 친구는 나보다 키도 한 뼘이 더 크고, 한 번의 실패를 겪은 뒤라 그런지 성격도 매사에 꽤나 신경질적인 그런 친구였다. 가뜩이나 새로운 만남에 능숙하지 못한 난 그 친구가 싫었고, 그러다 보니 그 친구도 내게 살갑게 할 수가 없었던 그런 만남이 이어져갔다.

그렇게 이어진 과외가 두 달여를 넘겨갈 즈음의 늦봄이었다. 그 친구의 집으로 공부 장소가 바뀌었다. 가뜩이나 마땅치 않은 친구, 게다가 남의 집에서는 화장실 가기조차 불편해하고 쑥스러운 내 성격으로는 그 친구의 집에서 공부를 해야 한다는 사실이 싫었다. 마냥 늑장을 부린 끝에 결국 약속 시간에서 족히 30분은 늦게 친구 집에 들어섰다.

맞아 주시는 친구 어머니를 똑바로 쳐다보지도 못하고 건성건성 대답을 하면서 현관을 들어서는 순간에 내 눈에 띈 것은 어느 여자애의 것으로 보이는 신발이었다. 식솔이 유난히 많아서 현관을 가득 채운 대가족의 신발 홍수 속에서 유난히 그 신발이 눈에 먼저 들었던 것도 지금 생각하면 우연만은 아닌 것 같다.

지겨운 공부, 불편한 자리가 끝나고 집으로 날듯이 가는 발길을 가로막는 사건이 이날 터졌다. 공부가 끝나고 허리를 펴며 방을 나서는 순간, 한 소녀가 방문 앞에 서 있었다. 그 때는 반에서도 키가 작은 편에 속했던 나보다, 반 뼘은 족히 커 보이는 얼굴이 하이얀 소녀였다.

지금도 그리라면 그대로 그릴 수 있을 것같이 머릿속에 새겨진 그 모습에 난 넋을 잃고 말았다. 무릎을 덮는 길이에 어깨는 멜빵으로 만들어진 감색의 교복에 하얀 블라우스, 노란 스웨터를 덧입고 단추를 풀어헤친 하얀 얼굴의 소녀. 아주 예쁜 얼굴은 아니었지만, 처음 본 얼굴인데도 많이 본 듯한 편안한 인상을 주는 모습의 소녀.

내가 그토록 쌀뜨물에 손 담그듯 대하던 바로 그 친구의 두 살 아래 여동생이었다. 소개를 하는 친구가 어떻게 무슨 말로 소개를 했는지는 하나도 기억이 나질 않는다. 다만 폭풍처럼 휩싸여오는 부끄러움에 도망치듯이 얼굴 한 번 제대로 다시 쳐다보지 못하고 그 집을 나와 버렸다.

첫사랑을 어떻게 주고받았느냐고 물어보면 난 할 말이 전혀 없다. 그냥 한참을 지난 후에도 늘 떠나지 않고 내 머릿속에 남아 있던 그 소녀의 모습이 바로 첫사랑이었음을 아주 오랜 세월이 흐른 뒤에야 알게 되었다.

그날부터는 그 친구가 싫지 않았다. 친구의 집에 가는 것도 싫지가 않았다. 중,고등학교 6년간의 세월은 그 친구와의 사이를 많이 좁혀주었고, 친구와 내가 대학을 간 이듬해 그 소녀도 대학을 갔다. 대학을 갈 때에 이르러서는 그 친구와도 떨어질 수 없는 가장 가까운 사이가 되었다.

친구의 동생이 대학을 가고 난 후 불과 한 달이 채 안 된 시기에 난 친구를 불러냈다. 조심스럽게 네 동생하고 사귀어도 괜찮겠느냐고 물어보는 내게 친구의 대답은 "노!"였다. 이유인즉 동생을 만나다가 잘못되면 우정에 금이 갈 수도 있으니 결혼을 얘기할 정도의 나이가 되면 그때나 만나는 것이 어떠냐는 대답이었다. 지금 생각해보면 제 놈도 스무 살밖에 안 된 애송이 주제에 내어놓은 개똥철학일 뿐이지만, 당시에는 알겠다고 흔쾌히 대답을 하는 것이 대범하고 멋있는 사내 놈인 것같이 느껴졌다.

그 한순간의 허세의 결과, 또 2년이 흘러갔다. 별로 진하게 여자를 사귀어보지 못하고 상대들을 항상 얼굴이 하얀, 친구 동생과 비교를 하고 평가절하를 하는 자신을 인정해야 했다. 이렇게 해서 난 이번에는 친구의 대답이 예스건 노건 상관없다는 결심을 하게 되었고, 10년을 품어온 첫사랑을 소녀에게 고백하는 용기를 냈다.

마침내 그 소녀는 오늘 이 순간에도 컴퓨터를 두드리는 내 옆에서 티브이 드라마 소리를 자장가 삼아 졸고 있다. 첫사랑은 그렇게 내게 왔고, 너무도 행운아인 나는 그 첫사랑을 죽을 때까지 곁에 둘 수 있게 됐다.

운명의 만남이 있던 날로부터 50여 년이 흘렀다. 젊은 날의 열정과 갈망은 사그러들어 갔지만, 푸근히 기대게 해주는 애정이 그 자리를 대신 채워간다. 이제는 아줌마가 되어버린 아내에게서 아직도 가끔은 하얀 얼굴과 노란 스웨터가 참 예뻤던 그 소녀를 본다.

추억이고 삶의 습관을
만들어준 시간이다

    스물네 살에 미국 유학을 갔을 때 가끔 하늘을 올려다보면 비행기가 그어놓은 흰 줄이 눈에 들곤 했다. 그 줄을 올려다보면 서울에 있는 친구들과 가족이 그리워 절로 눈물이 주르르 흘렀다.

    정말 아무도 없는 곳에서 아내와 나는 둘이 첫아이를 낳아 키우며 가족으로서의 삶을 시작했다. 한정된 돈으로 사는 유학생이니 가구며 살림은 새것은 거의 없이 개라지 세일 Garage sale에서 사서 채웠고, 아이가 땀띠만 나도 물어볼 사람 없고 막막하니 걱정으로 애만 태웠다. 외롭고 낯선 곳에서의 신혼의 시절이 그랬다.

    그렇게 시작한 덕에 지금도 웬만해선 자리나 먹을 것 불평 않고도 견딜 수 있고, 나와 아내의 구분 없이 둘 다 음식 척척 해내고 아이 다루는 데 능숙하다. 요새도 둘이 있으면 하루 두 끼 중 한 끼씩 나눠서 한다. 나는 주로 양식을 하고 아내는 한식을 한다. 빨래는 아내가 하지만 다 된 내 빨래는 내가 내 옷장에 정리해서 넣는다. 누구를 시키는 것은 편할 수도 있지만 한편으로는 누군가에게 의지해서 살아가야 한다는 말이 된다. 우리 부부가 대부분 할 수 있으니 누군가에게 지나치게 의존하지 않아도 불편하지 않게 살 수 있어 고맙다고 해야 하나 싶다.

가끔 하늘에 그어진 비행기 자국을 보면 가슴 한구석이 아련하게 그 시절 우리 둘만이 마주보며 살아가던 생각이 난다. 아내는 미국 도착했을 때 이미 임신 8개월이었고 배가 정말 산만 했다. 새벽이면 마누라 배 위로 해가 뜬다고 했었으니까.

반지하 아파트를 처음 우리 가족의 집으로 정하고 당장 필요한 음식이며 살림살이를 사러 갔다. 학교 어학원 등록하러 갔다가 우연히 만난 어느 한국 분이 슈퍼마켓까지 태워다 주고 가버렸다. 이것저것을 사고 빈 박스를 얻어서 산 것들을 담았다. 박스를 머리에 이고 걸어서 집으로 향하는데 6월의 기온이 벌써 30도를 웃돌고 가도 가도 끝없는 콘크리트 길뿐이었다. 대중교통도 없어서 걸어서 돌아가야 한다는 사실도 몰랐었고, 또한 걸어서 가야 했던 그 길이 그리 멀지도 몰랐다.

음식 박스에서 녹아 흐르는 물과 땀이 온몸을 다 적셔왔고 어깨는 빠개질 듯 아프기 시작했다. 그보다도 몇 발짝 뒤에서 남산만 한 배를 안고 땀에 전 채 뒤뚱거리며 따라오는 아내의 딱한 모습은, 날 선 칼로 베듯 평생 내 가슴에 깊은 회한의 상처를 남겨놓았다. 그 걸어서 한 시간 반의 거리가 남긴 기억과 아픔이 평생 나를 따라다닌다. 말다툼하느라 화가 났다가도 아내의 그날 모습이 생각나면 뭐든 절로 마음을 접게 된다. 그래서인지 지금도 배가 부른 직원들이나 주변의 어린 임산부를 보면 늘 안쓰럽고 측은하고 마음이 아프다. 뭐 하나라도 더 먹이고 싶고 어디든 자꾸 앉으라 권하지 않으면 마음이 불편하다. 아마 모두 그날 때문이지 싶다.

유학 시절을 돌아보면 물론 공부해서 얻은 학식도 있다. 그러자고 비싼 등록금 내며 공부한 거니까. 하지만 그보다 더 많이 배운 것은 미국 사회를 움직이는 규범이라고 해야 맞을 것 같다. 선진적인 사고를 배우고 영어가 익숙해진 것이 가장 큰 수확이다. 그런데 한편으로 둘이 살아가는 부부의 삶을 그렇게 시작하면서 나머지 생을 같이 살아가는 데 필요한 많은 것들도 배웠다. 그래서 그 신혼의 유학 생활이 추억이기도 하고 삶의 습관을 만들어준 시간이 되기도 했다.

집에서도
그렇게 해봐

남들은 내게 부부 사이가 참 좋다고들 한다. 그런데 사실 빈도가 덜할 뿐 나도 남들 하는 부부싸움을 한다. 대개는 아내와의 성향 차이에서 정말 하찮은 싸움을 하거나, 별거 아닌 일로 시작해서 내 성질 때문에 싸움이 커지거나, 아니면 이 두 가지의 혼합인 경우로 셋 중 하나다. 나는 뒤를 돌아보지 않는 성격이라 뭐든 일이 터지거나 심지어 내가 실수를 저질렀어도 바로 그 순간부터 해결책에 올인하는 것이 버릇이다. 반면에 아내는 그 일이 왜 일어났는지 돌아보고 뭐가 잘못됐는지 이야기를 한참 해야 해결도 잘될 거라고 믿는다.

"여보, 그러길래 그걸 왜……."

"아니, 지금 그 이야기하면 뭐 해, 그 시간에 해결책을 찾아야지."

"아니, 그게 나도 인간인데 어떻게 바로 해결만 이야기해?"

"잘못된 거 이야기하면 뭐 하냐고."

"아니, 왜 나한테 화내면서 이야기해?"

"아니, 내가 언제 화를 내? 원래 내 말투가……."

우리 집 부부싸움의 거의 80퍼센트에 꼭 들어가는 대화다.

전혀 다른 배경에서 자란 두 사람이 모여 살다 보면 싸움도 있게 마련이다. 특히 결혼 초기에는 더욱 싸움이 잦은 편이다. 그런데 그 싸움이라는 것이 참으로 묘한 성질이 있어서 어떤 싸움은 동네 소문나게 소리 높여가며 격렬한 싸움을 하고서도 기억 속에 전혀 한자리를 차지 못하는 것이 있는가 하면, 어떤 싸움은 잠깐 스쳐 지나간 듯한데도 두고두고 머리에 쥐나게 각인이 되는 경우도 있다.

이론적으로 따지자면 싸움은 서로 의견이나 욕구나 필요의 차이에서 오는 것이고, 그 원인에 해당하는 것을 차분하게 얘기해서 서로 맞추면 끝나는 일이다. 그래서 사람을 미워하지 말고 문제점을 미워하라는 말이 있다. 그런데 막상 싸움을 하다 보면 서로의 감정에 치중을 하게 되고, 그런 감정이 격해지면 문제 해결과 상관없이 상대를 감정적으로 공격을 하는 것으로 자기 분풀이를 하려는 일도 있게 된다. 그러다 보면 자신도 모르게 상대에게 지울 수 없는 상처를 주게 되는 일도 생긴다.

한참을 지난 후에서야 '아! 내가 상처를 주었구나!' 하고 후회를 하지만(물론 상처 준 것을 깨달은 경우지만) 이미 상대방의 가슴속은 깊이 베인 후라서, 아주 한참의 시간이 흘러야만 봉합이 되거나, 아예 봉합이 안 되고 마는 경우도 있다. 깊은 상처가 남는 싸움은 안 하는 것이 원칙이다. 골라내기가 쉽지는 않지만 그냥 나중에 생각하며 허허 웃고 지나갈 정도의 싸움만을 하자. 조금만 참고 생각하면, 사랑하며 같이 사는 부부가 뭐 그리 상처 줘가며 싸울 일이 있나 싶어진다.

싸우지 말고 오손도손 사는 게 답이다. 이겨봐야 무엇하며 진들 어떤가? 그냥 내가 늘 지고 말지! 그러며 살면 그냥 인생이 탄탄대로다. 게다가 늘 지고 살아야겠다고 결심해야, 정말 졌을 때 덜 억울하다. 그럼 사람들이 그렇게 늘 져주면서 사냐고들 묻는다. 사실은 급한 성질에 이기려고 박박 엉겨대다가, 끝에는 항상 호되게 야단맞고 끝나는 편이다.

올해로 이제 결혼 42년 차다. 그 세월 살아오면서 깨달은 것이 있다면 감정이 상하는 경우의 대부분은 나에게 원인이 있다는 것이다. 불편한 감정이 있다면 그것은 상대와 상관없이 채워지지 않은 내 욕구에서 비롯되는 경우들이고 그런 나의 감정에 대한 책임도 내가 져야 한다는 것이다.

"나도 숨 쉴 공간이 필요해."

"나 좀 내버려둬."

나를 귀찮게 한다고 짜증이 나는 것은 평화를 향한 내 욕구가 채워지지 않음이 원인이다.

"어쩜 전화 한 통을 안 해?"

"내가 없어져도 모르겠네."

나를 혼자 둬서 서운하다면 그것은 동반과 관심의 욕구가
채워지지 않음이 원인이다.

　　평화도 동반도 내 욕구이니 이에 따라 생기는 귀찮고 서
운한 감정도 내가 먼저 책임져야 할 일이다. 이런 진리도 공
부해서 얻은 것이다. 대화 선생님을 만나 비폭력적이고 연결
지향적인 소통의 대화법을 2년간 공부하는 과정에서 제일
먼저 배운 것 중 하나다.

　　"나 어딘가 여행이나 가고 싶어."

　　"그럼 제주도 갈까?"

　　"당신이나 가."

　　"그럼 일본 갈까?"

　　"이 시국에 일본 가자는 게 제정신이야?"

　　"그럼 유럽이나 미국 갈까?"

　　"돈이 썩어나냐?"

　　"아! 그럼 어쩌라고!"

　　이 경우는 상대의 욕구를 철저히 못 읽은 탓이다.

　　"나 어딘가 여행이나 가고 싶어."

　　"좀 벗어나고 싶어?"

　　이렇게 한마디 했으면 아내의 마음이 공감으로 위로받고
좀 편해졌을 일이다.

　　늦게까지 싱글인 후배가 여자 친구가 생겼는데 늘 싸운
다고 했다. 그래서 왜 그러냐고 했더니 자기는 약속 시간에

30분 전부터 가 있는데 여자 친구는 한 번도 일찍 오는 법이 없어서 다툰다고 한다. 그래서 얼마나 늦느냐고 물으니 꼭 10분이나 15분씩 늦는다고 했다. 생각 같아서는 "아, 이 싸가지 없는 놈아" 하고 뒤통수를 한 대 후려갈기고 "그따위로 구니 장가를 못 가지" 하고 한마디를 해버리고 싶었지만 참았다. 그렇게 10분, 15분 늦는 것 갖고 불평을 해대니 여자인들 좋겠나 싶었다. 그래서 옹졸하게 그게 뭐냐고 힐난을 했더니 사실은 화가 나는 것보다는 자기가 그녀를 좋아하는 것만큼 그녀는 자기를 좋아하지 않는 것 같아서 서운하다고 했다. 그래서 그렇게 좋아하면 좋아하는 마음을 표현해야지 불평부터 하면 어쩌냐고 하다가 내가 짧은 메모를 대필해줬다.

"얼굴 보자마자 싸우지 말고 네가 약속 장소에 도착하면 문자로 보내."

"뭐라고 보내요?"

"'사랑하는 사람을 기다리는 시간은 조바심도 행복입니다' 이렇게 보내봐."

며칠 후 전화가 왔다. 약속 장소에 도착한 그녀가 너무도 환하게 웃으며 들어오는데 자기도 좋아서 웃고 말았다고 했다. 어차피 늦는 것 굳이 왜 이제 왔냐고 따지지 말고 자기 마음을 좋게 표현하는 것이 낫지 않은가 깨달았다고 했다. 이런 이야기를 아내가 들으면 코웃음을 친다. "집에서도 그렇게 해봐. 남들에게만 그러지 말고."

경험도 싸움 없는 삶에 큰 도움이 된다. 결혼 초기에 나도 어지간히 성질 급하고 다혈질이라 참질 못했다. 지금 생각하면 피식 웃을 일이지만 그때는 그런 일들이 왜 그리 화가 나고 그랬는지 모른다. 딱히 원인이 이거다,라고 있는 싸움도 아닌데 서로 주고받는 말들이 점점 수위를 높여가며 말로 말이 격화되는 그런 싸움이 많았다. 한번은 싸우다 내 성질을 못 이겨 손에 들고 있던 일회용 라이터를 벽을 향해 던졌다. 그런데 잠시 후 거의 내 주먹만 한 탁상용 라이터가 내 옆을 지나 날아갔다. 나중에 아내가 그랬다. 다른 것은 몰라도 집어던지는 버릇은 꼭 고쳐줘야 할 것 같아서 일부러 자기도 던졌다고. 물론 그로 인해 그 버릇을 그날부터 완전히 고치긴 했다. 두고두고 그날 이야기하며 웃는다. 하지만 그날은 '무서운 여자에게 속아서 장가갔나?' 정말 모골이 송연했다.

부부싸움이란 것은 나중에 하하호호 웃으며 추억할 수 있는 수준은 넘지 말아야 하는 것이 진리라고 믿는다. 그리고 그 선을 넘어야 할 일이 있다면 그것은 싸움으로 해결이 날 일은 아니라고 생각한다.

멀쩡하게
즐겁게 사느냐고 물어보면

집에 가는데 이러다 허리가 끊어져서 차에서 내리면 상체만 내리지 않을까 싶다. 이를 악문 사이로 신음이 조금씩 새어 나온다.

내 주변 사람은 다 아는 일이지만 나는 1999년 말부터 2000년 초에 걸쳐 허리 수술을 세 번 했다. 그러고도 통증은 줄지 않아 한동안 심각하게 불편한 상태로 지낼 수밖에 없었다. 카니발 의자를 눕혀서 쿠션을 깔고 누워서 출퇴근도 했고 회사에 도착하면 비서가 휠체어를 갖고 기다렸다 종일 날 밀고 다니기도 했다.

대한항공을 타면 서비스하는 음료 중 구아바 주스가 있다. 나는 그 주스에 나만의 기억이 있다. 전신마취를 하고 수술을 하면 마취가 완전히 깨고 장운동이 정상으로 돌아오기까지 물 한 모금도 마실 수가 없다. 수술한 자리는 독한 진통제

덕에 전혀 통증이 없는데 제일 괴로운 것이 소변 줄을 꽂고 있어야 하는 것과 물 한 모금 못 마시고 기다리는 일이다. 그러다 가스가 나오면 그제야 물이라도 마실 수가 있다. 매번 수술을 할 때마다 아내가 구아바 주스를 사다 놓았다가 물을 마시게 되면 주었다. 갈증과 배고픔에 시달리다가 수술 후 처음으로 마시던 그 차가운 핑크색 주스의 달콤한 행복감을 잊지 못한다. 그래서 지금도 가끔 대한항공 기내에서 구아바 주스를 달래서 마시면 연거푸 수술을 해야 했던 그 시절 기억이 돌아온다.

수술은 매번 잘됐고 경과도 좋았다. 그런데도 재발하기를 반복했다. 세 번째 수술을 하고 나서는 더 이상 추간판 탈출이 재발하지는 않았지만 허리는 만신창이가 되어 통증이 줄어들지를 않았다. 제대로 움직이지도 못하고 당연히 생활도 정상일 수가 없었다. 그렇게 몇 년을 지나고 나니 사는 것이 아니었다. 모든 생활이 영향을 받으니 비정상적인 생활 방식은 정신에도 영향을 줄 것 같았다. 지금도 나를 오래 알아 온 사람은 만나면 대뜸 하는 인사가 "허리는 어때요?"다. 내가 그 지병으로 고통 받는 모습을 너무 많이 보았기 때문이다.

통증이 줄어들지를 않아 지푸라기라도 잡는 심정으로 미국에 있는 신경외과 의사인 친구를 만나러 갔다. 그가 조리 있게 설명하며 수술 자체도 중요하지만 수술 후 운동과 생활 방식이 정말 중요하니 급하게 고치려 하지 말고 꾸준한 운동으로 장기전을 해야 한다고 나를 설득했다. 결국 걷는 것으로 지병을 고쳐보기로 했다. 첫날 걷겠다고 아내와 남산에 갔다. 한 10분을 걸으니 허리가 끊어지는 것 같았다. "잠깐만 여보! 나 잠깐만" 하고 아내 어깨를 붙들고 선 채 한참을 고통에 떨다가 다시 간신히 걸음을 뗐다. 그렇게 시작해서 10분이 30분 되고 한 시간을 걷게 되기까지 회복의 속도는 한없이 더뎠지만 그래도 조금씩 자신감이 생겼다. 내친김에 주말을 이용해서 서울 해남 간 600킬로미터 국토 종단을 했다. 그러고 나니 정상 생활이 가능해졌다. 다시 인천에서 떠나 강릉까지 국토 횡단을 했다. 횡단이 끝나고 나니 심지어 다시 골프도 치게 됐다. 그 오랜 세월의 싸움에서 이긴 것 같아 정말 온 세상을 다 얻은 것 같았다.

그래도 후유증은 모두 나를 떠나 주지는 않았다. 지금까지도 방바닥에는 전혀 앉지 못한다. 벽에 기대어 앉으면 그나마 한 30분 견디고 기대지 않으면 10분도 어렵다. 약속을 하면 제일 먼저 방바닥이 아닌 테이블석이 있나 확인해야 한다. 그마저도 내 마음대로 안 될 때를 대비해 좌식의자를 늘 차에 갖고 다닌다.

무거운 것은 일절 못 들어 올리니 손주들이 아무리 예뻐도 거의 안아주지 못한다. 여행을 가면 아무리 사방에서 멸시의 눈길을 보내도, 아내가 손사래를 치며 나를 막고 자기가 가방을 옮긴다. 주변에서 쳐다보는 눈길이 따가운 것도 있지만, 동갑으로 같이 늙어가는 아내에게 너무 미안해서 짐 찾을 때마다 남모르는 아픔이 가슴을 후벼 판다. 발톱을 깎으려면 30분 정도 스트레칭부터 하고 유연성이 생기도록 준비를 해야 깎는 것이 가능하다. 그나마 순식간에 깎아야지 모양 다듬는다고 시간 끌면 접힌 채 몸을 펴지 못한다.

그런데 어떻게 그리 멀쩡하게 즐겁게 사느냐고 물어들 본다. 하긴 그 고통의 시간 중에 그래도 한국중공업 인수도 하고 대우종합기계 인수도 했다. 출장도 다니고 할 짓은 다 했다.

요령은 별것이 없다. 아무리 괴롭고 아파도 그건 내게 내려진 벌이나 불행이 아니라고 여긴다. "하느님, 왜 제게 이런 형벌을 내리십니까?"라고 기도해본 적도 없다. 그냥 누구나 좋은 점, 나쁜 점 가지듯이 내게는 인생사 중심 추의 한쪽에 그런 장애가 있을 뿐이라고 생각한다. 오히려 운전도 남이 해주고 도와주는 사람들도 있으니 난 참 복 받아 행운이라고 생각하면 그마저도 감사하고 웃을 일이다. 왜 이럴까 싶게 지독한 통증에 시달릴 때는 나도 모르게 하느님을 찾게 된다. 그리고 그렇게 고통이 있기 때문에 호소하게 되고, 호소를 할 수 있는 절대자의 존재를 가까이 느낄 수 있음에 오히려 감사한다.

며칠 전 허리가 오랜만에 망가졌다. 많이 좋아졌다고는 해도 매년 한두 번은 정기 행사처럼 며칠씩 이렇게 통증을 겪어야 한다. 사흘째 잠자리에서 돌아눕지조차 못하니 30분에 한 번씩 깬다. 화장실에 가려면 일어날 수가 없어서 별 해괴한 동작을 취해가며 쇼를 해야 하니 그나마 쪽잠이 홀랑 깨어버린다. 어쩌다 재채기라도 한번 하면 "으악!" 비명이 절로 나온다. 심지어 심할 때는 남들은 무의식 속에 하는 기침도 컨디션 봐 가며 조심스럽게 해야 한다. 자칫하면 뒷감당이 안 될 수 있기 때문이다. 그래도 그 와중에 대한상의 행사에는 이를 악물고 가서 멀쩡한 척 두 시간 동안 잘 진행하고 끝나자마자 다시 뻗어서 집으로 와야 했다.

아픈 거? 그건 통증이 올 때 가능한 한 무시한다. 물론 쉽지 않다. 하지만 아픈 곳에 온 신경을 집중하면 고통은 더 커진다. 반대로 고통을 끌어안고 받아들이되 마음 주머니 속에 처박아 버리면 훨씬 덜 아프다. 곧 통증이 덜해질 것이라는 믿음은 약과 치료 자체 못지않은 효과를 낸다. 고통을 의식의 주머니에 애써 넣어두고 '곧 가시겠지. 내일이면 좋아질 거야' 생각하다 보면 어느새 잠시 통증을 잊은 나를 발견한다.

몸이 어디든 불편하면 병원에 간다. 며칠 전에도 발이 아파 갔더니 의사 선생님이 "원래 발 모양이 나이 드시면 아프게 생겼어요" 한다. 병이 아니라는 말에 나는 신나서 돌아왔다. 병만 아니면 통증은 무시하고 친해지면 된다고 여기기 때문이다. 이런 날 보고 참 미련하다고 하는 사람도 있다. 하지만 이게 내 삶을 그나마 즐겁게 유지해가는 나만의 노하우인데 어쩌라고. 하하.

의사인 형이 내게 가끔 말한다. "넌 산부인과만 빼고 병원의 전 과를 섭렵한 희귀한 인간이야." 그렇게 내 몸은 이런저런 고장이 많다. 눈도 한쪽은 악성 황반 변성으로 기능을 거의 못한 지 오래됐다. 다행히 약이 개발되어 8주에 한 번씩 눈알에 주사를 맞는다. 그나마 완전 실명을 막고 있는 것이 얼마나 도움이 되는지 모른다. 희미한 윤곽으로나마 보이는 것과 전혀 안 보이는 것은 큰 차이가 있다. 어느 정도 거리감이나 입체감이 있어 운전을 문제없이 하는 데 그나마 그 정도의 시력도 큰 몫을 하기 때문이다. 남들은 그 병도 병이지만 눈알에 주사를 맞는 이야기만 들어도 대부분 진저리를 친다. 그럼 나는 더 신나서 자세히 그래픽 하게 묘사를 해가며 설명해준다.

이렇다 보니 움직이는 공을 따라가야 하는 운동은 일찌감치 은퇴를 했다. 거리감이 모자라 공을 아예 맞추지를 못한다. 학창 시절부터 테니스, 라켓볼, 스쿼시 모두 그렇게 좋아했지만 이젠 절대 불가능이다. 하다못해 아내가 탁구를 좋아해도 같이 쳐주지 못한다. 술자리에서 테이블 건너편에 있는 사람에게 술 따르는 일도 힘들다. 한쪽 눈이 제구실 못하니 거리감이 모자라 술을 딴 데 쏟기 일쑤다. 무엇보다 계단을 내려가는 일이 여간 조심스럽지 않다. 특히 어두운 곳에서 계단은 정말 조심해야 한다. 계단을 헛디뎌 주저앉거나 삐끗하면 놀라는 것으로 끝나지 않고 꼭 무릎이나 허리의 다른 부상을 가져오게 된다.

그래도 자주는 아니지만 골프도 친다. 중학교 때 아버지에게 배운 스윙이 그나마 쓸 만한 기억으로 남아 있고, 한 눈으로 봐야 하지만 공은 착하게 제자리에서 때려주기를 기다린다. 허리가 나쁘니 예전 같은 파워 스윙은 못해도 팔로 보완해서 친다. 이렇게 간신히 치는 골프지만 남들에게 별반 뒤지지 않게 몸의 기억으로 웬만큼 거리를 낸다. 단지 치고 나면 허리가 다시 아프니 하루 즐겁고 며칠 고생하는 과정이 좀 귀찮다.

독도를 방문했을 때도 지병으로 지독한 고생을 했다. 독도에는 변변한 식수가 없다. 그나마 서도에만 있고 경비대 있는 동도에는 아예 없었다. 2007년에 경비대를 위하여 바닷물을 식수로 바꾸는 해수 담수화 시설을 기증하고 그 시설도 돌아볼 겸 독도를 방문했다.

마침 그 얼마 전에 나는 대장의 농양 제거 수술을 했다. 장을 타고 올라간 염증이 길게 자리를 잡는 바람에 수술 후에도 한참을 고름을 빼내야 했다. 엉덩이에 구멍을 뚫어서 장에 매단 고무줄 여섯 가닥을 밖으로 빼낸 채로 두 달을 지내야 했다. 독도에 간 날도 아직 그 줄이 매달린 채였다. 서울에서 헬기로 울릉도까지 가서 다시 쾌속선으로 갈아타고 가야 하는 독도 왕복 여정이 새벽부터 밤까지 이어졌다. 6월의 뜨거운 날씨에 땀은 비 오듯 쏟아지고 몇 시간에 한 번씩 소독을 해야 하는 처지에 발걸음을 이어갈 때마다 매달린 줄에서 찌르는 듯한 통증이 아래로부터 치솟았다.

그래도 정말 나라 위해 좋은 일 했다는 자부심에 가슴이 벅차고 독도의 신비함에 넋이 나갔다. 종일 정신없이 다니고 돌아오는 길에 중간 급유를 하기 위해 양양공항에 잠시 내렸다. 아무도 없는 공항에서 나는 사정이 급해졌다. 고무줄 매단 환부를 소독하느라 헬기에서 내리자마자 화장실로 갔는데 피가 뚝뚝 떨어졌다. 같이 간 분들 신경 쓸까 봐 휴지 뭉치 위에 약 넣어간 비닐봉지를 대서 바지를 입고 멀쩡한 척 나와 다시 헬기를 탔다.

설명하는 것만으로도 너무도 고통스런 여행이었지만 그날의 고통을 되새겨본 적은 없고 감격만이 남았다. 망망대해 한복판에 사방이 수평선만 있는 암석 덩어리지만 이 내 나라 땅을 무슨 일이 있어도 지켜야 한다는 생각이 아주 강렬하게 남았다.

그래도 그런 병들 때문에 불행하지 않다. 이겨낼 수 있는 것은 이겨내면 되고 통증은 무시하면 된다. 무엇보다 그 병이 불행이라고 생각하기보다는 이만큼 관리하고 보완하며 살아가는 것이 행운이라고 생각한다. 사실 자신의 병을 모르고 있다가 고생하는 사람도 많고 심지어 병을 알아도 치료하지 못하는 극한의 어려움을 겪는 사람도 많다. 그러니 나는 참으로 복 받은 사람이다. 장애 때문에 하지 못하는 것을 생각하기보다는 이 상태로 할 수 있는 것이 너무 많음에 감사한다. 지금도 뭘 더 재미있게 할 수 있을까 노상 궁리한다.

한 번만
봤으면

아들 녀석이 병역의 의무를 하러 갔을 때의 일이다. 후련하기도 하고 대견하기도 한데 한편으로 부담이 생기기 시작했다. 그냥 얼굴 마주 보고도 아들과 심각하게 대화를 하려면 오글거리는데 하물며 위문편지를 써야 한다는 사실이 꽤나 부담이 됐다. '이걸 어떻게 처리를 하나?' 안 써 보내면 나만 매정한 아비일 것 같고 써 보내자니 낯간지럽기가 한이 없다. 생각다 못해서 뭔가 아이디어가 나오려나 싶어 아들 친구 놈들을 메신저로 불러냈다.

"아버지, 안녕하세요."

"어, 그래 너희도 위문편지 쓰나?"

"하하하하."

"웃긴…… 부담돼 죽겠는데."

이렇게 시작한 이야기가 위문편지는 사라지고 없는 놈 뒷담화로 이어졌다. 아들놈이 그간 저지른 숨겨진 만행들과 심지어 연애 행각에 이르기까지 별 이야기가 다 쏟아져 나온다. 들으며 낄낄거리기도 했고 배신감에 두고 봐라 다짐도 했다. 그렇게 한참을 떠들고 나서도 편지 첫 문구조차 떠오르질 않는다. 그러다 아이디어가 떠올랐다.

메신저로 그놈 뒷담화한 대화를 그대로 쫙 프린트하니 거의 스무 쪽이 넘는다. 그걸 그대로 봉투에 넣어 보내버렸다.

둘째 놈이 훈련소 갔을 때는 그 위문편지라는 것이 꼭 써보내지 않아도 괜찮다는 사실을 깨달아서 별로 걱정 안 하고 지냈다. 이래서 사람은 경험이 중요하다. 대신 둘째 때는 곰신카페라는 인터넷 커뮤니티가 있는 걸 알고 거기 가입을 했다. 신기하게도 오늘 점심 메뉴는 뭐였고 오늘 오후에는 제식훈련이 예정되어 있다는 것까지 나온다.

부자지간도 회사 일이나 마찬가지인 것 같다. 아비라고 폼 잡고 있어봐야 아들들이 바보도 아니고 내 좋은 점, 나쁜 점, 잘한 점, 실수한 점, 인간으로서의 모든 면을 다 보고 있는데 멋있는 척해야 통하지도 않는다. 그냥 내 사랑으로, 생각대로, 나 생긴 대로 터놓고 사는 것이 제일 좋다고 생각한다. 회사에서도 머릿속은 20세기인데 겉모습만 21세기로 만들려고 하면 '청바지 입은 꼰대'(이 말은 대한상의 직원이 만들었는데 더 이상 잘 전달되는 표현이 없지 싶다)라는 소리 듣는다.

아들에게 말을 막 하는 버릇 때문에 아내에게 어지간히 혼도 많이 났는데 고쳐지질 않는다. 아내가 제일 싫어하는 말이 '미친놈'이다. 아들놈이 말 안 되는 짓을 하거나 이야기를 하면 그냥 '미친놈' 한다. 웃으며 애교로 할 때도 있고 정말 화가 나서 할 때도 있다.

그런데 내가 그 소리를 많이 하긴 한 것 같다. 아들놈이 책을 썼다고 들고 왔는데 보니 책 제목이 『생각하는 미친놈』이다. 그래서 터놓고 지내는 것은 좋지만 이젠 말은 좀 순화해야겠다고 결심했다.

몇 년 전 일이다. 갑자기 설사가 무시무시하게 나기 시작하더니 멈추질 않는다. 병원에 가니 탈수가 심해 입원을 해야 한다고 했다. 손발이 떨려 걸음도 제대로 못 떼어놓는 상황이니 차라리 잘됐다 하고 입원을 했다. 둘째 아들놈이 소식 듣고 병원에 달려오더니 근심 어린 표정으로 묻는다.

"탈수가 될 정도면 큰일이네. 근데 아빠, 어제 뭐 먹었어?"

"어제? 돼지국밥 먹었는데."

"억! 그럼 아빠 돼지콜레라 걸린 거 아냐?"

"야! 미친놈아! 내가 돼지콜레라가 걸렸으면 너는 돼지 새끼인 거야 인마."

"어봇! 또 또."

그런데 나는 우리 아버지와 그리 살갑게 지내보질 못했다. 워낙에 보수적인 분이고 무서운 분이셨다. 잘하면 가만 계시고 잘 못하면 불호령이 떨어졌다. 내가 어릴 때도 내가 아이들에게 하듯 애정 표현은 일절 하신 적이 없다. 애정 표현은

커녕 보통 정도로만 엄하셨어도 좋으련만 싶은 추억이 참 많다. 중학교에 들어가 교복을 사 왔다고 하니 "교복 가져와 봐라" 불호령부터 하셨다. 교복을 가져가니 바지를 들고 양쪽을 잡고 탁하고 잡아당겨 보더니 바지를 세우신다. 그러더니 뻣뻣하게 섰다가 무너지는 무명바지를 흡족한 눈으로 바라보셨다. 학생은 혼방을 입으면 안 되고 뻣뻣하게 다린 무명바지를 입어야 한다는 보수적인 철학 때문이다. 중학교 들어가고부터는 학교도 걸어 다니라고 하셔서 대학로 근처에서부터 지금의 화동 정독도서관까지 걸어서 다녔다.

그러던 중학교 2학년 11월 말쯤의 어느 날, 새벽부터 비바람이 몰아쳤다. 어쩌나 하다가 우산을 쓰고 나섰는데 지금 서울대학교병원 근처의 원남동 네거리에 이르자 바지가 거의 다 젖었다. 겨울날이라 한기가 차올라 오들오들 떨리기 시작하는데 신호등을 기다리는 내 앞에 차가 한 대 섰다. 무심히 들여다보니 뒷자리에 아버지가 앉아 계셨다. 너무나 반가워서 뭐라고 입을 열려는 순간 아버지는 흘낏 쳐다보더니 다시 시선을 앞으로 하고 한마디를 했다. 들리지 않아도 입 모양으로 "가자" 한마디임이 보였고 차는 그렇게 떠나서 가버렸다. 이제는 그냥 웃으며 이야기할 추억일 뿐이지만 그날 일이 한동안 상처로 남았었다. 그리고 내가 이다음에 애가 생기면 나는 절대 그렇게 키우지 않겠다고 다짐을 했었다.

그렇게 엄하게만 하신 분이 가끔씩 내게 한마디 하신 말씀이 "매를 무서워하지 말고 네가 옳다고 생각한 대로 살아라"였다. 그 말의 속뜻이 정작 무엇인지, 왜 탄식처럼 그 소리를 하셨는지, 정말 많은 세월이 흐르고 나서 내게 아이가 생긴 후에도 한참 지나서야 알았다. 아마도 나이 들어 얻은 어린 자식이 안쓰럽고 그 미래가 불안하셨나 보다 생각이 든다. '내가 저 아이 충분히 돌봐줄 시간이 없다'는 생각을 할 수밖에 없는 아버지 시각에서 그때의 어린 나를 바라보니 그 마음이 헤아려지기 시작했다.

아무튼 그렇게 무서운 아버지가 폭염의 무더위 속에 가셨다. 그날은 정말 더웠다. 5일장을 치르는 동안 내내 폭염이 이어졌고 손님도 상주도 땀에 흠뻑 젖었다. 지금처럼 영안실이 제대로 없던 때라 집에서 5일장을 치렀다. 훼손을 막기 위해 방산시장에서 비닐을 끊어다 드라이아이스를 넣고 그 안에 아버지를 모셨다. 장의사가 옆에서 말로 설명만 하고, 염을 하고 입관을 하는 것은 우리 형제 손으로 직접 했다. 손에 닿는 아버지의 얼음 같은 살이 아주 오랫동안 서늘한 기억으로 남았었다. 그러고는 해가 가면 갈수록 그 무섭고 엄하던 아버지에 대한 그리움이 깊어졌다.

산소에 가면 예쁜 꽃 화분은 무슨 소용이며 잘 관리한 봉분은 다 무엇이냐 싶었다. 그런 거 다 부질없고 아버지 모습 한 번만 봤으면 싶었다. 검버섯 가득한 퉁퉁한 손이며 가끔 염색약 발라 드리던 희끗희끗 숱이 적은 머리 등의 모습이 조각난 슬픈 초상으로 떠올랐다. 그렇게도 오랜 세월 동안 아버지 산소 앞에만 서면 솟는 눈물을 참을 수가 없었다. 살아 계시면 올해 몇이신데…… 되뇌며 길에서도 비슷한 외양의 어른을 보면 가슴이 덜컥 주저앉곤 하던 세월이 참으로 모질게 길기도 했다.

올해 살아 계시면 110세…….

100세가 되실 해가 지나고 나니 '살아 계셨더라면……'이라는 생각은 엷어졌다. 그리고 조금은 편안하게 아버지 산소를 대할 수 있게 됐다. 그런데도 가끔 한 번씩 애절하게 그립고 눈물이 샘솟듯 흐른다. 언제쯤 이 가슴앓이가 정말 멈춰질까 싶다.

아무 말 말고
찍어봐

"어머, 서원 아빠. 벌써 와 계셨어요? 세상에! 우리보다 먼저 오셨네."

"잠깐 저리 비켜봐요."

찰칵! 사진을 찍는 나를 보며 '정말 세상에 어이없는 일 중에 이런 일이 있을까?' 하는 표정으로 친구의 아내가 나를 쳐다보았다.

30분 전쯤 다급한 목소리로 친구의 아내가 전화를 했다.

"서원 아빠. 애 아빠 입이 돌아갔어요. 어쩜 좋아요?"

"저런! 그럼 지금 바로 병원 응급실로 가세요."

전화를 끊자마자 달려갔다. 다시 오지 않을 그 장면을 찍어야 한다는 생각에 무엇보다도 급했다. 먼저 도착한 나를 감격해서 바라보던 친구 아내의 얼굴이 더 망가지기 전에 그 자리를 떴다.

내가 사진을 취미로 하게 된 시작은 고등학교 1학년 소풍 때 일이었다. 사진 콘테스트를 한다고 했다. 카메라를 만져 본 적도 없었지만 한번 해보고 싶었다. 집에 와서 카메라를 찾으니 리코플렉스 이안 리플렉스 카메라가 있었다. 아래위로 렌즈가 두 개 달렸고 내려다보며 찍어야 하는 아주 구형 카메라였다. 게다가 필름도 대형 필름인 125사이즈를 쓰는 낯선 카메라였다. 엄하고 말수가 적은 아버지가 가르쳐준 사용법이라고는 "날씨가 괜찮으면 125에 11로 놓고 찍고 흐리면 5, 6 정도로 찍어라"가 전부였다.

이튿날 카메라를 들고 온 친구들은 모두 장기자랑이며 풍경을 찍느라 바빴다. 카메라 사용법에 익숙지도 않은 데다가 '친구들이며 선생님을 찍었다가 나중에 사진을 달라고 하면 어쩌나?' 소심한 걱정에 무리를 벗어나 혼자가 될 수밖에 없었다. 그렇게 친구들과 떨어져 다니는데 옷이 다 찢어지고 고무신도 찢어진 걸 신은 여섯 살쯤 된 남루한 어린아이에게 눈이 갔다. 빈 병이며 고물을 주우러 다니는 그 아이를 나도 모르게 종일 따라다녔다. 그러다 사이다 병 두 개를 주워 고사리손에 힘겹게 쥐고 철조망을 넘는 순간을 찍었다. '동심은 이미 찢겼는데'라는 제목을 달아 상을 받은 사진은 지금은 어디로 갔는지 없어졌지만 그 사진의 장면이 지금도 또렷이 기억에 있다.

그 일이 있고 난 얼마 후 일본 출장에서 돌아오신 아버지가 선물이라고 박스 하나를 건네주셨다. 'Asahi Pentax Sportmatic sp'라는 35밀리 일안 리플렉스였다. 박스를 열고 첫 필름을 넣어 며칠 후 아버지를 처음 찍어드렸다. 한 롤의 필름에서 유일하게 그 한 장만 제대로 찍혔고 나머지는 모조리 허옇게 빛바랜 과다 노출의 못 쓸 사진으로 나왔다. 그 한 장을 보여드리니 피식 웃으시며 "제법이네!" 딱 한마디를 하셨다. 그렇게 두 장의 사진으로 내 평생 사진 취미가 시작됐다.

고등학교 시절, 아버지께 사진기자가 되겠다고 했다가 사흘 동안 더 이상의 훈계나 야단이 없을 정도로 혼나고 결국 무릎을 꿇었다. 지금 와서 생각해보면 후회가 되지는 않는다. 내 생활에 불만이 없고 나름 자부할 만큼 일도 했으니 이 삶이 더 괜찮은 삶인 것은 분명해졌으니까 말이다. 만일 원하던 대로 사진기자가 됐다면 지금의 아내와 가족도 아마 없을 가능성이 컸을 것이고, 지금쯤은 벌써 어느 오지에서 한 줌의 재로 사라졌을지도 모른다. 매그넘 작가까지는 못 될지라도 〈내셔널지오그래픽〉이나 〈지이오GEO〉, 〈슈피겔〉 아니면 〈뉴욕타임스〉에서 가끔 사진을 받아주는 정도의 사진가가 되길 정말 간절히 소망했었다.

나는 글쓰기 좋아하고 사진은 다큐멘터리에 가까운 거리 풍경을 주로 찍는다. 그리고 뭐든 파고들어 사회현상들의 인과관계를 파악해서 논리적으로 원인 결과를 맞추는 걸 좋아한다. 역시 영락없는 기자 적성임에는 틀림이 없다. 이젠 기자가 되기에는 너무 늦은 나이가 되어버렸다. 그 대신 조금이라도 무리의식이나 기득권 같은 것 덜 생각하고 객관적으로 세상을 보려 애쓰는 것으로 택하지 못한 직업에의 미련을 씻어 내린다.

지금 세대의 SNS 열풍이 불기 몇십 년 전부터 나는 그렇게 사진을 찍었다. 주변에 일어나는 일이며 내 주위 사람들의 사진을 꽤나 찍어댔다. 그리고 그 속에는 나 자신도 마찬가지로 포함됐다.

인도 출장길에 풍토병에 걸렸다. 조심한다고 했는데 수십 명과 악수를 하고 손 씻기를 잊어먹고 음식 집어 먹은 게 탈이 났다. 순식간에 열이 40도로 치솟는데 인도 의사가 준 항생제는 아예 기별도 없었다. 항생제 내성이 없는 나라니 거의 페니실린 수준의 항생제를 처방한 것이 틀림없었다. 새벽 2시 휠체어에 간신히 몸을 얹고 도착한 뭄바이 공항에는 아무도 없었다. 비서가 아픈 나 대신 체크인을 하러 가고 나니 공항 로비에는 나와 내 휠체어를 밀어주던 대한항공 인도인 직원, 그리고 계열사의 사장 한 사람만이 남았다. 당시에는 스마트폰이 아직 없을 때였다.

"어이, 김 사장. 혹시 디지털카메라 있어?"

"예, 있습니다만."

"나 좀 돌아가면서 찍어봐."

"예에?"

"아, 암 말 말고 찍어봐."

기가 막혀 말을 잇지 못하는 김 사장은 이상한 내 부탁에 할 수 없이 주위를 돌며 휠체어에 널브러져 병색이 완연한 나를 찍어줬다. 그렇게 귀국해서 바로 입원을 했다. 일주일 만에 퇴원하자마자 다음 날 다시 미국 출장길에 올랐다.

비행기에 오르자 낯익은 사무장이 반겨준다.

"회장님, 어서 오십시오. 사무장입니다."

"아, 오랜만이에요."

"지난주에 뭄바이 노선에서 큰일 겪으셨다고 들었습니다."

"아, 그날 너무 아파서 혼났네."

한참 날아 미국에 거의 다다랐을 즈음 사무장과 이런저런 이야기를 나누는데 조심스럽게 말을 꺼낸다.

"그런데 회장님, 이상한 이야기가 들리던데요. 세상에! 회장님 쓰러져 계신데 한 임원 분이 돌면서 기념사진 찍더라고……."

"아, 그 가정교육 못 받은 친구 하나 있어."

귀국 후 첫 회의 때 김 사장에게 큰 소리로 말했다.

"자네 대한항공에서 가정교육 못 받은 사람이라고 유명해졌어."

"네에?"

괴벽에 가까운 이런 이야기는 차고 넘친다.

처남과 같이 온천 여행을 갔다. 아침 식사를 하고 나니 처남이 산책을 하잔다. 산길을 걸으며 저기 봐라, 여기 봐라, 하며 풍경 즐기기에 집중하고 있는데 갑자기 옆에서 비명이 터진다. 돌아보니 처남이 발목을 잡고 길에 주저앉아 있다.

"아, 발목을 삔 거 같아."

"잠시 그대로 있어."

가방을 내려놓고 뒤지기 시작한 나를 보며 처남은 고통을 참느라 숨조차 가쁘게 몰아쉬면서 내 가방에서 응급조치가 가능한 뭐라도 나오려나 쳐다본다. 가방에서 카메라를 꺼내 그 녀석 온몸과 얼굴 클로즈업 몇 장을 찍고 나서 물었다.

"병원 가야 할 거 같아?"

"아, 됐다. 망할 놈아!"

처남 녀석은 지금까지 기회만 생기면 그 이야기를 한다.

몇 해 전 술이 떡이 되도록 취한 날 가까운 사람 몇과 사진에 대한 토론을 했다. 만취한 내게 그날 주고받은 이야기는 충격적이었다. 다큐멘터리 사진에는 사회의 어려운 모습이 많이 담기는데 그것을 취미로 한다는 것이 얼마나 모순인가 하는 이야기였다. 그날 만취한 상태에서 디지털카메라로 찍어 보관한 10여 년간의 사진을 모두 파기해버렸다. 자고 일어나서 내가 한 짓에 정말 팔이라도 잘라버리고 싶었지만 이미 하드를 포맷해버린 데다가 마당에 들고 나가 망치질까지 한 디스크를 살릴 방도는 없었다.

하지만 다시 곧 카메라를 잡았고 사진을 찍기 시작했다. 후회가 되고 없어진 사진들이 아깝긴 하지만 그 행동이 어처구니가 없지는 않다. 그날의 내 생각과 행동이 지금 생각해도 충분히 이해는 가기 때문이다. 그리고 그 사건이 그 후 내게 많은 영향을 준 것도 사실이다.

찍은 사진들로 전시를 하라고 하는 사람들이 많다. 그런데 그렇게 좋은 사진이 많지도 않거니와 내 사진 걸어놓고 전시를 한다는 사실 자체가 그다지 내키질 않는다. 언젠가 쓸 만한 사진들로 사진집 한 권을 채울 정도가 되면 그때나 한번 할까 생각 중이다.

행사장에 가서 사진기자들을 보면 늘 친근하게 느껴진다. 그들이 카메라를 들고 어떤 앵글을 잡으려 할까라는 생각도 하고 조명의 방향 고려해서 찍기 쉽게 해주기도 한다. 내가 봐도 그림이 안 된 경우에는 일부러 참석자들 독려해서 장면을 만들어주기도 하고 카메라가 나를 향했을 때는 원하는 사진 얼른 찍고 자리를 뜰 수 있도록 포즈를 취해준다. 내 모습 잘 나오게 하기 위함이 아니라 사진기자들 일을 도와주자는 생각에서 그렇게 한다. 품에 있는 스마트폰을 꺼내어 사진기자들이 사진 찍는 모습을 찍기도 한다. 그랬다가 친한 기자에게 보내주기도 한다. 생각 같아서는 나도 제대로 된 카메라를 들고 행사장에 가고 싶다. 놓치기 아까운 장면들이 참 많기 때문이다. 그런 장면을 접하면 사진으로 남기지 못하는 것이 참으로 아쉽다. 그런데 대통령이 참석하는 행사 등에 카메라 들고 들어가는 것은 불가능이다. 그러니 그냥 참을 수밖에.

아무튼 사진이라는 취미는 내 또래는 그다지 편하지 않은 SNS에 내가 익숙하게 해줬다. 카메라의 파인더를 들여다보는 순간만은 세상 모든 시름이 없어지고 행복하다. 비록 있는 사물을 찍어 옮기는 것이기는 하지만 사진은 엄연히 창작의 영역이다. 일에 찌들고 세상에 휘둘려 메말라지는 날은 아무리 카메라를 들고 다녀도 한 장의 사진도 찍지 못한다. 감성이 충만하고 마음에 평화가 있는 날은 스마트폰만 있어도 눈에 보이는 모든 것이 프레임 속의 작품으로 보인다. 그러니 감성과 창작의 세계라고 아니할 수가 없다.

내 몸의 비밀이
얼마나 더 있을지

지금은 대부분 없어졌지만 알레르기도 내 몸에 일어나는 잔고장 중의 하나였다. 옆에서 지켜보는 사람에게는 알레르기란 그 사람이 태어날 때부터 가진 골칫거리이니 늘 대비하고 준비된 병 정도로 생각하기 십상이다. 그러나 당사자는 어느 날 갑자기 자신이 모르던 알레르기가 현실로 튀어나와 엄청 놀라거나 생명의 위협을 받는 경우가 있다.

미국 중부지방에서 아이를 낳고 보스턴으로 이사를 가니 도시의 높은 물가가 생각 이상이었다. 당연히 생활비가 빠듯했다. 기름값이라도 아끼겠다고 차는 세워두고 자전거를 타고 학교에 다니기로 했다. 위도로 보면 신의주보다 북쪽인 보스턴의 겨울은 정말 추웠다. 찰스강의 강바람을 정면으로 맞으며 자전거를 타고 다녔는데 며칠이 지나니 허벅지가 너무 가렵고 아팠다. 바지를 벗어 자세히 보니 허벅지가 가로로 다 갈라졌고 피가 배어 있다. 할 수 없이 차를 타고 학교를 다니기 시작했는데 이상한 일이 벌어지기 시작했다. 아주 차가운 것도 아니고 적당히 쌀쌀맞은 공기에 맨살이 노출되면 피부가 모기 물린 것처럼 하얗게 부풀어 오르기 시작했다. 그러다 계속 놔두면 점점 퍼져서 온몸이 그렇게 됐다. 그러면 수업이고 뭐고 그대로 집에 달려와 더운물을 받아 들어가 앉아야 했다. 몸이 데워지면 다시 피부가 가라앉았다. 의사를 찾아가니 알레르기가 생겼다고 했다. 의사 말이 그런 상태를 계속 방치하면 호흡곤란이 올 수도 있다고 했다. 추운데 알레르기라니…… 어릴 적 서울도 한강이 얼면 스케이트를 탈 정도로 굳게 얼었고 난방 제대로 안 된 곳이 부지기수였어도 아무렇지 않았는데, 웬만한 건물에서는 모두 반팔로 일하는 미국에 와서 추위 알레르기라니. 그렇게 생긴 알레르기는 미국에 사는 동안 내내 나를 괴롭혔다. 그런데 미국을 떠나자 언제 그런 일이 있었나 싶게 사라져버렸다.

내리쏟아지는 햇빛만큼이나 가벼운 마음으로 일가 전체가 산소를 찾았던 어느 추석날의 일이다. 조상 대대로 모셔진 선산에서 치러지는 한가위 예절의 끝머리였다. 집안 어른 중에 조금 떨어진 곳에 따로 산소를 모신 분이 계셔서 그 산소에는 대개 선산에서의 행사가 끝난 후 귀갓길에 잠시 들러서 남자들만 언덕 위에 올라 예를 표하는 것이 보통이었다.

그날도 귀갓길에 차를 세우고 남자들만 언덕을 올랐다. 그날 행사의 마지막 절을 순서대로 올리고 형제 조카들이 줄지어 언덕길을 내려오던 중이었다. 직계 가족만 모여도 버스가 꽉 차고 남을 대가족답게 어른들은 점잖은 걸음으로 앞장을 서고 젊은 사람들은 뒤따르며 좁은 산길을 일렬로 내려왔다. 햇빛은 따갑고 하루의 피곤이 적당히 녹아들었지만 내리막길의 발길은 가벼웠다.

그날 사건의 원인 제공자가 앞서 내려가시던 윗대의 점잖은 어른이었는지 아니면 뒤따르던 부산스런 젊은 것 중의 하나였는지는 지금도 미궁에 빠진 그대로다. 주거니 받거니 앞뒤로 오가던 덕담이 갑자기 끊어지고 급작스런 전투 상황이 행렬을 덮쳤다. 누군가 건드린 땅벌 굴에서 쏟아져 나온 땅벌조의 무차별 공격이 일렬종대로 진행하던 우리 가족 소대를 덮친 것이었다.

실체를 똑똑히 눈에 담을 여유조차 없이 귓속마다 윙윙거리는 소음으로 가득 차고 전신을 뚫는 벌침의 테러에 무방비로 노출된 가족 행렬은 졸지에 아비규환으로 바뀌어버렸다. 후퇴나 반격의 명령조차 한마디 없었던 그 전투 상황 속에서 어른이고 젊은 것이고 위아래나 예절을 생각할 겨를도 없이 전원 무조건 퇴각이라는 무언의 동의에 따라 산 아래를 향해 전력 질주를 하기 시작했다. 본능적인 욕구의 지령에 따라 각자 생존을 위한 탈출 상황이 전개되기 시작한 것이다. 나 역시 누가 어떻게 되었는지 살필 겨를 없이 전력을 다해 뛰었다. 머리 위에서 급강하해 오는 벌 떼를 두 손으로 위협 및 퇴치를 하며, 넘어지지 않으려 이리저리 살펴가며 모두들 전력으로 내리막길을 내달렸다.

절을 마치고 내려오는 행렬을 산 아래에서 지켜보던 며느리들 눈에는 이 아비규환의 상황은 도저히 이해할 수 없는 개그 한 토막이었다. 소리가 미치지 않는 거리에서 바라본 이 필사의 탈출은 그냥 이해 안 되는 동작들의 연속이었을 뿐이기 때문이다. 평소에는 눈을 들어 똑바로 대하기조차 어려운 시가 어른들이 어느 한순간 전원이 두 팔을 들어 위로 휘젓고 털어대며 일제히 달리기 시작했으니 말이다. 무성영화 한 토막 같은 그 모습을 보고 웃기엔 상황이 이해가 안 되고 나서서 소리라도 지르자니 예의가 가로막는 그런 상황에 접한 것이다.

상황이 이해가 되기 시작한 것은 탈출 행렬의 선두가 산 아래 주차장에 거의 도달한 때였다. 참으로 벌 떼의 공격은 희한했다. 우리가 산을 거의 내려왔을 즈음에는 갑자기 벌 떼들이 순식간에 퇴각을 해버렸다.

겨우 정신을 차리고 피해 상황을 돌아보기 시작하자 결과는 참담했다. 어른, 아이 할 것 없이 대부분이 적게는 대여섯 방, 많게는 스무 방이 넘는 공격을 받았다. 키가 작은 어린 것들이 대개 공격을 적게 받았고 어른일수록 많은 공격을 받았다. 고통에 찬 신음이 모두의 입에서 쏟아져 나오기 시작했고, 행렬은 세대주별 소집단으로 나뉘어 피해 점검을 하기 시작했다.

소속 가장을 찾아 헤쳐 모이는 가족들 중에는 우려 섞인 눈으로 다가오는 아내도 있었다. 걱정 어린 그 얼굴을 향해 다행히도 나는 여유 있게 웃어 보일 수 있었다. 민첩하고 날랜 덕인지 아니면 손을 위로 들고 흔들어대는 디스코의 기본 동작에 강한 덕인지, 나는 한 방의 공격도 안 받고 말짱하게 전장을 탈출했기 때문이다.

다소 여유가 생겨 가족들을 돌아보기 시작한 내게 걱정보다 먼저 떠오른 것은 웃음이었다. 평소에 장난치기를 좋아하는 나였지만 지금 생각해도 참으로 못된 짓이었다. 그러나 벌어진 전투 피해 상황으로서는 웃음을 참기가 너무 힘들었다. 어른들이 주로 공격을 받은 부위가 특히 그랬다. 집안 대부분의 어른들이 머리가 벗어진 데다가 체중도 만만치 않은 탓인지, 빛나는 민머리와 돌출한 복부가 주로 공격을 받아 폐허가 되었기 때문이다. 한 방의 공격도 받지 않고 무사 탈출을 한 나는 육체적인 고통이 없는 덕인지 솟는 웃음을 참느라 진땀을 흘릴 수밖에 없었다.

"뭐야, 너는 안 쏘였냐?"

"네, 저는 괜찮아요. 근데 그 머리……. 머리 어떻게 하지요? 괜찮으세요?"

"얘, 형들 어떻게 하나? 등 좀 봐줘라."

"도대체 누가 밟은 거야?"

"야, 병원 가야겠다. 이 근처 병원 어디 있냐?"

"아주버님, 여기 우선 물이라도……."

화성인 같은 머리에 배를 움켜쥐고 고통에 싸인 어른들, 당황해서 위로를 해야 하나 뭘 어찌해야 하나 몸 둘 바를 모르는 며느리들, 아들과 손자들의 피해를 보고 발을 동동 구르는 어머니, 그 속에서 혼자 멀쩡한 나.

그러나 하느님은 역시 공평한 분이셨다.

"야, 너는 괜찮냐?"

"네, 저는 안 쏘였는데……%$#@&"

물어본 사람이 누구였는지는 기억이 나질 않는다. 대답을 하면서 먼지나 털자고 몸을 훑던 순간 얼굴 옆 부분에 갑자기 찌르는 고통이 느껴졌다. 단기필마로 끝까지 쫓아온 한 마리의 벌에게 한 방을 쏘인 것이었다. 전투가 끝나고 부상병 처리와 완전 퇴각의 단계를 밟는 순간 나는 끝까지 따라온 마지막 자살 공격조 한 놈에게 필사의 일격을 당한 것이었다.

그 단 한 방에 나는 완전 초토화가 되어버렸다. 눈앞이 주변부부터 노랗게 물들기 시작하면서 끝나가는 영화의 마지막 장면처럼 페이드아웃이 되어가기 시작했다. 주변의 소음은 알 수 없는 웅성거림으로 변하여가고 호흡은 폐 속까지 들지 못하고 목구멍에서 도로 기어 나오듯이 가빠지며 '장렬한 전사가 이런 것이구나!' 어렴풋이 떠오르는 중간에 필름은 완전히 끊겨버렸다.

나중에 전해 들은 이야기지만 그 순간부터 또 다른 전투 상황이 전개되었다고 한다. 부상병 전체가 자신의 고통을 처리할 겨를도 없이 뻗어버린 나를 들쳐 업고 병원을 찾아 추석의 교통 정체를 뚫고 헤맸다고 한다. 산소호흡기를 대고 이 병원서 저 병원으로 앰뷸런스를 두 번이나 갈아타 가며 서울대병원 응급실에 도착한 것은 저녁 7시가 가까운 때였다고.

다행히 의사인 넷째 형이 곁에 있었기에 목숨을 건졌다. 그렇지 않았다면 아마 지금쯤 나는 하늘에서 이 글을 읽는 사람들을 내려다보고 있었을 것이다. 병원에 도착할 즈음에는 나도 완전히 의식을 회복한 후였다. 수십 군데를 쏘인 형은 스스로를 돌볼 틈도 없이 전문 의료진에게 나를 인계하고서야 자신의 부상을 돌볼 수 있었다.

벌독 알레르기가 있다는, 나도 모르는 나에 대한 사실을 알게 된 것은 바로 그 추석날이었다. 그 후로는 야외에 나갈 일이 생기면 항상 들고 다녀야 하는 필수품부터 챙겼다. 벌에 쏘였을 때 우선 혈관에 찔러 넣어야 하는 주사약이다.

나도 모르는 나의 알레르기! 언젠가 나타날지 모르는 내 몸속의 비밀이 얼마나 더 있을지? 앞으로도 계속 기대 반 우려 반으로 기다려볼 작정이다.

연구해도
정답은 없는 것

　아이들 어릴 때 어지간히 나는 내 삶에 몰두해 있었다. 그래서 만족할 만큼 아이들과 시간을 같이 못 했던 일이 늘 아쉽다. 그렇다고 옛 어른들처럼 아예 몰라라 한 정도는 아니고 그냥 내 성에 차지 않는 정도라고 하는 것이 맞을 듯싶다. 가끔 주말이면 살이 꽤 통통하게 오른 작은 녀석을 데리고 근처 산에 오르거나 건너편 동네에 산책을 다녔다. 다세대 주택을 지나면 "이 집에 몇 집이 살까?" 하면 늘 하던 대로 아이가 집 뒤에 있는 계량기 개수를 세었다. 그러고는 "여덟 집" 한다. 그러고는 다시 또 걸음을 옮겼다. 겉으로 보아 한 집이지만 여럿이 더불어 살아간다는 가늠을 계량기를 세어서 하는 것이 별 재미난 일도 아니지만 그렇게 아이를 데리고 다니면 그런 문답도 아이에게 도움이 되겠지 싶었다. 시간을 많이 같이 못 보내니 사소한 일에도 의미를 부여하고 싶은 심리였을까? 아니면 소방 도로조차 없는 그 동네의 계량기를 보며 '구난의 손길은 미치지 않는데 징수의 손길은 닿아 있는' 현실의 모습도 있음을 아이도 보아주길 원했을까?

다 자라서 각자 자기 가족을 만들었으니 이제 내가 더 가르칠 일은 없다. 아들놈이 난관에 부닥치거나 어찌할지 몰라 당황할 때, 내가 들어줌으로써 외롭지 않게 해주는 게 할 수 있는 일이겠지 싶다.

나는 아이들에게 목표를 제시하는 것이 조심스럽다. 우리 아이가 뚜렷한 목표를 가지고 불굴의 의지로 도달해서 멋있는 사람이 되는 것이 나도 싫지 않다. 그런 세상 사람들의 일반적인 바람을 초월했거나, 아니면 가진 것이 많아서 그럴 필요가 전혀 없는 탓도 아니다. 단지 아이에게 목표를 심어주기가 두려울 뿐이다. 목표라는 것은 건강하게 성취동기로 작용할 수도 있고 지향점이 되기도 하지만, 자기 것이 아니어서는 아무 의미가 없고 오히려 아이를 불행하게 하는 요인이 될 수 있다는 생각 때문이다. 자기가 달성한 만큼 자기를 대견하게 여기고 그 이룬 만큼을―그것이 적든 많든―행복의 원천으로 삼아가는 삶이 좋아 보인다. 목표를 세워놓고 늘 그 목표에서 모자라는 부분을 바라보고 조바심하고 안타까워하는 모습을 보는 것은 건강한 성취 욕구일 때만 보기 좋다. 목표에의 과한 집착은 자신에 대한 불만을 끊임없이 가져올지 모른다는 불안 때문에, 아이에게 목표를 내가 제시하는 것은 두려울 뿐이다.

신부님께서 언젠가 내 고해를 듣고 나시더니 "나태하고 포기하는 것은 피해야 하지만 그냥 거울을 바라보며 가끔은 '그래 그만하면 됐어' '수고했어' 하고 자신에게 너그러워질 수 있으면 좋을 것 같다"고 하신 적이 있었다. 안 그래도 세상은 끊임없는 평가의 연속으로 이루어져 있다. 성적이나 고과 같은 평가뿐만이 아니라 평판이나 뒷담화에 이르기까지 끊임없이 서로를 평가하고 그에 영향받으며 살아간다. 그러니 세상의 잣대에 맞추어 혹은 자신이 세운 잣대에 맞추어 늘 나 자신까지 평가를 해대는 것은 안 했으면 좋겠다. 그러니 내 아이가 끝간 데 없이 목표만 보고 노력하는 것보다는 자기 자신을 좀 너그럽게 품어주고 토닥여주는 마음의 쉼과 여유를 가지고 살아가는 것도 썩 괜찮은 방법이라 생각한다.

나부터가 뭐 그다지 교훈적인 삶을 산 것도 아니고 내가 겪어온 세상을 바탕으로 아이에게 교훈이라고 떠들어봤자 그 아이들이 살아갈 세상은 내가 지금 짐작조차 못 할 세상이 되어 있을 것이 확실하다. 그러니 단정적으로 교훈을 주거나 가르치려 드는 일에도 움츠러들 때가 많다. 내가 깨달아 가던 과정 정도 알려주는 게 좋지 않나 싶다.

끝없이 생각하고 연구해도 정답은 없는 것이 자식 사랑이다.

주인이 좋아,
음식도

아주 더운 날은 아니었지만 펄펄 끓는 음식은 피하고 싶은 날이었다. 회의실에 앉아 몰두하다 보니 시간이 언제 그렇게 지났나 몰랐다. 시계를 보니 12시 반이다. 나도 물론 시장기가 몰려왔지만 같이 회의하는 임원들에게 미안했다.

"어! 시간이 이렇게 됐네. 밥 얼른 먹고 하지. 갑시다. 날 더운데 냉면 먹으러 가지."

벌떡 일어나 그대로 셔츠 바람에 나갔다. 장충동 평양면옥은 걸어서 15분이면 가는 거리에 있다. 워낙 내가 동작도 걸음도 빠르니 임원들도 윗도리며 자료며 그대로 다 회의실에 놓고 셔츠 바람에 따라오기 바빴다. 늘 지나고 나면 아차 싶고 미안한데 급한 성격 탓에 매번 이런 식이었다. 나는 벌써 저 앞에 가버리고 임원들은 어디인지 한참 따라가다 알게 되는 경우가 잦았다.

평양면옥에 자리를 잡고 앉자마자 늘 먹던 식대로 제육과

만두 그리고 냉면을 시켰다. 허겁지겁 먹고 나서 배가 불러오니 세상이 모두 여유롭다. 그런데 아차! 지갑이 없었다. 주머니를 뒤져보니 현찰도 동전 한 닢 없었다.

"누구 계산 좀 하지. 나 암것도 없어."

"저도……."

"저, 저도……."

아무도 없었다. 상의는 의자에 걸어두었고 회의하다 그대로 달려 나오는 바람에 아무도 지갑이 없었다. 비서에게 돈을 가져오라고 하자니 줄 서서 먹는 집에서 기다리기가 미안했다.

"회장님, 제가 가서 양해를 구하겠습니다."

"아냐! 자네가 가면 자네가 누군지부터 설명해야 하고 복잡해. 그리고 우리 회사 임원이 돈 없어 외상 달라고 사정하는 거 모양 빠져서 싫다. 내가 할게."

회장이 사정하는 것은 모양이 안 빠지나? 그런데 그 순간엔 그럴 것 같았다. 카운터에 앉아 있는 사장님에게 가서 조심스럽게 말을 건넸다.

"저…… 사장님."

"네? 뭐요?"

"저 두산그룹 회장인데요. 돈을 안 가져와서요. 죄송하지만 곧 가져다 드리겠습니다."

안경 너머로 한심한 놈 다 봤다는 눈으로 올려다보며 딱 한마디 한다.

"5만2천 원이요"

"예. 감사합니다. 곧 가져다 드리겠습니다."

일간신문에 올랐던 냉면 사건의 전말이었다. 그냥 회장이 직접 나서면 신뢰도가 높아지지 않을까 생각한 게 맞은 것 같긴 했다. "제가 두산의 ○○임원인데요" 어쩌고 하면 후속 질문이 이어질 가능성도 높고 과정이 복잡해질 수 있었다. 나중에 회사에서 그 이야기를 하니 다들 "에이, 회장이라고 더 신뢰가 갈 일은 없어 보입니다. 회장님. 5만2천 원이잖아요. 520만 원도 아니고" 한다.

벌게진 얼굴로 나와 회사로 가는데 100미터쯤 갔나? 낯이 익은 얼굴의 젊은이가 걸어간다. 또 내가 나섰다.

"저…… 혹시 두산 다니시나요?"

"아, 넵. 회장님. ○○부문의 ○○○과장입니다."

"어, 자네 5만2천 원 있나?"

"네?"

"있으면 나 좀 꿔줘. 내가 30분 내로 갚아줄게."

"앗…… 네."

직원이 이게 무슨 시추에이션이지 하는 아주 괴이쩍은 표정으로 돈을 꺼내서 준다. 그렇게 해서 달려가 돈을 갚았다.

이 사건이 온갖 신문에 나고 나서 그 사장님과는 가까워지게 됐다. 홍보 효과가 상당했다고 나중에 들었다. 사장님은 신문을 읽은 지인들에게 전화를 하루 종일 받으셨다고 한다. 언제 가도 항상 깨끗한 냉면집 평양면옥은 그렇게 단골이 됐다.

나는 한 그릇 음식을 좋아한다. 그러다 보니 노포들을 꽤 찾아다니는 편이고 곰탕은 빼놓을 수 없는 선호 메뉴 중 하나다. 나는 우리나라 곰탕집 중 단연 명동 하동관을 최고로 꼽는다. 내 몸에는 곰탕을 덜 먹는 게 좋다고 해서 거리를 두다가도 참을 수 없어지면 가끔 찾아간다. 변함없이 혼잡스럽고 배급인지 식사인지 혼란스럽지만, 놋그릇이며 곰탕 맛도 변함없기는 마찬가지다.

꼬마 적에 아버지가 가끔 하동관에 데려가시면 그렇게도 싫었다. 방 안 가득한 어른들 틈에 끼어 앉는 것부터가 싫었다. 아버지는 유난히도 방바닥에 앉을 때 내가 한쪽 손을 짚고 비스듬히 앉는 것을 싫어하셨다. 대뜸 "어른 앞에서 나발을 불고 앉느냐?"고 일갈을 하시며 나무젓가락으로 내 팔뚝을 가차 없이 가격을 했다. 아마 반쯤 기대서 앉는 버릇없는 모양을 지칭하는 말이었던 듯하다. 그러니 그 어른들 틈에 똑바로 앉는 것부터가 불편의 시작이었다. 게다가 냄새 나는 생파를 듬뿍듬뿍 얹어 드시는 모습도 싫고, 국물에 깍두기 국물을 주전자로 들이붓는 것도 싫었다.

"그릇 하나 주시오" 하시고는 당신 그릇에서 덜어내 한 그릇을 만들어주시면, 어린 나는 아버지 규율대로 밥알 하나 안 남기고 그 싫은 곰탕을 다 먹어야 하는 것도 고역이었다.

아버지 돌아가시고 외국 생활 하면서 하동관 곰탕 그립다는 생각을 해본 적이 없었다. 어릴 적에 별로였으니, 어른 되어 새삼스레 찾거나 그리울 일이 없음은 당연한 일이었다.

그러다가 귀국하고 정말 한세월 만에 하동관을 찾았다. 변함없는 놋그릇에 심지어는 아버지 살아 계실 적에 곰탕을 나르던 청년이 그 모습대로 나이 든 아저씨가 되어 있었다. 불편과 싫었던 기억은 사라지고 곰탕 한 그릇에 세월 지난 추억이 진하게 맛깔스럽게 남았음을 그날 나는 알았다. 그러고는 성인병 진단을 받을 때까지 무던히도 자주 찾는 단골이 되었다.

가끔씩 찾아가서 오랜만에 곰탕 한 그릇을 맛있게 먹는다. 밥알 한 톨 국물 한 방울 안 남기고 깨끗이 비운 그릇을 내려놓으며 뿌연 국물만큼 눈앞이 흐려지는 것을 간신히 참는다. 그리고 마음속으로 한마디 한다.

"보세요, 아버지. 한 톨도 안 남겼습니다." 그렇게 곰탕 때문에 눈물 솟는 점심이 되곤 한다.

청와대를 향해 가다 보면 경찰이 막아선다. 그 검문을 지나 골목으로 들어가면 레스토랑 두오모가 있다. 작은 테이블이 넷에 큰 테이블이 하나인 작은 레스토랑 두오모는 소박한 이탈리안 음식을 한다. 옆 테이블 이야기 소리 다 들리고 뭘 먹는지 흘깃거릴 필요조차 없는 작은 집이다.

"여보. 인터넷에 있다는데 찾아봐. 두오모라고."

오래전 일요일 아침, 아내가 내게 검색을 시켰다. 효자동에 있는 두오모는 그렇게 검색을 해서 찾아간 집이었다. 햇빛이 밝은 날은 창문이 많아 온실처럼 포근해지고 눈이 오는 날은 한옥 이웃으로 이어진 골목이 잔잔하게 눈밭으로 변해간다. 광고 회사를 다니다 이탈리아에 가서 가정식을 배워온 주인, 허인 셰프가 어눌하지만 다정한 목소리로 "음, 우리 아저씨 야채 많이 드셔야 하는데……" 하며 권해주는 샐러드며 파스타가 항상 입에 달다. 손님이 반 이상 젊은 여성인 것만 보아도 두오모 음식이 어떨지는 금방 짐작이 간다. 가볍고 맛깔스러운 파스타와 역시 크게 살찌지 않을 것 같은데 입에 달라붙는 샐러드가 일품이다.

두오모는 해가 기울고 난 뒤 도착하면 길 건너에서 들여다보이는 레스토랑이 그대로 작품 사진이다. 격자무늬 유리창 안으로 다정하게 이야기를 주고받으며 식사를 하는 모습을 보는 순간부터 가슴이 따뜻하게 데워져온다. 그리고 무엇보다 남에게 험한 짓은 절대 못 하게 생겼고 실제로도 못 하는 주변머리의 착한 주인이, 늘 뭐든 누구든 제 식구 식사 챙기듯 해줄 것 같은 집이다.

내가 단골로 삼는 집이 대개 그렇다. 가게가 너무 크지 않고 주인이 항상 나와 있는 집이 좋다. 그 주인이 음식을 직접 하면 더 좋다. 그리고 그 주인이 사람 좋고 대하는 사람을 푸근하게 해주면 제일이다. 음식? 그건 주인이나 셰프가 그런 품성이면 절로 따라서 좋을 수밖에 없다. 단지 지나치게 화려하거나 요란한 음식은 가끔은 별미라고 할지 모르지만, 조금은 부담스러울 수밖에 없으니 그런 음식을 하는 식당의 단골이 되긴 힘들다.

이러다 보니 기업형 음식점은 어지간하면 내 개인의 식사로는 가게 되질 않는다. 손님을 만나기 위해 격을 찾아야 하는 때는 할 수 없이 그런 음식점에 가지만 내가 좋아서 내 발로 찾아가는 경우는 많지 않다. 그런데 그렇게 기업형의 큰 음식점 중 유일한 예외가 을지로 주교동의 우래옥이다. 우래옥은 일단 기업형이지만 오랜 세월 동안 같은 기대를 갖고 찾아오는 고객들에게 변함없이 음식을 내어 그런지, 낯설지 않고 불편하지 않고 편안하다. 줄 서는 불편이 있긴 하지만 냉면집은 그것이 매력이니 불평할 일은 없다. 고기 향이 짙은 냉면이 반세기를 넘어 한결같고, 불고기 맛도 늘 변함없이 대한민국 최고다. 갈 때마다 앞에 앉아 계신 전무님께 반갑게 인사를 하고 전무님도 마찬가지로 반갑게 인사를 받으신다. 지금은 은퇴를 하셨지만, 노포의 전통을 온몸으로 나타내듯 그렇게 앉아 있던 분이 안 보이는 날은 가슴이 철렁하곤 한다. 이렇듯 노포들을 찾는 날이면 음식뿐 아니라 사람이 주는 정이 내 식욕을 돋운다.

술에 취해 추태를 부리는 사람이 거의 눈에 띄지 않는 언덕 위 치킨집 '계열사'는 이름이 재밌다. 거기서 만나자고 하면 처음 가는 사람들은 "계열사라 하시면 어느……?" 하고 바보 같은 질문을 한다. 부암동 계열사는 한겨울을 빼고는 늘 줄을 서야 한다. 전면이 유리라 안에서 웃으며 치킨과 생맥주를 즐기는 사람들을 쳐다보며 20~30분은 침을 삼켜야 자리가 난다. 요즘은 지하실을 확장해서 그나마 줄이 짧아졌다.

"아, 웬 술을 그리 마셔! 그만 마시고 가!"

"아니, 그 소면을 그렇게 비비면 어떻게 해! 소면 따로 골뱅이무침 따로 먹는 거야!"

땅딸막한 계열사 사장님의 불호령이 떨어진다. 그러면 하하 웃으며 다들 꼼짝 못 하고 그 말을 들을 수밖에 없다. 자신의 정체성을 생맥줏집 주인이 아니라 음식 깔끔하게 잘하는 장인으로 세웠으리라 짐작이 가는 장면이다. 실제 나도 계열사에 치킨을 먹으러 간다. 물론 생맥주가 빠지진 않지만 닭튀김은 이 집이 단연 대한민국 최고라고 생각한다. 나보다 딱 한 살이 많아 내가 가끔 장난으로 "사장 누나!" 하고 부르면 꼬장꼬장한 사장이 호쾌하게 마주 웃는다.

"줄 서야 하는 집은 언제가 제일 행복한지 알아?"

"아, 그거야 음식을 먹을 때 아니겠습니까?"

"아니야. 줄 서 있다가 막 자리가 나서 엉덩이 붙이고 뭘 먼저 먹을까 막 고민을 시작하는 그 순간이 제일 행복한 순간이야."

내가 후배들이나 직원들에게 늘 펴는 지론이다. 다르게 표현을 하면 줄을 서기 때문에 그 순간의 행복감이 극대화된다고 해야 맞을지도 모른다. 특히나 땀이 나는 여름날, 침 삼키며 갈증을 달래다 드디어 자리가 나서 앉는 순간의 행복감은 비할 데가 없다. 오랜 줄 서기에 보상을 받는 순간이며, 아직 줄 서 있는 사람들을 바라보며 느끼는 상대적 행복감, 그리고 이제부터 이어지는 미식의 향연에 대한 기대까지! 제일 행복한 순간이다. 그러고 나서 음식을 받아먹기 시작하면 서서히 그 행복감은 포만감으로 바뀌어간다.

주인이 좋아 단골이 된 집은 음식도 실망시키지 않는다. 삼선동 골목 안에 숨겨진 단골 고깃집도 그런 경우다. 멋지거나 개념 있어 보이는 이름도 아니다. 그냥 투박하게 '생고기촌'이라고 써 있을 뿐이다. 주인 부부가 둘이 꾸려가는 음식점인데 꽉 들어차게 앉아도 스무 명 남짓 간신히 들어갈까 싶다. 보통은 끽해야 한두 테이블 손님을 맞을 뿐인 고깃집인데 고기며 음식이 참 소박하게 맛있다. 신부님들이 소개를 해주셔서 알게 된 주인 베드로 형제와 손을 잡고 인사를 하고 나면 마음부터 푸근해서 콩만 한 주방에서 나오는 음식이 모두 내 집 음식같이 느껴진다.

가끔 손님을 모시고 가면 표정이 썩 반갑지 않게 되는 적이 있다. 들어가는 골목부터가 이런 데 무슨 맛집이 있겠나 싶은 데다가 정작 가게에 들어서면 한쪽에 신발장 옆에 냉장고가 덜렁 서 있고 티브이에서는 그날의 예능 프로그램 정도가 나오고 있다. 그러니 표정이 안 좋을 수도 있다. '하필 이런 집에 나를 데리고 왔을까?' 하는 표정을 숨기지 못한다. 그러나 물김치 한 숟갈 떠먹고 나면 의외로 시골 김치 같은 구수함에 갸우뚱하고, 그러다 고기 몇 점 구워 먹고 된장 밥이며 내장탕이 나오면 표정이 환하게 펴지는 손님이 여럿 있었다. 그러니 그런 의외의 맛집에 같이 가서 손님을 골려주고 즐겁게 놀래주는 맛도 쏠쏠하다. 나는 단골이라고 특별한 서비스를 해준다. 밥을 다 먹고 나면 주인이 씩 웃으며 쟁반을 내민다. 동네 슈퍼에서 가져온 아맛나, 바밤바, 메로나 등의 아이스케키를 골라 먹으라고 주는데 그 어느 호화 레스토랑의 디저트보다 깔끔하고 정겹게 입안을 씻어준다.

사람은 하고 싶은 일을 하며 살아야 한다. 증권회사를 다니다 때려치우고 어느 코딱지만 한, 내 단골 레스토랑의 주방에서 요리를 배우는 민머리의 중년 초입의 사내가 눈에 띄었던 것이 10년 전이다. 김재우 셰프는 그렇게 해서 팔판동 반지하에 자리를 잡고 개업을 했다. 햄버그스테이크, 오므라이스, 치킨, 카레 같은 경양식을 메뉴로 문을 열더니 입소문 타고 잘되어 지금의 큰 장소로 옮겼다. 남산 1호터널로 올라가는 길에 있는 오리엔스호텔에 가면 '그릴 데미그라스'가 있다.

그 나이에 다니던 직장을 그만두고 남의 레스토랑에서 주방 보조 겸 견습을 하고 있던 그가 참 생소했다. 세월 가며 그의 사진 솜씨와 예술적인 감각을 보니 그 자유로운 영혼과 금융회사는 애초부터 잘못된 조합이라는 생각이 들었다. 그래서 그가 자유롭게 호흡하며 살아가는 모습이 보기 좋다.

그리고 그렇게 만들어 내어 오는 음식에서는 자유로운 친구가 즐겁게 해주는 손맛이 느껴진다.

　호기심이 많아 새로운 음식, 새로운 식당들을 찾아다니는 것도 즐거운 일이다. 사실 그렇게 해서 단골이 된 집도 있다. 하지만 새로운 것이 주는 즐거움 다르고 단골집이 주는 즐거움이 다르다. 새 친구와 오랜 친구의 차이 같다고나 할까.

아까부터
자네 알아봤어

지난 여러 해 동안 매년 여름휴가만 되면 뭐든 꼭 큰 사건이나 일이 생겨서, 여행 계획을 몇 달 전부터 세웠다가 취소하곤 했다. 대한상의 회장이 되자마자 이듬해 세월호의 비극이 있었고 그다음 해는 메르스 사태가 터졌다. 그리고 그다음 해는 내수 경기가 나빠 국내서 휴가를 보냈고 그해 말은 혼란 속에 결국 촛불로 이어졌다. 그다음 해는 새 정부 들어서 정신이 없었다. 이런 식으로 매년 일이 있었다.

나는 서울에 남고 가족들은 예정대로 여행을 가기도 했고, 아니면 가족들도 모두 서울에서 여름을 보내기도 했다. 그래도 그렇게 보내는 여름이 괜찮았다. 며칠은 쉬어야 하니 계획을 세워 아침에는 급식소나 양로원에 가서 일을 하고 오후에는 사무실에 들르거나 집에서 쉬며 노동 후의 나른함을 즐기는 날들을 보냈다. 그래도 서울에 있으니 마음이 편했고, 나라에 힘든 일이 생겼는데 짐 싸 들고 놀러 가지 않는 것은 당연한 일이니 아쉬울 일도 없었다.

　그렇게 서울에서 지내던 여름이었다. 휴가로 정한 날이어서 그런지 아침부터 좀이 쑤셨다. 늘 애용하는 카메라를 들고 반바지에 운동화 바람으로 집을 나섰다. 지하철역에 가서 어디로 갈까 노선도를 올려다보며 고민하고 있는데 경춘선 ITX가 개통되고 나서 한 번도 타보지 못했다는 생각이 들었다. 무작정 올라타고 망우역에서 춘천 방면으로 갈아타고 나니 금세 창밖에 푸르름이 가득했다. 가다 내키면 아무 역이나 내려서 역사를 어슬렁거리며 사진도 찍고 벤치에 앉아서 음악 듣다 다시 올라타고 또 가기를 반복하다 보니 어느새 김유정역에 도착했다. 어차피 두 정거장 더 가면 춘천 종점이니 꼭 더 가야 할 이유도 없었다. 김유정역은 이름이 붙여진 대로 소설가 김유정을 기리는 시설들 말고는 아무 특별할 것이 없는 작은 동네다. 이 골목 저 골목 돌아다니며 사진을 찍다 보니 목이 말랐다.

　다시 역으로 돌아와 갈증을 해소할 곳을 찾으니 길 끝에 편의점이 있었다. 맥주 세 캔을 사 들고 나와 편의점 앞 파라솔에 엉덩이를 붙이고 나니 해는 기울기 시작하고 바람도 서늘하게 식어갔다. 맥주를 세 캔이나 사서 나오며 너무 많은가 싶어 잠시 망설이던 일이 언제였나 싶었다. 세 캔을 사 오기 잘했다는 생각까지 들었을 정도로 해 질 녘까지 앉아 있고 싶었다. 한 캔을 비우고 두 캔째를 따는데 맞은편 파라솔에서 혼자 앉아 나를 쳐다보고 계신 어르신과 눈이 마주쳤다.

"어르신, 한잔하시겠어요?"

"어…… 그럴까?"

잠시 주저하는 듯하다 사양 않고 그러자고 하신다.

남은 한 캔을 따서 들고 자리를 옮겨 마주 앉았다. 앉자마자 말동무가 아쉬웠는지 이야기가 쏟아진다.

"아, 요즘 나라꼴이 말이야……"부터 시작해서 "내가 소싯적에는……"까지 이어지는 동안 맥주는 두 번을 더 사 왔고 결국 나는 다섯 캔, 그 어른은 세 캔을 마셔버렸다.

슬슬 집에 돌아갈 시간도 되어가는데 이분이 말이 어눌해지며 취하기 시작하신 듯했다. 일어날 구실을 찾다가 "저, 어르신 사실 저는……." 서울에서 온 사람이라 돌아가야 한다고 입을 떼려는데 미처 그 말을 하기도 전에 한마디를 하신다.

"자네 말야."

"예?"

"나 아까부터 자네 알아봤어."

"아, 네."

"자네 얼굴이 참 낯이 익다 싶어 쳐다본 건데 말야. 같은 동네 어른을 만났으면 인사부터 해야지."

"네? 아니 저는……."

"아, 괜찮아. 한동네 살아 얼굴도 아는데 이렇게 한잔 같이 했음 됐어."

"네……."

"가 봐. 이제. 맥주 잘 마셨어. 나도 마누라 기다리니 가야지.”

　“아. 네 어르신. 살펴 가십시오.”

　혼자 낄낄 웃으며 지하철을 타고 집으로 돌아왔다. 얼굴이 팔려도 나는 연예인이 아니다. 제대로 아는 분이 아니면 이런 일이 흔하다. 어디서 보긴 본 사람인데 연예인 비주얼은 아니니 그럴 수밖에.

세월 가는 것도
썩 괜찮은 변화다

친구한테 전화가 왔는데 못 알아듣고 계속 헤맨다.

"용만아, 추석인데 뭐 했어?"

"어! 나 바이러스성 장염에 걸려서 하루 병원에서 누워 있다 나왔어."

"전화가 왜 이러지? 누워서 뭐 한다고?"

"아니, 병원에 입원했었다고."

"병원 가는 길이라고?"

"아니, 나왔다고 버얼써."

"어, 그래서 뭐 했다구?"

"아! 씨! 똥 싸고 자빠졌다구! 됐냐?!"

말귀 못 알아듣고 더듬거려도 악다구니 퍼부을 수 있는 친구가 좋은 것은 어릴 적이나 지금이나 매한가지다. 밥이라도 먹고 넘어가자고 오랜 친구들이 모이면 초등학교, 중학교 시절에 만나 50년을 지내온 우정이니 어릴 적 악동의 만남이 지금도 매한가지다. 다들 이제 예전처럼 몸놀림에 자신이 없다. 시간이 갈수록 귀가도 빨라졌고, 주량도 줄어간다. 무리하지 않고 예전만 못한 몸의 변화에 맞춰가는 탓이다. 그런데 아직 친구 하나가 담배를 피운다. 만날 때마다 이젠 끊으라 끊으라 해도 소용이 없다. 본인인들 끊을 생각이 없진 않겠지만 여전히 손에서 담배를 버리지 못한다. 반주 몇 잔에 저녁이 왁자지껄 웃음소리와 함께 떠들썩한데, 조용히 일어난 친구 하나가 찬바람 부는 밖으로 나가 담뱃불을 붙인다. 지나가는 요란한 야구 모자 차림의 젊은이 옆의 반백의 친구가 쓸쓸해 보인다. 그래! 피우게나. 그나마 즐거움일 텐데……. 친구의 희어진 머리를 바라보며 너그러워질 수밖에 없다.

나이 먹어가는 것은 내 생활 구석구석을 바꿔놓는다. 하다못해 몸에 걸치는 옷차림도 왠지 늘 입던 옷들이 주저되고 다시 한번 거울을 보게 된다. 나이 들어가며 얻은 패션 진리는 뭐든 조금 더 가려야 보기 좋다는 것이었다. 민소매보다 소매 있는 옷이 보기 좋고, 심지어 라운드넥보다는 칼라가 서 있는 셔츠가 보기 좋다. 칼라가 선 셔츠를 입더라도 셔츠 단추는 하나 풀어놓는 게 맥시멈이다. 엘비스 프레슬리 흉내 내서 두 개, 세 개씩 풀고 다니다가는 동네 늙은 제비 소리 듣기 십상이다. 반팔 셔츠 아래 주름진 팔뚝을 보이기보다는 긴팔 셔츠 얇은 것을 입는 게 보기 좋고, 정 더우면 긴팔 셔츠를 맵시 있게 한두 번 걷어 올리는 것이 차라리 낫다. 사실 얇은 스카프라도 하나 걸쳐주면 더운 듯싶은 봄가을에도 더 맵시가 낫다. 맨셔츠 바람보다는 재킷을 걸친 것이 보기 좋고, 재킷 단추도 단정히 잠근 것이 보기 좋다. 결론은 나이든 남자가 제일 보기 좋은 때는 겨울이라는 점이다. 셔츠에 타이도 매고 정장 위에 머플러와 코트를 걸치고 중절모까지 반듯하게 쓴 아래로 흰머리가 조금 보이면 제일 보기 좋다. 난 여름이 좋은데 남이 보기에는 겨울이 그나마 보기 좋은 사람이 되어버렸다.

시간이 흘러가며 내 몸도 생각도 예전 같지 않음을 자주 느낀다. 젊음이 물러감을 느끼는 것은 아마 인간의 가장 큰 상실감 중의 하나이겠지 싶다. 예전처럼 필요할 때 몸이 용수철처럼 튀어 올라 주지도 않고, 몸을 쓰고 나면 피로는 더 오래 머물다 간다.

생각도 마찬가지다. 내게 남은 시간과 견주어보면 미래에 대한 장대한 꿈과 포부가 부질없어지니, 무엇을 해서 과실을 보겠다는 생각이 줄어들어 간다. 동시에 평생 학습하고 경험해서 견고하게 다져놓은 내 판단의 잣대에 대한 집착도 사라져간다. "그럴 수 있지" 혹은 "내가 다 옳을 수 있나?" 하며 판단하기를 유보하곤 한다. 이렇게 젊음을 잃어버리고 변하는 과정에 자주 당황하고 아쉬워했는데, 갈수록 잃는 것만큼 얻는 것이 있고 혹은 더 많다는 생각에 그냥 괜찮다. 아니 오히려 편안하고 다가오는 변화가 마음에 들기까지 한다.

젊은 육체가 멀어져가는 것은 유연성과 휴식의 단맛을 더 알게 해줬다. 부상의 걱정 없이 덜 힘들고 이를 덜 악물어도 되는 편안한 운동으로 날 이끌어줘서 고맙기까지 하다.

꿈에 대한 미래의 과실을 꼭 보겠다는 생각이 사라지니 초조감도 따라서 사라진다. 봉사도 내 손으로 끝까지 다 하지 않아도 무방하고, 그냥 누구에겐가 도움이 되는 좋은 일을 하면 흡족하다. 누군가 뒤에 받아서 할 사람이 있으면 좋고 아니어도 괜찮다는 생각이 오히려 그늘에 있는 사람들 돕는 일에 손 내미는 것을 주저하지 않게 해준다. 내가 가지는 것보다 나눔에 대한 생각도 커지니 그 또한 보람이고 얻음이 된다.

판단의 잣대나 프레임에 대한 확신이 물렁물렁해지니 그것도 괜찮다. 분노와 실망이 줄어들고, 내가 옳았음을 확인해야 하는 부담도 줄어든다. 절로 나를 대하는 사람들이 편안해한다. 그러니 내 입장에서는 대화가 가능한 상대의 폭이 넓어지고, 세상을 전혀 새로운 잣대로 볼 수도 있어졌다. 이렇게 잃어버리는 과정이 동시에 얻어가는 과정이기도 하니, 세월 가며 변하고 잃는 것도 썩 괜찮은 변화다.

나도 똑같은 이유로 비난받을지 모르지만 우리 주변에 흔한, 잘못 나이 든 어른 행세를 보고 있자면 참을 수 없는 거부감과 욕지기가 올라온다. 남들이 좋은 일을 하거나 성과를 낼 때 가만있는 자신이 소외되는 기분이 든다면, 스스로 동참하거나 다른 일로 노력하면 된다. 그런데 그러지 않고 남이 한 일을 평가절하함으로써 위안을 삼으려 한다. 남들이 어른 대접하고 공경하는 것은, 그렇게 공경할 만큼 본인이 노력하거나 희생이 있기 때문이다. 그런데 '내가 몇 살인데……' 혹은 '내가 지위가……'라는 이유로 공경하라고 강요하면, 돌아오는 것은 비웃음뿐이다. 공경받고 대접받고 싶으면 권위를 버리고 희생하고 동참해서 노력으로 앞서가야 한다. 자신의 생각과 다름은 그냥 다르다고 해야 한다. 상대가 무조건 옳지 않다고 주장하고 공격하는 것은 자신의 논리에 아무런 설득력을 보태지 않는다. 논리가 부족하고 타당성이 부족한 소리를 강변하는 사람들이 흔히 문제보다 사람을 공격하고, 논리의 단단함보다 거친 톤과 매너로 무장하려 하고, 무조건 룰이나 규정부터 들이밀며 우긴다. 특히 자신의 경험치 밖에 있는 일에 대해 안 해봐서 모른다고 인정하기보다, 자신이 익숙한 룰과 잣대 안에 억지로 욱여넣으려 한다.

평등의 바탕 위에 깨달음과 솔선으로 나이를 먹어야 향기가 나는 법이다. 악취 나는 어른 행세를 지켜보는 젊은이들이 어떤 생각을 하는지 전혀 모르면, 그 무지 자체로 이미 전혀 어른이 아닌 것이다.

존경한다는 말도
사실이다

"존경하는 분이 있으세요?"

"네, 저는 아내를 존경합니다."

모 일간지와 인터뷰를 하며 이렇게 대답을 한 적이 있다. 농담이 아니고 진심으로 한 이야기였다. 물론 나는 프란치스코 교황님을 정말 존경한다. 내 방 벽에는 그분 사진이 걸려 있어 아침저녁으로 인사하고 기도한다.

그런데 아내를 존경한다는 말도 사실이다. 힘든 어린 시절을 지내고 내가 제대로 어른이 되기까지 가장 영향을 많이 준 사람이 아내다. 아내는 솔직하다. 물론 그런 돌직구의 성격 때문에 내가 가끔 당황하기는 하지만, 사려 깊고 솔직한 성격의 아내가 아내이면서 누나 같기도 했고 때로는 무서운 선생님같이 나를 바로잡아 준 것도 내게는 행운이었다.

젊었을 땐 내가 공사 구분을 잘해보겠다고 꽤나 까다롭게 굴었다. 하다못해 직원이 나한테 명절이나 무슨 날이라고 뭘 보내면 나는 가차 없이 돌려보냈다.

지금도 잊히지 않는 일 중 하나는 내가 청량음료 영업을 담당할 때 일이다. 같이 일하는 영업사원이 나한테 포도를 한 상자 가져왔다. 자기 아버지가 기르신 포도라는데, 그걸 내가 돌려보내느니 마느니 막 펄펄 뛰고 난리를 쳐서 아내하고 다툰 적이 있다.

그때 아내가 이렇게 얘기했다.

"원칙을 지키는 건 좋지만, 그와 동시에 원칙도 사람 사는 세상의 일이란 걸 생각해야 하지 않을까? 이게 뭐 그렇게 룰을 굉장히 심각하게 어기는 일이야? 직원의 아버지가 농장에서 길러서 맛보시라고 가져온 포도 몇 송이가 그게 무슨 큰 문제가 돼? 감사할 일이지."

들어보니까 그 사람 말이 맞았다. 그래서 그다음부터 직원이 그런 걸 가져오면 정반대로 하기 시작했다. 진심으로 고맙다 인사하고 "잘 먹을게, 맛있었어" 피드백도 주었다. 경험이 없고 판단이 편협하면 의도가 좋아도 이렇듯 싸가지 없게 굴게 되는 일이 흔하다. 곁에 그것을 지적해주고 바른말을 해주는 사람이 있는 것은 참 행운이다.

한편 동창이나 지인들이 여러 가지 부탁을 해오는 경우도 있다. 나 같은 위치가 되면 부탁하는 경우보다 받는 쪽이 훨씬 많으니까. 그런 일에도 내가 굉장히 까다롭게 굴었는데 이 역시 지적을 받았다.

"원칙을 지키는 건 좋은데 한번 이렇게 생각해봐. 당신이 부탁받는 처지니 그렇지, 반대로 당신이 부탁하는 처지가 되면 어떻겠어? 예를 들어 당신이 지금 마음대로 안 되는 일도 많고 기회도 한정돼 있어서, 남한테 부탁하고 다니는 입장이었다고 생각해봐. 좋겠어? 당신은 성질이 까다로워서 아무리 힘들어도 부탁하고 다닌 적 없지만, 젊었을 때 외롭고 막막할 때 생각을 해봐. 당신은 스스로 선택해서 부탁할 일이 있어도 안 한 것이잖아. 그런데 부탁할 수밖에 없는 입장이었거나 부탁하겠다고 마음먹었다면, 과연 그 심정이 부탁받는 처지보다 편안했을까?"

나는 자존심이 센 탓인지 사고가 편협한 탓인지 그도 아니면 자격지심이었는지 젊었을 때부터도 남한테 부탁을 하는 것에 익숙지 못했다. 그 얘길 듣고 보니까 그 말이 또 맞았다. 그래서 그다음부터 부탁해오면 안 되는 건 편안하게, 도저히 이건 내가 못 하겠다고 솔직하게 얘기했다. 그런데 해줄 수 있는 일 같으면 어떻게 하든지 해주려고 노력해보았다. 이제 와서 얘기하자면, 그전에는 부탁을 무조건 다 자르고 거절하는 것이 원칙을 지키는 길이라고 주장했지만, 사실은 그렇게 딱 잘라버리고 소극적으로 대하는 것이 내가 편안한 길이기도 했다. 그래서 아내의 지적이 꽤나 아프게 마음을 찔렀던 것도 사실이다.

사람은 누구나 완벽하지 않다. 원칙은 당연히 지켜야 한다. 그러나 어느 원칙에도 조금씩은 여유가 있다. 부탁하는 사람도 원칙을 지키지 말고 해달라는 것이 아닌데, 원칙이라며 칼같이 말을 끊거나 아예 말을 걸지 못하게 하는 것은 곁에서 보기에도 참 유치하고 옹졸하다는 생각이 들기 시작했다. 부탁을 받으면 원칙을 지키되 부드럽게 일단 들어보고 할 수 있는 것은 가능한 도와주려는 마음은 상대에게도 전해지는 법임을 배웠다.

존경하는 사람이 아내라고 얘기한 것은 마누라가 무서우니까 반 농담처럼 "내가 부인 마마를 존경합니다"라고 답한 게 아니라, 진심이었는데 그 기사 때문에 어지간히 전화 많이 받았다. 마누라가 성인聖人도 아니고 우리 아내도 실수를 많이 한다. 그렇지만 내가 그 사람한테 배운 것이 상당히 많다면, 그걸로 충분히 존경할 만하지 않은가.

한참 데이트를 할 때였는데 첫눈이 왔다. 신이 나서 전화를 했다.

"창밖 봤어? 눈 와!"

"응, 눈 오네."

"아니…… 첫눈 온다고."

"응, 그러네."

"첫눈 오는데 안 좋아?"

"웬 강아지야."

돌직구는 이럴 때도 물론 있어서 날 당황시키곤 했지만.

당신들의 꿈을 꿔라

"못 다 이룬 꿈이 있으신가요?"
"회장님은 꿈이 무엇이었나 궁금합니다."
"꿈을 이뤘다고 생각하시나요?"
신입 사원들과 타운홀 미팅을 하면 자주 듣던 질문들이다.

회사가 어렵던 1990년대의 끝 무렵에 회사를 살리기 위해서 이거 팔고 저거 팔고 맨날 팔기만 했다. 팔면 직원들도 떠나간다. 오늘은 이 팔 잘라내고, 내일은 또 저 팔 하나 잘라내고…… 게다가 살기 위해선 또 이걸 줄여야 된다, 저것도 줄여야 한다, 이런 날들의 연속 속에서 꿈 이야기랍시고 늘어놓는 것은 왠지 옛 미련 못 버린 허세거나 아니면 현실 모르는 넋두리일 것 같다는 생각이 들었다. 그래서 맨 정신에는 도저히 못 하는 꿈 이야기를 술에 취하면 동료들과 농담처럼 했다.

"우리 회사도 언젠가는 낮에는 베이징 지점에서 일어나는 일을 걱정하고, 저녁때 되면 미국 법인은 어떤가, 막 이런 고민도 얘기하지 않을까요?"

"푸하하, 그런 날 오면 자네가 아디스아바바와 뉴욕 법인장 겸직하게."

"대학 졸업한 학생들이 우리 회사 들어오겠다고 몰려들어서 서류 전형만 몇백 대 일로 잘라내느라 개고생하고 그런 날 있을까요?"

"내가 그때 자네 꼭 인사 담당 시켜줄 테니 밤새 골라봐."

"직원들 중에는 외국 사람들 많아서 회의를 영어로 하지 않을까요?"

"자네 영어 실력이 참 겸손해서 고생 좀 할 거야."

"이익이 조 단위가 되면 어떻게 하지요?"

"음, 은행 가서 달러 지폐, 1000원짜리로 모두 바꿔 올 테니 자네가 다 세어야 해."

"○○은 정도 경영, ××는 창조 경영, 우리 YM 실장님은 심술 경영."

"푸하하하."

그로부터 10년여가 지난 어느 날, 그 꿈이 어느새 모두 현실이 됐음을 알았다. 미국에서 큰 기업도 인수하고 글로벌 비즈니스 하는 기업들을 인수해서 우리 모두 허구한 날 해외 출장을 다니는 것으로 모자라 시도 때도 없이 세계 곳곳의 사람들과 화상회의를 해야 했다. 그렇게 문득 돌아보니 그때 술 취해서 농담으로 하던 꿈 얘기가 다 현실이 되어 있었다. 그런데 우리는 한 번도 "드디어 우리 꿈이 이루어졌습니다" 얘기해본 적이 없었다. 그 시절 꾸던 꿈은 어느 틈엔가 우리 곁에 현실이 되어 있었고, 이미 우리는 또 다른 꿈을 꾸고 있는 자신을 발견했기 때문이었다. 그래서 나는 신입 사원들이나 직원들한테 이렇게 대답한다.

"꿈은 이루어지는 것이 아니다. 꿈은 꿈을 꾸는 사람과 같이 성장한다. 그러니까 꿈이 이루어졌다고 만족하는 것은 더 이상 꿈을 꾸지 않는다는 얘기다. 꿈은 꿈꾸는 사람과 함께 자라나는 것이다."

꿈이 꾸는 사람과 같이 자라난다는 말 속에는 현실에 충실한 것이 무엇보다 중요하다는 뜻이 같이 담겨 있다. 노력하지 않고 꿈을 꾸지 않으며 멈춰 있는 사람에게는 나를 지나쳐 멀어져가는 다른 사람들의 뒷모습을 바라만 보아야 하는 공포가 남을 뿐이다. 그리고 내 꿈을 다른 이가 이루어주리라 기대하지도 말아야 한다. 누구나 자기 꿈을 갖고 살아가기 때문이다.

"못 다 이룬 꿈이 있으신가요?"

사원들의 이 질문에는 이렇게 대답한다.

"걱정 마라. 우리 세대의 꿈은 우리가 다 해결하고 간다. 너희는 너희들의 꿈을 꿔라!"

"우와."

그 한마디 대답에 환호하는 어린 사원들이 귀엽기 한이 없다.

하루는 회사의 어린 직원들이 늦은 생일잔치를 해준다고 하길래 갔다. 앉자마자 나비넥타이로 바꿔 매라고 한다. 노래에 맞춰 춤도 추고 선물도 준다. 재롱을 보면서 고맙기도 하고 귀엽기도 하지만, 한편으로는 잘 키워야 할 텐데 싶어 어깨에 무게가 느껴진다. 답례로 한마디를 해야 하는데 무슨 말을 해줄까 궁리 끝에 입을 열었다.

"지난 일 생각하면 뿌듯하고 다가올 미래 생각하면 가슴 벅찬 매일이 이어지면 제일 좋다. 그런데 그런 매일이 이어지는 것은 교과서에 나오는 일이다. 과거를 생각하면 후회가 있고 미래를 생각하면 불안이 있는 현실이 이어질 수도 있다. 그러니 이 교과서와 현실 중 어느 쪽으로 치우치든 지나치면 곤란하다. 과거나 미래도 중요하지만 현재에 비중을 더 두어라. 오늘 내 앞에 있는 일에 성실하게 최선을 다하고 오늘에 충실하면 과거도 덜 후회스럽고 미래도 불안하지 않다. 기회가 더 보이고 더 멀리 보이는 것은 이런 성실하고 충실한 오늘의 연속에서 이루어진다. 그리고 그 길에서 어느 날 갑자기 꿈이 현실이 되었음을 알게 된다."

눈물을
참지 못했다

　나는 내 첫인상이 어떤지 잘 모른다. 남들이 이야기하는 것을 듣고 '아! 그런가?' 짐작할 뿐이다. 나와 관련되어 접한 보도들 그리고 나라는 사람에 대해 피상적으로 아는 정보를 종합해보면 어렵지 않게 기대치가 설정되지 않나 싶다. 그 기대치라는 것은 전략 업무나 기획 업무, 그리고 알려진 대로 인수합병 같은 일을 해왔으리라는 짐작과 연관된다. 물론 그런 업무들을 오래 한 것은 사실이다. 하지만 내가 회사에 들어오고 나서 오래 한 업무는 영업이었다. 그리고 지금도 향수처럼 그리운 것도 그 영업 일을 할 때였다. 내가 욕 잘하고 급하고 잠시도 가만히 있지 못하는 것은 아마 타고난 성격에 더해서 이런 영업의 경험이 꽤 영향을 미친 것 아닐까 싶다.

　"너, 청량음료 영업 좀 맡아 해라."

"네?"

"아, 거기 영 잘 안 돌아가. 가서 해봐."

사우디아라비아 건설 현장에서 일하다 귀국하고는 맥주 회사에 가서 일을 배워보겠다고 막 견습처럼 일하던 때였다. 어느 날 난데없이 서울 독산동에 있는 청량음료 영업부에 가서 일을 하라는 인사 명령이 떨어졌다. 독산동이라는 동네도 낯설었고 영업이라는 업무도 낯설어서 그다지 내키는 기분이 아닌 채로 청량음료 영업을 하게 됐다. 그러고는 내리 7년을 했다. 지나고 생각하면 업무 자체가 그다지 복잡하거나 고도의 전략을 요구하는 일도 아니었지만, 사람에 대해서 제일 많이 경험하고 사람에 대한 사랑도 가장 많이 배운 것은 바로 영업을 하면서였다.

청량음료 영업은 서울, 경기, 강원 지역을 맡아서 300개 정도의 판매 루트에서 셀러들이 주문을 받아 오면 600개 정도의 배달 트럭으로 배달을 하는 일이었다. 일 자체가 거친 일이고 영업사원들은 고객과 경쟁사 들에 늘 치이고 부대꼈다. 이렇게 낯선 사람들과 생소하고 거친 일을 했지만 내 추억 속에 제일 미소와 그리움으로 남은 시간들이 됐다.

그 당시만 해도 청량음료 영업은 세무 자료 없이 장사를 하는 소매상이 태반이었고 그들을 위한 무자료 도매 시장이 있어서 거래가 정확하지 않고 오류와 부정이 횡행했다. 그래서 주문과 배송을 분리하는 '프리셀링'이라는 방식을 도

입했고 그 때문에 하던 방식을 고집하던 영업 조직 내의 갈등이 늘 골칫거리였다. 처음부터 내가 워낙에 무자비하게 새 방식을 밀어붙여서, 직원들이 하루아침에 사표 700장을 책상에 올려놓고 파업에 들어가기도 하고, 나는 나대로 무자료를 막느라 온 지역을 이 잡듯 뒤지고 다니기 일쑤였다.

그런데 그렇게 갈등하고 부대끼면서 사람에 대한 사랑을 배웠다. 당시에는 나도 유니폼을 입고 슈퍼마켓들을 돌아다니며 진열 체크하고 영업 독려하는 게 매일의 일이었다. 그런데 어느 날, 남산 언저리를 지나는데 우리 배달 트럭 두 대가 구석 그늘 아래 서 있었다. '분명 이 녀석들, 딴짓하고 있지' 하고 근처에 차를 세우고 조용히 다가갔다. 트럭에 가까이 가서 보니 점심 후 식곤증에 영업사원들이 낮잠에 빠져 있었다. 이마에 땀자국이 그대로 말라붙은 채로 세상모르게 잠든 모습에 깨울 용기가 없어졌다. 그대로 뒷걸음으로 돌아오며 가끔은 모르는 척, 못 본 척도 해야 함을 배웠다.

사무실에서 전략도 짜고 마케팅도 하려면 영어를 하고 이론으로 무장된 친구들이 필요하다. 유학 갔다 해외 근무를 하고 들어온 내게도 처음엔 이런 친구들이 달갑고 편했다. 나이 들고 스타일도 거칠고 악수라도 하면 손이 쇳덩이 마주 잡은 것 같은 현장 영업사원들은 아무래도 어색했다. 그러다 보니 그들의 초기 저항이 더욱 받아들이기 어려웠다. 그래서 뭐라고 하면 할수록 나는 더 우격다짐으로 밀어붙이곤 했다.

게다가 논리나 전략으로 일하는 친구들이 아니다 보니 참 여러 가지가 엉터리로 보였고 실제로도 엉터리 같은 일은 늘 반복됐다.

"앗, 부장님. 새벽부터 여기까지 웬일이십니까?"

"자, 루트 나갑시다. 운전하세요."

지방 도시의 판매 루트 점검차 불시에 쳐들어갔다. 소장이 브랜드가 그려진 소장 차를 운전하고 나는 옆에 타서 시장을 향해 가며 이야기를 주고받았다.

"새 차네?"

"네, 부장님, 이제 새로 지급받은 지 넉 달 됐으니 새 차입니다."

"지역이 넓어 힘들지? 그래도 ○ 소장이 자주 나가야 해. 며칠에 한 번 나가?"

"앗, 네. 저는 지역이 넓어서 그냥 한 번만 다녀와도 300킬로입니다. 그걸 거의 매일 다닙니다."

"그렇겠네. 운전 조심하고 다녀. 그런데…… 넉 달 됐다며. 거의 매일 다니면 하루 300 곱하기, 일주일에 네 번만 가도 1200…… 그것이 넉 달이니……."

아무리 적게 잡아도 2만 킬로는 넘어야 맞았다. 그런데 게이지를 보니 달랑 2000 정도를 넘어 있었다. 그렇게 순식간에 계산을 해내는 나도 소위 진상이지만 그렇다고 그 지적에 소장이 사색이 되지도 않는다. 낄낄 웃으며 머리만 벅벅 긁는다. 참 미워할 수도 없고 그렇다고 칭찬해줄 수도 없는 이런 일이 반복되면서 분노는 줄고 정은 늘어갔다.

하루는 담당 관리 지역의 업소들에 관한 정보를 빠짐없이 확보해서 영업사원이 직접 자필로 기록한 대장을 만들라고 했다. 1980년대 후반이니 컴퓨터라는 것은 구경이나 할 시기였고 손으로 쓰는 것이 대세일 때니 직접 기입하는 것은 남 시키지 않고 자신이 했음을 증명하는 길이었다. 그러고 나서 얼마 후 영업소에 나갔다가 그 장부를 랜덤으로 꺼냈다.

"어이, ○○○. 이거 자네 거지?"

"네, 그렇습니다. 부장님."

"이거, 자네 글씨야? 직접 작성하라고 했잖아."

"네, 제가 직접 전부 작성했습니다."

"그렇구나, 손 글씨 잘 쓰네."

"아, 네. 허허허. 부끄럽습니다."

"어, 근데 여기는 글씨가 다르네. 그렇지?"

"네, 다릅니다."

"그럼 이것은 자네 글씨가 아닌 거네?"

"네, 그렇습니다."

"직접 썼다며?"

"네, 썼습니다."

"이건 다른 사람 글씨라며."

"네, 맞습니다."

여기까지 이르러서는 나도 어찌할 바를 모르고 그냥 웃음이 터졌다. 그랬더니 저도 따라 웃는다. 아이고, 화상아! 내가 자넬 어쩐다냐?

시간이 지나고 돌이켜보며 내가 가장 큰 공부를 한 것이 바로 변화와 사람에 관한 것이었다. 새로운 변화가 일어나면, 잃을 것이 없고 바꿀 것이 없는 사람들이 제일 먼저 적응한다. 오랜 경험이 있고 하던 방식에 익숙한 사람들이 저항하는 경우가 많다. 그러면 그들을 치우고 새 사람으로 바꾸어 변화를 추구하는 것이 옳을 것 같지만 사실은 어리석은 방법이 되기 십상임을 배웠다. 내 입에 달지만 경험이 없는 변화 추구자는 도움이 되질 못하는 법이었다. 느리고 변화에 순응하지 않아서 답답하지만, 경험이 많고 유능한 사람은 어떻게 하든 새 방식을 받아들이면 훨씬 영향력이 컸다. 그래서 뭐든 변화가 일어날 때 늘 고심한다. '유능한 사람 돌려 세우기'가 '돌아선 사람 위주로 끌고 가기'보다 훨씬 중요함을.

영업을 할 때는 사무실에 있으면 일을 할 수가 없었다. 허구한 날 유니폼 입고 슈퍼마켓이며 업소를 뒤지고 다녀야 했다. 슈퍼마켓에 들어가 진열을 바꾸고 정리를 하다 슈퍼 주인에게 육두문자도 수없이 들었고, 안 깎아 준다고 악다구니에 욕지거리도 많이 들었다. 하지만 나는 가끔 듣는 그 거친 언어들을 우리 영업사원은 매일 들어야 하니 참 험한 직업임에는 틀림이 없었다. 그렇게 시간이 흘러가며 차차 영업 일로 평생을 보낸 나이 든 소장들이며 지점장들이 소중해지기 시작했다.

속으로 감추질 못해서 그런가? 이번에는 사무실에서 일하는 친구들이 내가 현장만 끼고 돈다고 툴툴대기 시작했다. 참 세상에 쉬운 일이 없었다. 그래도 약간은 군대 같고 약간은 야생마 같은 그 집단이 좋아졌고 참 많은 추억이 쌓였다.

"자네, 담배 있어?"

"아, 저도 떨어졌는데요. 하나 사 올까요?"

강남의 업소 밀집 지역 판매 루트를 돌다 담배가 떨어졌다. 그런데 바로 골목을 돌고 보니 어젯밤에 술 마신 동네다.

"어이, 저기 저 업소도 우리 거래야?"

"네, 저희 거래입니다."

"아, 그럼 내가 담배 가져올 수 있을지 몰라."

문을 두드리니 업소에서 잠을 자고 있던 웨이터가 러닝셔츠 바람으로 문을 빼꼼 연다. 나를 보더니 아주 묘한 표정이 된다. 분명 자기가 아는 인간인데 유니폼 입은 이게 누구더라? 표정에 써 있었다. 한참 껌뻑거리다 "아! 웬일이세요?" 한다.

"자네 어제 나 먹던 자리 안 치우고 그냥 잤지?"

들어가서 전날 밤 술 마신 자리에 가니 내 담배가 그대로 얌전히 있다. 어떻게 알았냐고? 물건 팔러 다니다 보니 업소에 들어서며 나는 냄새만 맡아도 안다. 저녁에 청소하고 퇴근하는 집인지 아니면 손님들 먹던 채 밤새 내버려두었다 다음 날 낮에 치우는 집인지 구분이 갔다.

영업 부서라 술도 어지간히 많이 마셨다. 회사 뒤에 있는 허름한 생맥줏집을 단골로 해놓고 매일 그리로 퇴근을 하다시피 했다. 내가 거기 있는 걸 알고 있으니 동료들이 다른 곳에서 먹다가도 그냥 쳐들어오면 합석을 했고 늘 그렇게 웃고 떠들고 왁자지껄 한 판을 하고 집에 가야 마음이 좋았다. 대리 기사도 없던 시절이라 술을 많이 마시면 차를 회사에 버려두고 직원들과 그대로 떠들어가며 지하철을 탔다. 무엇보다 술 마시던 떼거리에서 갑자기 떨어지는 게 싫었다. 지하철을 타면 정거장마다 하나둘씩 직원들이 내리면서 서서히 술판이 저물어가는 것이 더 좋았다. 본사를 종로로 옮긴 후에는 그 생맥줏집이 우리 따라서 종로로 이사를 올 정도였으니 단골이 아니라 거의 사내 주점인 셈이었다.

부대끼며 지난 세월이 정으로 채워져가는데 할 수 없이 1997년에 회사를 팔게 됐다. 마지막으로 영업사원들과 같이 밥이나 먹고 끝내자고 모였는데 옮겨 가는 친구들은 의연한데 내가 눈물을 참지 못했다. 지금도 새 제품이 나오면 맛보라고 들고 온다. 내게 큰 공부시켜준 동료들에게 참 감사하다.

장사는 사람이 한다.

희망의 누수를
막기 위해

"이대로 가다간 곧 망할지도 몰라요."

1995년 11월, 내가 그룹의 기획조정실장이 된 얼마 후 당시 내 보스이자 경영 총괄을 하던 박용성 회장에게 가서 좀 심각하게 얘기 좀 해보자고 해서 시간을 얻었다. 한 임원과 함께 위기의 깊이와 근거를 설명했다. 어떻게 해서든지 현금을 조달해서 빚을 어느 정도 갚지 않으면, 그룹이 극도로 어려워질 가능성이 농후하다는 결론을 전했다.

"그래? 그러면 빨리 조치를 취해야지!"

내 얘기에 물음표를 달거나 "내가 보기엔 그런 거 아니다" 또는 "아니야, 그럴 리가 없어. 그게 정말 맞는 거야?" 이런 식으로 시간 낭비에 해당하는 논의를 전혀 할 필요가 없었다. 그렇게 해서 바로 위기 극복에 달려들었다.

가지고 있던 비즈니스와 자산 대부분을 팔아치워 현금을 확보하는 안을 만들었고, 당시 그룹 회장인 큰형에게 보고

드렸다.

그렇게 구조조정이 시작됐다.

흔히들 회사가 어려울 때, 구조조정 계획을 세우면 회사가 바로 좋아지는 것으로들 생각한다. '아, 저렇게 살아남기 위한 기획을 했으니 곧 좋아지겠구나!'라고 생각하지만 현실은 전혀 그렇지 않다. 하락세에 있는 회사가 회생 계획을 세우면 그 계획을 실현하는 데까지 시간이 걸리기 때문에, 살아남기 위한 노력을 하는 동안에도 상황은 계속 더 악화되는 것이 보통이다. 살기 위한 계획을 발표했음에도 얼마 후 회사가 쓰러지는 것은 바로 이런 이유다. 우리도 1995년 11월에 계획을 세우고 그걸 집행해가는 데 1996년, 1년 동안 계속해서 바닥을 향해 내려갔다. 그러다 바닥에 달한 것이 1996년 11월, 이때가 거의 최악의 상태였다.

재무 담당자에게 "오늘 막았습니다"라는 연락을 받아야만 내가 겨우 잠을 잘 수 있었던 시절도 있었다. 아주 심각한 날은 그룹의 모든 가용한 부채를 다 일으키고, 전 계열사의 당좌차월을 한도까지 다 끌어 쓰고 보니 그룹 전체에 딱 여유 자금이 600만 원인가 남았다. 그룹의 매출이 당시에 약 3조 정도였으니 그 어려움이 어느 정도인지 회사 경영하는 사람은 다 알겠지 싶다. 겪어본 사람들은 안다. 그 피 말리는 매일이 어떤지. 그래서 지금도 경제 상황으로 보아 어려운 기업들이 많이 나올 것으로 예상이 되면 나도 모르게 입안이 마른다. 주량이 많이 늘어난 것도 이때였다. 뭐든 일을 할 때는 괜찮은데 저녁 시간 초조한 마음으로 시간 가기를 기다릴 때는 견디기가 어려웠다. 그때는 소맥보다는 양주 폭탄을 마시던 시절이었다. 매일 폭탄주를 꽉 차게 따라 열다섯 잔 정도를 마셔야 좀 누그러졌다. 손바닥에 바를 정 자로 열다섯 개를 긋고 나면 집에 들어가곤 했다.

그렇게 회사가 어렵다 보니 직원들도 사기가 많이 죽었고, 그 모습을 바라보는 나도 마음이 아프고 무거웠다. 당시 회사 건물이 을지로입구에 있었고 우리 바로 옆 빌딩은 안국화재라고 삼성그룹의 빌딩이었다. 그 두 빌딩 뒤로 먹자골목이 있어서, 점심시간이면 직원들이 밥을 먹으러 몰려 나갔다. 21층에서 창문으로 내려다보면 삼성그룹 직원들은 다 목에 현대식 카드 키를 달고 웃으며 삼삼오오 점심을 먹으러 갔다. 별거 아닌 그 카드 키를 목에 건 모습이 왜 그리도 부러웠는지 지금도 생생한 기억으로 남았다. 내 심리가 위축되어 그런지 우리 임직원들은 유난히 어깨를 웅크리고 무거운 발걸음으로 나가는 것같이 보였다. 그 어깨를 내려다볼 때마다 코끝이 시리고 이를 절로 악물곤 했다. 그 이후 직원들 관련된 생각을 하거나 중요한 결정을 할 때마다, 내려다보이던 그 겨울의 모습이 떠오르곤 했다. 다시는 임직원들 분하고 서럽게 하지 말아야지 수도 없이 다짐을 했는데, 결국 경영을 하다 보니 그 후에도 그들에게 상처가 될 일을 모두 다 피할 수는 없었다. 나름 그때마다 이유가 있고 내 결정에 후회를 하진 않는다. 하지만 늘 웃음과 보람이 있는 일터를 만들어야 한다는 생각을 한순간도 잊은 적은 없다.

　초기 구조조정을 하던 때 회사 매각을 참 많이 했다. 지금 돌이켜보면 불행 중 다행이었다는 생각이 든다. 회사가 있는데 고용을 줄이는 것은 비교할 수 없이 큰 고통이기 때문이다. IMF사태보다 훨씬 전이어서 매각도 순조로웠고 대부분이 글로벌 기업인 인수기업으로 고용의 단절 없이 직원들이 함께 옮겨 갔다. 익숙하지 않은 다른 철학의 글로벌 기업으로 옮기는 것도 고통이긴 하겠지만, 그 후 우리 경제에 폭풍처럼 닥쳐온 실업 사태를 생각하면 불행 중 다행이라는 것이 솔직한 심경이다.

　동료를 떠나보내는 일은 오히려 그 후에 더 있었다. 늘 그런 일을 겪을 때마다 내가 세끼 밥을 먹고 활동하는 것 자체가 부끄러움이었다. 임직원에게 어떻게든 안정적이고 보람된 직장이 되도록 한다고 했는데, 한 입으로 두말을 할 수밖에 없었던 일이 생길 때는 그때나 돌아보는 지금이나 고통스럽고 부끄럽기 한이 없다. 떠나가는 임직원들과 마지막 술잔을 나누고 울어가며 이별한 날들의 기억이 떠오르면 일할 의욕이 툭 떨어지곤 한다.

　고용은 기업의 리더라 할지라도 내가 베푸는 일은 아니다. 기업의 필요에 의해 계약, 즉 약속에 의해 일하고 보상받는 관계가 시작점이다. 물론 같은 조직 내에서 일하고 삶을 공유하다 보면 가치나 정 등의 공유에 따라 단순한 약속의 관계를 뛰어넘기는 하지만, 그렇다고 내가 맘대로 할 수 있거나 내 결정에 무조건 따라야 하는 관계는 전혀 아닌 것이다. 그러니 시장 상황이나 경제 상황을 핑계 삼아 변명을 할 수는 있겠지만 고용을 지키지 못하고 동료를 떠나보내는 일은 경영인으로서의 내 역량의 한계 때문에 생긴 일이라고 자책을 하지 않을 수가 없다. 내 의무를 피하지 않았다 하더라도 더 나은 방식을 찾지 못했으니 역량의 한계라는 생각에 괴로웠다. 내 의지가 무엇이었든 내 마음이 어땠든 상관이 없는 일이고 이제 와서 말로 늘어놓는 넋두리일 뿐이다. 내 결정으로 인해 상처받은 동료들에게 이렇게나마 사죄의 마음을 전하고 싶다.

그렇게 해서 IMF의 파고를 넘고 회사는 드디어 안정의 단계에 접어들었다. 그리고 동대문의 지금 두타 빌딩으로 이사를 하게 됐다. 좀 색다르게 준공식을 두타 빌딩에서 하지 않고 한 블록 떨어진 종로5가 연강 빌딩 옥상에서 길 건너 새 빌딩을 바라보며 했다. '정말 우리가 저 건물 다 짓고 이사나 들어갈 수 있을까?' 내어놓고 말은 못 했지만 준공식에 참석한 사람 중에 그 생각 안 해본 사람은 없었을 것 같았다. 그리고 건물의 전기를 켜고 33층의 빌딩이 환하게 밝아지는 것을 건너다보며 많이들 눈물에 젖었다.

구조조정, 위기 극복, 변화와 혁신, 모두 각각 다를 것 같지만 공통점이 있다. 모두가 고통스런 과정이라는 점이다.

위기에서 벗어나려면 허리띠 졸라매야 하고, 어떤 것을 포기하고 어떤 것을 지켜야 하나 고민이 끊일 날이 없다. 가진 것을 파는 것도 고통이고 눈에 보이는 가능성을 오늘의 생존 때문에 포기하는 것도 고통이다. 동료를 떠나보내는 것은 말로 할 필요조차 없이 가장 큰 고통이다. 그뿐인가? 모든 변화는 고통을 수반한다. 내가 하던 방식을 바꾸어 새 방식에 적응하는 것도 불편하고 고통스런 길이고, 내가 가진 생각을 바꾸고 내가 주장하던 말을 바꾸는 것도 고통이다.

이렇듯 고통의 과정이다 보니 인간의 본성에 따라서 그 고통을 피하려 하는 것은 당연한 일이다. 내가 살아야 하고 내가 변해야 하니 구성원이 그 과정에 잘 따라주지 않으면 답답하고 안타깝지만, 그렇다고 화가 나거나 원망할 일은 아닌 것이다. 오히려 그 고통은 이해하고 받아들여야 한다. 그렇지만 그 고통을 이해한다고 해서 해야 할 일을 하지 말자고 할 수는 없으니 리더는 그만큼 더 고통스럽고 짐을 져야 한다.

위기가 끝날 때까지 다부지게 조직을 이끌어가자면 수없이 많은 원망과 비난에 마주쳐야 한다. 많이 겪으면 익숙해지거나 담담해질 것 같지만 천만의 말씀이다. 아무리 세월이 가고 경험이 쌓여도 절대로 편안해지지 않는 일이 바로 이런 일들이다.

그럼 고통이 제일 극에 달해 있을 때가 가장 힘든 때일 거라고 생각하지만 그것도 아니다. 리더의 자리에서는 오히려 희망이 보일 때가 더 힘든 경우가 많다. 어떻게 그럴 수가 있겠느냐고 하지만 못난 내 경험으로는 적어도 그런 때가 있었다.

암울했던 1997년 11월.

IMF 구제금융 신청의 뉴스가 흐르고 있는 티브이 화면을 망연자실 지켜보고 있었다. 그저 머리가 멍한 상태로 무채색의 무성영화를 지켜보듯이 꼼짝 않고 티브이 앞에 주저앉아 있었다.

1995년 말, 구조조정을 시작한 이후 제일 처음으로 큰 고비를 넘었던 때가 IMF사태가 터지기 직전인 1997년 가을이었다. 현금 조달을 위해 회사를 팔기 시작한 후 제일 큰돈이 들어온 것이 1997년 말, 청량음료 사업 매각 자금이 4000억 넘게 들어왔을 때였다. 언제 망할지 모르게 어려울 때였으니 하루하루 버티는 것이 보통 일이 아닌데, 청량음료 매각에 합의를 했고 큰 금액이 들어온다고 하자 조직 내부에서는 희망과 함께 긴장이 풀리기 시작했다. 너무도 어려웠으니 어쩔 수가 없었겠지만 정작 매각 대금이 현금으로 들어오고 보니 이미 그때까지 쌓인 돈 들어갈 수요 때문에 현찰은 한 푼도 손에 쥐지 못하게 되어버렸다. "돈 들어왔다는데 어디 갔지?" 하루에도 몇 번이나 되뇔 정도로 돈 들어오기 전에 이미 다 써버린 후였다. 게다가 IMF사태까지.

살려고 발버둥 쳐서 산을 하나 넘으니 다음 산의 높이가 더 높아져버렸다고 해야 하나? 물에 빠졌다 살아 나오려 헤엄치는데 해변이 더 멀리 도망갔다고 해야 하나.

이 경험은 고통스러웠지만 큰 교훈을 주었다. 희망이 생기기 시작했을 때 나는 거꾸로 더 조직을 다잡아야 한다는 역설을 배운 것이다. 이미 고통을 겪을 만큼 겪은 조직에 아직 아니라고, 아직 더 해야 한다고 다잡는 일은 쉽지 않다. 어려울 때 겪는 고통에 대해서는 그나마 공감이라도 하는데, 이렇게 설익은 희망이 현실이 될 때까지 그 희망의 누수를 막기 위해 다부지게 몰고 갈 때는 고통에 찬 원망만이 리더에게 돌아오는 법이고 통제도 쉽지가 않다. 싫어도 전면에 나서야 하고 싫어도 악역을 해야 하고 싫어도 쉬지 못하는 운명이라는 걸 하루하루 순간순간 절감하게 된다.

하지만 피하고 싶다고 내가 피하면 아무도 남아 있을 사람 없는 것이 리더의 자리다. 일의 결과를 놓고 보면 내가 경영하며 택한 방식에 동의하지 않을 사람도 있을 것이고 내가 한 일에 대해서 여러 가지 평가가 있을 수 있다는 것도 인정한다. 내 역량의 한계가 거기까지니 당연히 받아들여야 하는 평가다. 하지만 그 평가와 상관없이 피하려야 피할 수 없었던 처지 때문에 아이러니하게도 결과적으로 비겁하지는 않을 수 있었던 것은 참 다행이지 싶다. 최소한 비난이 두려워할 일을 피하지는 않았으니 그것이 본의였든 어쩔 수 없어 그랬든 다행이라는 생각이 들기는 한다.

한 가지 더
이야기할 것이 있습니다

밥캣Bobcat의 유럽 센터가 프라하 교외에 있어 몇 해 전 대한상의 시찰단과 함께 방문을 했다. 4년 만에 공장을 방문하니 많이 달라졌다. 이노베이션 센터도 새로 지었고 생산공장은 더 이상 들어갈 수가 없게 설비가 꽉 찼다. 인수 후 지금까지 세계시장에서 난공불락 부동의 1위를 지키고 있고 그룹의 캐시카우 역할을 제대로 하고 있다. 공장은 공급이 달려 정신없이 돌아가고 있고 인력 확보가 제일 큰 고민이란다. 기분이 참 좋았다.

13년 전 이 회사를 샀을 때의 기억에 잠시 숙연해졌다.

4조 5000억 원.

우리나라 기업 역사에 유례가 없는 규모의 역외 기업 인수였다. 그냥 기업 하나 산 것으로들 알지만 사실은 27개 국의 73개의 법인을 인수한 것이다. 그리고 각각의 법인에 따라 일부는 영업 양수를 했고 일부는 법인으로 인수를 했다. 이 많은 영업과 법인을 인수하여 수십 개의 조직을 유럽과 미국의 두 센터 아래 재편했다. 게다가 수십 개 국가에서 운영을 하는 다국적 기업이라 그 모든 나라에서 현지 법인의 인수에 관한 상법, 공정거래법, 근로기준법 등을 모두 승인을 받아야 했고 대금의 지불조차 73개 법인의 구조에 따라 다 제각각 다른 대상에게 돈을 지불해야 했다. 인수 대금을 지불하는 데만 며칠이 걸릴 정도였다. 협상 규모도 컸지만 복잡성 또한 상상을 초월했다. 인수와 관련된 작업들과 과정을 설명하자면 그것 하나만으로도 책을 한 권 써야 할 정도로 방대하고, 전문적인 지식이 있어야만 이해가 가능할 정도로 복잡하다.

글로벌 수준의 내부 전문가가 몇 없으니 대부분 외부 인력을 계약으로 불러들여 도움을 받아야 했다. 법무법인, 회계법인, 컨설팅사, 그리고 협상을 하는 투자은행경영진Investment Banker들에다가 심지어 관련 회사에서 일을 했던 경력을 가진 업계 전문가들까지 수백 명이 전 세계에서 동원되어야 했다.

그리고 인수에 성공하자마자 이번에는 인수한 밥캣의 주요 인력이 빠져나가지 못하게 해야 했다. 악수하자마자 서울에 와서 금융기관들 만나 서명하고, 다시 그날로 뒤돌아 미국으로 유럽으로 날아가 임원들 개별 면담을 모두 다 해야 했고, 공장의 근로자까지 모두를 포함하는 타운홀 미팅도 세계 곳곳을 다니며 해야 했다.

그 인수 작업을 하며 가졌던 중압감, 그리고 솔직히 두려움이 지금도 생생하다. 밤에 잠자리에 눕기만 하면 어김없이 갖은 생각, 걱정이 꼬리를 물어 안 그래도 젖은 솜처럼 지친 몸을 쉬지 못하게 불면으로 몰아넣곤 했다. 턱없이 모자란 경험과 턱없이 모자란 역량을 자인할 수밖에 없을 때는 정말 나락으로 떨어지는 기분이었고 마음이 급해지곤 했다. 그런데 그 과정을 견디고 헤쳐나갈 수 있었던 동력은 역시 사람이었다. 내가 확보 못 한 사람은 인수한 기업에 있었다. 내 사람이고 아니고를 따질 필요도 없었고 동료가 되면 그만이었다. 그리고 그들을 믿으면 됐었다.

몇 년 만에 현지 공장에 방문을 하니 이제는 상사로서가 아니라 옛 친구가 찾아온 듯 반겨준다. 최근에 입사한 유럽 친구들은 인사를 건네니 "네가 말로만 듣던 그 YM이냐?" 하며 웃는다. 어렵고 두려웠던 기억들도 흐려지고 구체적인 운영의 디테일도 가물가물한 것들이 있다. 그래도 그 임직원들과 처음 만나고 대화하며 일하던 '사람의 추억'이 제일 감각으로 생생하다.

회사를 인수하자마자 있던 일들이 생각난다. 미국의 중서부 지방 사람들이 대개 그렇듯이 노스다코타주 직원들은 대부분 순수하고 정직하고 성실한 사람들이었다. 우리나라에서 회사를 인수하면 대개 인수회사와 피인수회사의 사이에 여러 가지 갈등부터 발생한다. 인수 작업하러 나간 직원들은 현지 직원들의 배타적 태도와 저항에 부딪치는 것부터 겪어야 하고, 그런 일들을 이유로 인수회사는 인적 청산부터 하려고 한다. 그런데 해외에 나가서 기업을 인수해보면 그런 일이 그렇게 심각하지 않다. 내가 경영하며 인수한 해외 회사들에 그런 감정적인 배척을 당한 적도 거의 없었고, 우리 사람을 내보내 인적 청산을 도모한 적도 없었다.

밥캣을 인수하고 바로 현지의 사무실과 공장을 찾아갔다. 공장을 처음 돌아보는데 분필로 쓴 서투른 손 글씨가 작업장 기계에 써 있었다.

"Welcome."

"Hello."

심지어 비뚤름한 한글로 "안녕하세요"라고 써 있기도 했다.

그리고 공장을 돌며 마주치는 눈길마다 직원들은 미소로 화답했다. 아마 국내 같았으면 "인수 반대" "물러가라" 등이 써 있지 않았을까 생각하며 다행스럽다는 마음으로 공장을 둘러보았다.

급히 미국으로 날아갔으니 시차가 바뀌어 힘들었다. 공장을 둘러보고 사무실에 들어오니 미국인 직원이 반갑게 인사를 해왔다. "나는 이곳에 오시는 손님들을 돌봐 드리는 ○○○입니다. 환영합니다. 필요하신 게 있으면 말씀하세요" 하길래 시차가 괴로운 터라 "커피 한잔할 수 있을까요?" 하고 부탁했다. 그런데 답이 돌아왔다.

"아, 네. 저기 있어요."

저기 있으니 갖다 먹으라는 대답이었다. 우리 같으면 아마 난리가 났을 일이다. 인수한 회사의 회장이 처음 둘러보러 왔으니 내가 청하기 전에 이미 직원끼리 통화를 해서 무엇을 주로 마시는지, 커피를 마시면 어떻게 마시는지, 다 미리 파악해서 준비를 해놓았을 것이 틀림없다. 밥캣의 직원이 "커피는 저기 있으니 갖다 먹어라"는 것은 날 우습게 여겨서도 아니고 그 직원이 무례해서도 아니다. 커피 심부름은 누구도 시키지 않는 문화 때문이다. 얼마나 합리적인가. 사실 나도 내 커피 내가 타 먹는 게 내 입맛에 가장 잘 맞다. 너무 달거나 너무 쓰거나 너무 뜨겁거나 불평할 일도 없고 직원의 업무 중 일부가 그런 내 개인적인 취향 맞춰 심부름하는 일인 것도 사리에 맞지 않는다. 그런데 나도 한국에 돌아오면 자동적으로 그런 일에 익숙한 사람으로 변한다. 워낙에 잘 챙겨주고 돌봐 주니 감사할 겨를도 없이 당연한 일로 습관화되어 버리는 것이다.

인수 후 한참 시간이 지난 후에 다시 그 사무실을 찾았더니, 오가는 한국 임원들 때문에 학습이 된 것인지 같은 직원이 내게 다시 물었다. 이번에는 미리 내가 뜨거운 차를 원할 것이라고 알았는지 "차 한잔하시겠어요?" 한다. 사실 나는 커피보다는 차를 더 선호한다. 그래서 속으로 '아, 내가 차를 선호하는 것을 알았구나' 했다. 그래서 "좋지요, 한잔 주세요" 했다. 잠시 후 그 직원이 차를 가져다주는데 보니 한 손에 그냥 잔을 들고 온다. 서양이니 쟁반에 받쳐 오는 식의 일은 없으려니 했으니 괜찮았다. 그런데 속으로 '차가 많은데 어떤 차인지 물어보질 않는 것을 보니 여기도 내 비서와 통화해서 알았나?' 생각했다. 내려놓는 찻잔을 보니 그냥 더운 물뿐이었다. 그러더니 다른 한 손에 쥐고 있던 각종 차나 설탕 봉지 등을 우수수 테이블 위에 뿌려놓으며 말했다. "골라 드세요."

한동안 이 이야기를 웃으며 직원들과 했다. 그만큼 소소한 문화의 차이가 존재했고 그 차이를 좋게 좁혀갔다.

인수하자마자 노스다코타주의 시골에 있는 사무실로 날아가야 했다. 가서 임원들을 만나고 경영진을 안심시키는 것이 급선무였기 때문이었다. 정규 비행편도 잘 안 맞아서 전세기로 임원들과 한 팀을 꾸려 현지 공항에 도착하니 그렇게 작은 공항은 가 볼 일도 거의 없을 법하게 작은데, 활주로 끝에 개인 제트기가 여러 대 서 있다. 마중 나온 현지의 미국인 임원에게 물었다.

"공항은 작은데 개인 제트기가 많네요."

"아, 저거 대부분 리크루팅 회사에서 온 겁니다."

동양의 회사가 밥캣을 인수했다는 뉴스가 전해지자마자 사람 빼 가려는 리크루터들이 대거 날아온 것이다. 그만큼 미국의 주요 회사들은 능력 있는 경영진의 확보에 사활을 건다. 그러니 지키려는 나도 긴박하게 빨리 움직여야 했다(우리 같으면 어떨까 생각해보면 동종업계에서 소유가 바뀐 회사의 임원을 데려가기도 하지만 미국처럼 그런 시장이 활성화되어 있지는 않은 것이 현실이다. 이 현상은 반대로 해석하면 우리나라는 능력 있는 경영진들이 그만큼 대접을 못 받고 있는 시장이라고 보아야 한다).

도착해서 경영진을 한 사람씩 면담을 했다. 우리 기업 같으면 내가 사흘 만에 날아가 한 사람씩 직접 모두 면담을 하는 일도 흔치 않고, 면담을 한다 해도 "회사 소유는 바뀌었어도 같이 계속 일해주시지요" 하면 "알겠습니다. 최선을 다하겠습니다" 정도의 덕담이 오가지 않을까 싶다. 그런데 미국 회사는 역시 달랐다.

"나와 같이 일합시다."

"어떻게 해주실 겁니까?"

"아, 보상 패키지를 바로 만들어 드리겠습니다."

"네, 그거 받아 보고 답을 드리지요."

하나같이 이런 대화를 주고받았다. 따라간 일부 임원이 "햐! 저런 인간들과 어떻게 일하지요?" "어디 감히……" 이런 소리 할 만도 했지만, 다행히 우리 팀엔 그런 사람은 없었다. 그 분위기를 바로바로 캐치해서 우리가 계약한 리크루팅 회사와 보상 패키지를 만들어 지원해줘서 한 명도 뺏기지 않고 다 잔류를 시킬 수 있었다. 대놓고 이야기하는 문화는 처음에는 당황스러웠어도 시간이 갈수록 그 편이 훨씬 투명하고 좋았다.

그렇게 처음 방문을 해서 임원들만 만난 것은 아니었다. 공장의 근로자들까지 전원을 다 모아서 타운홀 미팅을 했다. 별의별 질문이 다 쏟아졌고 나도 있는 그대로 솔직하게 다 대답을 해줬다. 물론 제일 많이 나온 질문이 "공장을 아시아로 옮겨 가지 않겠는가?"였다. 그래서 옮기지 않을 이유를 숫자로 증명을 해가며 설명을 해줬다. 전 소유주가 회사를 매각하겠다는 의사를 공개적으로 표명해놓고 인수자를 확정 지을 때까지 4년 가까운 시간이 걸렸으니 임직원의 불안은 이해할 만했다. 주 공장이 노스다코타주의 그위너라는 작은 도시에 있었는데 정확히 표현을 하자면 도시가 공장 안에 있다고 해야 맞았다. 도시 인구가 600명 정도인데 우리 공장 직원은 1000명이었고 도시의 대부분이 우리 공장 건물 사이사이에 있었다. 그러니 그 도시가 공장이고 공장이 도시였으며, 직원이 시민이고 시민이 직원이었다.

공장의 근로자 중 한 사람이 손을 들더니 "회사가 동양 회사에 팔렸다고 하니 사람들이 불안해서 외식도 않고 심지어 극장에도 사람이 없어요" 한다. 조금 있으니 다른 직원이 "저 친구가 그 극장 주인이에요" 한다. 박장대소가 이어졌고 나는 나름 분위기 좋게 미팅을 끝냈다고 생각하며 나왔다. 그런데 전직 제너럴모터스사의 임원으로 내가 그룹에 채용한 인사 담당 미국인 임원이 내 팔을 잡았다.

"아직 끝내면 안 돼."

"왜? 다 했잖아."

웃는 표정이었지만 심각한 톤으로 입을 크게 안 움직이며 말한다. 주변의 보는 눈을 의식한 말이기 때문이었다.

"뭘 더 해?"

"YM! 그 몇 년 전 사건 있잖아. 그거 다들 알아. 인터넷에 회사 이름 치기만 하면 다 나오잖아. 그거 이야기해야 당신 말 신뢰할 거야."

세상이 다 아는 사건이니 감출 것도 없었다. 형제 간 갈등으로 언론에서는 보도를 했지만 사실은 그룹의 전통과 원칙을 무시한 시도에 대해 집안의 결정으로 동의를 해주지 않아 생긴 일이었다. 그래서 다시 단상으로 올라가 마이크를 잡았다.

"잠깐! 한 가지 더 이야기할 것이 있습니다. 아마 여러분도 인터넷 검색이나 뉴스 보도로 몇 해 전 우리 회사의 소유 주주들에게 일어난 사건을 알고 있다고 들었습니다. 그 사건의 세부적 내용에 관해서 설명하지는 않겠습니다. 사건의 배경이나 원인에 대한 변명도 하지 않겠습니다. 단 그 사건이 있었음은 분명한 사실입니다. 내가 여러분에게 하고 싶은 말은 두 가지입니다. 첫째는 나도 그 사건이 자랑스럽지 않습니다. 그리고 그 사건을 언급하는 것도 유감이라는 점입니다. 두 번째는 그러나 그 사건 이후에 경영의 모든 면을 더 투명하고 적법하게 개선하고 그것들을 그룹의 경영 철학과 실제 경영에 분명히 심고 시행했다는 점은 자랑스럽게 생각한다는 점입니다. 우리 회사는 정식으로 소유권을 넘겨받는 Day One(첫날)에 여러분들이 받으실 패키지에 써 있는 대로 경영합니다."

그 말을 끝내고 들리는 박수 소리가 확실히 처음 그냥 미팅을 끝냈을 때의 박수 소리보다 컸다. 그리고 나올 때는 근로자들이 다가와 "Welcome, YM" 하며 어깨와 등을 두드렸다. 부끄러운 부분이니 말을 안 하고 넘어갔으면 아마 나는 그 후로 계속 그들의 신뢰를 얻는 데 많이 힘들었을 것이다. 터놓고 이야기한다는 자체로 신뢰를 얻었으니 잘된 일이고, 무엇보다 내 발길을 돌려세워 그 이야기를 하라고 권한 그 친구에게 두고두고 고마웠다. 그리고 내게 할 수 있는 말과 없는 말이 구분되는 성역이 존재할수록 글로벌 세계에서는 비효율을 가져오고 소통이 방해된다는 것도 큰 공부였다. 우리 회사는 다행히 그다지 중요한 일로 생각하지 않지만, 소위 의전이란 것이 얼마나 우리 사회가 병처럼 갖고 있는 비효율적이고 의미 없는 일인가에 대해서도 많은 생각을 하게 해줬다.

웃음은 보일수록
소득이 증가한다

사무실에 골프공만 한 사이즈에 돌기가 잔뜩 돋아 있는 지압용 고무공이 하나 있다. 사무실에서 습관처럼 이 고무공을 손에 쥐고 만지작거린 지 꽤 됐다. 어디서 샀는지조차 기억에 없는데 손에 꽉 쥐었다 놓았다를 반복하면 돌기들이 수지침 효과를 준다고 해서 자주 손에 쥐고 일을 한다. 한 10년 전인가? 그날도 오른손에 이 공을 쥐고 왼손으로 전화를 하고 있었다. 무슨 내용인지 잘 기억이 안 나지만 암튼 전화하다가 제대로 뚜껑이 열렸다. 급한 성질대로 뭐라 고함을 치고 수화기를 내동댕이쳤는데 분이 풀리질 않았다. 연이어 있는 힘껏 손에 쥔 지압공을 벽을 향해 던졌다.

내가 기억하기로는 "빠박!"이라고 소리가 난 것 같다. 벽에 부딪치는 소리와 바로 튕겨 나와 내 이마에 작렬하는 소리가 거의 동시였다. "빡!" "빡!"도 아니고 그냥 "빠박!"이었다. 이마에 작렬하는 통증으로 눈에서 불똥이 튀었다. 눈앞이 흐리고 눈물이 솟는 것을 막을 수 없는 고통이 덮쳤다. 이마를 누르고 쩔쩔매는 순간 제일 먼저 떠오른 생각은 사무실 문이 유리문이라는 것이었다.

거울로 이마의 피해 상황을 살피는 것보다 밖의 비서들 상황을 살피는 게 더 급했다. 눈물이 솟은 눈으로 문부터 보니 밖의 비서는 다행히 돌아앉아 있었다. 거울을 보니 이마빡에 골프공 문양을 새긴 것처럼 지압공 모양대로 제대로 붉게 부풀어 올랐다. 난 그날 "아! 머리 아파!"를 연발하며 이마에 손을 얹은 채 퇴근할 수밖에 없었다.

출입문이 유리문이라 애먹은 적이 또 있다. 사무실 바닥에 카펫이 있을 때 의자 잘 움직이라고 카펫 위에 아크릴판을 깔아놓고 쓴 적이 있다. 기역 자로 된 책상에 앉으면 오른쪽에 보조 책상이 있어 전화며 사무용품을 올려놓았었다. 발 한쪽을 보조 책상에 걸쳐놓고 느긋하게 전화를 받으며 이야기를 하다가 난데없는 뚱딴지 소리가 이어지는데 점차 분노 게이지가 상승하기 시작했다. 참느라고 참다가 꼴깍 분기점을 넘었다. "아니 그게 무슨 소리야?" 걸쳐놓았던 발을 박찼다. 의자가 맹렬한 속도로 뒤로 굴러가다가 아크릴판이 끝나고 카펫을 만나면서 그대로 의자째 뒤로 나동그라졌다. 정신이 아득해서 등짝 아픈 것은 생각조차 못 한 채 천장을 마주 보고 바닥에 자빠진 채로 있다 몸을 일으켰다. 출입문이 유리문이라는 사실이 바로 벌떡 일어나는 것을 막았다. 책상 아래 네 발로 엎드린 채로 머리만 책상 위로 조심스레 올려

문밖을 살피니 다행히 그날도 비서는 딴 곳을 보고 있었다. 그래서 잽싸게 원위치 하고 아무 일 없던 점잖은 상사로 돌아갈 수 있었다.

밖에서는 모르는, 사무실 안의 나 혼자 세계에서는 이런 일이 가끔 일어난다. 더구나 성질 급하고 다혈질인 나는 그런 일이 더 흔했다. 직급이 올라가고 경험이 쌓이면서 직관적인 판단은 늘어가고 그 판단의 프레임에서 벗어난 일이 벌어지면 화부터 내는 실수를 참 어지간히도 많이 했다. 일터에서 일어나는 수없이 많은 일들 중 나를 회한으로 이끄는 일들의 대부분은 이런 급한 성격의 표출들이었다.

생각다 못해 모래시계를 샀다. 모래시계를 엎어놓고 모래가 떨어지는 것을 보면서 마음을 가라앉혔다. 급하게 직관적인 판단이 들어도 모래시계를 엎어놓고 지켜보았다. 그러면 참으로 희한하게도 화를 내려 하던 일도 사그라들었고 급하게 내린 결정도 생각이 바뀌곤 했다. 그래서 전 임원에게 모래시계를 만들어 선물하기도 했다. 물론 이렇게 되기까지도 무던히 시간이 걸렸다. 1분짜리 모래시계를 샀더니 그 짧은 시간에는 분노도 가라앉질 않고 생각도 바뀌질 않았다. 10분짜리를 샀더니 지켜보다 모래시계를 던져버렸다. 사람마다 다르겠지만 결국 내게 가장 최적의 시간은 3분짜리라는 걸 깨닫게 됐다.

말로 해대는 폭력도 엄연히 폭력이다. 그리고 아무리 내가 분노할 정당한 사유가 있어도 폭력은 정당화되지 않는다. 더구나 요즘은 이메일이나 메신저 등 문자로 소통을 많이 하는데 이런 수단을 통한 언어의 폭력은 기록으로 남아 두고두고 상처를 준다. 나도 당해본 적 많다. 행간마다 비아냥과 적개심이 가득한 메일을 받으면 그것을 읽은 역겨움이 한동안 가시질 않는다. 그럴 때는 받은 이메일을 일부러 종이로 인쇄해서 쪽쪽 찢으며 노래를 한마디 불렀다. 그러면 내가 당한 폭력이 내 안에서 화로 덜 남는 것 같았다.

사실 그런 메일은 보내는 사람에게도 고통을 남길 것이 분명하다. 상대가 앞에 있지 않은데 분노는 표시를 해야겠으니 반응 없는 상대를 향한 분풀이가 될 수밖에 없다. 이런 일방적인 분풀이는 정상적인 응대의 정도를 훨씬 넘어서게 될 수밖에 없다. 자신의 분노가 자신의 화를 더 북돋는 셈이라고 해야 하나? 내 분노를 감당하는 상대가 느끼는 감정이 공포일지 반항일지 무관심일지 가늠이 안 되니 저절로 자신이 할 수 있는 최대의 분노를 글로 써넣어야 직성이 풀리게 되는 법이다. 결국 필요 이상으로 과하게 공격적인 메일을 보내게 되는 셈이니 나중에 돌아보면 보낸 사람도 후회가 안 될 수 없다.

"분노는 보일수록 비용이 증가하고 웃음은 보일수록 소득이 증가한다."

'감정의 경영학'이라 내가 이름 붙인 이 한 문장을 제대로 지키기가 지금도 어려운 걸 보면 나는 수양이 아직 먼 사람임에 틀림이 없다. 그래도 우울하거나 축 처져 찡그리고 있는 일은 별로 없어 다행이다. 얼마 전 몸이 안 좋았는데도 큰 행사를 며칠에 걸쳐 치르고 해외 순방까지 다녀온 소식을 들은 지인이 "정말 체력 좋으시네요" 한다. 오전 내내 회의에서 심리 고문을 당하고 젖은 솜처럼 지쳐버리고 난 직후라 "내가 체력이 좋은 건가? 죽을 맛인데……" 혼자 중얼거렸다. 그렇게 참으로 일진 나쁜 하루가 종일 계속된 후 저녁 식사 장소에 도착했는데 늘 하던 버릇대로 콧노래를 부르며 웃는 얼굴로 들어서니 대뜸 "회장님, 오늘 좋은 일 있으신가 봐요" 한다.

나도 지치기도 하고 속상하고 상처받고 우울하고 다 느낄 줄 안다. 아니 나도 그런 것들로 힘들 때가 많다. 그날도 예외가 아니었다. 그런데 내 리더십 십계명 중 하나가 이거다.

"둘째, 찡그리기보다 많이 웃어라. 고통과 근심에 가까이 가고픈 사람은 없다. 웃음과 행복에는 누구나 가까이 가고 싶어한다."

나를 바라보는 사람들이 웃는 얼굴이면 내가 제일 그 덕에 행복할 것이라 생각한다. 그러니 꼭 내가 늘 만족하고 늘 기뻐서가 아니라도, 웃으며 긍정적으로 살아야 한다. 내가 웃는 얼굴이면 바라보는 사람도 웃고, 내가 찡그리면 바라보는 사람은 웃으려도 미안해서 같이 찡그리게 되는 법이다. 결국 나를 바라보는 사람들이 날 쳐다보며 같이 웃어주는 것은 내게 돌아오는 행복 투자인 셈이다.

"어머, 이 집 아빠는 꼭 웃으며 집에 들어오네."

오래전 미국 지사에서 일할 때 근처 사는 친구의 아내가 집에 와서 놀고 있다, 귀가해 들어서는 나를 보고 한 말이다. 물론 집에 들어가면 좋으니 웃기도 하지만, 아무리 밖에서 힘든 일이 있어도 찡그리고 집에 들어가는 일은 정말 화목 방정식에 맞지 않는 일이다. 내가 찡그리면 그 표정을 본 식구들은 모두 불편하다. 욕실에 들어가서 손이라도 씻고 나오면 나를 쳐다보는 식구들 얼굴이 모두 불편한 표정이니 바라보는 나는 그래서 또 더욱 불편해진다. 정말 바보짓이 아닐 수 없다. 환하게 웃고 들어가면 식구들도 날 보고 웃는다. 그럼 온 식구가 날 웃음으로 맞는 것이니 내가 제일 행복한 사람이다.

설명해줘서
고마워

"YM, 나 서울에 왔는데 좀 만날까?"

"아니, 갑자기 웬일로?"

"우리 협상에 관해 할 이야기가 있으니 만났으면 좋겠어."

나 혼자 가면 되겠냐고 했더니 혼자 오라고 했다. 1998년 봄의 일이다. 실컷 계열사 팔아서 위기에서 어느 정도 끌어냈다고 생각했는데 IMF사태가 터졌다. 또 살기 위해 추가로 계열사 매각에 나섰을 때 일이다. 분명 상대 회사 회장과 거의 합의가 됐는데 사장이 갑자기 서울에 나타나 만나자고 한다. 도대체 뭘까 궁금해하며 호텔 회의실에 도착하니 상대는 다섯 명이나 나와 있었다. 사장, 부사장에, 변호사까지……. 국제 협상의 경우 사전에 통보 없이 변호사를 대동하면 나는 그것을 이유로 회의를 거부할 수도 있는 일이다. 하지만 내가 그렇게 까다롭게만 할 수 없는 처지라 그냥 눌러앉았다.

"나는 이 협상을 원점으로 되돌리든가 한 500억 정도 가격조정을 해야겠어."

"왜?"

"너희 회사 가치가 그렇게 안 된다는 것이 우리 경영진 판단이야."

"하지만 너희 회장과 거의 합의된 거잖아?"

"YM! 회장과 의견 접근을 했어도 나는 CEO야. 내가 책임지고 이 딜을 하는 거고 내 권한이야."

그러더니 부사장과 다른 중역들이 배턴을 이어받아 왜 가격을 왕창 깎아야 하는지 구구절절 설명을 하며 겁박을 한다. 몇 번이나 내가 정말이냐고 해도 요지부동이었다. 결국 내가 고집부리면 협상은 끝이라고 했다. 방심하고 홀로 전장에 나갔다가 매복 기습 공격을 당한 셈이었다. 분했지만 난감했다. 한편으론 솔직히 '협상이 깨지면 어쩌나?' 싶어 손에 땀이 나고 집에 있는 아이들 얼굴이 떠오르기까지 했다. 그런데 당황해서 눈에 안 보이던 것이 갑자기 보였다. 왜 전원이 저렇게 시선 한 번 안 돌리고 내 얼굴을 쳐다보는 걸까? 퍼뜩 그 관찰이 벼락처럼 머리를 쳤다. 그래서 최대한 예의 바르게 한마디를 했다.

"그래? 그럼 알았어. 못 하겠다니 그렇게 하자. 설명해줘서 고마워."

그리고 벌떡 일어서서 회의실을 박차고 나와 버렸다. 후련한 것은 불과 1초? 호텔 현관에서 내 차를 기다리고 있는데 회색빛 하늘마저 나 때문에 빛이 바래버린 것 같았다. '이제

이를 어쩌나?' 대차게 관두자고 한 걸 다시 아니라고 매달릴 수도 없었다. 내가 상황을 잘못 읽었나 싶어 주저앉고 싶을 만큼 오금이 저렸다. 코너를 돌아 내려오는 내 차가 시야에 들어오는데 뒤에서 누가 날 부른다. 상대 측 변호사가 숨이 턱에 닿게 뛰어와 날 잡는다.

"가지 마. 다시 이야기하자."

"그만두자며? 내가 더 있을 필요가 없어."

"아니, 그게 아니고…… 좀 더 이야기를…….."

표정 관리가 정말 어려웠다. "야호!" 소리를 질러도 시원치 않을 상황인데 표정을 비장하게 유지하는 것은 내 체질이 아니다. 하지만 이를 악물고 정말 별일이다 싶은 표정을 짓고 다시 돌아 들어가니 상대 측 경영진 전원이 상황을 주워 담느라 진땀을 뺀다. 결국 한 푼도 안 깎아주고 원래 가격 내기로 하고 끝을 냈다. 그리고 밑천도 못 건지고 개망신만 당한 친구들과 아주 근엄한 얼굴로 헤어졌다.

협상에서는 이렇게 아주 단순한 사실 하나로 속내를 들켜 버리는 법이다. 협상 깼다고 으름장을 놓으러 온 인간들 전원이 내 얼굴을 닳아 없어질 정도로 관찰한다는 단순한 부주의로 결국 블러핑이라는 걸 내게 들켜버린 셈이다.

사실 그들이 속내를 들켜버린 데는 또 다른 이유가 있다. 나는 그쪽 회장이 우리 회사를 사고 싶어한다는 사실을 알고 있었다. 물론 당연히 사고 싶고 관심이 있으니 협상이 시작이 되었지만, 그냥 그렇게만 생각하기에는 모자란, 꼭 사야만 할 이유가 좀 더 있었다. 단정적으로 말할 수는 없었지만 적어도 우리 분석으로는 그렇게 짐작이 됐다. 상대 측 회사를 보면 가장 성장률이 높은 시장이 아시아 시장이었고 그중에서도 한국 시장의 성장률과 수익률이 제일 높았다. 그러니 우리 회사를 사서 패키지에 넣으면 회사 전체 가치가 올라가는 셈이었다. 그 회사의 미래 가치에 큰 영향을 주는 성장성의 근거를 확보하는 셈이었기 때문이다. 그러니 회장 입장에서는 어떻게 해서든 우리 회사를 사고플 수밖에 없었다. 내가 그렇게 무모한 인간도 아니고, 이런 배경을 몰랐다면 그들의 블러핑에 그렇게 대차게 응수하지는 못했을 것 같다.

흔히들 인수협상을 포커에 비유해서 이야기한다. 포커페이스니, 카드를 잘못 던졌느니 비유를 한다. 그런데 회사를 사고파는 일과 포커 사이에는 근본적으로 다른 점이 있다. 물론 나는 온갖 잡기에는 "전생에도 관심이 없었던 놈"이라는 소리를 들은 적도 있을 정도로 소질도 없고 재미도 못 느낀다. 어쩌다 마지못해 화투판에 억지로 껴 앉으면 내 돈은 본 사람이 다 임자라고들 한다. 포커, 화투, 심지어 장기, 바둑에도 그다지 관심이 없다.

포커에서는 정말 형편없는 패를 가지고도 뭔가 있는 것처럼 보이게 하고 블러핑을 할 수가 있다. 물론 인수협상에서도 아주 불가능은 아니다. 그러나 대부분의 경우에는 불가능하다. 상대가 상장법인이면 더더욱 불가능하다. 상장법인이면 당연히 기업 현황에 관한 공개 의무가 있으니 정보의 확보가 용이한 점도 있다. 그런데 미국의 경우를 예로 보면 내가 협상을 했던 상대가 상장법인인 경우에는 내 회사를 얼마에 사면 그 인수회사의 주식 가치가 어떻게 달라질지를 미리 계산할 수 있다. 그러니 인수회사는 얼마 정도가 자신들의 주주에게 합리적으로 설명할 수 있는 가격인지 이미 알고 있게 된다. 다시 말해 내게 지불할 최고가가 어느 정도일지 미리 아는 것이다. 반대로 회사를 인수하는 경우에 경쟁 상대가 쓸 가격의 상한선이 어디인가도 어느 정도 짐작할 수 있다. 포커 판과 인수합병이 다른 점은 바로 이렇게 상대를 과학적으로 읽을 수 있다는 데서 시작된다. 그러니 상대 회사 회장의 의도도, 내게 지불할 최고 가격도 짐작이 되는 데다가 블러핑을 서투르게 했으니 들통이 날 수밖에…….

아는 것이 힘이라고 한다지만 인수합병의 장에서만큼 이 진리가 통하는 데가 없다. 상대의 입장에 대해서 알면 알수록 유리하다. 그리고 상대를 알면 상대가 원하는 것이 무언인지 정확히 알게 된다. 상대가 원하는 것을 정확히 알면 내가 파는 경우에는 그들이 원하는 것을 얻게 해주는 대신 다른 것을 후하게 받을 수도 있고 혹은 그들이 원하는 것에 상당한 가격을 붙일 수도 있다. 딜의 스트럭처를 어떻게 짜느냐에 따라서 상대는 자기가 원하는 것을 합리적 가격에 가질 수 있고, 나는 나대로 내가 원하는 것에 더 가치를 붙일 수도 있다. 소위 윈윈 협상이 되는 것은 이렇게 창의적인 방법으로 해결되는 경우가 많다. 성품이 좋아 서로 조금씩 양보해서 윈윈이 되는 것이 아니다. 이처럼 거래는 지식과 과학의 힘으로 결정된다. 시쳇말로 통밥과 깡으로 결정된다고 생각하면 그 사람은 반드시 손해를 볼 수밖에 없다. 왜냐면 자기 돈을 그렇게 쉽게 포기하는 사람은 아무도 없기 때문이다.

자네가
무식하다고!

"좋은 아침! 나랑 커피 한잔할까?"

"좋지. 나도 오늘 아침엔 회의가 없네."

"그런데 말야. 자네 이제 우리 회사 와서 일한 지 한 5년 됐지? 어땠어? 우리 한국 회사가 어떤지 뭐든 나한테 꼭 하고 싶은 이야기 있어?"

"음…… YM! 이건 오해 없이 잘 이해하며 들어줬으면 하는데 말야. 너희는 왜 그렇게 'Why'에 서툴러?"

우리 그룹은 전체 임직원의 반이 외국인이다. 어느 날 아침, 인수한 외국 기업의 임원을 불러 차를 한잔하며 들은 이 이야기에 망치로 머리를 맞은 듯 깨달음이 왔다. 한국 회사가 어떤지 물어봤더니 한국 사람들은 왜 이렇게 "Why?"에 인색하느냐는 거였다. 무언가를 지시할 때도 왜 해야 하는지 설명을 잘 안 해주고 "왜요?"라고 물어보면 화부터 낸다는 것이다. 외국인들로서는 더 잘해주기 위해서 "왜 해야 되죠?" 물어보면 그걸 당연히 설명해주는 게 맞지, 왜 그걸 반항으로 받아들이고 화를 내는 거냐고 날보고 물었다. 궁금하면 "why?"라고 물어보는 건 당연한 이치인데 왜 그때마다 불편해하는지 도저히 이해가 안 간다고 했다. 질문하지 않고 대답하지 않으면 어떻게 일을 잘할 수 있는지라도 설명해주는 사람이 있으면 좋았겠다고 한다.

그 이야기를 듣고 나니 지나간 대화가 하나 생각났다. 외국 기업을 인수하고 한 두어 달 지났을 때였다. 스태프가 오더니 내게 이야기를 했다.

"회장님, 그 지난번에 인수한 회사 말입니다. 아무리 외국 회사라고 해도 좀 기본적인 예의는 가르쳐야 할 것 같습니다."

"그게 무슨 소리야? 무슨 일이 있었어?"

"아, 예. 이거 말씀 안 드리려다가 생각해보니 아셔야 할 것 같아서…… 지난번에 회장께서 그 회사 ○○ 보고 하라고 하셨잖습니까? 그래서 제가 그 회사 사장에게 전화를 해서 요청을 했더니 아, 이 친구가 'why?' 그럽니다. 감히 회장님 지시인데 'why?'라니요. 한마디로 싸가지가 없습니다."

"내가 보기에는 싸가지가 아니라 무식한 건데."

"아, 네 그렇습니다. 문화와 예절에 대해 무식해서……."

"아니, 자네가 무식하다고! 하하하하."

"에이, 회장님!"

"사전에 아무리 찾아도 why의 의미가 거기까지는 안 나올 거야. 정말 궁금해서 물어본 거지 반항이 아니야."

한참을 웃고 그 보고한 친구도 내 농담에 같이 따라 웃고 끝난 적이 있었다. 바로 그 사건이 상징적으로 증명을 했다. 우리는 그렇게 why에 인색하다.

어느 한 계열사가 불황 중에 갑자기 매출이 솟기 시작했다. 특별한 신제품도 없고 변화도 없는데 반년 동안 매출이 늘고 있었다. 그렇다고 크게 우려할 일은 아니었지만 혹시 외상으로 물건을 밀어내는 건 아닐까 걱정이 되긴 했다. 그래서 한 스태프에게 그 계열사에 연락해서 지난 6개월간의 외상 매출금과 재고 추세를 뽑아 보내라고 지시를 했다. 그러고는 잊고 있다가 한 일주일 후에 왜 아직 보고가 없냐고 했다. 그사이 그 계열사에선 일이 벌어졌다.

사장 "회장이 6개월간의 외상 매출과 재고를 뽑아 보내라는데……."
부사장 "짐작은 가지만…… 외상 매입과 다른 경영지표도 같이 보내야 하지 않을까요?"
상무 "말씀은 6개월로 했지만 그래도 한 2년치……."
사장 "오케이, 2년치 경영지표를 트렌드가 잘 보이게 정리해."
그런데 그 회사 기획부장이 아주 영민했다.
부장 "상무님, 이거 제가 보기에는 과거 실적치만 보내선 안 될 거 같은데요. 향후 2년치 예상도……."

나는 12개의 숫자를 요구했을 뿐인데 그 뜻을 모르는 계열사에서는 거의 100페이지 가까운 보고서를 만들게 됐다. 그렇게 해서 그 부서 직원들은 일주일을 야근을 해야 했다. 일주일 후 가져온 보고서를 받은 나는 "뭐가 이리 많아?" 하며 맨 뒷장 한 장을 북 뜯어내고 나머지는 보지도 않았다. 내가 처음부터 취지 설명을 차근히 했거나 직원들이 내게 왜 필요하냐고 반문을 쉽게 했으면 없었을 비능률이다. 아마 우리 기업들 야근의 상당수가 이런 연유에서 비롯되지 않나 싶다. 그런데 그 야근하는 부서 실무자에게 내가 만일 야근하느라 수고한다고 등 두드려주는 행동까지 했으면 정말 코미디 〈봉숭아학당〉이 따로 없을 일이다.

돌아보면 유교 문화 아래서 일어날 수 있는 폐해 중 하나가 침묵을 강요하는 리더십이다. 반문을 허용하지 않고, "어른이 말씀하시면 들어야지!"라고 무조건적인 상명하복을 정당화한다. 역사적으로 보아도 우리는 침묵을 수없이 강요당하며 지내왔다. 일본이 들어와서 우리를 반세기 동안 정당성 없이 지배하며 침묵을 강요했다. 해방이 되고 나서도 권위적인 정부하에서 오랜 기간을 할 말 못 하며 지내야만 했다. 게다가 대한민국의 남자는 누구나 군대를 가야 한다. 군대에 가서 2년여 동안 상명하복의 철저한 교육을 받고 나온다. 이런 흐름 속에서 살다 보니 침묵을 강요하는 리더십이 우리 사회에 적잖이 횡행한다. 설명하지 않고, 설명할 필요도 없고, 반문하지 못하고, 반문하지 않고도 윗분의 뜻을 미리 잘 헤아려서 그 교차점에 가서 기다리고 있는 사람이 가장 유능한 사람이라 여겨졌다.

"우리 사장님이 말씀을 잘 안 하시잖아. 한번은 나보고 저기 가서 기다리고 있으라고 하시길래 나는 그게 무슨 뜻인 줄 전혀 몰랐거든. 나중에 보니까 실은 거기 이런 뜻이 있었더라고."

이런 말들이 미담으로 전해진다. 이건 사실은 미담이 아니라 설명을 안 해준 것이다. 깊은 뜻이 있어서가 다는 아니고, 그냥 설명을 못 하기 때문에 설명하지 않은 것일지도 모른다. 미담으로 전해져 오는 이야기는 설명을 안 해도 잘된 경우가 많다. 반면에 설명을 안 하는 바람에 시행착오가 일어났거나 잘못된 것은 얘기하지 않고 덮어주고 이야기하지 않았기 때문에 알려지지 않는 경우도 참 많다. 어른이 잘못하신 것을 덮고 지나가는 것은 아랫사람의 자세라고 교육받았기 때문이다. 회장님 실수하신 것을 자꾸 이야기하는 것은 정말 금기라고 생각들 하는지 모른다.

설명 안 하는 침묵의 리더십은 이제는 좀 지양해야 하며 Why의 값어치에 대해 우리가 다시 한번 생각할 때가 되었다. 리더는 일에 대해 혹은 지시에 대해 자세히 설명할 수 있어야 하고 직원은 그것을 이해할 때까지 스스럼없이 반문할 수 있어야 한다. 수평적이고 권위적이지 않은 조직은 호칭 파괴나 잦은 호프데이로 만들어지지 않는다. 필요한 소통도 불편한 것들의 소통도 모두 막힘없이 흐를 수 있어야 가능해진다. 아무리 호칭을 파괴하고 사장한테 아무개 님이라고 부르면 뭐 하나? 그 아무개 님의 의전 때문에 사원들이 일할 시간에 줄 서 있고 대기하는 일이 잦으면 호칭 파괴의 의미는 없다. 분명치 않은 지시에 쉽게 반문조차 못 하는 호칭 파괴가 무슨 의미가 있을까? 수평적 사고로 설명되지 않는 일은 수직적 사고로 이해할 수밖에 없다. 사내에서 일어나는 일이 수직적 사고로만 이해가 된다면 그 문화는 그 자체로 수직적인 것이다.

그 친구,
믿을 만한가

"그 친구 믿을 만해?"

"아, 그 친구하고 저하고 같이 중,고등학교를 다녔습니다. 정말 믿을 만합니다."

"그 친구, 우리 삼촌과 옆집에 살았어요. 그 사람, 어렸을 때부터 제가 쭉 봐 왔죠."

"아, 그 친구의 누나가 내 이종사촌 형하고 결혼했어요. 믿으셔도 됩니다!"

이런 얘기를 들을 때는 끄덕끄덕하게 된다. 습관으로 얻어진, 편안함이 드는 신뢰의 기준들이다. 그런데 사실 잘 되짚어보면, 결국은 이런 기준들은 우리가 그렇게 입을 모아서 배격하자고 하는 지연, 학연, 혈연일 뿐이다. 이런 이유로 믿었다가 결국 실망으로 이어지는 경험을 나 자신도 수없이 했다. 심지어는 조직을 지휘하는 자리에 가면 이런 상황도 벌어진다.

"그 친구, 믿을 만한가?"

"네, 그 친구 믿을 만하실 겁니다!"

"음, 왜?"

"아, 그러잖아도 회장님이 4차 산업혁명에 신경을 많이 쓰시는데, 그 사람은 전부터 거기에 목을 맨 친구거든요!"

이렇게 내가 원하는 것, 내가 주장하는 것에 뜻을 맞추면 그것이 곧 믿을 만한 거라고 착각하는 경우도 많다.

그런데 사실 내가 진짜 믿어야 하는 사람의 정의는 간단하다. '자신이 한 실수를 인정하고 자신이 한 약속을 지키는 사람'이다. 자신의 실수를 인정하는 사람은 설사 자기한테 불리한 일이라 하더라도 있는 그대로를 전달할 사람이니까 그 사람의 말은 항상 믿을 수 있다. 약속을 지키는 사람은 자기가 하겠다 한 것은 반드시 이행을 하니까 일을 맡겨놓고 필요한 것을 해주면 그의 능력 안에서는 웬만하면 믿고 맡기면 되었다.

회사를 경영하거나 사람을 사귈 때, 내가 하는 일을 여럿이 같이 도모하여 일이 효율적으로 굴러가고 생산적으로 움직이게 하려면, 믿을 만한 사람들이 많아서 서로 숨겨진 어젠다 없이 터놓고 소통하면서 해야 일이 잘 돌아간다. 보통은 품성 좋은 사람을 많이 모으면 된다고들 생각한다. 그래서 신뢰할 만한 사람의 기준을 정해놓고 그에 해당되는 사람들을 많이 뽑거나 그런 사람들을 내 주위에 많이 두면, 믿을 만한 사람이 많아져서 좋을 것이라고 생각을 한다.

그런데 사실, 답은 거기에 있지 않다. 예를 들어 그런 믿을 만한 품성 좋은 사람이 있다 해도 솔직하게 실수를 얘기하는 순간 처벌부터 받을 걱정을 해야 한다면, 아무리 좋은 사람이라 하더라도 솔직하게 자기 실수를 인정하겠는가? 또 약속을 한다고 모두 지킬 수 있을까? 약속을 지켰다간 내가 손해만 보는 환경에서는 절대 약속을 지킬 수 없는 것이다. 그러니까 결국은 신뢰할 만한 사람을 많이 두려면, 품성 좋은 사람을 뽑는 것도 중요하지만 사람이 믿을 만하게 행동하도록 만들어가는 룰이 더욱 중요한 것이다.

이 간단한 이치를 나는 참 비싼 수업료를 내어가며 배웠다. 세상 속에서 편하게 체득한 신뢰의 기준으로 믿었다가 실망하고 결국은 그 사람과 인연까지 멀어지는 경험을 수도 없이 했다.

신뢰할 만한 사람이 많아지게 하는 것은 조직의 운영 방식에서 가능해진다. 조직을 운영하는 룰오브게임Rule of Game은 누군가 실수를 인정했을 때 결과만을 놓고 지나치게 가혹하게 처벌하지 않아야 하고, 구성원이 약속을 했다 하면 설사 비용을 수반할지라도 가급적이면 그것을 지키게끔 허락해주고 유도해주는 조직 분위기를 만들어야 한다. 이렇게 하면 구성원들의 대부분이 믿을 만한 사람으로 행동을 하기 시작하는 법인데 이게 참 말은 쉽지만 실제로는 어렵다.

실수를 한 친구가 있으면 리더는 일단 그 결과 때문에 언짢다. 그리고 지켜보는 다른 사람이 또 같은 실수를 할까 걱정된다. 자연스럽게 처벌 생각이 떠오르는 건 당연한 이치다. 조금 더 솔직히 말하자면 내가 경험이 부족하고 모자라기 때문에 그 실수가 더 언짢았던 것 같기도 하다. 내가 경험도 많고 충분히 그 실수를 만회할 능력이 있었으면 너그럽게 들어주고 잘 가르쳐줄 수 있었을 텐데, 그렇지 못하니 직원의 실수가 내게 더 아팠던 것 같다. 결국 그런 이유로 더 잣대가 엄격해지고 너그러울 여유가 없었다.

2012년에 그룹 회장이 되고 바로 시행한 조치 중 하나가 그룹의 모든 징계 규정을 없애는 것이었다. 징계 규정이라는 것이 의미가 없었다. 사건이 일어나면 백서를 쓰게 해서 관련된 사람 모두가 조사 과정에서 충분히 교훈을 얻는 것으로 됐다고 생각했다. 동시에 인사 기록에서 모든 과거의 징계 기록을 삭제하도록 했다. 예를 들어 대리 시절의 실수가 부장이 될 때까지 따라다니는 것도 불합리하고, 실수를 하고 교훈을 얻고 나서도 계속 불이익의 가능성을 기록으로 남기는 것도 마땅치 않았다. 회사는 학교나 군대가 아니다. 회사와 구성원 간의 약속에 의해 움직이는 조직이다. 따라서 징계를 하고 그것을 기록하는 것 자체가 모순이라고 생각했다.

약속을 지키는 것도 마찬가지였다. 직원이 외부와 약속을 하면 설사 조금 실수가 있더라도 그 약속을 지키게 도와줘야 그 직원도 신뢰받고, 장기적으로는 회사가 하는 일이 더 전략적으로 갈 수 있는 것인데, 내가 실적에 급급하거나 직원이 하는 일을 다 이해하지 못했을 때는 그렇게 참고 기다려줄 여유가 없었다.

　이제 와서 이런 교훈들을 이야기하고 나누지만 사실 내가 그런 진리들을 깨달아 가는 과정에 참 많은 동료들에게 상처를 줬고 움츠러들게 만들었다. 직원이 말을 뱉었다는 것을 알았을 때는 내가 싫어도 그 약속을 지키게 해주려고 애썼지만, 사실 대부분의 경우 그런 약속을 직원이 했다는 사실조차 모르고 지나갔다. 결국 내 잘못으로 직원이 믿을 만한 사람이 되지 못한 일이 얼마나 있었을까? 생각이 많아지는 날에는 자주 돌아본다.

거짓말했다는
소리를 들을 순 없다

한참 큰 주요 협상을 하던 때 일화가 있다. 협상 중인 상대방과 저녁까지 미팅을 잘 끝낸 후 같이 저녁 식사도 하고 헤어졌는데, 밤 12시 반에 집으로 전화가 걸려 왔다.

"YM, 이 딜 안 되겠어. 그래서 우리 회장 서울 오기로 한 것도 중단시켰어. 당신들은 중요한 정보를 내게 숨겼어. 그래서 내가 완전하지 않은 정보로 한 협상이라 안 되겠어."

전화로 더 따질 수가 없이 단호하다. 일단 알았다고 말하고 전화를 끊었다. 그리고 그 밤에 곧장 협상 팀을 소집했다.

"다 모여. 협상이 깨질 때 깨지더라도 우리가 거짓말했다는 소리를 들을 순 없다."

우리가 이 거래 외에 다른 협상도 많이 하는데 국제사회의 비즈니스 커뮤니티에서 거짓말했다는 얘기가 떠도는 건 다른 협상을 위해서라도 용인할 수 없었다. 그리고 실수가 있다면 인정해야 했다. 그래서 12시 40분에 전화를 끊고 새벽

1시쯤 연락해서 다 모이라고 했다.

사무실에 가니까 새벽 2시가 좀 안 된 시각이었다. 그런데 제일 멀리 살고 있는 직원이 벌써 사무실에 앉아 있다.

"뭐야, 자네 벌써 왔어?"

"네? 저 아직 퇴근 안 했는데요?"

참 이래저래 어려운 시절이었다.

그래서 새벽 2시에 협상 팀이 다 모였다. 그때부터 내가 상대방을 속인 게 아니고 그 정보를 이미 줬다는 사실을 찾기 시작했다. 찾아보니 내가 정보를 줬다는 증거가 한 열 가지가 나왔다. 그 열 가지를 다 복사본을 떠서 거의 두께가 1센티미터 정도 되는 자료를 만들었다. 상대방인 그 친구가 자고 있는 하얏트 호텔에 쳐들어간 게 새벽 4시 10분께였다. 가서 방문을 막 두들기니 나한테 그렇게 해놓고 정작 그 친구는 자고 있었다. 잠에서 덜 깬 친구에게 그 자료를 주면서, "이게 내가 너한테 거짓말 안 했다는 증거다. 너한테 상당히 여러 차례에 걸쳐서 이 정보를 줬다. 아침에 네가 사과하길 바란다" 집어던지고 와 버렸다.

나중에 알고 보니까 그의 속셈은 우리 절박한 입장을 알고 당황시키기 위해 협상을 좀 흔들어보려고 한 것이었다. 흔들면 우리가 어디까지 물러나나 볼 겸 밑져야 본전이라고 일부러 해본 거다.

결국 그 회사의 회장이 사과를 했고 그 협상을 맡았던 친구는 원하는 것을 얻지 못했다. 그다음 날 아침에 내가 찾아가 "아, 왜 이래? 값 더 깎아줄게 잘해보자" 이렇게 할 것으로 생각했음에 틀림이 없다. 하지만 그 사건으로 그 친구는 그 후 협상 내내 불편한 입지에 처했다. 뭐든 우리를 밀어붙이려고 해도 그 자신이 이번에는 정말 사실이라는 것을 근거를 놓고 증명해야 했다.

세상은 변하고 있다. 옛말에 '고발하는 자식은 낳지도 마라'라는 말이 있다. "우리가 남이가?"라는 말은 지금도 쓰이는 말이다. 관계 중심의 사회에서는 잘못을 해도 이해관계를 같이하는 집단 내에서는 웬만하면 다 같이 덮어주는 것이 미덕이다. 무슨 행동이든 관계를 중심으로 정당화해주는 풍조가 만연한다. 관계에 어긋나더라도 원칙을 지키는 자는 별스런 놈이고, 원칙을 어기더라도 관계를 따르면 의리 있는 인간이 된다.

그러나 이제 사회는 원칙 중심이기를 요구한다. 그리고 관계를 넘어 원칙을 중심으로 움직일 때 선진화나 투명화는 가능해진다. 그런데 하던 버릇 남 못 준다 하고, 관계에서 벗어나면 많은 것을 혼자 버텨야 하니 쉽지 않다. 나도 관계냐 원칙이냐의 선택이 주어질 때 제일 괴롭다. 원칙을 택하자니 '매몰찬 놈' '혼자 잘났다고 설치는 놈' 소리 들어야 하고, 관계를 택하자니 부작용과 양심의 소리가 무섭다. 그러니 끊임없이 이 둘 사이에서 오락가락할 수밖에 없다.

한번은 어느 어른이 내가 도저히 해드릴 수 없는 일을 해달라고 연락을 하셨다.

"저, 그게…… 하지 않는 게 원칙이고 쭈욱 그대로 지켜와서 곤란합니다. 죄송합니다."(내가 죄송한 거 맞나?)

"허! 박 회장과 내가 그 가까운 사이……."(그러니까 안 해주면 자네 나쁜 놈.)

"아유, 어쩌지요? 이 건은 도저히 안 되겠습니다."(친분을 지키려면 원칙을 위배해야 하고 원칙을 지키면 나쁜 놈.)

"허, 참. 거…… 그러니까 이게 좀 꼭 해줘야……."(이거 실화냐? 아침부터 실화 맞지?)

"거듭 죄송합니다."(죽어 마땅한 소인을 통촉하여 주옵소서.)

나는 원칙을 이야기하는데 어른은 친분으로 답한다. 그만큼 원칙 중심보다 관계 중심이어야 한다는 생각이 많다. 그냥 심플하게 "아! 친분 잊겠습니다!" 하면 멋있겠지만 매사에 그러면 남은 세월 죽을 때까지 혼밥 혼술을 해야 할지도 모른다.

그래서 결론은 원칙을 택하되 기분 나쁘지 않게 잘 처신해야 하는 것이다. 친분을 중요시하는 분들은 이렇게 잘 처신하면 나와의 친분도 중요하기 때문에 내 얘기를 들어주고 포기하긴 한다. 그런데도 결국 원하는 대로 안 되면 일정 시간 후 뒷담화로 내 귀에 돌아온다.

대한상의 회장을 하는 동안에도 이 문제 때문에 고뇌를 많이 겪었다. 단체 행동에 참여하기를 권고받을 때마다 고민을 했다. 관계로 보아서는 행보를 같이해야 하겠지만 '과연 그래야 하나?'를 놓고 보면 내 생각에는 아닌 경우가 많았다. 단체 행동보다는 설득과 토론을 먼저 하자고 하려니 관계가 울고, 그렇다고 관계를 먼저 택하자니 소신이 나를 매질했다. 그러면 꼭 기사들이 나왔다. '소신'이라고 해석해 써주면 고맙고 '딴소리' '독자 행보'라고 표현하면 억울했다. 그럼에도 실수를 인정하고 약속은 지켜야 한다는 원칙만은 늘 생각한다.

아침 식사
하셨습니까

저녁나절 편안하게 집에 널브러져 있는데 모르는 사람에게 이메일이 왔다.

"저는 서울의 모 중학교에서 가르치고 있는 아무개 선생입니다. 저는 귀사의 김 아무개 사원과 사랑하는 사이입니다. 그런데 우리 아버지가 워낙에 보수적이고 시골 분이시라, 제 남자 친구와의 교제를 싫어하십니다. '너는 선생님이고 직업이 보장되어 있는데, 네 남자 친구는 대기업을 다니니까 언제 잘릴지 모르는 놈이다. 그놈이 너한테 얹혀살려고 접근한 것이다. 그러니 그놈은 못쓰겠다. 네가 안 헤어지면 내가 서울 가서 이놈을 가만 안 둔다!' 이런 극언까지 하시면서 반대를 하십니다. 그러니 회장님이 아버지한테 전화한 통 해주실 수 있을까요? 내가 사랑하는 아무개가 그렇게 쉽게 잘리거나 잘못되지 않을 거라고 전화 한 통만 해주시길 부탁드립니다."

메일을 받아놓고 어떻게 할까 고민했다. 옆에서 아내는 끊임없이 나한테 말 걸고 있는데, 나는 머릿속에서 답장 생각하며 한참을 고민했다.

'내가 전화를 해줘야 할까? 그건 좀 오버 아닐까? 그럼 이 친구한테 내가 뭐라고 설명하나? 상처받지 않으려면 어떻게 설명해야 하나? 또 과연 내가 답을 꼭 해야만 하나? 무시하면 안 되나? 아니면 애인이라는 우리 사원한테 연락할까?'

오만 가지 생각이 다 들었다. 그런데 한참 생각을 하면 할수록 부아가 치밀기 시작했다. 그래서 일사천리로 답장을 써 내려갔다.

"두 사람 다 성인인데 각자 부모를 설득하는 건 자기 책임 아닐까요? 그런데 우리 회사의 사원이라는 당신 남자 친구, 나한테는 아들 같은 사원입니다. 우리 회사를 다닌다는 이유로 당신 아버지한테 그렇게 흠이 된다면 그건 내가 당신 아빠를 설득할 일이 아닙니다. 더구나 그렇게 극언까지 하시면서 반대를 하신다면, 차라리 당신이 내 아들 같은 애를 포기하고 놔줬으면 좋겠습니다. 이게 내 솔직한 심정입니다. 내가 부모 입장에서 생각하면 차라리 내 아들 같은 사원을 사랑받고 대접받는 집에 장가보내고 싶습니다."

이렇게 차라리 당신이 내 새끼 포기하라고 분노에 찬 편지를 써서 보냈다.

2년쯤 지난 후 같은 친구에게 다시 편지가 왔다.

"기억하실지 모르지만 저는 2년 전에 편지를 보냈던 아무

개입니다. 그때 회장님께서 보내신 그 노기 어린 답장을 프린트해서 제 아버지한테 보여드렸는데 편지를 보시고는 아버지가 마음을 바꾸셨어요. 그래서 마침내 결혼을 하게 되었습니다."

어느 날 몇 시, 어디에서 결혼하게 됐다고 하길래 내가 아무 예고 없이 그날 결혼식에 갔다. 많은 계열사 직원 중의 하나인 대리 결혼식에 내가 갑자기 나타나니까 난리가 났다. 그 신랑 녀석은 놀라서 눈이 야구공만 해졌다. 신랑 아버지한테 인사하고 나서 신랑에게 내가 말했다.

"앞장서. 장인한테 가자."

장인에게 가서, "두산의 박용만 회장입니다. 사위한테 잘하십시오" 그러고 왔다.

지금도 그 사원은 아주 우수한 사원으로, 그리고 훌륭한 가장으로 처가에서 대접받으며 우리 회사 잘 다니고 있다.

나는 이런 메시지들에 꽤 열려 있는 편이다. 누구나 전달하려고 마음먹으면 내게 전달하는 것은 가능하다. 하이텔, 천리안으로부터 시작해서 SNS에 이르기까지 인터넷을 통한 소통에는 익숙하게 지내왔고, 현재도 페이스북·인스타그램·트위터를 하고 페이스북 메신저·카톡·왓츠앱·라인·텔레그램·문자 모두 쓰는 데다가 이메일 계정도 셋이나 된다. 곤란한 것은 쇠퇴하는 기억력이다. "내가 ○○에게서 며칠 전 연락을 받은 것이 있어서 답을 해야 하는데 어디로 받았는지 기억이 안 나"이 말을 하면서 온갖 계정을 이 잡듯 뒤져야 하는 수고를 겪는 일이 잦다. 하지만 이렇게 통로가 많으니 직원들의 가족들에게도 이런저런 소식을 많이 받는 편이다.

이집트로 재스민 혁명이 번질 때였다. 현지에 나간 직원들이 걱정이 되어 전원 철수를 하라고 결정했다. 돌아왔던 직원들은 무바라크 대통령이 실권하고 바로 안정 국면으로 들어가게 돼서 며칠 안 있어 현지로 귀임을 했다. 직원들이 돌아가고 난 며칠 후 편지가 왔다.

"회장님, 이집트에서 근무하는 ○○○의 아내입니다. 이집트에서 소요가 나서 남편을 보낸 아내들끼리 모여 걱정을 하고 있었는데 우리 회사가 회장님 결정으로 제일 먼저 전원 철수를 하게 됐다고 해서 다른 사람들이 많이 부러워했습니다. 남편은 무사히 귀국을 해서 며칠 있다가 상황이 좋아져서 다시 이집트로 돌아갔습니다. 회장님께 감사를 드립니다.

p.s. 남편이 며칠 와 있는 동안에 저희는 2세를 만드는 데 성공했습니다. 감사합니다."

편지를 읽으며 미소 짓고 있다가 마지막 부분을 읽고 나도 모르게 얼굴이 달아올랐다. 그리고 혼잣말을 했다.

"허, 그거, 참⋯⋯ 잘된 일이긴 한데 이걸 나한테⋯⋯."

지금도 그 이야기를 하면 듣는 사람마다 박장대소를 한다. 그렇게 농담처럼 민망한 이야기를 해줬다는 사실에 왠지 참 가깝게 느껴져서 늘 고맙다.

"회장님, 아침 식사하셨습니까?"

"네, 아침 먹었는데 왜요? ㅎㅎㅎㅎ"

"드셨는지 궁금해서요."

늦은 봄날 아침 8시 18분에 누군지 모르는 어느 직원이 메일을 보내왔다.

창원의 어느 계열사 관리 부서에서 일한다는 직원에게서 그렇게 뜬금없는 한두 줄짜리 메일이 한 달에 한두 번씩 왔고, 나도 한두 줄로 답을 했다. 가끔은 "배가 아파 화장실에 갔는데 어떤 분이 밖에서 불을 꺼버렸습니다. 회사에서 그분께 상 드려야 할 것 같습니다"라든가 "경쟁사가 해외 협력업체에서 받은 자재에서 악어가 나왔답니다" 등의 웃기는 이야기를 보내기도 했다. 하긴 점심 후에 "회장님, 점심 드셨습니까" 정도의 뜬금없는 메일은 가끔 다른 사원들에게도 받으니 별 놀랄 일도 아니었다. 그렇게 뜬금없이 시작된 짧은 메일이 2년 동안 오고 갔다.

그러다 어느 날 작별의 인사가 왔다.

"회장님, 오늘부로 퇴사하게 되었습니다. 밖에서도 응원하겠습니다"라는 메시지를 받고 한참을 망설였다. 직원이 회사를 떠난다고 하면 대개 "그래, 어디 가든 건강하게 잘 지내"라고 격려만을 한다. 내게 직접 그만둔다는 말을 할 정도면 할 만큼 고민 다 했고 바꿀 상황이 아니라는 것을 알기 때문이다.

몇 마디 격려를 써 보내고 나도 작별의 인사를 했다. 그런데 그 직원 생각이 머리에서 떠나질 않았다. 뜬금없이 내게 먼저 메일을 보냈고 2년이나 지속했는데 아무 설명 없이 그만두게 됐다는 말이 석연치 않았다. 기간제 사원으로 일하다 재계약 시점이 되어 그만두게 되었음이 틀림없었다. 며칠을 고민하고 망설였다. 누군지 제대로 알아보고 싶었고 회사에 더 있고 싶다면 그리되도록 웬만하면 도와주고 싶었다.

그런데 나는 소심했고 결국 비겁한 길을 택했다. 알아보고 개입을 하면 나와 인연이 있는 한 사람을 내 재량으로 예외를 만드는 일이었다. 그러니 다른 기간제 사원들에게 설명할 수 없는 부당한 재량이라는 생각이 들었고 그 뒷감당이 자신이 없었다. "왜 그만두느냐? 기간이 다 돼서 그런 거냐?" 아무 말도 묻지 않고 그냥 격려만 하는 소극적인 방법을 택하고 말았다.

그리고 세월이 흘러갔다. 시간이 지나도 그때의 자책이 떠나질 않았다. 이성으로는 합리적인 결정을 했다고 되새기는데 감성적으로는 두고두고 나 자신이 시원치 않아 보였다. 나는 그 후 그룹 회장에서 물러났고 그 일은 서서히 잊어갔다.

그 일로부터 3년이 지난 2017년에 그룹에서 비정규직 직원을 대거 정규직으로 전환했다. 그때 제일 먼저 머리에 떠오른 것이 그 젊은 직원이었다. 그리고 더할 수 없이 내가 초라해 보였고 미안했다.

지금은 어디에 있는지 모른다. 회사를 떠난 후로는 그 친구의 회사 메일 계정이 없어져서 연락을 주고받을 방법도 없고 그 친구도 내게 더 이상 연락을 주지 않았다. 딱히 갈 직장이 없이 그만두고 나가는 것을 지켜만 보고 있었다는 자책만 남았다.

선아라는 예쁜 이름의 그 친구가 혹시 이 책을 읽게 되면, 자세히 묻지 않고 그냥 작별을 한 것은 관심이 없어서가 아니고 내가 소심해서 그랬다는 고백만이라도 전해졌으면 좋겠다.

나야말로 그러지 말라고
누누이 이야기했는데

늘 하는 이야기지만 화를 참지 못하는 것은 모든 후회의 근원이다. 나도 지난 일 생각하면 후회스러운 일의 대부분이 화를 참지 못해 생긴 일들이었다. 돌이켜 생각해보면 가급적 자제하고 숨겼어야 했다. 그런데 그게 마음대로 잘 안 된다. 불과 며칠 전에도 화를 냈다. 그러니 여전히 수양이 덜 된 인간임에 틀림이 없다. 직원들이 내게 이야기를 했다.

"그때는 정말 심지어 '책상을 넘어와 때리시지는 않을까?' 했어요."

정말 쥐구멍이 있으면 들어가고 싶을 정도로 부끄럽게 하는 말이었다.

"정말 더 황당했던 것은 그렇게 화를 내시다가 한 5분 후에 언제 그랬나 싶게 아무렇지도 않으신 거예요."

이 말도 정말 죽어버리고 싶게 부끄러웠다. 얼마나 내가 얄미웠을까? 생각하니 참 내가 생각해도 내가 싫었다. 뒤끝이 없다는 말로 위로를 한다 해도 소용이 없다. 상사의 분노는 그 자체로 직원들을 곤혹스럽게 하는 법인데, 5분 후에 아무렇지 않게 되돌아가면 그 분노를 감당해야 했던 직원은 얼마나 황당하고 자존심이 상했을까? 이걸 아무리 합리화를 해봤자 뒤끝이 없는 게 아니라 '제멋대로'라고 했어야 맞을 일이다. 뒤끝이 없을 것이 아니라 처음부터 화내지 말았어야 했다.

나의 분노가 직원들을 향한 것이 아니고 상황이나 외부의 요인, 심지어 경쟁자를 향한 것이었다 하더라도 분노의 표출은 그들에게 부정적인 영향을 줄 수밖에 없다. 내가 직원의 입장에서 생각을 해도 분노를 드러내는 리더는 불안하다. 아무리 정당한 사유가 있더라도 리더의 분노는 숨겨져야 한다.

그런데 가끔 분노를 이용하는 리더들이 있다. 신문에도 가끔 "○○가 격노했다"고 보도를 한다. 내용을 자세히 읽어보면 그 분노가 중요한 것이 아니라 그 분노를 통하여 분노의 대상에게 책임을 전가하고 있음을 쉽게 알 수 있다. 나도 가끔 직원의 실수로 내가 본의 아니게 오해받고, 심지어 내가 나쁜 의도로 그 모든 일을 지휘한 것처럼 몰아갈 때는 그런 유혹을 느낀다. 격노했다는 것을 보임으로써 나는 그런 의도가 아니었는데 그가 잘못한 것임을 세상에 보이고 싶었다.

"박용만 회장 격노! 책임 소재 철저히 가리라 지시."

이렇게 하면 읽는 사람 곁에 공감하며 나도 바라보는 자로 옮겨 설 수 있을 것 같았다. 그렇게 해서 내 책임을 면하고 싶었다. 그런데 그렇게 할 수는 없었다. 치사하고 비겁한 나를 거울에서 보는 것은 더 싫었기 때문이다. 직원이 내 지시 없이 잘못했다 하더라도 내 책임이 없어지는 것은 아니기 때문이다. 리더로서 제일 힘든 일 중의 하나가 이런 일이지 싶다.

"나는 아닌데……."

"나야말로 그러지 말라고 누누이 이야기했는데……."

이렇게 설명하고 변명하고 싶었고 억울해서 화장실 세면대를 주먹으로 내리친 적도 있었다. 하지만 내 분노를 통해 그것을 설명할 수는 없었다. 그만큼 리더의 자리는 무한 책임을 져야 할 일이 많다.

우리 기업들이 요즘은 모두 사회적 책임이나 투명성에 대한 의식이나 역량이 높아졌다. 법이나 제도는 물론이고 사회의 따가운 시선이 기업들로 하여금 변하지 않으면 안 되게 했기 때문이다. 그런데 해외에 가서 기업들을 많이 인수하다 보니 아직도 더 가야 한다는 것을 알게 됐다. 내가 기회 있을 때마다 "세계적인 기업들이 있다고 해도 우리의 기업사는 이제 반세기를 겨우 넘었습니다. 글로벌 기업의 세계로 비추어보면 덩치는 커졌지만 아직 청소년기로 보아야 합니다. 그러니 실수가 좀 있어도 성장통으로 보아주시면 좋겠습니다. 분명히 방향은 잘하는 쪽으로 향해 있기 때문입니다"라고 읍소에 가까운 토로를 했다. 실제로 그렇게 생각들을 해주시고 조금만 성숙해가도록 기다려주시고 응원을 해주면 좋겠다는 생각도 한다. 그런데 잊을 만하면 한 번씩 기업들의 일탈이 터져 나오면 이런 읍소도 빛바래버리기 일쑤이긴 하다.

잘못이 일어나면 조사를 받는다. 실무자에서부터 시작해서 팀장, 임원, 경영진까지 조사 대상 단계를 높여간다. 그러다 어느 선에선가 보고의 연결이 끊어진 것이 확인된다. 아래 직원은 보고한 바 없고 상사는 보고받은 바가 없다. 지시를 한 적도 없다. 그러면 그 선에서 책임은 끊어진다. 지시하지 않은 상사, 보고받지 않은 상사는 책임이 없고 일을 행한 아랫사람, 보고하지 않은 직원은 책임을 져야 한다. 이것은 우리 법체계에서 당연한 일이다. 알지 못한 상사에게 책임을 지울 수도 없고 지시하지 않은 상사를 단죄할 수는 없는 일이다. 그러니 "회장 격노. 책임 소재 가리라 지시" 같은 사실을 알리는 것은 그 책임이 끊어지는 선을 분명히 하고자 하는 의도가 있을 수도 있다.

그런데 해외에서 선진국의 기업을 인수해보니 분명한 차이가 하나 있었다. 선진국의 기업에서는 어느 선에서 책임이 끊어지지가 않았다. 내가 여러 해외 기업을 인수하기 시작하면서 제일 먼저 배운 것이 그것이었다.

"YM! ○○○ 지역에서 실무자가 일을 저질러 말썽이 생기면 어떻게 할 거야?"

내게 글로벌 기업경영에서 요구되는 투명성과 법적 책임의 수위에 대해 가르쳐주던 변호사가 가정법으로 질문을 했다. 들어보니 내가 관여할 수준의 일이 아니었다. 그래서 쉽게 대답을 했다.

"그 정도 일은 내게 보고조차 하지 않는 일이야. 그러니 내가 지시하거나 보고받은 근거조차 없을 거야."

예를 들어 어느 개발도상국에서 법을 위반한 중대 사건이 일어났고 그것이 우리 회사의 조직에서 저질러진 일이었다 가정을 해본다. 그러면 우선 그 위법에 대한 책임 추궁이 그 개발도상국의 직원으로만 끝나지 않는다. 기업의 적법한 경영을 무섭게 다루는 나라에 본사를 둔 회사를 인수하면, 그 본사조차도 조사를 받는다. 미국 기업이면 당연히 미국에서도 조사를 받을 수 있다. 심지어 서울에 있는 내 컴퓨터를 조사하겠다고 하면 응해야 한다. 무조건 거부하고 숨기려다 일이 훨씬 더 커질 수 있다. 내 책임의 한계가 어디까지인가를 결정하는 것이 우리와 다르다.

예를 들어 내가 평소에 "시장점유율은 무슨 일이 있어도 지켜야 한다"라거나 "시장을 뺏기는 것은 그 무슨 이유로도 받아들일 수 없다" 같은 이야기를 자주 했으면 아무리 보고받지 않았고 지시하지 않았어도 직원들이 잘못을 하도록 유도했다고 본다. 내가 그런 분위기를 만들었다고, 즉 톤 세팅을 했다고 보는 것이다. 그러면 그렇게 한 데 대해 책임을 져야 한다. 잘못된 행동을 하도록 구체적으로 지시하지 않았지만 직원들이 그렇게 할 만한 충분한 동기부여를 평소에 분위기를 통해 했다는 것이다.

이러한 책임에서 자유로워지려면 평소에 그렇게 하면 안

된다는 것을 늘 교육해야 한다. 글로벌 회사마다 윤리 규범과 경영 정책을 만들어놓고 평소에 늘 교육시키고, 따르도록 독려해야 하며 실제로 최고경영자가 그 정책과 규범에 맞춰 솔선하는 이유가 바로 여기에 있다.

그러니 여러 가지 경험을 통해 내가 얻은 교훈은 분명했다. 리더의 분노는 감정적인 이유에서도 자제되어야 하고, 전략적인 이유에서라면 원천적으로 없어야 하는 것이다.

오늘
한잔할까?

술 이야기 시작하면 밤을 새워도 모자란다. 그만큼 회사 일과 술은 떼어놓기가 힘든 것이 사실이다. 하물며 주류 제조업을 주업으로 하던 우리 그룹은 말할 것도 없다. 전해 내려오는 전설 같은 이야기들이 한도 끝도 없다. 하지만 이제 세상이 바뀌어간다. 술로 해결하던 것들 중 이젠 해결 안 되는 것이 대부분이고, 술이 없어도 되는 일이 대부분이다.

나는 원래 술을 못하는 사람이었다. 회사에 처음 발을 들여놓았을 때 맥주 반잔만 먹어도 머리부터 발끝까지 자색으로 변하고 숨이 가빠질 정도였으니 나는 아예 알코올 분해효소가 없나 보다 했다. 그런데 맥주 사업을 필두로 모든 주류를 다 취급하는 회사에 발을 들여놓으니 술을 마셔야 정상적인 인간일 뿐 아니라, 술을 마시지 못하면 거의 '더불어 일하기에는 현저히 함량 미달'인 인간일 것 같았다. 그래서 하는 수 없이 술을 배우기로 했다. 그때나 지금이나 나는 적당히를 못해서 걱정인 인간이다. 첫날 '술을 마셔야겠다' 작정하고 회식에 따라나서면서부터 연 28일을 하루도 안 빼고 토해야 끝을 보았다. 그랬더니 딱 한 달 만에 술이 늘기 시작하는 것을 체감하기 시작했다. 그렇게 해서 배운 술이 말술이 되더니 급기야는 의사가 이제 좀 그만 마시라고 한다. 이제는 거의 술을 입에 대지 않는 정도가 됐다.

술을 못 마시는 사람들이 가끔 내게 묻는다.

"어떻게 하면 술이 늘까요?"

"술을 좀 늘려보려고 매일 한 잔씩 마셔보고 있어요."

이런 말을 들으면 내가 늘 해주는 답이 있다.

"주량을 늘리는 길은 오로지 하나입니다. '부단한 구토와 부단한 두통'만이 주량을 늘려줍니다."

술은 마시면 마실수록 늘 수밖에 없다. 선천적으로 술이 약한 사람은 많다. 하지만 굳이 그 약점을 극복해서 주량을 늘릴 필요는 없다. 우리가 사는 세상이 이제는 더 이상 필요 이상의 주량을 필요로 하지 않기 때문이다. 하지만 '나는 체질적으로 술이 늘지도 않고 절대 못 마신다'는 말도 그다지 신뢰가 가지는 않는다. 내가 바로 그 생체 실험의 대상이었기 때문이다.

그렇게 힘들게 술을 배우고 나니 나중에는 사흘이 멀다 하고 술을 마셔댔다. 연이어 며칠을 마시면 나도 인간인지라 아침에 정말 힘이 들었다. 아침에 눈을 뜨자마자 나 자신에게 욕이 나올 만큼 힘든 날이 많았다. 그러면 눈을 뜨면서 다짐을 했다.

"내가 오늘 또 술을 마시면 개다."

그런데 오후 5시 정도가 되면 생각이 바뀐다.

"아냐! 개가 아닐지도 몰라."

그리고 저녁 약속에 가면 "그래, 난 개다!" 하고 또 퍼마셨다.

2002년 월드컵이 한창일 때 부산 출장을 갔다. 시합 시간이 되어 같이 간 동료 몇과 호텔 지하의 바로 내려갔다. 역시 축구는 여럿이 봐야 제맛이다. 그냥 게임만 보기 맹숭맹숭하니 술도 시켜 마셔가며 응원을 했다. 한참 응원을 하다 화장실에 갔다. 볼일 보고 있는데 남자 둘이 들어와 등 뒤에서 이야기를 한다.

"어이. 앞자리 글마, 박용마이 맞지?"

"맞다. 두산 박용마이."

"아따, 글마. 술 억수로 잘 마시네."

"니도 봤나? 마 첨부터 끝까지 폭탄주로만 마시삐네."

"글마, 그러다 곧 천당으로 데려가시지 않겠나?"

더 이상 모른 척할 수가 없어 뒤돌아보고 말했다.

"죄송합니다. 좀 줄이겠습니다."

이렇게 생면부지의 남도 나 술 마시는 것 보고 곧 갈 것 같다는데, 정작 나는 신나게 자랑스럽게 퍼마셨다.

술을 있는 대로 퍼마시고 집에 들어와 그냥 그대로 침대에

꼬꾸라져 잠이 들었다. 한참 잠에 떨어졌는데 누가 흔들어 깨운다. 술도 취했고 잠도 아쉬우니 그냥 어깨를 뿌리치며 다시 잠을 청하는데 이번에는 더 세게 흔든다. 눈을 뜨니 시야가 흐릿한데 덩치가 산만 한 사내가 서서 나를 흔들어 깨우고 있었다.

"일어나세요."

"어…… 어……."

"아! 일어나시라니까요. 이사님, 저희 술 마시러 왔어요."

직원들끼리 술을 마시다 우리 집으로 쳐들어가자고 했단다. 집에 오니 아내가 "이사님, 지금 주무신다"고 했더니 한 친구가 "아, 제가 깨우겠습니다" 하고 침실에 들어와 나를 깨운 것이었다. 그런데 누워서 올려다보는 내 눈에는 영락없는 강도였다. 혹시라도 이런 날이 올까 싶어 침대 밑에 놓고 자던 강철 삼단봉에 손이 닿지 않음은 물론이고 몸이 얼어붙어 말도 나오지 않는다. 사람은 겪어봐야 안다고 한 옛말대로, 평소의 내 보안 대책이 전혀 무의미함을 깨닫는 순간이었다.

그날뿐 아니라 툭 하면 직원들이 만취해서 우리 집에 쳐들어왔다. 밤 12시 다 돼서 들이닥쳐서는 덩치가 산만 한 놈들이 둘씩 껴안고 춤을 추질 않나, 그날 마신 술과 안주를 집 앞 현관에 골고루 반납해놓고 가질 않나. 하지만 믿거나 말거나 나는 이런 일들이 늘 즐겁고, 그렇게 찾아오는 직원들이 반가웠다. 그러면서 술을 배우기 참 잘했다고 생각했다. 세월이 지나고 나서 이런 에피소드가 내게는 훈장처럼 남았다.

　그래도 정작 중요한 일 이야기가 술자리에서 해결되거나 술 덕분에 특별한 소통이 된 적은 없었던 것 같다. 하긴 그래서 그만큼 우리 직원들은 힘들었을지도 모른다. 내가 술기운에 하는 이야기는 별로 무겁게 들어주질 않았으니까. 반면에 술 먹고 저지르는 실수에 대해서는 웬만하면 눈감고 지나갔다. 물론 나도 같이 퍼마시며 갖은 주책 다 부렸으니 직원들을 탓할 주제도 못 되었고, 술자리에서 술기운에 언행이 잘못됐다면 그런 자리를 만든 내 잘못도 크니 탓할 일은 아니다. 술자리에서 버릇이 없어지는 것은 자신이 평소만큼 제어가 안 되게 즐거웠기 때문이다. 그러니 그 전에 술자리를 내가 끝냈어야 맞는 일이지 그 친구들을 탓할 일은 아니다. 술자리에서 과하다 싶은 친구가 있으면 “어이, 저 친구, 댁에 가셨고 그분이 오셨다. 집으로 모셔라” 이렇게 한마디 하고 웃어버리면 그만이다.

　특히 대규모 해외 기업을 인수하면서부터는 더욱 회식 술자리가 왠지 일의 일부는 아니라는 생각이 커졌다. 그냥 동료들과의 즐거운 자리에서 끝나야 한다는 생각이 강해졌다. 우선 다음 날 아침까지 술기운이 남아 있을 정도로 마신다는 일 자체가 서양인들에게는 없다. 동서양의 차이라고만 볼 일은 아닌 듯하다. 술을 그렇게 과하게 마시면 당연히 다음 날 일에 지장이 있는 것은 물론이고, 그 이전에 그렇게 취할 때까지 마신다는 자체가 참 후진스럽게 보이기 시작했다. 과거 같으면 인수한 기업의 서양 임원들 불러다가 폭탄주부터 들이부으며 시작했을 텐데 지금은 전혀 아니다. 그런 생각을 한다는 자체로도 내 후진스러움을 증명하는 것 같아 보이기 시작했다.

술이 취해야 기분이 좋아지는 것은 아마 인류 공통일 것 같다. 하지만 만취에 이르기까지 마시는 것은 자기 조절이 안 되는 것 이상도 이하도 아니다. 선진국에도 주취자 있고 알코올중독자도 있다. 하지만 멀쩡한 기업의 임직원이 그렇게 취할 때까지 마시면 어느 날 조용히 사라진다. 기업의 매몰찬 처사라고 하기보다는 선진사회의 규범이라고 해야 맞다고 본다. 그러니 이제 우리도 그 정도 규범은 모두가 따를 시대가 되지 않았을까? 술은 그냥 친구 사이에서도 그렇듯이 즐겁게 왁자지껄 웃어가며 적당히 마셔야 약이 되는 법이다.

그렇게 생각이 변하니 자연스럽게 회식 자리의 음주도 줄이게 되고 사장들과 회의를 할 때도 "술을 줄이자"고 이야기하곤 했다. 나도 인간이니 낯이 간지러워 그냥 이야기하지는 못하겠어서 먼저 운을 뗐다. "내가 이런 이야기하면 좀 우스운 일이지만 이제 우리가 술을……" 하면 참석한 사장들 모두가 "으하하하!" 박장대소부터 했다. 영이 안 서는 장면이긴 하지만 나도 인간이니 어쩌겠는가? 따라 웃으며 호소하듯 술 줄이라고 이야기를 했다.

회식 자리에 가면 먼저 이야기한다.

"지금부터 회사 이야기 금지야. 가족 이야기든지 예술이든지 연애든지 즐거운 이야기하며 마시자."

"네에!"

다 좋다고 하고 마시기 시작하는데 한참 마시다 보면 꼭 있다. 웬 녀석이 하나 어느새 옆에 와서 식초를 한 사발 들이 켠 것 같은 표정으로 무릎을 꿇고 앉아 있다.

"뭐냐, 김 차장?"

"회자아앙뉘이임. 우리가 이래서 되겠스으으읍니이이끄아."

"어이. 모두 여기 주목! 김 차장 집에 가고 그분이 오셨다. 얼른 모시고 가라."

아무래도 요즘은 회사의 젊은 친구들과의 술자리는 많이 줄었다. 그래도 그런 추억들이 많고 그런 삶에 익숙한 채로 평생을 살아서 그런지 몸에 짙게 술 냄새가 배어버렸다. 회사에서 마주치는 젊은 친구들과 웃음을 나누다 보면 어느새 나도 모르게 속으로 한마디가 떠오른다.

"오늘 한잔할까?"

상대가
바보인가?

"어디로 갔어?"

"네, 광화문 쪽으로 향했습니다."

인수매각 협상을 하고 내 사무실에서 떠난 상대 측이 어디로 갔는지를 21층에서 쌍안경으로 내려다봤다. 현관에서 차가 떠나 정면 출구로 나가면 롯데호텔 맞은편이니 우회전을 해야 하고 광화문 쪽을 향하게 된다. 측면으로 나가면 방향으로 보아 남산 쪽을 향하게 된다. 남산 언저리에는 내가 협상한 대부분의 상대가 가장 즐겨 묵는 호텔인 하얏트나 힐튼 호텔이 있다. 그날은 정면으로 나가 광화문을 향했다는 보고인 셈이다.

"계약서 조항 다시 점검하자."

호텔로 가면 본국에 전화해서 상사와 의논을 할 확률이 높은 것이니 돈과 관련된 논의일 테고, 법무법인이 있는 광화문으로 향하면 계약서의 조항에 따른 논의를 하러 갔을 확률이 높다. 그날도 결국 그들의 고민은 가격이 아니라 계약서의 조항이었음을 나중에 확인을 했으니 내려다보고 한 짐작이 맞았다.

그 정도 짐작을 할 수 있을 정도로 상대를 꿰뚫어 알지 못하면 그 협상은 이미 망가진 협상이다. 가격이 이슈인지 조건이 이슈인지? 가격이라면 어느 부분이 문제인지? 저들이 꼭 확보해야 하는 조건이 무엇일지? 상대를 뚫어보는 능력은 반드시 가져야 한다. 그리고 그 능력은 타고나는 것도 아니고 운도 아니다. 철저히 준비하고 과학적으로 분석한 노력의 결과일 뿐이다.

이제 와서 마치 내가 대단히 영민한 사람인 것처럼 떠들지만, 사실 그 당시에는 상대가 무슨 생각을 하는지 알기 위해서 머리가 깨질 정도로 우리끼리 앉아 투석전을 했다(투석전이 뭐냐고? 흔히들 '브레인스토밍'이라고들 하는데 돌머리로 서로 주고받으니 투석이라고 농담을 했다).

"저 방에서 별거 안 하는 것 같은데 왜 답이 없는 거야?"

"지금 그쪽 본사가 몇 시야?"

"그쪽 보스가 일어났을 시간인가?"

"아냐, 지금 시간에 전화해서 보스를 깨웠을 정도면 저쪽은 정말 심각한 거야."

"조금만 물러서줄까?"

"벌써 답을 갖고 온대? 지금 그쪽 본사 몇 시야? 아직 출근 전이잖아."

"그럼 한국 올 때 이미 답 갖고 온 거네."

"경우의 수를 몇 개 준비해온 거야."

"그럼 우리가 너무 쉬운 답을 준 셈이네?"

"다시 협상판 뒤집자! 근데 무슨 명분으로 뒤집지?"

아주 흔하게 주고받던 대화들이다. 지금 이렇게 보면 잡담 같이 쉬워도 당시에는 피를 말리는 심정으로 상대를 읽기 위해 머리를 써가며 고민을 했다. 이렇게 소위 잔머리를 많이 굴리다 보니 진이 빠지게 협상을 하고 나면 나도 모르게 사냥꾼 기질을 느끼고 흠칫 놀라곤 했다. 치열하게 머리 굴리고 짐작하고 예측하고 그러다 결과를 내고 나면 마치 며칠을 그렇게 쫓던 사냥감을 기다리던 길목에서 잡은 기분이 들곤 했다.

어떤 협상이든 내게만 유리한 협상은 없다. 내가 불리하면 상대는 유리해지고 상대가 불리하면 그만큼 내가 유리해진다. 상대가 지나친 욕심을 부리면 그것이 왜 사리에 맞지 않는지 설득할 수 있어야 한다. 그리고 그 설득이 받아들여지려면 상대가 어디까지 양보할 수 있을지 치열하게 분석하고 연구해서 미리 준비를 해야 한다. 밀어붙인다고 상대가 양보하지 않을 것이며 설득이 되어야만 양보도 받아낼 수 있다. 그러려면 현실적으로 받아낼 수 있는 양보의 한계가 어디인지 정확하게 알아야 한다.

마찬가지로 내 욕심도 과학적으로 통제를 해야 한다. 상대의 회사가 아무리 사고 싶어도 가능한 돈을 덜 주고 싶은 마음은 당연한 것이다. 그러다 보니 나는 끝없이 깎으려 하고 상대가 정말 가당치 않다고 생각하면 협상은 깨진다.

"내가 지불할 능력은 있지만 그렇게까지 주기 싫어."

"왜?"

"지금까지 나만 네 번을 양보했잖아."

"처음부터 너무 싸게 제안했으니 그렇지. 그런데 말야, 그 회사 안 사면 어떻게 할 건데? 그냥 우리 손으로 처음부터 그 공장 짓고 사람 채용하고 그러면 얼마 들지?"

"그렇게 생각하면 아직도 많이 싸긴 하지."

이 협상을 하지 않으면 감당해야 할 일과 비용, 즉 '뉘상스 밸류Nuisance Value'를 내게 상기시키며 불같이 싸움으로 치닫는 내 성질을 가라앉히는 것은 늘 우리 변호사 몫이었다. 날 잘 달래기 때문이라기보다 그가 가진 경험으로 조목조목 따지고 들어오는 논리에 늘 항복이었다. 그래서 농담으로 말했다.

"데이비드! 넌 적군 설득보다 아군 설득이 더 힘들지?"

"그게 내 잡job의 대부분이긴 해."

하긴 그랬다. 나도 내가 성사시킨 인수합병이 많아져서 경험이 쌓일수록 경험이 적은 내 편 설득해야 할 일이 더 많아졌다. 내 편의 욕심을 적절히 통제하는 논리는 반대로 상대를 설득하는 데도 쓰였다.

"회장님, 그 가격은 정말 말도 안 됩니다."

"그 땅만 해도 얼마인데요. 게다가 앞으로 그 옆에 전철 들어오면 지금의 배는 될 텐데요."

"지금 저쪽이 제시한 총 가격이 얼마지? 만일 말야, 자네 말대로 그 땅이 그렇게 값어치가 크다고 우기다가 '그 땅은 빼고 살래' 하면 어쩔래? 자네가 우긴 땅값만큼 더 빠져나가잖아."

이렇게 주고받다가 우리가 내린 결론은 결국 '땅은 빼고 팔자'였다. 상대는 꼭 있어야만 하는 자산은 아니니 가격이 낮아져 좋고, 우리는 우리대로 그 땅 따로 개발하면 훨씬 더 큰 값 받을 수 있었다. 내 욕심을 놓고 따져보다 나온 결론이었다.

"이거 넘기는 김에 다 넘겨버리지."

"갖고 있어야 골만 아플 가능성 있는데 그러시죠."

상대가 바보인가? 내가 싫은 것은 상대도 싫은 법이고 내게 걸레 같은 것은 상대에게도 걸레 같은 법이다. 더구나 시간이 내 편이 아닐 때는 치명적인 접근이 될 수도 있다. 어려운 회사일수록 회사를 매각할 때 그늘진 구석을 다 포함해 팔아버리려 하는 것은 인지상정일지 모른다. 하지만 마찬가지로 상대도 그런 것들은 안 따라오기를 바란다. 그러니 시간이 내 편이 아닐 때는 상대가 가져가기 좋게, 상대가 딱 갖고 싶은 것만 발라내야 한다. 심지어는 한 발 더 나아가 상대가 가져가자마자 가치를 발휘할 수 있는 준비까지 해주면 협상은 더 쉬워지고 가격도 올라간다. 시간과의 싸움에서도 당연히 유리해진다.

회수가 불분명한 외상은 넘기지 말고 내가 처리하는 것이 유리할 수도 있다. 꼭 본업과 관련이 없는 사업은 따로 떼어내서 처리를 하는 것이 상대에게는 편리하다. 사는 사람 눈에 인력이 많을 때는 남는 만큼의 사람은 내가 흡수해야 협상을 빨리 할 수 있다.

반대로 내가 회사를 살 때도 마찬가지다. 가격 놓고 우기고 버티는 것보다 이렇게 내게 편하고 가져오기 좋은 패키지를 만들어주면 가격을 더 쳐주거나 빨리 지불할 수 있다고 설득해야 한다. 그런 옵션들을 내가 개발해서 제시해줄수록 상대와의 대화와 협상도 쉬워진다. 결국 과학적이고 논리적인 설득이 흔히 말하는 기싸움보다 효율적이다.

꿩 먹고 알 먹고 둥우리 털어 불까지 땔 수 있는 협상이란 거의 없다. 내게만 유리한 협상이니까.

저 친구가
장난친 거예요

밥캣을 인수한 지 1년쯤 됐을 때 일이다. 이름만 들어도 모르는 사람이 없는 미국의 유명한 시사주간지에서 연락이 왔다. 기자가 나와 통화를 하고 싶다고 하길래 전화를 받았다. 밥캣을 동양 회사가 인수한 지 1년쯤 됐으니 취재를 하고 싶다는 요청이었다. 인수 후 작업도 대부분 순조로웠고 임직원들도 잘 적응하고 분위기 좋게 회사가 굴러가고 있으니, 별로 감추고 싶은 부분도 없어 흔쾌히 취재에 동의해줬다. 모든 사업장을 다 다니며 인터뷰도 여러 사람 해야 하니 허락을 해달라길래 필요한 대로 하라고 하고 회사 직원들에게도 협조를 해주라고 했다.

그렇게 시작한 취재가 거의 몇 달 동안 이어졌다. 그 취재과정을 보며 잡지의 위상이 쉽게 얻어지는 일이 아님을 실감했다. 한 기자가 그 한 기사를 쓰기 위해 전 세계를 다니며 몇 달을 취재해야 하니 그 모든 비용을 감당할 만한 기사가 되어야 할 일이었다. 어느 한 기사로 그렇게 되지는 않았겠지만 그렇게 엄청난 비용을 들여가며 쓰는 기사들로 잡지의 위상이 결정되고 결과적으로 광고 수입으로 이어지는 것을 생각하면 세계적 언론사가 어떻게 그 자리에 가는지 이해가 됐다.

아무튼 그렇게 몇 달이 지나고 나서 기자에게서 다시 연락이 왔다. 무척 기쁜 목소리로 자기가 쓴 기사가 편집장에게 채택이 되어 다음 호에 실리게 됐다는 소식이었다. 그래서 기사 내용은 어떠냐고 조심스럽게 물어보니 역시 가르쳐주지 않았다. 그래도 톤이나 몇 마디 말로 보아서 긍정적인 기사일 것임을 짐작할 수는 있었다. 다행이라고 생각하고 전화를 내려놓았다.

그런데 며칠 후 다시 전화가 왔다. 정말 억울하고 화가 나는데 자기 기사가 잘렸다는 것이었다. 그래서 왜냐고 물으니 '아시아 기업의 글로벌 시장 진출에 관해서 경영의 차이가 가져오는 시사점'이라는 토픽을 중심으로 기사를 쓰는 꼭지였는데 우리 기사가 다른 한국 기업의 기사에 밀려 채택이 안 됐다는 것이었다. 나는 내심 의아했다. 한국 기업에 의한 역사상 최대 규모의 인수합병인데 어떻게 다른 기사가 더 중요했을까? 이해가 가질 않았다. 그런데 막상 이어서 인쇄되어 나온 잡지를 사다 펼쳐보곤 참으로 민망해졌다. 그렇게 몇 달을 취재한 우리 기사 대신 실린 것은 어느 한국 회사가 서울에서 현지를 방문하는 고위 경영진을 맞이하기 위해서 현지 임원들을 영하의 추운 날씨에 세워놓고 30분을 줄 서 기다리게 했다는 기사였다. 한국의 의전 문화를 지적하는 가십성 기사였다.

우리는 흔히 미풍양속이라든가 동방예의지국이라는 말로 의전 문화를 미화하곤 한다. 하지만 이제는 좀 다시 생각해봐야 할 일이다. 해외에서 기업을 인수해서 그룹의 사업으로 만드는 일이 많아짐에 따라서 이제는 그룹 인원의 반 정도가 외국인이다. 우리만 그런 것이 아니라 이제는 상당수의 국내 기업에 세계 각국의 임원도 많고 경영상으로도 여러 나라의 다양한 기능과 방식이 혼재되어 있다. 결과적으로 그런 글로벌 기업과 동떨어진 문화로는 경영이 제대로 이어지기가 어려운 현실이 됐다. 기업의 문화는 사회의 문화와 홀로 떨어져 존재하기 어렵다. 구성원의 다수가 속한 사회의 문화로부터 영향을 받을 수밖에 없고 기업뿐만 아니라 많은 조직들과 업무에서 글로벌화가 진행 중이다. 그러니 이제 우리의 사회문화도 점점 글로벌화에 맞춰 조금씩 변해야 하지 않을까 싶다.

문화 차이를 이야기하자면 웃지 못할 에피소드가 참 많다. 국내, 해외를 막론하고 사업장 방문을 하거나 임직원을 만나러 가면 왜 그리 밖에 나와 기다리고 줄 서서 90도로 인사를 하는지, 아무리 그리하지 말라고 해도 잘 고쳐지질 않는다. 예전에는 그런 허례허식이나 지나친 의전을 보면 불같이 화를 내곤 했다. 그런데 어느 날 회사에서 있었던 일을 이야기했다가 아내에게 된통 야단을 맞았다. 그날도 지방 사업장의 지나친 의전 챙기기 때문에 화를 내고 집에 와 그 일을 이야기했다. 이야기를 듣더니 아내가 말했다.

"여보. 그렇게 하면 안 된다고 회사의 모든 사람들에게 이해시키면 괜찮지만, 그 회사 인수한 지 얼마 안 됐잖아."

"그래도 그런 허례허식에 몰두하는 것은 지적을 해야지."

"그렇게 교육을 받고 이해하고 있는 사람은 괜찮지만, 아직 그걸 모르면 그 사람들은 당신 생각과 달리 진심에서 당신에게 잘하려고 그랬을 수 있어. 우리 사회의 대부분이 그렇게 해야 한다고 믿으니까 좋은 의도로 그리하는 것이지, 잘 보이려고 필요 없는 일을 만들어 한다고만 생각할 수 없지 않을까? 그러니 화내는 당신 보며 '저 사람 왜 화를 내지?' 하고 있을 거야."

듣고 보니 그 말이 맞았다. 그래서 그 후부터는 지나친 의전을 마주하면 교육 못 시킨 내 잘못이지 먼저 생각한다. 교육을 시켜도 안 되는 경우에 화가 치솟는 것은 나도 인간이라 어쩔 수가 없지만, 최소한 다짜고짜 화부터 내는 일은 많이 줄었다.

미국에 어지간히 출장 갈 일이 많았다. 이리저리 돌아다니는 대신 웬만하면 사람들에게 뉴욕서 만나자고 하고 뉴욕으로 출장을 가는 편이다. 그러다 보니 같은 호텔에 하도 자주 투숙을 해서 그 호텔의 웬만한 직원들은 모두 나를 알아보고

집처럼 편하게 지내도록 잘해주곤 했다. 그러던 어느 날 현관의 도어맨이 바뀌어 새로 왔다. 그런데 마침 그날은 내가 떠나는 날이었다. 그러지 말라고 하는데도 현지의 직원 몇이 호텔로 와서 환송을 했다. 현관에 줄 서서 떠나는 내 차를 향해 90도로 인사를 했다. 그 광경을 본 도어맨이 내가 이용하던 렌터카의 기사에게 내가 누구냐고 물어보았음을 나중에 들어서 알았다.

며칠 후에 다시 또 일이 생겨 불과 일주일 만에 뉴욕으로 가야만 했다. 그때는 내가 담배를 피울 때라 체크인을 하고 난 후 현관으로 나가 담배에 불을 붙이려는데 라이터가 말을 듣지를 않았다. 그래서 도어맨에게 다가가 물었다. 쳐다보고 있던 도어맨이 기절할 듯이 펄쩍 뛰며 놀란다.

"혹시 라이터가 있으면 빌릴까요?"

"아, 네. 네…… 여…… 여기…… 있있있습니다……."

도어맨이 눈에 띄게 손을 덜덜 떨며 말조차 제대로 잇지 못했다. 하도 손을 떨어서 할 수 없이 내가 라이터를 뺏어 불을 붙였다. 라이터를 돌려주니 역시 떨리는 손으로 받아서는 어디론가 그대로 사라졌다. 몇 시간 후 외출을 하느라 내려오니 그 도어맨이 시선을 피하며 어쩔 줄을 몰라했다. 게다가 그 호텔의 현관에는 차를 못 세우게 하는데 내가 빌린 차가 현관을 막고 떠억 서 있었다. 차를 타고 나서 내가 늘 쓰는 렌터카 기사에게 물었다.

"아니 웬일로 오늘은 정면에 세워놓고 기다려요?"

"도어맨이 세우라고 해서 세웠죠."

"그런데, 말야 저 도어맨 알아? 좀 이상해."

"하하, 왜요?"

실실 웃는 기사가 좀 수상했지만 우선 그날의 사건들을 말해줬다.

그랬더니 이제는 소리 내어 웃는다.

"하하하하하하."

"뭐야? 왜 웃어? 무슨 일이에요?"

"저번에 회장이 떠나던 날, 직원들이 서서 아시아식으로 인사했잖아요."

"그랬지."

"그거 보고 저 친구가 회장님 누구냐고 물어보길래 내가 딱 한마디 했죠."

"뭐라고 했는데?"

"알면 다쳐!"

도어맨이 내가 동양에서 온 마피아 보스라고 생각했음이 틀림없었다. 그러니 그렇게 공포에 떨며 말도 못 하고 라이터 쥔 손으로 불을 못 붙일 정도로 달달 떨었던 것임을 이해했다. 그날 일 끝나고 돌아와 현관에 내려 담배에 불을 붙였다. 그리고 역시 저쪽 구석에서 곁눈질로 나를 바라보는 도어맨을 불렀다. 손짓을 하자 불에 덴 듯이 놀라며 다가온다.

"내가 누군지 기사가 이상한 말 했다고 들었어요."

"아, 아닙니다. 미……미스터 박. 나…… 나는 안 물어봤어요. 미, 미미안합니다. 사사사사사과드립니다."

달달 떨며 거의 울상이다.

"사실 저 친구가 장난친 거예요. 우리나라에서는 윗사람과 헤어질 때는 대부분 그렇게 허리를 굽혀 인사해요."

반신반의하는 표정으로 듣는 도어맨에게 차근차근 설명을 해서 안심을 시켰다.

다음 날 아침에 외출하려고 나오니 현관 앞에 렌터카가 없는 건 당연하고 아예 옆의 블록까지 쫓겨난 차를 찾느라 애를 먹었다.

3

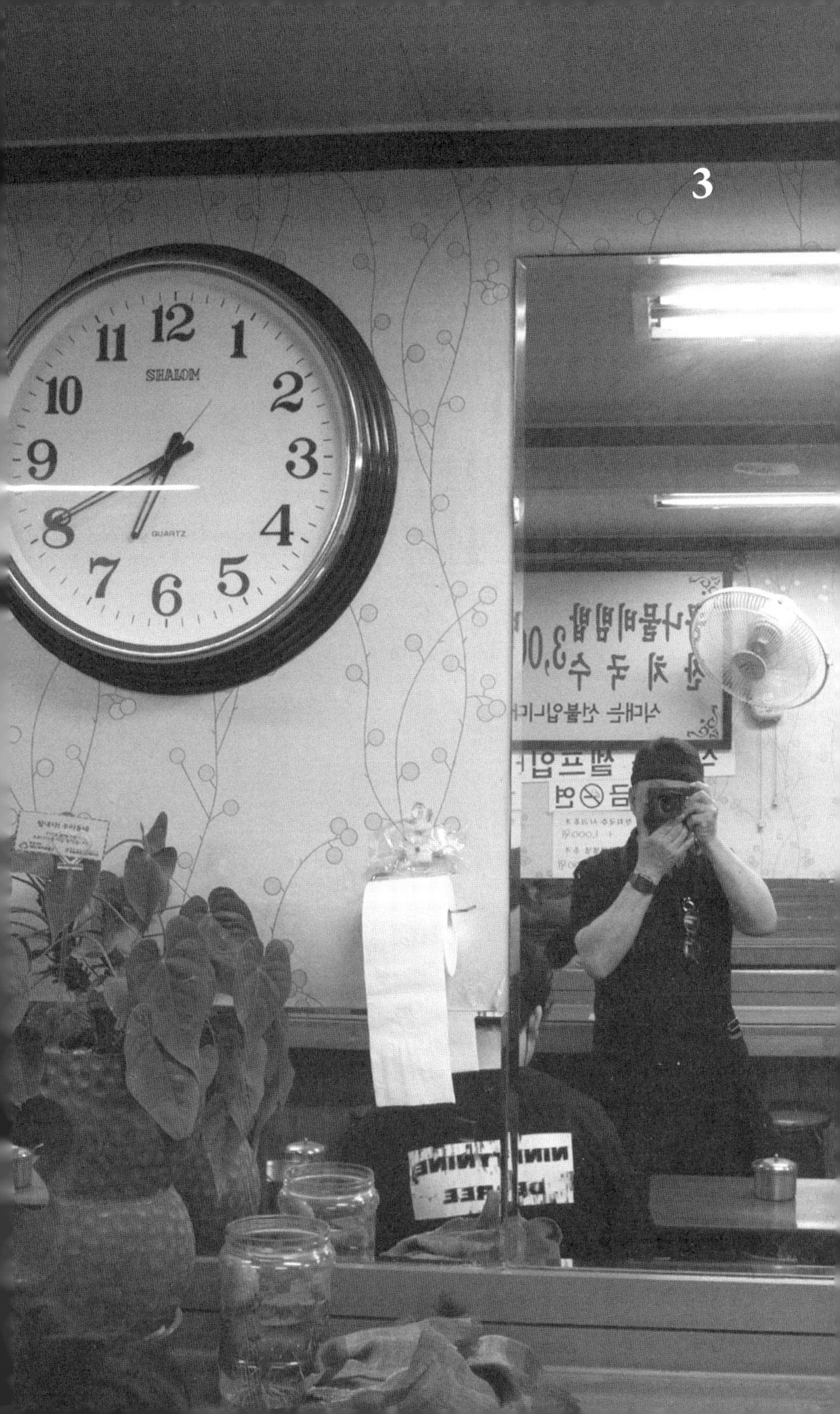

귀엽다는
것이죠

어릴 적 기와지붕 위에 올라 아래를 내려다보면 내가 온 세상을 모두 내려다보는 것 같았다. 높아서 오금이 저리면서도 그리 좋기만 했다. 이제는 기와가 깨질 것 같아 불안하고 저기 올라 뭐가 그리 좋았을까 싶다. 어른이 된다는 것은 재미없는 것들이 많아지는 것일까?

고등학생 아들을 둔 부모가 내게 아들과 이야기 좀 해달라고 한다. 아들이 모처럼 철이 좀 드는 것 같은데 더 가속화할 수 있도록 밀알이 될 이야기를 해달라고 한다. 그런데 내가 그 부모를 안다. 아들에 대한 기대가 하늘을 찌르고 어지간히 봉건적이고 구닥다리임을 잘 안다.

"너 요즘 철들어간다고 부모님 자랑이 대단하시더라."

"네."

"네,라니? 뭐 가는 게 있음 오는 게 있어야 할 거 아냐?"

"부모님이 원하시는 것 해드리니까 이렇게 좋아하실 줄은 몰랐어요."

"너는 그게 맞지 않는다고 생각해?"

"제 생각이 중요한 것이 아니고 부모님이 좋아하시니까 행복을 드릴 수 있잖아요."

거기까지 듣고 나니 참 효자다 싶어 가슴이 따뜻하기도 한데 한편으로는 마음이 불편했다. 나중에 삼수갑산을 가더라도…….

"있지. 철드는 건 어른이 되는 거잖아. 네가 철이 들면 주위 사람들이 행복해져. 그런데 정작 철드는 사람은 좀 불편해지는 게 많지. 그렇지? 그러니까 조금쯤은 철이 덜 드는 것도 괜찮아. 어찌 보면 그것도 행복한 길이야. 철이 덜 들면 넌 편하고 당장은 부모님이나 주변 사람은 조금 불편하겠지만 네가 행복해야 부모님도 행복하지 않을까? 그러니 지금 정도로 된 것 같아. 적당히 철이 덜 드는 것도 좋아."

전등불이 켜진 듯 아이 얼굴이 환해졌다.

몇 달 후 다시 만난 부모가 나를 바라보는 눈이 썩 반갑지 않다.

철들면 불편해진다. 그러니 적당히 철이 덜 들어야 인생이 재미나다.

새로 연 슈퍼가 그렇게 좋다길래 몇 가지 필요한 것들을 사러 갔다. 처음 간 곳이라 무엇이 어디 있는지 모르겠어서 판매대 앞에 서 있는 젊은 직원에게 물었다.

"우스터소스, 어디 있어요?"

"꺅! 옴마! 회장님! 저 완전 팬이에요."

"하하. 네 근데 우스터소스는 어디……?"

"엄마야, 어떻게 이런 일이! 회장님 맞으시죠?"

"하하. 네 맞아요. 근데 우스터…….."

"어떻게! 어떻게! 회장님!"

"우……스……터…….."

"어머! 죄송해요. 근데 그거 뭔지 모르겠어요."

"아! 여기 있네, 됐어요."

"네, 완전 안녕히 가세요. 어머, 어머! 회장님! 셀카!"

나오며 돌아보니 옆의 친구에게 뭐라고 상기된 표정으로 이야기를 한다. 귀엽다. 요즘 친구들은 이렇게 자기가 좋아하는 것에 대해 남들이 꼭 인정하고 공감해주지 않아도, 심지어 뭐라 지적을 해도 개의치 않는다. 자기가 좋으면 그걸로 좋은 것이다. 그게 참 건강해 보이고 귀엽다. 내가 연예인도 아니지만 아마 유튜브에서 본 어느 장면이 마음에 들었거나, 친구가 우리 회사 다니는데 마음에 드는 에피소드를 들은 정도일 것이 분명하다. 그런 모습을 보고 '내가 대중적 스타가 됐나?' 착각하면 완전 바보 될 확률 100퍼센트다.

이렇게 요즘 젊은 친구들은 다르다. 자기가 소위 꽂힌 것을 매우 중요시한다. 한편으로는 어리고 경험이 없으니 미숙한 점도 당연히 상당하지만 그거야 내 눈에 그럴 뿐이고, '나도 그 나이에는 뭐 그리 성숙했을까?' 생각해보면 마찬가지다.

신입 사원들을 만나면 나라는 존재를 만난다는 사실 자체에 흥분한다. 게다가 자기들처럼 나도 활발하게 SNS를 한다는 것을 알면 더 흥분한다. 그러고는 내게 친구 신청을 한다. 내 SNS를 보고 싶다는 열망에 꽂혀서 내가 자신들의 것을 볼 수도 있다는 사실에는 현실감이 없는 듯하다. 그러니 나도 그들의 SNS를 보게 된다.

"아침 8:45 아! 회사 가기 싫다!@우리 집 내 방 잠자리에서"

근무시간 다 됐는데 어느 어린 직원이 회사 가기 싫다고 한다. 게다가 자기 집, 자기 방 침대라고 위치 태그까지 붙여놓았다. 그래서 댓글을 달아줬다.
"내 차 보내줄까?"
10분쯤 후에 난리가 났다.
"회장님, 그게 아니라 오늘 사실 연수 가는 날이라 시작이 10시입니다."
장난으로 던진 돌에 개구리는 맞아 죽는다고 나는 그냥 가벼운 농담이었지만 사원 입장에서는 참으로 난감한 상황이었을 수 있다는 생각에 약간 미안해지긴 했다.

신입 사원 연수에 들어간 직원이 쉬는 시간에 SNS 자기 페이지에 글을 올렸다.

　"연수원에서 신입 사원 연수 중.
　일어나서 아침을 먹었다. 아침 먹고 수업 시작.
　수업하다 간식을 줬다. 수업이 끝났다.
　점심을 먹었다. 다시 수업 시작.
　오후 3시에 떡볶이와 순대가 복도에 놓였다.
　수업이 끝나고 저녁 식사를 했다.
　회사가 나를 살찌워 잡아먹으려는 것임에 틀림이 없다."

　두산 그룹가 마지막에 이런 가사가 있다.
　"나간다. 우리는 쉬지 않는다."
　그런데 한 신입 사원이 이 '쉬지 않는다' 부분에 밑줄을 빨갛게 긋고 글을 붙여 페이스북에 포스팅을 했다.
　"충격과 공포의 두산 그룹!"
　신입 사원들 너무 자주 골탕 먹이는 것 같아서 그냥 웃고 지나갔다.

　신입 사원 환영 행사 때 임원들이 사원들과 동석을 한다. 테이블마다 임원 한 사람이 앉고 나머지는 신입 사원이 앉는다. 내 테이블에도 각 사에서 뽑힌 신입 사원 여덟 명이 동석을 했다. 그래서 내 스마트폰으로 단체 셀카를 찍었다. 보내주자니 전화번호를 교환해야 했다. 그해만 해도 700명이나 들어왔으니 이름만 써놓으면 알 수가 없다. 그래서 '201×년 신입 사원 ○○○' 이렇게 등록을 했다.

그리고 반년 후 어느 날 저녁에 집에서 쉬고 있는데 그 사원 중 한 친구에게 카톡이 왔다. 열어보니 딱 한 글자가 와 있었다.

"야!"

이걸 어떻게 대답을 하지? 고민하다가 가장 정상적인 방법으로 답을 하기로 했다.

"나?"

정말 내게 한 것인지 확인을 하는 게 정상이라고 생각했다.

10분이 족히 지난 후 답이 왔다.

"회장님, 죄송합니다. 친구가…… 장난인 줄 알고…… 정말로 죄송합니다."

"죄송해야지. ㅋㅋㅋㅋ 벽에다 머리를 3회 강하게 박는다!"

"……."

"일욜 잘 쉬렴."

SNS로 모르는 사람이 질문을 했다.

"요즘 신입 사원의 문제점이 뭐라고 생각하시는지요?"

"귀엽다는 것이죠."

신입 사원 연수에서 강연을 하고 질문을 받았다.

"신입 사원에게 가장 중요한 역량이 무엇이라고 생각하십니까."

"귀요미 역량."

강당이 떠나가게 환호하며 웃는다.

손님이 찾아와서 같이 구내식당에 밥을 먹으러 내려간 적
이 있다. 당시 구내식당은 건물 한쪽 끝에 있는 엘리베이터
에서 내려 긴 복도를 걸어 건물 반대편 끝에 가야 있었다. 조
금이라도 얼른 먹고 나오려는 사원들로 복도는 꽉 차 있었고
나는 그 중간을 헤치고 끝까지 가야 했다. 나중에 식당에 다
다라서 자리를 잡고 앉자 손님이 내게 말했다.

"박 회장님, 정말 놀랐습니다. 회장이 가면 복도에서 양쪽
으로 갈라져서 서 있는 것이 보통이고 긴장해서 90도로 인사
하는데, 여기는 사원들이 어떻게 그대로 지나가며 웃으며 인
사를 합니까? 더구나 어린 사원 몇은 그냥 선 채로 손을 흔
들어 인사를 하고 가네요."

"아! 그 친구들이 대개 좀 버르장머리가 없고 나는 나대로
졸로 보이게 행동을 하니까요. 그리고 배고프면 원래 눈에
보이는 게 없잖습니까?"

"네에?"

"농담입니다, 하하하하하."

아이들은 물론이고 사원들은 자기 사랑해주는 사람을 직
감적으로 안다. 거창하게 사우를 향한 애정이니 하는 수사
적 표현을 동원할 필요는 없다. 왜냐면 그런 생각보다 그냥

그 어린 직원들이 귀엽고 그 아이들을 내가 좋아한다. 그러니 그걸 알고 그러는 거 아닌가 싶다. 그렇게 웃으며 지나가는 무리 속에 가끔 혼자 장승처럼 서서 내게 최대한의 예절로 인사하는 사람이 있으면 영락없이 고위 임원이다.

몇 해 전, 신입 사원에게 희망퇴직을 받았다고 평생 먹을 욕을 다 먹은 적이 있다. 그 과정에서 어떤 일이 있었는지는 뒤에 설명하겠다. 그 사건을 둘러싸고 내가 받은 오해와 비난들 그리고 욕설들에 참으로 힘들었다.

참으로 억울했던 사실은 하나였다. "그렇게 내게 욕하는 사람들 중에 나보다 더 그 아이들을 사랑하는 사람은 없다"고 자신 있게 말할 수 있다. 그때는 정말 삶에 대해 다른 생각을 할 정도로 억울하고 힘들었다. 그런데 아이러니하게도 나를 살린 것은 다름 아닌 신입 사원들의 귀여운 얼굴들이었다.

얼마 전 출장길이 생각난다. 새벽 1시 반의 두바이 공항에는 고단한 여행자들이 각자 좁은 의자에서 취할 수 있는 최대한 편한 자세를 찾으려 애쓰며 잠들어 있다. 나도 늘 그랬다. 공항에서 공항으로 다니다 보면 한밤에 비행기를 기다리는 시간에 그렇게 의자에서 잠들곤 했다. 한 벌 양복이 구겨질까 조심스럽고, 아는 사람은 없는 이국의 공항이라도 흉한 자세로 쉬지 않으려 애썼다. 그러다 피곤의 한계점을 넘으면 '에라, 구겨지든 말든 내가 옷맵시로 일하냐' '입 벌리고 침

흘리며 잠든들 누가 보나' 이러면서 의자에 몸을 구겨 넣고 아무렇게나 잠들었다. 가끔 그렇게 잠들었던 내 옛 모습을 돌아보면, 그냥 그 그림 속의 내가 측은해서 맘이 묵직하다.

그런데 정말 그때는 그 모든 것이 즐거움이었다. 고생스러우면 고생스러울수록 뭔가 대단한 일을 하는 것 같아 뿌듯했다. 결과는 중요치 않았다. 쉬고 싶고 편하고 싶은 나를 넘어섰다는 자체가 보람이었다. 나를 넘어섰다는 사실 하나로 그 극기의 희열이 아편처럼 달게 머릿속에 달라붙곤 했다.

요즘 젊은이들 보고 유약하다고 한다. 하지만 나는 그 말에 동의하지 않는다. 극기는 자신이 즐거워서 하면 마약이지만, 남의 강요에 의해 하면 혹사일 뿐이다. 요즘 젊은이들은 약해빠졌다고들 한다. 약해빠진 것이 아니라 강요된 극기에 따르지 않을 뿐이다.

우리 세대 말을 잘 들으면 착하고 바른 청년이고, 말을 안 들으면 뭔가 비뚤어졌거나 버릇없다고 생각하는 자체가 이미 뒤돌아보면 보이지도 않는 시절 이야기다. 우리가 알고 체험해서 얻은 판단의 프레임은 이미 상당수 유물이 되어버렸다. 그만큼 세상은 빠르게 변하고 있고 그 변화의 맨 앞에 젊은이들이 있다.

남사스럽게
그게 뭐냐

조직 내에 소통이 잘 안 된다는 지적이 있으면 예외 없이 호프데이를 정례화한다는 계획이 나온다. 술자리에 앉아 터놓고 이야기를 한다는 것이다. 그런데 술이 없으면 하지 못할 이야기가 많은 조직은 술이 있어도 중요한 이야기는 막혀서 돌지 않는다. 불편한 이야기를 나누는 것이 가능한 조직은 술이 없어도 터놓기가 가능하다. 호프데이가 아니라도 '대화 자리'를 자주 갖고 만들자고 한다. 그런데 이런 노력의 상당수가 소통의 횟수를 늘릴 뿐이고 정작 소통은 안 되는 일이 빈번하다. 왜냐하면 특별한 자리를 만들어야 대화가 된다는 사실 자체가 소통이 안 되고 있음을 반증하고 있기 때문이다.

술기운을 빌려 하는 소통은 무늬만 소통일 뿐이다. 어느 조직에서 호프데이를 열어 술을 마셔가며 이야기를 하니 분위기도 부드러워지고 말도 좀 더 편하게 나누게 됐다. 자연스럽게 평소에 못 하던 이야기도 가감 없이 상사에게 하고 고쳐야 할 점도 대놓고 이야기를 했다. 그런데 어느 날 상사가 그 직원을 방으로 부른다.

"우리 호프데이 자주 하니 많이 좋아졌지? 나도 평소에 못 듣던 이야기 들어서 참고도 되고 좋아."

"네, 저희도 좋습니다."

"그런데 말야, 자네. 아무리 호프데이지만 한계는 있어야 하지 않을까? 어떻게 그런 이야기를 할 수 있지?"

그 이후부터 그 직원은 아예 입을 닫아 버리게 된다. 술 아니라 더한 것이 있어도 한 번 배운 경험으로 절대 입을 열지 않게 된다. 심지어 주변 직원들에게 호프데이에 말조심하라고 적극 권하기 시작한다. 소통에 비용을 부과한 셈이 되어 버린 것이다.

직원들이 터놓고 이야기하지 못하는 것은 99퍼센트 상사의 불찰이라고 나는 생각한다. 상사가 이런 식으로 소통에 비용을 부과하면 어떤 직원이든 입을 닫을 수밖에 없다. 내가 과하게 리더에게 책임을 지우는 경향이 있는지도 모르지만, 호프데이 만들자는 것은 술의 힘이 직원들의 입을 열기 쉽게 해준다고 착각하는 것이다. 소통은 상사가 하기에 따라서 술 없이도 당연히 가능한 것이다.

우리 주변에 흔히 있는 이야기들이다. 소통은 말하고 듣는 사람들의 마음이 열려야 가능해지고 원활해지는 것이었다.

결국 소통의 횟수보다 더 중요한 것은 소통에 따른 부담을 지우지 말아야 한다는 것이 아닐까 싶다. 내가 하고 싶은 이야기를 부담 없이 할 수 있고, 내가 하는 이야기를 그대로 듣고 그대로 반응할 것이라는 믿음이 상대에게 있으면 소통은 원활해질 것이다. 술의 힘을 빌리거나 아무리 의지를 표현하고 다짐을 해도 마음이 열리지 않으면 다 소용이 없다는 것을 수도 없이 겪었다.

물론 술자리가 만들어낸 적당한 친밀감은 불필요한 장벽을 없애주기는 한다. 나도 그랬으니까. 어색하고 서먹서먹한 사이를 술로 풀고 나면 쉬운 말, 어려운 말 가릴 것 없이 말을 나누는 것 자체가 쉬워지긴 했다. 그러다 보니 나도 어지간히 회식 많이 했고 술을 퍼마셨다.

젊은 친구들은 어른들과의 이야기에 벽을 느낀다 하고 어른은 어른대로 도대체 아이들과 무슨 주제로 무슨 말을 해야 할지 모르겠다고 한다. 소통이 안 된다고 하는 말들이다. 젊은 친구들과 호흡을 하겠다고 어느 날 평소에 정면으로 쳐다보기도 어려운 분들이 며칠을 연습했다며 힙합 바지에 야구모자 삐딱하게 쓰고 요즘 노래를 회사 행사에서 부른다. "아! 거, 남사스럽게 그게 뭐냐?"고 하면 젊은이들과 같이 호흡하기 위해서란다. 그런데 행사 끝난 다음 날 아침에는 늘 그 자리에 계시던 그분의 모습으로 한 치의 오차도 없이 되돌아가 계신다. 이건 그냥 젊은 친구들에게 하루 저녁 개그 한 토막을 선사했을 뿐이다. 소통과는 관계가 없는 것이다. 하루 청바지 입은 꼰대였을 뿐이다.

일은 끝났는데 윗분이 자리에 계셔서 퇴근 못 하고 친구 약속 다 취소하고 11시까지 페이스북 관리나 하고 있다가 퇴근하려니 들려오는 말씀. "어! 참 자네는 근면한 친구야, 이 늦은 시간까지……." 이런 실정 모르는 황당한 덕담 한마디와 힙합 춤 추시는 모습이 겹쳐져 보이면 뭔지 가식이라는 생각부터 들지 않을까 싶다.

미안해,
해결해볼게

"미안해, 정말 미안해."

"조금만 더 해볼게. 정말 미안해."

"자네들은 잘못 없어, 모두 우리 어른들이 이렇게 해놓은 거야. 미안해. 그러니 우리가 해결해볼게."

국회 복도를 걸어가며 따라오는 젊은 사업가들에게 수없이 사과를 했다. 며칠째 적은 날은 4~5킬로미터, 많은 날은 7킬로미터가 넘게 걸었다. 산책이냐고? 천만에! 국회의 의원회관 건물 안에서 하루에 걸은 거리였다.

"법이 없어서 저희 사업은 모든 것이 불투명한 상태입니다."

"해외에서는 사업 모델 너무 좋다고 같이하자는데 정작 우리나라에서는 할 수가 없으니 지금도 허공에 떠서 일하는 형국입니다."

"사업 인가 담당하시는 분이 '아이디어 참 좋은데 적용할

법률이 마땅치 않으니 웬만하면 해외 나가서 사업하지 그래?' 하시는데 정말 참담했습니다."

국회로 달려가기 한 달 전쯤 젊은 창업가들을 초청해서 간담회를 열었다. 그 자리에서 나오는 이야기들을 들으며 쥐구멍이 있으면 들어가지 못하더라도 머리라도 처박고 싶었다. 다른 나라의 동일한 경쟁자들에게 이기기 위해 밤을 새워가며 사업 모델 연구만 해도 모자랄 시간에, 우리 창업가들은 자신들이 존재의 이유조차 이해할 수 없는 벽을 넘기 위해 애쓰고 있었다. 법이며 제도가 요즘 젊은 생각으로는 당연히 되어야 할 일들을 할 수 없게 막고 있다 싶으니 참으로 그 젊은이들에게 미안해졌다. 그 제도며 법이 그렇게 시대에 뒤떨어져 있다면 그것은 분명히 우리 어른들의 책임이다. 우리 어른들이 정치와 행정과 기업을 통해서 만들어놓은 법과 제도와 규범 속에서 젊은이들은 당연히 되어야 할 일이 왜 안 되는 것인지 이해조차 못하는 것이니 100퍼센트 어른들의 책임이고 어른들이 고쳐야 할 일이다.

"왜 안 되고 있는지 원인 파악은 했어요?"
"아, 그게 모두들 이견이 없으시대요."
"허, 그런데 왜 안 되고 있지?"
젊은 창업가들과 국회로 달려갔다. 의원실을 돌며 관련된 의원들을 만나 묻기도 하고 호소도 했다. 정말 만나서 들어

보니 여야 간에 이견이 없다고 했다. 그런데 왜 안 되냐고 하니까 말을 흐린다. 알고 보니 다른 정치적 이유 때문에 안 되고 있었고, 쏟아지는 일의 홍수 속에서 젊은이 몇이 부탁한다고 바로 처리되기도 어려운 상황이었다.

의회라는 상황을 고려하면 이해할 수 있는 정치적 이유라도, 젊은이들에게 대놓고 이유로 말하기는 힘든 것들이 있었다. 그러니 일이 안 되어도 젊은 창업가는 이유도 모른 채 희망 고문 속에서 조바심을 낼 수밖에 없었다.

"이견이 없다니까 정기국회 때는 법안이 상정될 거야."

"하하하, 회장님. 그렇게 이견 없는 상태로 2년째입니다."

얼굴을 들 수가 없었다. 그리고 어른으로서 정말 미안했다. 그러니 의원실 나서서 다음 방으로 옮기느라 걸어가는 복도에서 내가 할 수 있는 말은 "미안하다"뿐이었다.

심지어 한 의원에게 "젊은이들 보기 민망하다"고 하기도 했고, 전화로 어느 당직자에게 사정사정하니 "아니, 박 회장이 왜 이 일에 그렇게 채근을 하세요?" 하길래 "젊은이들에게 정말 미안하고 부끄러워 그렇습니다" 하고 말을 하다 나도 모르게 참지 못해 전화에 대고 울어버리기도 했다.

그런데 누구도 특정인을 잡아 비난할 수가 없었다. 각자 모두가 사정이 있고 정치적 이유가 있었고 이해를 못 할 이유도 아니었다. 행정기관도 이런저런 이유를 들어 반대나 우려를 표시하는데 들어보면 수긍이 가는 이유가 대부분이었다. 모두가 '그분들 입장에서는 그럴 수밖에 없겠구나' 싶은 것들이었다. 그러니 이렇게까지 된 이유는 시대가 바뀌고 경제도 사회도 진보해가는 데 맞춰 제때제때 법과 제도를 업그레이드해야 하는데 그러지 못한 것이었다.

젊은 창업가들이 가져오는 도전을 담아내기에는 우리의 법과 제도가 너무 늙고 굳어버린 탓이었다. 반세기도 넘은 옛 시절에 만든 법과 제도가 그대로 내려오며 발목을 잡는가 하면, 과거에 문제점을 우려해서 과도하게 짜놓은 틀을 세월이 가고 문제가 사라졌어도 불안 때문에 놓지 못하고 있다. 새로운 아이디어는 셀 수조차 없이 쏟아지는데 허락한 것들만 하라는 법은 그대로 있다. 평생 사업만을 해온 나도 이해조차 못 하는 새로운 사업 모델들이 넘쳐나는데 어떻게 허락한 것만 하고 나머지는 다 하지 말라고 하는가?

다른 대부분의 나라에서는 이것 이것만 하지 마라, 그것들만 아니면 뭐든 해도 좋다, 하고 문제점이 생기면 그때 가서 보완하고 고치는 방법을 택하고 있다. 우리와 정반대의 방식인 것이다. 한마디로 정리하면 우리는 문제점을 막는 데 초점이 맞춰져 있고 다른 나라는 가능성을 여는 데 맞춰져 있다.

이슈가 생기면 혜택을 받는 집단과 피해를 보는 집단이 나뉘어 대립하기 시작한다. 모든 법과 제도는 이렇게 수혜자가 있고 피해자가 있다. 그런데 법과 제도가 바뀌고 나면 수혜와 피해가 뒤바뀌는 일이 많다. 그때마다 "왜 수혜를 주는 쪽으로 바꿨냐?" "특혜 아니냐?" 혹은 "왜 피해가 가는 쪽으로 바꿨냐?"고 감사하고 따지고 불이익까지 주면 누구도 개혁의 일에는 손을 놓게 된다. 내가 기회만 생기면 개혁을 만드는 공무원을 보호해달라고 하는 이유가 여기 있다.

사후적인 감사 등을 제쳐두고 당장 일이 생겨 대립할 때부터 아쉬운 일이 생긴다. 정부의 부처는 국민을 위해 존재한다. 대립하는 이해관계자들도 국민이기는 하지만 더 큰, 국민 전체를 위해 존재하는 것이 정부다. 그런데 국민에게 가는 영향보다 대립하는 이해관계자의 중재나 타협에만 매달리는 모습을 보게 될 때는 국민들은 어떤 마음일까 생각해보아야 한다. 이렇게 되면 국민의 미래를 위한 변화는 일어나기가 참 힘들어진다. 말했듯이 모든 변화에는 이해집단들이 대립할 수밖에 없기 때문이다.

국회도 마찬가지다. 정당 간에 정치적 신념이 다른 데다가 대립할 수밖에 없는 구조라는 점은 이해한다. 하지만 지나치게 대립에 몰두한다는 인상을 지울 수가 없다. 그렇기 때문에 이견이 없는 사안조차도 상임위를 아예 열지 못해 지체되거나, 열려도 정당 간에 주고받아야 할 다른 대립으로 인하여 전혀 관계없는 법안이 지체되곤 한다. 그럴 때 나는 젊은이들에게 마땅히 설명할 방법이 없었다. 아니 설명할 수는 있었지만 그러니 참으라고 할 수밖에 없는데, 그건 정말 입이 안 떨어져 말을 할 수가 없었다. "미안하다, 정말 미안하다, 어른들이 해놓은 거니 어른들이 고쳐주도록 할게, 조금만 기다려줘"라고 할 수밖에.

법과 제도를 모두 바꾸는 것이 너무 힘들고 시간도 많이 걸리는데 그렇다고 국제 경쟁이나 마찬가지인 창업의 열기를 뒤로 미뤄둘 수는 없었다. 그래서 그런 법과 제도의 제약을 비켜가서 우선 일을 벌이게 하는 샌드박스 제도에 매달렸다. 샌드박스는 현행 규제를 받지 않으면서 비즈니스를 시작할 수 있게 해주고 그 결과를 보아 가며 나중에 법과 제도를 보완하도록 하는 제도다. 대한상의도 이 일을 할 수 있게 민간 창구로 지정해달라고 건의를 했더니 허가를 해줬다. 그래서 바로 전담 팀을 꾸려서 전력을 다해 그 일에 매달렸다.

쏟아져 들어오는 신청들을 보니 정말 획기적이고 놀라운 아이디어들이 많았다. 한편으로는 신이 났고 한편으로는 이런 아이디어들이 정말 왜 이럴까 싶은 이유로 안 되고 있음을 알 때는 마음이 무거웠다. 그런데 법과 제도의 문제만을 들어 국회와 정부에 뭐라 할 일도 아니었다.

어느 아이디어 하나가 샌드박스를 통과했다. 내가 봐도 정말 생활 습관의 일부까지를 바꿀 수 있는 아이디어였다. 그런 사업이 일부 법과 규정 때문에 불가능하던 것을 샌드박스로 풀었다. 그런데 사업이 허가가 나고 나니 바로 어느 대기업에서 접촉을 해왔다고 했다. 그 아이디어를 자기 기업의 사업장에서만 사용하는 것으로 계약을 하자고 제안을 해와서 창업가들이 고민한다는 이야기를 들었다. 한숨이 절로 나오고 불같이 화가 치밀었다. 다행히 그 제안을 거절했다고 해서 가슴을 쓸어내렸다. 이러니 젊은 창업가들이 부딪치는

장벽과 함정 들의 상당 부분이 우리 어른들의 책임이라고 총
체적으로 반성할 수밖에 없다.

될성부른 회장
알아보겠나

"신입 사원 중 될성부른 사원은 금방 알아보시나요?"

"자네는 될성부른 회장 알아보겠나?

"제가 어찌……."

"그럼 뭘 믿고 여기 왔지?"

"하하하하."

사원들과 이야기를 나누는 것은 언제나 즐겁다. 자신들은 생각하고 생각해서 내게 말한다지만 그 순진함이 참 싱싱하다.

"자네는 무슨 일을 하고 싶나?"

"넵! 장기 전략을 세우는 일이나 신제품 개발을 해보고 싶습니다."

"그런 일 못 맡겨!"

"네?"

"아직 아는 게 없잖아. 뭘 좀 알면 그때 시켜줄게."

그런 일 못 시켜준다고 하면 금방 시무룩해진다. 하지만 그건 둘러댈 일이 아니었다. 대학 때 열심히 준비하고 치열한 경쟁을 뚫고 회사에 들어와도 꿈꿨던 대로만 바로 되지는 않는다. 회사의 운명을 가를 일을 들고 런던으로 뉴욕으로 치열하게 다니고 파리에서 여자 친구와 만나 저녁 먹고…… 그런 일 별로 없다.

"내가 이런 것 하려고 고생해서 들어왔나?" 소리가 하루에도 열 번은 넘도록 나올 정도로 파워포인트로 문서 작업만 죽어라 하기 일쑤다. 물론 이것이 옳은 것은 아니다. 인적자원을 제대로 활용하지 못함을 여실히 증명하는 현장이다. 쓸데없는 페이퍼워크는 왜 그리 많은지? 내가 가끔 지나치며 봐도 정말 미안해서 얼굴이 붉어질 정도인 일이 비일비재하다. 그런 일을 과학화하려고 애를 쓰는데 욕심만큼 빨리 되질 않으니 내 무능의 소치일 뿐이다.

어쨌든 이런 현실 속에서도 두드러져 보이는 사원들이 있다. 열 명 사원 중 둘이 유난히 두드러져 보인다. 파워포인트로 문서 만들어내는 솜씨가 단연 발군이다. 그런데 둘 사이에 좀 차이가 있다. 하나는 정말 다채로운 컬러와 폰트를 쓰고 동영상까지 넣어 '신이 직접 써주신' 수준으로 만들어낸다. 가끔 용어나 내용이 조금 틀리긴 하지만 워낙 스타일이 출중하니 늘 일이 몰린다. 다른 한 친구도 한 파워포인트 한다고 소문이 났다. 그런데 이 친구는 컬러풀하지도 않고 폰트도 한두 가지밖에 쓸 줄 모른다. 그런데 내용을 보면 버릴 글자나 단어가 단 하나도 없다. '신이 생각하신 대로' 만들어

내는 것이다.

전자의 친구는 자칫하면 상무가 되어서도 파워포인트 작업에 차출되어 다닐 정도로 커리어가 파워포인트맨으로 굳어질 가능성도 배제 못 한다.

"어이! 이번 그 입찰에 들어가는 계획서 중요하지? 그거 파워포인트 작업은 아무개 상무 시켜."

"그걸 상무인 제가 꼭 해야……?"

"파워포인트는 자네가 해야 안심이 돼."

후자의 경우는 곧 '뭘 좀 아는 친구'가 되어 중요한 일을 맡게 될 가능성이 높다. 콘텐츠를 확실히 꿰고 있으면 무엇을 맡겨도 안심이 되기 때문이다. 스타일은 도움이 되기는 하지만 결국 더 중요한 것은 콘텐츠이기 때문이다. 그런데 경험이 없고 업무의 범위가 한정된 시기에는 콘텐츠에 신경 쓸 여유가 없어지기 쉽다. "시키는 일, 다 해다 주기도 바쁜데 무슨 생각이냐"고 항변하는 젊은이의 말이 틀린 것만은 아니다.

그래서 늘 이야기한다.

단순 반복적인 일을 하더라도 그 일을 빨리하고 잘하는 것에만 집중해서는 '뭘 좀 아는 사람'이 되기 어려울 수도 있다. 그러니 '내가 이 일은 왜 해야 하고, 다음에 어떤 일과 어떻게 연결이 되는가?' 등등 단순 반복적인 일을 둘러싼 주변의 지식을 스펀지처럼 흡수하는 사람이 곧 뭘 좀 아는 사람이 된다는 생각을 해야 한다고 가르친다.

이렇게 설명하면 바쁘게 노트에 필기를 한다. 그 모습을 보는 것만으로도 깨물어주고 싶게 귀엽다. 하지만 말은 정반대로 나간다.

"생각 않고 필기부터 하는 것 보니 될성부른 나무 되기 틀린 것 같아."

그럼 또 긴장한다. 하하하.

연수원에 들어온 사원들을 보면 행여 경쟁에서 뒤질까, 긴장하고 몰두하는 모습이 가득하다. 회사에 들어오면 많은 것들을 짧은 시간에 가르치려 한다.

이공계 졸업생들은 끊임없이 쏟아져 나오는 용어들이 생소하다. 현금 흐름이 어떻고 매출 채권이 어떻고…… 들으며 후회들을 한다. '진작 학교 다닐 때 회계 수업이라도 몇 개 들을걸……' 옆자리의 상경계 출신들이 끄덕이며 듣는 모습이 핸섬해 보인다고 생각도 해본다. 그러면서 한편으로 더 초조해진다. 심지어 연수원 마당에 피어 있는 꽃조차도 '재고'로 보여, 저도 모르게 모양이며 색깔은 잊고 꽃 개수를 세고 있는 자신을 발견하며 소스라치게 놀란다.

그러다 시간이 가고 이제 현장 실습 시간이 온다. 공장에 가니 신세가 역전된다. 이공계는 기계에 붙어 있는 각종 숫자며 기호들을 대부분 알아본다. 압력이 얼마고 전압은 어떻고…… 심지어 질문도 앞다퉈 한다. 그런데 그 며칠 전 핸섬해 보였던 상경계 사원은 머릿속이 공허하다. 공장에 가득

찬 기계와 장비 들을 보며 머릿속에 딱 한마디가 떠오를 뿐이다.

'쇠…… 가 있다!'

전공에 따른 핸섬함이 뒤집어지는 순간이다.

나도 은행에 들어갔을 때 그랬으니 눈에 보인다. 그런데 결국 이런 마음속의 키 재기들은 도토리도 아닌 좁쌀을 반으로 잘라 비교하는 키 재기일 뿐이다. 일 시작하며 바싹 마른 스펀지가 주변의 물을 흡수하듯이 지식을 빨아들이는 친구들이 앞서간다.

스펙 쌓기를 놓고 이견이 분분하다. 또 그런 스펙 중심의 채용이나 사회가 잘못되었다고 지적을 한다. 나도 전적으로 동의한다. 그럼 왜 그렇게 스펙에 몰두하는 것일까?

마찬가지로 회사에서 승진을 결정할 때도 비슷한 일이 자주 일어난다. "무슨 일을 했고 무슨 업적을 올렸는가? 직전 승진부터 얼마가 지났는가?"의 행적과 근속연수도 많은 작용을 한다.

전혀 관계가 없을 것 같지만 사실 채용과 승진의 두 가지는 서로 맞닿아 있다. 스펙은 스펙을 통하여 그 사람이 앞으로 얼마나 잘할지를 짐작하려 한다. 과거의 행적과 업적도 그것들을 통하여 앞으로 얼마나 잘 것인가를 짐작하는 데 쓰인다. 문제는 이런 스펙도 과거도 그 사람의 미래를 짐작하는 많은 방법 중 하나일 뿐이라는 사실을 망각하는 데 있는 것이다.

그런데 스펙 자체로 또는 과거의 업적 자체로 미래를 판단하는 충분조건이 된다면 그것은 분명히 잘못된 일이다. 스펙과 과거는 그것이 미래에의 약속을 이행하는 데 도움이 될 때만 의미가 있음을 잊지 말아야 하는데, 우리나라의 많은 조직이 그러하듯이 채용도 승진도 한꺼번에 많은 사람을 다루는 방식이다 보니 비교라는 개념이 늘 개입을 한다. 비교라는 개념이 들어오면 스펙과 과거가 효율적인 지표로 올라서버리고 만다. 나도 반성을 한다. 스펙은 안 된다고 또는 과거에 대한 논공행상이나 연공서열은 안 된다고만 하지 말고, 왜 안 되는가에 대한 생각을 더 했어야 하고 과학적인 대안을 더 만들어야 했다.

채용은 과거에 대한 보상이 아니고 미래를 위한 약속이다.
승진은 과거에 대한 보상이 아니고 미래를 위한 약속이다.

우리가
레일을 놓을게요

　세대 간 갈등과 차이에 대해 다른 시각으로 규명을 해봐야 겠다 싶어서 대한상의 연구 팀과 내어놓았던 연구 결과가 있다. 소득수준이 같은 나라들이 왜 실제로 보면 세대 차 정도에 차이가 많이 날까? 같은 나라에서 살아가는 세대 간에 왜 이리 생각의 격차가 클까? 늘 떠나지 않던 질문이었다.

　내가 초등학교 다닐 때 우리나라는 세계 최빈국 중 하나였다. 국민소득이 100달러 간신히 넘은 정도였다. 지금의 3만 달러가 되기까지 매년 변해온 소득을 평균을 내어보았다. 예를 들면 첫해에 100달러, 그다음 해에 110달러, 이런 식으로 평균 국민소득을 세대별로 계산해보았다. 그랬더니 지금의 30대는 평균 1만7천 달러의 나라에서 산 셈이고 내 세대인 60대는 평균 9000달러의 나라에서 살아온 셈이었다. 그러니 우리는 개도국 중에서도 가난한 나라의 국민으로 살아온 셈이고, 젊은이들은 개도국 중에서 거의 선진국에 가까운 나라에서 산 셈이다. 이로써 단순한 소득의 비교만이 아니라 그 소득으로 대변되는 선진사회의 모습이 젊은이들에게 더 반영되었다고 보아야 하지 않을까 싶다.

내 또래는 수단, 방법 안 가리고 적극적으로 달려들어 무엇이든 먼저 확보를 하고 차지해야 하는 결핍의 시대에 살았다. 요즘 세대는 우리가 그렇게 노력하고 애쓴 목표대로 물질적 풍요가 있는 사회에서 태어났고 자랐다. 그러니 당연히 우리 세대의 사고는 낯설 수밖에 없다.

우리는 좋은 식재를 사려면 재래시장이 열기 전부터 달려가 기다렸다가 열자마자 좋은 물건을 제일 먼저 발견하고 손에 집어 들어 "이거 얼마예요?"해야 내 차지가 되는 시대에 살았다. 우리보다 20년쯤 젊은 세대는 좋은 물건은 그런 물건을 모아놓은 좋은 슈퍼마켓에 가서 줄을 서서 계산해야 하는 시대를 살았다. 그리고 그보다 어린 세대는 새치기도 밀치기도 소리 높이는 것도 불가능한 인터넷으로 주문하고 집에서 배달을 받는다. 당연히 시간, 장소의 제약 안 받고 상품의 종류도 더 많이 보고 고를 수 있고 국내산, 수입 가리지 않는다. 낡은 눈으로 보면 방에 앉아서 전화로 주문하는 것이 미덥지 않고 집에서 배달을 받는 것도 왠지 나태해 보인다. 그리고 재래시장에 가야 더 신선하고 좋은 물건 받을 수 있고 왠지 인터넷으로 배달 오는 물건은 마땅치가 않다.

"야! 내가 사 오라는 거, 사 왔어?"

"아니, 여보! 왜 애한테 화부터 내며 말을 해요?"

"아니, 저 녀석이 아까부터 내가 뭘 좀 사 오라고 했는데 인터넷만 보고 있잖아."

답답한 아버지는 바로 뛰어가서 사 오는 것이 부지런하고 적극적인 것으로 보이지만, 아들 입장에서는 그것이 정말 비효율적이고 비생산적인 방법이다.

첫째, 인터넷으로 주문을 하면 아버지의 필요에 정말 딱 맞는 제품을 수천 개 중에 고를 수 있다.

둘째, 아들이 다녀오느라 길에 쏟는 시간은 그냥 낭비일 뿐이다.

셋째, 배달해서 오는 동안에 아들은 다른 일을 할 수 있으니 멀티태스킹이다. 설사 그것이 노는 것이라 할지라도.

넷째, 전후 사정과 아들이 택한 결정을 듣기도 전에 화부터 내는 아버지야말로 정신교육을 새로 받아야 한다고 믿는다.

다섯째, 손가락 몇 번 쓰면 할 수 있는 주문인데 자신에게 시켜야 하는 아버지가 정말 전근대적이고 무능해 보일 수도 있음을 오늘 아들은 깨닫는다.

이런 차이를 보면 과연 우리 세대가 가진 판단과 삶의 프레임이 젊은 세대에게 옳다고 강변할 수 있는 걸까 자신이 없다. 그리고 눈이 돌아가게 빠른 속도로 변하는 세상을 보면 그런 방식이 생활화된 그 젊은 세대에게 자신들이 살아갈 세상을 만들고 세계와 경쟁하라고 빨리 자리 내어주는 것이 맞는 일이라는 생각이 든다.

"우리가 너희들이 탄탄하게 달릴 수 있게 레일을 놓아주고 가련다."

"아버지들이 놓은 레일로 가다가는 우리 모두 망해요. 우리 갈 길은 우리가 레일을 놓을게요."

불효자는 웁니다?

말 안 듣고 제 판단대로 한 불효자는 웃고, 우리 말 잘 들은 효자는 울고 있는 세상이 올까 두렵다.

우리 세대가 가졌던 결핍은 절대적 결핍이 대부분이었지만, 풍요의 사회에서 자란 우리 아이들은 상대적 결핍이 더 클 수밖에 없다. 그리고 그 상대적 결핍을 심화시키는 옳지 않은 일에는 우리보다 분개하는 정도가 더 크다. 과거의 영화를 들먹이며 "우리 때는……"이라는 식의 설득이 콧방귀 거리도 안 되는 이유가 여기에 있다고 본다. 내 세대가 살던 시대와 앞으로의 시대는 다른 정도가 아니다. 미래는 완전히 새로 만들어진 세상에 가깝다고 보아야 한다. 그만큼 요즘 젊은이들의 생각이 다르다. 그리고 아무리 내 세대가 불편하게 느껴도 그 젊은 생각이 바로 미래다. 시쳇말로 "이미 게임은 끝났다".

내려놓은 카드는
다시 못 집어 올린다

"동전 앞면의 정의는 이러저러하고 뒷면의 정의는 이러저러하다."

"몇 온스 정도의 동전을 구해 한쪽 엄지손가락 위에 놓고 손가락만으로 튕겨 올려 공중에 몇 피트 이상 올라갔다가 자유롭게 낙하하여……."

동전 던지기에 관한 계약 조항만 두 페이지에 달했다.

어지간히 협상을 힘들게 끌고 가는 회사와 협상을 하다 '만일 이다음에 합의가 안 되는 일이 생기면 어쩌나?'라는 가상적 상황을 놓고 며칠을 밀고 당기다 내린 결론이었다. 합작 법인을 경영하다 사안에 합의가 안 되는 경우, 즉 데드록Deadlock이 생기면 합의에 이르도록 몇 번에 걸쳐 다시 노력하는 것으로 했다. 정 해결이 안 나면 동전을 던지기로 계약서에 넣을 수밖에 없었다. 그런데 그 동전 던지기에 관한 규정이 참으로 복잡했다. 문제는 이렇게 계약을 복잡하게 해야 하는 이유가 상대를 신뢰하지 않기 때문이라는 점이다. 더 힘들었던 것은 당시 상대 회사는 누구도 신뢰하지 않는 회사였다는 점이다. 그러니 모든 협상이 쓸데없는 의심과 우기기 혹은 떼쓰기의 연속이었다.

분명히 우리가 제공한 정보를 못 받았다고 우기다가 결국 자기네 회장이 화상회의로 사과를 하질 않나, 스프레드시트의 한 줄을 빼먹고 계산한 다음 우리보고 몇백 억을 깎자고 하다가 들통이 나서 개망신을 하지 않나, 정말 참기 힘든 일의 연속이었다. 그래도 끝까지 우리는 참고 그들의 신뢰를 얻으려 노력했다. 누구나 의심하는 것이 버릇이지만 그래도 그 속에서 우리가 덜 의심하면 그걸로 조금이라도 협상의 효율이 올라가니 그리할 수밖에 없었다. 이럴 때 감정이 들어가면 결국 협상이 더 어려워진다.

그래도 그냥 그렇게 당하지만은 않았다. 협상은 하며 정말 기상천외한 방법으로 상대를 혼냈다.

아침에 회사에 나가니 협상 팀들이 모두 나와 모여 앉아 있다. 회의실에 여행 가방이 즐비하게 늘어서 있다. 덜컥 걱정이 된 내가 물었다

"왜들 그래? 왜 다 나와서 그러고 있어?"

"실장님, 오늘 뉴욕에 가기로 하셨다면서요?"

"내가? 누가 그래?"

"그쪽 부사장이 어제 실장님과 통화했다고 내일 뉴욕서

만나기로 했다고 하는데요?"

"나 그런 적 없…… 아냐 잠깐! 내 기사 전화 좀 대줘……. 응, 난데 나 어젯밤에 집에 가면서 별일 없었어?"

"네, 실장님 많이 취하셨는데 별일 없었는데요. 아! 통화하셨습니다."

"누구랑? 뭐라고?"(필름이 완전 끊길 때까지 퍼마셨다.)

"영어라 모르겠던데 막 뉴욕, 뉴욕, 그러셨습니다."

전속력으로 집에 달려가 이틀 치 속옷과 셔츠 정도를 챙겨서 다시 전속력으로 달려 공항으로 갔다. 그렇게 날아간 뉴욕에서 결국 두 주일 가까이 있느라고 중간에 슈퍼마켓에 가서 팬티, 양말까지 사 입으며 견뎌야 했다.

협상은 막바지였다. 아침 9시에 마주 앉으니 상대 측에서 준비를 해왔는지 제안서를 내민다.

"우리가 마지막 결론에 이르기 전에 너희들이 보장해줘야 할 것들이 있어."

"알았어. 우리끼리 의논하게 정회를 잠시 할까? 일단 두 시간 정도를 타깃으로 하고 준비되면 알려줄 테니 옆방에서 기다리지."

회의실에 우리만 남아 제안서를 열었다. 나도 모르게 이가 부드득 갈렸다. 공장에 용수를 대는 상수도 라인이 어느 농지 아래로 지나가니 그 농지를 사서 달라는 것이었다. 바로 서울에 전화해서 직원들이 달려가 확인하니 땅 주인이 절대 안 판단다. 우여곡절 끝에 100년 임대를 하는 안이 나왔다.

상대에게 그 안으로 카운터 제안을 하기로 했다. 여기까지가 두 시간 정도 걸렸다. 막 수화기를 집어 들려는데 우리 팀 멤버 중 하나가 싱글싱글 웃으며 손을 잡는다.

"점심부터 하시죠."

상대에게 전화를 해서 점심 먹고 연락한다고 했다. 하늘은 푸르고 점심은 맛있었다. 극도의 긴장 속에 허구한 날 회의실에서 도시락으로 때우기 일쑤인 협상 과정에서 이런 날은 정말 선물 같은 날이다. 점심이 끝나가는데 아까의 협상 멤버가 다시 싱글거리며 말했다. "기왕 나온 김에 구경도 하고 좀 쉬다 들어가시죠" 하며 윙크를 한다.

드디어 알아들었다. 나도 무릎을 치며 그리하자고 했다. 슬렁슬렁 걸어서 센트럴파크도 걷고 메트로폴리탄 박물관도 지나서 돌아오니 거의 5시가 다 됐다. 상대를 불러 우리 카운터 제안을 줬다. 100년 임대 계약으로 해서 괜찮을지는 그 자리에서 답이 안 나올 것을 우린 안다. 자기 회사 법무팀에 상의해야 하고 보스에게 허락도 받아야 한다. 아니나 다를까.

"지금 바로 대답을 못 하겠어. 내일 아침에 다시 만나지."

"오케이, 내일 만나."

우리는 기다리는 입장이니 할 일이 없었다. 또 좋은 식당에 가서 푸짐하게 스테이크 먹고 든든한 몸, 상쾌한 기분으로 돌아가 푹 잤다.

다음 날 아침 다시 회의실에서 모이니 임대 계약안을 받아들이겠단다. 그러면서 이번에는 다른 제안을 또 해왔다. 또 의심에서 비롯된 보장을 해달란다. 화가 났지만 화를 내봐야 소용없음을 싫도록 겪었기에 점잖게 다시 말했다.

"어제처럼 우리 시간이 필요해. 두 시간? 기다려줘."

다시 카운터 제안을 만드는 데 어제처럼 딱 두 시간이 걸렸다. 어제와 다른 점은 누군가 싱글거리며 말리지 않아도 이심전심 우리 팀은 어찌 할지를 공감하고 있었다는 거다. 카운터 제안 끝내놓고 점심 후로 미팅 연기하고 밥 먹고 산책하고 똑같은 루틴을 거쳐 다시 5시에 모였다. 역시 그들은 다음 날까지 시간을 달란다.

이렇게 똑같은 과정으로 닷새가 지나갔다.

매일 우리 제안을 5시에 받아 들면 그들이 거치는 과정은 안 봐도 비디오였다. 그들도 본사는 미국이 아니었다. 당연히 시차가 있을 수밖에 없다. 돌아가서 정리해서 보고 준비를 하고 본사가 일어나는 시간을 기다린다. 본사가 일어나 활동을 시작하면 보고를 하고 답변을 기다린다. 답변이 오면 전화로 회의를 하고 우리에게 줄 카운터 제안을 만들고 다시 본사와 합의한다. 이 과정이 끝나면 대개 아침 7시쯤 된다. 밤을 홀딱 새거나 중간중간 10여 분씩 쪽잠을 자는 것 외에는 달리 쉴 방도가 없다. 그러니 매일 밤새 이렇게 하다 협상 장에 잠을 자지 못한 채 오는 것이었다.

닷새가 되어가니 점점 그들의 반응은 짜증스러워지고 한편으로는 쉽게 포기하기 시작했다. 잠을 못 자는 날이 계속

될수록 지쳐가는 것이다. 나한테야 하루 시간 더 달라고 하고 쉴 수도 있겠지만 본사와는 문제가 그리 간단치가 않다. 하루를 쉬려면 본사에 기다리라 해야 하고 보스에게 허락받아야 하고 자기들 법무사와 회계사에게 모두 기다려달라 해야 하고 난관 천지였다. 반면에 우리는 내가 같이 있어 웬만한 결정은 그 자리에서 다 할 수가 있었다. 결국 그렇게 그들은 내 우리 안으로 들어왔다.

닷새가 지나니 내 눈에도 그들은 이미 정상이 아니었다. 조금 있다가는 다크서클이 목에 내려와 붙을 것 같았고 눈은 초점이 항상 불안했다. 기껏 설명한 것을 못 알아듣기 일쑤였고 쓸데없는 감정의 촉발로 자기들끼리 언쟁을 수시로 했다. 내게 보여서는 안 될 반응을 쉽게 보이는가 하면 막상 해야 할 말 대신, 딴소리를 해서 전략 노출을 시켰다. 못 견디게 된 그들이 결국은 하루만 쉬었다 하자고 사정을 했다. 난 무조건 못 한다고 했다. 서울서 기다리는 사람들이 있어 곤란하다고 한참 애를 먹이다가 못 이기는 척 허락을 했다. 그렇게 해서 마침내 우리가 원하는 협상안에 거의 접근했다. 조 단위 금액의 협상인데 마지막 협상가는 차이가 110억으로 줄어들었다.

마지막 날 그 110억을 나눠야 했다. 그래서 상대 측 대표와 내가 단둘이 마주 앉았다. 내가 7 대 4로 나누자고 했고 그 이유를 설명했다. 상대도 그 이야기를 듣고 나더니 지칠 대로 지쳐서 그런지 의외로 순순히 말했다.

"좋아, 그렇게 하지. 대신에 우리한테 이거 하나 해줘."

들어보니 별거 아니었다. 그래서 흔쾌히 동의해주고 7 대 4 분할에 합의를 하고 악수를 했다. 그런데 자기 서류를 물끄러미 들여다보던 친구가 갑자기 얼굴이 붉어지며 다급하게 말한다. 흐린 의식이 잠시 돌아오기라도 했는지 목소리가 급했다.

"잠깐, 잠깐, 취소야 취소! 내 제안 취소할래. 그러니 5.5 대 5.5로 바꿔줘."

이젠 정말 막바지다 싶어서 목소리를 깔고 이 사이로 말을 했다.

"너 혹시 'Nakjangbulip'라는 한국말 알어?"

"그게 뭐야?"

"우리나라에서 명예를 걸고 카드를 할 때, 결정을 하고 내려놓은 카드는 다시 못 집어 올린다는 뜻이야. 신중하게 생각해."

울상이 됐다. 한숨을 쉬더니 알았다고 한다. 그렇게 조 단위가 넘는 협상은 낙장불입으로 끝났다. 그리고 나는 야호! 15억을 더 벌었다. 1조가 넘는 협상에서. 하하하.

얼마나 그들에게 들볶였는지 칼끝이 내 목 앞에 있는 것 같은 상황에서 무던히도 힘이 들었다. 게다가 상대가 고용한 변호사가 또 상상을 초월했다. 자기네 쪽에는 아무런 리스크도 없이 협상을 해보겠다고, 온갖 조건을 다 붙여서 보통의 계약서보다 한 열 배는 두꺼운 계약서를 만들었다. 그러니 그 안에 든 글자 하나하나가 모두 파급효과를 가진 것들이라 우리도 어쩔 수 없이 날밤 새워가며 응할 수밖에 없었다. 협상이 끝이 나며 내가 단호하게 말했다.

"내 평생에 다시는 저 변호사와 할 일 없겠다."

그로부터 몇 해가 지났다. 다른 협상이 시작이 되었는데 이번에는 상대가 뭐 그리 대단한 기업도 아니고 아주 큰 금액의 협상도 아닌데 애를 먹었다. 자기중심의 사고에서 비롯된 촌스런 짓거리를 끊임없이 해댔다. 사실 금액이 그리 크지를 않아 내가 크게 더 얻을 것은 없고 리스크만 다 커버하면 되는 일이었다. 크지도 않은 협상이 리스크 회피로 애를 먹이니 나도 짜증이 났다. 저 친구들을 꼼짝 못 하게 하면서 리스크를 모두 커버하는 방법이 뭘까 생각을 하다가 무릎을 쳤다. 나를 그렇게 애먹이던 변호사가 생각이 났다.

"어이, 그 ○○사 협상 때 나 애먹이던 변호사 친구 있지? 그 친구 찾아내서 전화 연결 좀 해줘봐."

"오랜만이야. 잘 지내?"

"YM! 웬일이야? 내게 전화를 다 주고."

정말 원수같이 자기를 대하던 내가 전화를 하니 뜻밖이라는 목소리로 대답을 한다.

"일이 하나 있는데 나랑 할래?"

"좋아, 할게."

이런 점을 보면 확실히 프로는 프로다. 옛일은 옛일, 지금 일은 지금 일. 흔쾌히 동의한 그를 불러 자초지종을 설명하고 말했다.

"너 나한테 했듯이 저 친구에게 똑같이 할 수 있지?"

"물론이지! 맡겨!"

그 상대방 반쯤 죽었다고 전해 들었다.

이 과정을 겪으며 두 가지 교훈을 얻었다. 그리고 그 후부터 사내에서 교육을 할 때 항상 직원들에게 그 교훈을 나눠 줬다.

"내게 가장 힘든 적은 나한테 가장 든든한 우군이 되기도 한다."

"내 적을 감정적으로 미워하지 말고 그가 왜 힘든 적이었는지를 이해하라."

톤과 매너는
부드럽게

소통에는 많은 경로가 있다. 구두로 하는 대화는 물론이고 편지나 이메일도 있는가 하면 다수를 향한 발표나 선언, 성명 등도 있다. 대한상의 회장을 맡으면 이 모두가 그 일을 하기 위한 중요한 도구들이다. 그런데 연설문이나 축사, 개회사 등 스피치 원고를 쓰거나 성명 등을 만들 때 내가 꼭 부탁하는 것이 있었다.

"메시지의 내용은 합리적이고 견고하되 톤과 매너는 부드러워야 한다."

항상 이 기준에 맞춰 준비를 해달라고 했다. 이 원칙은 아마 개인 간의 대화나 소통에도 적용되어야 하지 않을까 싶다. 흔히 듣는 사람들에게 강하게 전달하기를 원해 취하는 방법 중 하나가 자극적인 문구와 어투를 사용하는 것이다.

"결코 좌시하지 않겠다."

"절대 받아들일 수 없다."

"기필코…… 하겠다."

"이는…… 말살하는 것이고."

"생사의 갈림길에……."

이런 표현들은 흔히 볼 수 있다.

우선 이런 자극적 표현들은 그것들을 쓰는 사람들의 생각과는 정반대로 듣는 사람들에게는 "또 시작이구나" "정말 죽나 봐야겠네"라는 식으로 메시지 전체에 대한 신뢰를 낮춰버린다. 누군가 내게 "나는 한다면 하는 사람이야"라든가 "내 성질 알지?"라는 식으로 말을 하면, 개인적으로 참으로 그 사람이 작아 보일 때가 많다. 정작 할 일을 해버리는 사람은 "한다면 한다"고 강변할 필요가 없다. 유별나게 그 한마디를 강조하는 것은 자신을 그런 사람으로 보아주면 좋겠다는 표현으로 보일 뿐이다. 그러니 자신의 유약함에 대한 사전 방어라고 해석해야 하나?

누구나 자신에 대한 평가나 비판은 듣기 싫어한다. 그런데 그런 성향이 지나치면 자신에게 도움이 될 조언마저도 모조리 차단하는 결과를 가져오게 된다. 뭐든 조금이라도 조언을 해주려 하면 바로 그 말을 비판으로 듣고 거부감을 드러내는 사람들이 있다. 이 역시 내 경험으로는 내면이 유약한 사람들이 자주 그렇게 반응한다. 자신의 내면이 강한 사람은 흔들리지 않고 들을 것은 듣고 흘려버릴 것은 흘려버린다. 고집스럽고 공격적인 사람이 강한 사람 같지만 이런 사람들일수록 오히려 내면이 유약해서 비판도 조언도 듣기 싫어하고,

미리 강한 자기표현으로 보호막을 치려 하는 경우를 많이 보았다.

　메시지의 내용이 사실과 다르거나 논리적으로 허점이 많게 되면 목소리를 높이고 악에 받친 표현을 쓰는데 그만큼 거꾸로 더 큰 역효과를 내게 된다. 그래서 나와 같이 대한상의 일을 하며 늘 조사 부서원들이 고생을 많이 했다. 어떤 메시지건 사실적 근거를 확실히 짚어야 했고 논리적으로 앞뒤가 맞고 반론에 대응할 수 있는지를 점검해야 했다. 그러니 뭐 한마디라도 나가려면 부가의 일이 많아질 수밖에 없었다. 게다가 적당히 자극적 표현도 써야 좀 강한 것 같고 기사를 타기가 쉬운데 준비하는 직원들에게 그런 적대적 톤과 매너를 일절 못 쓰게 하니 꽤나 답답했을 것 같다.

　하지만 이 역시 내가 믿는 소통의 방식이다. 목소리 높이고 적대적으로 달려들다가 정작 마주 앉으면 언제 그랬냐는 듯이 웃으며 이야기한다는 자체가 가식인 것 같았다. 아니면 그 표현들 때문에 아예 소통의 문이 닫혀버리고 정작 콘텐츠는 꺼내볼 기회도 없어진다면 그것은 노력의 낭비일 뿐이라고 생각했다.

　그런데 가끔 거친 표현을 쓰면 언론은 신나서 기사로 옮겼고 가슴이 체한 듯 답답하던 기업인들은 환호했다. 그러니 나도 그런 표현들이 유혹처럼 머릿속에서 맴돌곤 했다. 그래도 나는 환호가 중요하지 않다고 생각하고 그 유혹을 힘들게 떨쳤다. 이런 내 방식 때문에 답답하고 성에 차지 않았던 기업인 분들께는 죄송한 일이다. 설명하고 설득해서 될 일이 아닌 것들도 많기 때문에 그분들 생각이 틀렸다고만 할 수는 없을 것 같다. 결국 내 스타일이 그런 경우에는 제대로 작동하지 않았다고 해야 하나? 인정할 수밖에 없지만 그래도 또 같은 상황이 오면 나는 여전히 같은 방식을 고집할 것 같다.

메시지는 견고하되 톤과 매너는 부드럽게.

잘 다듬어진
연장이다

나는 경영하면서 컨설팅 회사를 꽤 많이 이용했다. '내 능력으로 모자라면 남의 능력을 빌려서라도 해결하는 것이 현명한 근성이다'라고 늘 생각했으니 당연한 일일지 모른다. 게다가 일하면서 과거 사례를 찾자니 별로 없고 딱히 어디 물어볼 데가 없는 일을 많이 벌였다. 이런저런 새로운 방식을 도입하는 것은 물론이고, 해외에 나가서 회사를 사들이자니 도대체 그 경험을 가진 사람을 찾을 수가 없었다. 결국 컨설팅 회사의 도움을 받을 수밖에 없었다. 내가 보유한 인력 중에서 필요한 역량을 가진 인력이 많지 않으니 컨설팅 회사에서 모자라는 역량을 그런 식으로 빌려다 쓸 수밖에 없었다. 물론 참 비싼 돈으로 빌려오기는 했지만.

1995년 말 그룹이 위기에 처했음을 알고 살려내기 위한 1차 구조조정 작업에 들어갔을 때였다. 보유 자산을 대부분

팔아서 채무를 줄여 회사를 살리는 계획을 만들어놓고 보니 너무 파격적이라 금융기관들이며 사회를 설득할 자신이 없었다. 그래서 그때 막 협업 가능성을 놓고 이야기를 나누기 시작했던 맥킨지에 우리가 만든 계획을 같이 만든 것으로 해줄 수 없냐고 부탁을 했다. 우리가 혼자 한 계획이 아니라 같이 한 계획이라고 발표를 하면 훨씬 금융기관 설득이 쉬울 것 같았다. 그랬더니 한마디로 보기 좋게 거절을 당했다. "같이 한 것이 아닌데 어떻게 같이 했다고 하냐? 그럴 수 없다"라고 했다. 우리 식으로 "아, 어차피 앞으로 우리랑 일할 거면 그 정도 해주면 안 되나?" 원망스러웠지만 어쩔 수가 없었다. 그런 부탁을 할 만큼 나도 어리숙하고 미숙했고 다급했다.

나중에 자세한 사정 모르는 언론에서 맥킨지가 주도해서 우리 구조조정 작업을 했다고 할 때는 쓴웃음이 나왔다. 다 팔아치워 살리겠다는 계획을 만들어놓고 얼마나 불안했는지 모른다. 그때까지만 해도 모든 기업이 성장만을 할 때라 그런 식의 일을 벌인 전례가 없었다. 나중에 생각하니 그렇게 하지 않았으면 두산은 그때 사라졌을 것이 틀림없었다. 이렇게 운명을 바꾸는 일을 컨설팅사가 해주지는 않는다. 나는 위험부담을 지고 결정을 할 수 있고 내 운명 내가 결정할 수 있지만 컨설팅 회사는 그럴 수 없기 때문이다.

하지만 이렇게 구조조정의 작업이 시작되고 살아남기의 노력이 진행되는 동안 맥킨지가 들어와 우리가 보지 못하는 점들을 많이 지적해줬다. 팔아서 빚을 갚는 구조조정 작업은 우리가 디자인하고 결정했으니 그 일은 두산이 하고, 맥킨지는 작업이 진행되는 동안 추가의 누수를 막는 일을 도와주겠다고 했다. 가장 누수가 큰 오비맥주에 같이 들어가서 여러 가지 활동들을 한 것이 맥킨지와의 인연의 시작이었다. 구조조정 작업이 점차 순조롭게 진행되면서 매각 작업에도 맥킨지를 쓰기 시작했다. 협상을 하며 컨설턴트와 변호사와 우리 임직원이 한 팀이 되어 세계 곳곳을 다니며 협상을 했다. 그 어려웠던 시절, 나는 살아나겠다고 전력을 다하고 젊은 컨설턴트는 살려내겠다고 전력을 다했으니 같은 곳을 보고 전력을 같이한 추억이 참 많다. 나도 그다지 머리 나쁘다는 소리는 안 듣고 살아왔는데 세계적인 대학에서 박사학위를 받은 컨설턴트의 두뇌가 무섭게 돌아가는 것을 보면 그냥 경탄이 나왔다.

그렇게 해서 살아남고 보니 남은 포트폴리오가 참담했다. 수직적 수평적으로 계열화되어 상당한 시너지를 내던 포트폴리오의 상당 부분을 팔고 나니, 누더기가 된 계열화의 잔재만 남았다. 그래도 살아난 것이 참으로 다행이고 대견했다. IMF사태를 거치면서 30대 그룹 중 16개 그룹이 쓰러지거나 형편없는 추락을 했다. 부채 비율 순서대로 16개 그룹이 어려움을 겪으며 리스트에서 벗어났는데 그 중간에 있으며 살아남은 것은 한진과 두산 딱 두 그룹이었다.

살아남고 나니 맥킨지의 친구가 와서 내게 물었다.

"YM, 너 살아났잖아. 행복해?"

그러더니 그다음 말이 충격이었다.

"그런데 말야. 살아난 것은 좋은데 이대로 가면 두산은 몇 년 후에 다시 어려워질 거야. 계속 밑으로 새고 있거든."

사실이 그랬다. 당시 그룹 전체의 영업이익률이 4~5퍼센트밖에 되지 않았다. 운영상 건강성을 회복하지 않으면 다시 위기에 빠질 것이라는 점을 맥킨지는 대놓고 내게 가감 없이 지적해줬다. 그러고 나서 맥킨지의 발군의 실력이 나타났다. 우리에게 생소했던 PSMPurchasing and supply management, 적절한 구매 전략 수립을 통해 효율성을 높인 구매공급 관리 프로그램, 린 제조Lean Manufacturing, 고객의 낭비를 최소화하는 동시에 생산성을 극대화하는 생산 방법론, DTCDesign to Cost, 제품 설계 초기 단계부터 비용을 고려해야 한다는 개념 등의 경영 개선 활동을 가르쳐 줬고 한 팀으로 같이 매달려 해냈다. 그렇게 해서 불과 한 해 사이에 그룹의 영업이익률을 4~5퍼센트에서 11퍼센트까지 올려놓았다. 특별한 노다지가 생긴 것도 아닌데 이렇게 수익률이 높아졌으니 참으로 고통스럽기도 했고 참으로 경이롭기도 했다.

이렇게 자산을 처분해 부채를 갚는 대차대조표상의 개선과 수익성을 비약적으로 끌어올리는 손익계산서상의 개선, 두 가지를 하고 나니 자신이 생겼다. 전자는 우리가 대부분 했고, 후자는 맥킨지가 도와서 같이 해냈다. 자신이 생기고 나니 누더기가 된 포트폴리오를 대대적으로 바꾸는 일을 하고 싶어졌다.

마침 한국중공업이 매물로 나왔다. 한국중공업을 인수하겠다고 하니 이번에는 맥킨지에서 안 된다고 반대를 했다. 모르는 업종인 데다 노사관계도 어렵고, 기술은 선진국에 뒤지고 노동 경쟁력은 중국에 쫓기고 있는 현실에서 미래가 어렵다는 것이 이유였다. 나는 꼭 인수해야겠는데 옆에서 자꾸 안 된다고 하니 불편했다. 그래서 당시 그룹을 출입하던 컨설턴트를 불러 이야기했다.

"첫 번째 구조조정 때나 마찬가지로 이번 인수에는 너희 의견 더 이상 필요 없다. 인수 결정은 우리가 할 테니 인수 후에 경영 개선 작업을 해서 경쟁력 있게 바꾸는 일만 도와달라"고 했다. 그렇게 해서 인수를 했고 인수한 후에 맥킨지가 대거 팀을 꾸려서 우리와 같이 들어갔다.

세월이 한참 흐르고 난 후 맥킨지에서 한국 진출 몇 주년인가, 기념 파티를 하는데 꼭 와서 축사를 해달라고 했다. 그런데 그 파티 초대장에 주요 클라이언트인 두산에 관한 소개가 있는데 내용을 보니 두산의 구조조정과 한국중공업 인수를 포함한 포트폴리오 전환을 맥킨지가 권유한 것처럼 써 있었다. 그것을 보니 참으로 서운했다. 사실대로 바로잡으라고 항의를 했다. 결국 그 초대장을 다 회수해서 다시 만들었다고 알고 있다. 맥킨지가 사정 알면서도 일부러 자화자찬하느라 그렇게 했다고는 생각하지 않는다. 맥킨지도 사람이 자꾸 바뀌니 옛 히스토리를 모르는 젊은 직원이 그랬겠거니 이해를 한다.

그런 운명을 가를 전환은 맥킨지가 해준 것이 아니고 우리가 했다고 하지만, 오늘의 자리까지 오는 데 맥킨지라는 파트너가 한 일은 참으로 많다. 같이 손잡고 일을 했기에 오늘이 있다고 이야기할 수밖에 없다. 그만큼 내가 그룹 경영을 하던 20년간 맥킨지와 한 팀으로 일을 해왔고 고통도 성공도 많은 부분 같이 해왔기 때문이다.

주변에 컨설팅사를 비싼 돈 주고 썼는데 결과가 별로 없다고 불평하는 사람들 꽤 있다. 그중 상당수는 제대로 쓰지 못한 경우다. 특히 내가 맨 처음에 뭘 모르고 시도했듯이 '컨설팅사가 도와줬다'라고 하는 명분을 취하기 위해 이름을 빌리겠다는 생각인 경우는 보나 마나 대개 실패로 끝나고 만다.

컨설팅사를 잘 활용한 것으로 많이 알려지다 보니 사람들이 내게 묻는다. 컨설팅사는 어떻게 활용하면 되느냐고. 그러면 몇 가지 대답을 해준다.

첫째, 컨설팅사는 잘 다듬어진 연장이라고 보는 것이 맞다. 이 연장을 어떻게 쓰느냐는 클라이언트에게 달려 있다. 컨설팅 회사가 내 운명을 바꿔주지는 못한다. 또한 연장을 제대로 못 쓰고 연장 탓을 하는 것도 맞지 않다.

둘째는 컨설팅사와 클라이언트는 하나의 이해로 하나의 방향을 같이 보아야 한다는 것이다. 나는 나빠지고 컨설팅사는 돈만 챙겨 갔다면 그것은 이해 합치를 하지 못한 탓이지 컨설팅사가 나쁜 사람들이라서가 아니다.

셋째는 컨설팅사도 사람이 하는 일이다. 같은 컨설팅 회사라도 어떤 사람이 나와 어떻게 일을 하느냐에 따라 결과가 천양지차다.

넷째, 싼 게 비지떡이다. 클라이언트가 컨설팅의 가격만을 따지고 드는 것만큼 우둔해 보이는 일이 없다. 취해올 가치를 먼저 따져야 가격이 정해진다.

컨설팅사와 일을 하면 일단 비밀의 장막을 다 걷어치운다. 내 사정을 투명하고 정확하게 알면 알수록 제대로 된 조언을 할 수 있고 모르면 모를수록 부정확한 조언과 진단이 나온다. 계열사에게 협업을 하라고 하고 결과를 보고받을 때 헛소리가 많으면 영락없이 상황을 제대로 보여주지 않고 따로 논 탓이다. 같이 일을 하면서 맥킨지나 보스턴 컨설팅 등에서 나온 친구들을 나는 우리 직원이나 매한가지로 대했다. 직원들도 컨설턴트들과 한 팀으로 같은 식구로 일했다. 아마 그런 협업과 열린 사고가 컨설팅의 효과를 극대화하지 않았을까 생각한다.

보스턴 컨설팅과도 꽤 많은 일을 했다. 내가 가장 신뢰하는 컨설팅 회사를 꼽으라면 주저 없이 이 두 회사를 말한다. 단지 맥킨지는 내가 정말 어려울 때 같이 있었고 함께한 세월이 더 길다는 차이일 뿐, 두 회사 모두 내게는 고마운 파트너들이다. 둘째 아이가 학교를 졸업하고 보스턴 컨설팅에 들어가 일을 하겠다고 했을 때 두 번 묻지도 않고 그리하라고 했다. 그만큼 배울 것이 많다고 판단했기 때문이다.

그렇게 같이 일하며 정도 많이 들었다. 같이 일하다 아예 우리 회사로 옮겨온 친구들도 많다. 지금 최고 경영진 중에도 그렇게 컨설팅사에서 한 팀으로 일하다 들어온 친구들이 있다. 심지어 오랫동안 지주회사의 경영을 맡겼던 비모스키 부회장도 맥킨지에서 우리와 일을 했던 사람이다. 초대장을 다시 만들라고 호통을 쳤던 맥킨지의 행사에 가서 한 축사의 내용 속에도 그런 이야기가 있었다. "컨설턴트와 클라이언트로 만나서 같이 일하던 사람이 성장하고 결혼도 하고 심지어 부모가 되어가는 과정을 곁에서 지켜볼 수 있었다. 그렇게 내게는 애정과 우정이 쌓여왔다." 지금도 형제처럼 친구처럼 지내는 컨설턴트들이 많다. 같이 뒹굴고 일하며 이렇게 정을 쌓을 만큼 생각이 가까웠다는 점도 아마 성공의 토대가 되었으리라 생각한다.

맥킨지는 내가 경영하는 동안 내 파트너였고 선생이었으며 동지였다. 그만큼 같이 겪은 어려움도 많고 이룬 것도 많다. 그리고 그 과정에서 얻은 우정을 지금도 감사하게 마음에 지니고 산다.

몸은 힘들었지만
정신은 쉴 수 있었다

　몇 년 전 출장 중 파리에서 뉴욕으로 혼자 가던 날이었다. 마침 그날 뉴욕으로 건너가는 도중에 내 생일을 맞게 되었다. 처량맞다는 생각을 하며 에어프랑스 라운지에 앉아 있는데 직원이 오더니 말을 건넸다.

　"미스터 박. 정말 운이 좋네요!"

　"무슨 일인데요?"

　"멕 라이언 알죠? 당신, 멕 라이언이랑 단둘이 한 비행기에 타게 됐어요."

　그냥 멍했다. 나는 멕 라이언을 참 좋아했다. 그래서 그녀가 등장한 영화는 조연한 것까지 모조리 다 보았다. 그 멕 라이언과 둘이 아홉 시간을 가게 됐다는 사실이 현실이 아닌 것 같았다.

　기내에서 통로 건너편에 앉은 멕 라이언은 조금 수척해 보였다. 아홉 시간 가까이 날아가는 동안 말 한마디 건네지 못

하고 옆모습과 잠든 모습만 보며 있다가 내릴 때가 다 되어
가니 너무 아쉬웠다. 그래서 짧은 편지를 썼다.

"멕 라이언, 나는 오랫동안 당신의 열렬한 팬이었어요. 오늘은 제 생일이고, 운이 좋은 날이기도 하네요. 몇 자 적어주시고 사인도 좀 해주면, 정말 행복할 거예요."

그리고 사무장을 불러서 전해달라고 했다. 잠시 후 그 종이 뒤편에 "Happy Birthday Mr. Park, love&peace Meg Ryan"이라고 하트 사인과 함께 쓴 메모가 돌아왔다. 그 메모는 지금 내 사무실 벽에 걸려 있다.

출장을 하도 다녀서 1년에 비행기 안에서 보낸 시간만 500시간이나 되는 해도 많았다. 그래도 이런 행운이 찾아오는 즐거운 날은 거의 없다. 젖은 솜처럼 지친 몸을 끌고 돌아오면 호텔 방의 텅 빈 벽이 나를 맞는 매일이 이어지는 것이 출장이다. 세계의 좋은 곳은 다 보고 다니니 얼마나 좋으냐고 묻는 사람도 많다. 그런데 사실 출장을 가면 관광을 하러 다니고 싶은 생각 자체가 없어진다. 가능하면 빨리 일 끝내고 집으로 돌아가고 싶은 생각만 굴뚝같다. 그러다 보니 일정을 무리하게 며칠 안에 욱여넣기도 하고 현지에 가서도 끊임없이 일정을 바꾼다. 다만 몇 시간이라도 줄여서 빨리 갈수 있으면 주저 없이 그 옵션을 택한다. 그러니 죽어나는 건비서진과 동행한 중역이다. 끊임없이 일정이 바뀌니 그 일정을 따라오는 친구들이 꽤나 힘들어했다.

출장을 가면 가급적 준비를 해서 가야 덜 피곤하다. 가방 갖고 다니는 것이 성가시긴 해도 가능하면 큰 여행 가방을 들고 간다. 웬만하면 수화물로 부치는 편이니 가방이 크고 작은 차이는 별로 없다. 그런데 준비를 더 해서 가면 여행이 훨씬 덜 피곤하다.

흔히들 정말 작은 가방을 들고 가는데 일하러 다니는 사람들은 이제 그 습관도 바꾸어야 한다. 옷을 너무 적게 가지고 가면 몸에서 체취가 나기 시작한다. 특히 현지에서 한국 식당에 가서 고기라도 한 번 구워 먹고 오면 그 옷은 다음 날 몇 미터 밖에서도 냄새가 난다. 글로벌 비즈니스 현장에서는 절대 피해야 할 일 중 하나다. 게다가 호텔의 세탁비는 거의 바가지 수준이다. 그러니 속옷과 셔츠 정도는 넉넉히 가지고 다녀야 한다.

준비 없이 가면 호텔 방에서 지내는 자체가 피로를 가중시킨다. 옷을 너무 안 가지고 가면 중간에 시간이 남아도 쉴 수가 없다. 갖고 간 단벌 옷이 너무 구겨져버릴까 싶으니 벗어 놓고 속옷 바람에 호텔 방에 있다가 감기 걸리는 사람들 참 많다. 감기까지는 안 가더라도 불편한 옷으로 시간을 보내거나 춥고 서늘하게 보내면 피로도 심해지고 시차 적응도 더뎌진다.

나는 가능한 호텔서 편히 쉴 수 있게 준비를 하고 다닌다. 도착하면 10분 정도를 투자해서 하룻밤을 자더라도 가방에 있는 대부분을 꺼내서 옷장에 걸고 서랍에 정리한다. 옷도

잠옷과 집에서 입는 추리닝 따위의 편한 옷을 챙겨 간다. 그렇게 다 정리해서 넣고 편한 옷으로 갈아입고, 들고 간 스테레오 켜서 음악도 틀어놓고 있으면 호텔 방에서 그나마 꽤 휴식이 된다. 세면도구도 목욕탕에 정리 다 해서 늘어놓아야 쓰기 편하다. 이 모든 일을 10분이면 다 한다. 도로 가방에 싸서 넣는 것도 10분이면 다 된다.

어지간히 많이 다니니 늘 출장을 떠날 준비를 해놓고 산다. 와이셔츠도 세탁소에 부탁해서 사 올 때처럼 종이를 속에 대서 접어 비닐봉투에 포장해서 받아다가 쌓아 놓는다. 그랬다가 출장 일자에 맞춰 숫자대로 꺼내어 가방에 던져 넣는다. 나머지도 주머니들을 준비해서 종류별로 나눠 넣는다. 속옷은 속옷끼리, 편한 옷과 잠옷은 한 주머니에, 전기기기는 따로 주머니에, 이런 식으로 넣다 보면 가방에 양복 한두 벌과 주머니 너덧 개가 들어가면 끝이다. 가방이 열려 쏟아져도 주머니 몇 개 나올 뿐이다. 호텔에 가서 도저히 정리할 형편이 안 되는 경우에는 욕실에 있는 큰 타월을 가져다가 펼쳐놓고 그 위에 주머니들을 가지런히 놓으면 옷장이나 서랍이 따로 필요 없기도 하다. 하도 가방에 뭐 갖고 다니나 궁금해하는 분들이 많아서 가끔은 방에 오라고 해서 보여준 적도 있다. "가방은 나랑 똑같은 사이즈인데 별게 다 나오네요" 한다. 이것도 다년간에 걸쳐 생긴 노하우다.

후진국 다니며 혼이 여러 번 나서 약도 챙겨 가고 잠자기

편하게 심지어 내가 쓰는 베개도 넣어간다. 아, 물론 집에서 쓰는 큰 사이즈가 아니고 메모리폼 베개를 사서 잘라서 작게 만들어서 들고 다닌다. 각종 충전기, 세면도구, 약, 블루투스 스피커, 비상용 비옷 등을 넣고 혹시 모를 상황에 대비해 지퍼백을 사이즈별로 몇 개 가지고 다닌다.

지퍼백이 무슨 필요냐고 할지 모르지만 몇 번 정말 희한한 일을 당했다. 파리에서 브라질 상파울루로 가는데 비행기를 타기 전에 왠지 예감이 이상해서 따로 접은 옷 한 벌을 대형 지퍼백에 넣어 가방에 담았다. 그런데 도착해서 비행기에서 내리니 팔뚝이며 목이 따갑고 아팠다. 자세히 보니 빈대에 수십 군데를 물렸다. 빈대에 물리면 가렵고 통증이 보름 가까이 간다. 빈대는 크기가 몇 밀리미터부터 육안으로 안 보이는 수십 분의 1밀리미터까지 있다. 게다가 골치 아픈 것이 빈대는 며칠에 한 번씩 나와 새벽 1~4시 사이에 식사를 한단다. 이게 옷이나 몸에 붙어서 가면 얼토당토않게 한 열흘이나 보름 지난 후에 내 침대나 옷에서 기어 나와 나를 한밤에 물어뜯는다고 한다. 그러니 물리고 나서도 그 원인을 제대로 파악하기가 불가능하다. 그래서 그렇게 빈대 퇴치가 어렵다고 한다. 빈대 잡다 초가삼간 다 태운다는 말도 이런 빈대의 특성 때문에 생긴 말이다.

현지에 도착하니 큰일이었다. 이 빈대들이 어디에 붙어 있는지 알 수가 없는데 집으로 그냥 갔다가는 자칫 우리 집이 초토화되게 생긴 일이었다. 무엇보다 우선 당장 호텔에 가서도 큰일이었다. 퍼뜩 내가 옷 한 벌을 따로 지퍼백에 넣은 것이 생각이 났다. 그래서 호텔에 도착하자마자 문간에서 속옷까지 완전히 다 벗고 지퍼백에 든 한 벌만 꺼내고 나머지는 가방째로 버릴 수밖에 없었다.

아무튼 그 외국계 항공사에 항의하고 증거를 댔더니 결국 내게 편지가 왔다. 명시적으로 인정은 안 했지만 "동종의 기종 전체를 다시 조사하고 방역하기로 했다"라고 했으니 자기들이 문제였음을 인정한 셈이다.

짐을 다 버려야 했던 브라질의 경우와 달리 옷 한 벌이 말썽이 된 경우도 있었다. 요르단에 도착해서 하루를 자고 다시 떠나야 하는 일정이었는데 호텔로 들어가는 차에서 말썽이 생겼다. 요르단 기사가 딴에는 잘해준다고 시트에 향수를 뿌렸는데 이게 뿌린 정도가 아니라 싸구려 향수를 아예 들이부어놓았다. 지독한 향수 냄새가 코를 찌르는데 손으로 만져보니 시트가 축축하게 향수로 다 젖어 있고 앉은 내 엉덩이, 다리, 등허리까지 다 향수에 젖었다. 그 옷을 세탁할 시간도 없는데 그대로 가방에 넣었다가는 모든 옷이 초토화돼서 출장기간 내내 어디 유흥업소에서 뒹굴다 나온 놈이 되기 십상이었다. 그때도 가방 안에 대형 지퍼백이 있었다. 그래서 호텔에 도착하자마자 향수에 젖은 옷을 다 넣고 봉해서 다음 행선지에서 무사히 세탁을 맡길 수 있었다.

출장 다니며 생긴 일들 다 쓰면 그것만으로도 책 한 권은 족히 나올 것 같다. 아무튼 그렇게 다니며 일하는 삶이 힘들었지만 괜찮았다. 한편으로는 몸이 힘들었어도 다른 한편으로는 정신이 쉴 수 있었다. 해외에 나가면 딱 일밖에 없기 때문이다. 다양한 인간관계나 우리 사회 속에서 살아가기 위한 많은 생각들이 며칠은 정지 상태에 들어간다. 온전히 일에만 집중하는 그 시간이 정신은 쉬는 시간이 되기도 했다.

해외에 나가면 모두가 애국자가 된다고 한다. 특히 개발도상국이나 그보다 못한 어려운 나라에 가면 우리가 지나온 과거의 험난한 여정도 생각이 나고 오늘의 대한민국이 자랑스럽다. 이제 잘사는 나라 만들겠다고 애를 쓰는 나라에 출장을 간다. 개구리 올챙이 적 생각 못 한다고 열악한 사회 인프라 때문에 출장 기간 내내 고생을 한다. 먹을 것이 맞지 않아 힘들고 호텔도 열악해서 하수도 냄새와 벌레에 시달리며 잠을 자기도 한다. 심지어 풍토병에 걸려 만신창이의 몸이 되어 돌아오기도 한다. 그렇게 며칠 동안 모든 것이 힘들고 모자라는 곳에서 지내다 귀국편 대한항공 기내에 들어서면 말끔한 승무원이 우리말로 "어서 오십시오" 하고 웃는 얼굴로 인사를 한다. 그 순간 국적기를 가진 나라의 국민임이 얼마나 큰 행복이며 자랑인지 온몸으로 절절히 느껴지며 목이 메기도 한다. 승객의 한 사람으로라기보다 국민의 한 사람으로서 이런 순간에는 모두가 다 고맙고 자랑스럽기만 하다.

지난 여러 해 동안 대한상의 회장 자격으로 대통령 순방에 경제 행사를 하러 같이 가는 일이 많았다. 그러니 개인 시간은 더욱 내기가 어려웠다. 국가 행사인데 혹시라도 차질이 생기면 안 될 일이니 시간이 남아도 호텔 방에서 기다렸다. 나갔다가 무슨 일이라도 있어 돌아오지 못하면 안 되니 꼭 필요한 일정 이외에는 그냥 줄창 숙소에서 대기하는 날이 대부분이었다. 순방에 따라다니는 일이 참 고단하기도 하고 신경 쓸 일이 많긴 했다. 정상이 참석하는 경제 행사를 대부분 대한상의가 주관해야 했으니 그 중압감도 만만치 않다. 그러니 출장이 그렇게 즐거운 일은 아니다.

그 와중에 순방단의 일원으로 현지 공항에 가면 활주로 끝에 서 있는 태극기 선명한 보잉 747 대한민국 공군 1호기를 본다. 그러면 그 모습을 보는 것만으로도 가슴이 뛰었다. 아마 나만이 아니고 대통령과 동행하는 사람들 대부분이 그랬으리라 믿는다. 나라를 대표해서 나라를 위한 일로 왔다는 생각이 가슴에 불을 질렀다.

우리 집안 사업이라는
생각 말고

　준비되지 않은 사람이 그 자리에 올라가면 그 직책에 걸맞은 사람이 될 때까지 저지르는 시행착오를 조직의 구성원들은 무수하게 겪어내야 한다. 또 그 자리에 가기 위해 준비된 얼마나 많은 사람들이 그 준비 안 된 사람 때문에 낙오한 것인지도 돌아봐야 한다. 그러니까 이것도 공평하지 않은 일이다. 그러니 자리가 사람을 만든다는 말도 이제는 지양되어야 한다.

　물론 나도 그 부분에 대해 크게 할 말은 없다. 내가 웬만한 성장 과정을 대부분 거쳤고 오너로서는 드물게 실무자를 오래 하긴 했지만, 한번쯤 화두로서 생각해볼 필요는 있다고 본다. 회사 생활을 하는 동안 오너이면서 오너가 아닌 듯한 어중간한 입장을 매일 생각하지 않을 수 없었다. 그런 입장이 오너의 시선과 오너를 바라보는 시선, 두 가지에 대해 항상 생각하게 해줬다. 객관적인 관찰도 그래서 가능했고 내가 한 일들을 늘 뒤돌아보며 반성을 하게 해줬다.

자리나 신분을 이용해서 지배하고 군림하는 것은 정당치 않은 지배 권력을 향한 혐오를 확인시킬 뿐이다. 게다가 업무를 꿰뚫고 있지 못하면 직원들의 잘잘못과 일에 관한 업적을 판단할 수 있는 능력이 없다. 결국 그렇게 되면 흔히 근태나 자세를 갖고 사람을 판단하게 된다. 그리고 끊임없이 자신이 무서운 사람임을 확인시키려 한다. 오늘의 기업에서 그렇다고 주먹 들고 무섭게 할 수는 없으니 가장 잘 동원되는 도구가 인사권이다. 내가 무서운 사람임을 끊임없이 각인시키자면, 인사상 불이익을 줄 수밖에 없다. 원천적으로 정당치 않은 출발점에서 인사가 이루어지는 셈이다. 회장님이나 사장님이 존경심이 드는 보스가 아니라 공포심이 드는 보스가 되어버리면, 회사 일은 중요치 않다. 심기 관리를 잘하는 사람이 유능한 사람으로 인정받는 코미디가 시작된다.

그렇다고 자리에 걸맞은 준비가 꼭 실무 경험만이라고 보지는 않는다. 자리에 가기 위한 덕목은 그것 말고도 많다. 학식이나 지식도 있고 판단력, 리더십, 포용력, 공감 능력, 소통 능력, 대외 교섭력 등이다. 자리에 가는 사람이 누구든 이런 준비가 얼마나 되어 있는가, 이 중 일부 역량이 준비가 덜 되었다면 어떤 방법을 통해 보완할 것인가를 생각해야 한다. 이도 저도 아무런 준비 없이 지나친 권력을 부여하고 그 힘을 휘두르게 하면 그것은 모두가 비용을 지불하게 되는 길이다.

기자들이 물을 때마다 내가 하던 말이 있다.

"패밀리 비즈니스를 말하기보다 먼저 비즈니스 패밀리라는 생각을 해야 한다."

'우리 집안 사업'이라는 생각을 하기보다 '사업을 하는 가족'임을 생각하라는 말이니 사업을 하기 위한 덕목을 키우는 것이 더 중요하다는 뜻이었다.

흔히 하는 말로 '노는 꼴을 못 본다'는 말이 있다. 끝간 데 없는 성실성을 지칭하는 것 같지만 까딱하면 '부려 먹는다'는 개념을 전혀 못 벗어난 봉건시대의 사고가 아직도 남은 탓일 수도 있다. '하나를 보면 열을 안다'는 말도 사실 참 좋은 말이다. 그런데 이 좋은 말을 엉뚱하게 관련 없는 자세를 지적하며 적용하면 '무조건 제왕을 대하듯 복종하는 자세'를 강요하는 결과를 낳을 수도 있다. 구성원에 대한 배려가 부족하고 요즘 시대에 맞지 않게 근태를 평가의 잣대로 쓰는 조직을 보면 대부분 맨 정점에서부터 자리와 사람의 불균형에서 비롯된 경우가 많다.

"사람 시켜 일하면 되지."

"꼭 자기가 다 알아야 하나?"

임원이나 최고경영층의 자리에 준비 안 된 채 올라가게 된 사람에게 위로를 한다. 내가 출판사 대표로 가게 되었을 때 출판사 일을 잘 몰라 이리저리 물어보고 다녔다. 그때 여러 사람이 내게 그렇게 위로를 했다. 이런 일은 자주 일어난다.

특히 회사를 인수하거나 모르는 사업에 진출하며 전문가는 없을 때, 내가 같이 지낸 사람만 믿음직하다고 여기는 경우에 흔히 그 믿을 만한 사람을 준비가 안 된 자리에 보내는 것도 이에 해당한다. 그런데 거기에 치명적인 함정이 있다. 어쩔 수 없이 그런 인사를 할 수밖에 없는 상황도 없지 않겠지만 꼭 생각해보아야 하는 화두가 있다.

"수행은 위임할 수 있지만, 판단을 위임할 수는 없다."

수행을 위임할 수 있으려면 내가 판단은 할 수 있어야 하는 법이다. 또 수행의 위임도 '내가 알고 판단할 수 있는' 지식과 역량은 갖춰야 가능하다. 그러니 누군가에게 일을 시키는 것이 능사가 아니며 그 일을 맡긴 사람만 결과를 놓고 평가할 일은 더욱 아닌 것이다. 직원들에게 수행을 위임하기 전에 내가 판단을 할 준비가 되어 있나 돌아보아야 한다.

거기에서 한 발 더 나아가 판단까지 위임이 가능하면 정말 훌륭한 직원을 둔 것이고 그렇게 되면 그 직원으로 하여금 대부분의 일을 하게 하면 된다. 그런데 그렇게 판단의 위임까지 하면 나중에 책임을 묻거나 비난할 자격도 상실하는 것이다. 즉 그 인사권자가 자신의 책임을 지지 못하는 상황이 되는 것이다. 따라서 자리가 사람을 만든다는 생각으로 준비 안 된 사람을 자리에 앉힐 때는 언젠가 그 자리가 아예 없어진다는 가능성도 감수해야 한다.

내가 직원들 놀리듯 하는 말 중에 "착각은 과감한데 실력은 겸손하다"는 말이 있다.

착각하지 말고 겸손해야 하고 실력은 단단해야 하는데 정반대로 깨우치는 것이다. 우리나라는 격변에 격변을 거듭하고 그 어느 나라도 따라오지 못할 만큼의 급격한 성장을 거듭했다. 그러다 보니 안정적으로 성장을 해온 사회처럼 잘 짜인 규범이 존재하기 어려웠다. 뭐든 '하면 된다'고 생각했고 '모로 가도 서울만 가면 된다'고 말했다. 당연히 변화를 겪을 때마다 새로운 질서에 맞닥뜨렸고 이런 다른 질서로의 변화의 틈바구니에서, 준비되지 않은 채 자리를 차지하는 것들이 가능했다.

하지만 이제는 아니다. 해도 안 되는 일이 허다하고 모로 가면 서울로 못 가는 일도 허다한 세상이 됐다. 그냥 하면 안 되고 준비해서 과학적으로 해야 하고, 가장 빠른 길을 찾아 정확하게 가지 않으면 서울에 가는 의미조차 없어질 수 있다.

아저씨,
무거워요?

런던에서 기차로 두 시간을 가며 창밖에 이어지는 농경지와 마을들의 잘 정돈된 모습을 보면서 마음 한편이 무겁다. 도시 풍경은 선진국이거나 아니거나 큰 차이가 별로 없다. 어려운 나라나 후진국에 가도 도심 한복판에 세계적 명품 점포가 즐비하고 고층 건물 숲 사이에 커피 체인점의 간판이 양념처럼 매달린 모습을 흔히 볼 수 있다.

그러나 농촌의 모습은 다르다. 잘사는 선진국일수록 확연하게 농촌이 잘 정비되어 있고 여유롭다. 농촌이 피폐하거나 근근이 생계를 유지하는 모습이라면 국민소득이 아무리 올라가도 후진국이다. 생산성이나 따지는 셈법으로만 농업 경쟁력을 운운할 수 없는 이유가 여기에 있다. 국가는 국토와 국민이 있어야 비로소 그 존재의 이유를 갖는다. 그 국토의 상당 부분을 가꾸며 살아가는 농촌을 잘살게 만드는 것은 부강한 국가로서 꼭 이뤄야 할 일이다.

나는 지난 여러 해 동안 우리나라 전 국토를 1500킬로미터 이상 두 발로 걸어서 다녔다. 종로에서 해남 땅끝까지 걸어서 종단을 했고 인천에서 강릉까지 횡단도 했다. 부산에서 시작해 남해안을 따라 걷는 길은 보성까지 걸었으니 그 길도 이제 여정이 얼마 남지 않았다. 그렇게 걸으며 접하고 만난 우리의 농촌은 부강한 국가의 농촌 모습과는 멀어도 아직 한참 멀다. 도시는 선진국인데 농촌은 아직 개발도상국인 곳이 꽤 있다. 그래서 농촌의 순박한 사람들과 인심을 만날 때마다 반갑고 따뜻하면서도 한편으로는 늘 가슴 아프고 미안하며 부끄럽다.

어릴 적에 늘 다니던 동대문 시장 입구에는 리어카 몇 대와 수십 개의 지게가 늘 운집해 있었다. 손님이 물건을 사거나 주문을 하면 서울 곳곳까지 지게로 져 날랐다. 김장철이면 할머니가 김장 배추며 무를 지게 한가득 지게 해서 집으로 배달시키는 것을 보곤 했다. 지게꾼 아저씨가 장딴지가 끊어질 듯 힘줄이 튀어나온 다리로 지게를 지고 일어서면, 나는 가늠조차 하기 힘든 그 육체의 버거움을 상상하며 몸서리를 쳤었다.

옛날에는 많이 들었는데 요즘은 듣기 힘든 어투 중 "합쇼"가 있다. 어릴 적 할머니 손을 잡고 동대문 시장에 가면 "뭘 드릴깝쇼?" "싸드릴깝쇼?"라는 말을 흔히 듣곤 했다. 지게꾼에게 짐을 지워 돌아오는 날은 "어디까지 들어다 드릴깝쇼?"

하고 금액은 기억이 안 나지만 얼마냐고 물으면 "○○인뎁쇼"라고 답을 했다.

외할머니 손을 잡고 집으로 오는 길에 힘겹게 뒤따라오는 지게꾼 아저씨를 연신 돌아보며 "아저씨, 무거워요?"라고 물으면 "괜찮아. 할머니 손 꼭 잡고 가!"라며 가쁜 숨으로 지게꾼 아저씨가 대답을 했다. 어쩌다 어중간하게 장을 보게 되면 할머니가 들고 오기에는 좀 버겁고 지게꾼을 시키기에는 택도 없이 모자라다 싶은 날이 있었다. 그런 날은 할머니가 "짐은 얼마 안 되는데 이 아이나 태워주시구려" 하면 "하하, 그럴깝쇼?" 하며 지게 위에 날 태우고 왔다. 흔들리는 지게 위에 앉아 가면서 자꾸 물었다.

"아저씨, 무거워요?"

"괜찮아. 꼭 잡고 있어."

이제는 개발도상국 시절의 그 지게가 다 사라지고 오토바이가 구름처럼 몰려 있다. 훨씬 적은 힘으로 더 멀리까지 배달이 가능해졌다. 그런데 그 많은 오토바이들의 모습에서 살아가기의 팍팍함은 역시 옛날 그대로 전해져온다. 어릴 적 지게꾼 아저씨와 집까지 가는 길이 그리도 멀게 느껴졌던 그 미안함이 다시 느껴진다. 시내 한복판의 번화가에 가면 3만 달러가 아니라 5만 달러의 나라를 능가하는데 이렇게 구석구석 개발도상국 시절의 모습이 그대로 남아 있다.

아버지가 가끔 말씀하셨다.

"한겨울 추위에, 밖에 있는 사람이 추위 죽겠다고 하면, 방 안에서 방문을 열고 내다보다 문을 탁 닫으며 '코끝이 조금 시릴 뿐인데 엄살은 쯧' 하는 꼴은 되지 말거라."

따뜻한 방에 앉아 방문을 열고 내다보면 찬 공기에 닿은 코끝이 조금 시릴 뿐이니, 내 처지에 취해 남의 고통을 가벼이 보지 말라는 말씀이었다. 우리 사회도 양극화가 점점 심해져가니 점차 격차에 따라 한쪽의 고통을 다른 쪽에서는 잘 체감하지 못하고 있는 것 아닌가 싶다. 농촌도 도시도 아직은 국민소득 3만 달러가 전혀 체감되지 않는 곳이 많다.

미얀마에서의 2박 4일 여정 중 마지막 귀국 비행만이 남은 날이었다. 정신없이 돌아다녔고 시간에 비해 굵은 기억들이 남았다고 해도 괜찮았다. 무엇보다 "나 어릴 적 우리나라도 그랬었지……"라는 말을 참 여러 번 했다. 양곤 외곽의 서민들이 사는 초막을 보며 청계천에 늘어섰던 판잣집들 생각이 났고, 여기저기가 파인 2차선 도로에 아슬아슬하게 다니는 자동차와 사람들에서 어릴 적 교외로 나가는 길들 생각이 났다.

바닥에 광주리며 천을 깔고 그 위에서 채소며 생선을 파는 서민들 시장을 보고 우리의 옛 시장 생각이 났고, 양곤의 식민지 시대 낡은 건물들을 보며 나 어릴 적에 올려다보던 시민회관이며 서울시청이 생각났다. 하긴 우리나라가 근대화, 산업화로 몸부림을 시작할 때는 미얀마가 우리보다 훨씬 잘 사는 나라였다.

미얀마는 가능성이 참 많은 나라다. 어마어마한 광물과 천연가스를 보유하고 있다. 게다가 1년에 이모나 삼모작을 할 수 있어 식량 걱정도 없다. 소득이 낮지만 범죄가 거의 없고 교통체증에도 새치기하는 차량을 볼 수 없을 만큼 질서에 따르는 국민성이 있다. 그리고 문맹률도 매우 낮고 교육 수준도 일정하다. 인건비도 베트남의 반밖에 안 된다. '아시아의 마지막 호랑이'로 불릴 만큼 외국자본의 관심도 지대하다.

이런 이야기를 이틀 동안 현지 안내를 해주던 친구들과 했다. 내가 탄 차를 몰아준 친구도 대학을 다니던 고급 인력이다.

내가 "우리도 이랬다. 한국은 더 어려웠다. 내가 고등학교 다닐 때까지만 해도 저녁이면 구걸하는 사람들이 깡통을 들고 집 앞에 줄을 섰다. 당신네는 천연가스가 있으니 그걸로 종잣돈 만들어 발전소와 도로 등 인프라부터 갖추면 될 거다"라고 했다. 그랬더니 한국은 무슨 종잣돈으로 자기네랑 비슷한 수준에서 시작해 오늘의 기적을 이루었느냐고 묻는다. 그 답을 하다 나도 모르게 목이 메었다.

"우리는 자원도 없고 분단국가라 안전한 투자처도 아니었다. 그래서 구걸하듯 외국에서 원조를 받을 수밖에 없었고, 일제강점기, 핍박당한 피와 눈물의 과거를 대가로 일본 돈을 차관으로 받아왔으며……. 그리고…… 그리고……. 젊은 이들이 독일의 광부로 병원의 간호사로 나가 외화를 벌었고, 우리가 피 흘릴 이유조차 없는 베트남전쟁에 목숨을 내놓고 벌어온 달러로 시작했다. 우리 같은 처지에서도 그렇게 해서 오늘을 이루었으니 미얀마도 곧 할 수 있다"말하며 나도 눈물이 고였고 듣는 미얀마 친구도 숙연해졌다.

　대학 졸업을 한 1978년에 나는 은행원이었다. 지금 생각해보면 그때 우리나라는 참 가난한 나라였다. 그래도 수출이 늘어나고 활기가 넘쳐나는 성장의 초반기에 있는 전형적인 개발도상국이었다. 일반 은행은 외환 취급을 못 하게 되어 있었고 내가 다니는 외환은행을 통해야만 했다. 대리석 카운터 뒤에 앉아 신용장을 열러 온 고객들을 상대로 일을 하며 많은 사람을 만났다. 그렇게 짧게 응대하는 순간에도 일이 잘되어가는 사람과 어려운 사람은 금방 표가 났다. 목소리가 들떠 있고 힘이 있으면 잘되는 사람이고, 간절하거나 처진 목소리는 안 되는 사람이었다. 가끔은 너무도 부당하게 갑질을 해대는 고객의 행동을 못 참아 그 대리석 카운터를 넘어가기 일보 직전의 상태에서 싸움을 하다 차장에게 불려가 야단을 맞기도 했고, 욕을 퍼붓고 나가는 사람을 쫓아나가 엘리베이터 앞에서 멱살을 잡기도 했다. 지금 생각하면 그냥 웃으며 삭일 수 있었겠다 싶은데 그때는 분노를 못 참았다. 나이를 먹으면 성정이 누그러지기도 하지만, 삶의 경험이 쌓이면 분노가 부질없음을 깨닫는 덕도 있다. 지금 그 시절 생각을 하면 그 가난했던 나라에서 서투르지만 배짱 하나로 무역을 하며 돈을 벌겠다고 애쓰던 고객들에게 좀 더 잘할 수 있었을 텐데 싶어 아쉽다. 그리고 일이 안 풀려 짜증에 전 고

객을 조금 더 너그럽게 위로했어야 하지 않았나 후회가 되기도 한다.

개발도상국을 다니면 우리가 이룬 경제 기적을 부러워하는 곳이 참 많다. 특히 과거의 사회주의를 벗어난 나라에 가면 우리의 과거를 궁금해하며 배우겠다고 한다. 그런데 우리가 지나온 여정을 설명하며 그 과정에서 힘들고 조금 비효율적으로 보이더라도 양극화에 대한 경계나 민주주의 원칙의 고수 등은 꼭 동반되어야 한다고 이야기를 하면 '지금 우리는 그런 사치를 생각할 수 없다'는 논리로 대꾸한다. 그렇게 이야기하는 것을 들으면 충분히 그 사정이 이해는 가지만 한편으로는 불안한 마음이 드는 것도 사실이다.

잘사는 나라를 만들겠다는 목표는 가져야 한다. 하지만 그 목표와 열망이 모든 것을 정당화하지는 않는다. 성장을 하면 성숙해지겠지만 사실 성장해가는 과정도 성숙해야 한다. 지나친 몰입보다 조화롭게 살펴가며 성장을 드라이브하는 현명한 지혜가 필요하다.

이제 상당한 수준에 올라서 뒤를 돌아보니 반성이 드는 것이지, 우리도 폭발적인 성장을 하고 있을 때는 가난에서 벗어나고 있다는 성공 스토리들과 당장 체감하는 변화들만이 목소리를 냈다. 그 길에 걸림돌로 등장하는 것을 무시하고 치우는 일은 무엇이든 다 합리화할 수 있었다. 한 걸음 더 나아가 그런 방해물을 세심하게 살피는 일은 감상적 사치이거나 체제에 도전하는 죄악으로 보아도 괜찮았다. 왜냐면 그 비용은 그때가 아닌 이제야 본격적으로 지불하기 시작했으니까.

'빛바랜 독재에의 향수와 근거 없는 민주주의에 대한 자신감'.

이 두 가지는 개발도상국에 가면 자주 느끼는 것이지만, 남의 일 같지 않게 걱정이 된다. 경제 기적을 이룬 후에 쏟아지기 시작하는 선진화의 비용들을 어떻게 감당하려나 싶다.

너무
떠들었나?

한때 신문기자 노이로제에 걸린 적이 있었다. 벌써 30년
전인데, 회사에 큰일이 터진 적이 있었다. 연일 온갖 방송과
신문에서 두들겨 패고 수습은 되질 않았고, 게다가 그런 일
을 당해보지 않았던 회사는 전혀 대비책조차 없었다. 홍보실
의 기능이라는 것이 그날그날 올라온 기사들 모아 보고하고
사내 행사 사진 찍고 정리해서 알리는 정도였다. 대형 사건
자체가 없던 회사이니 큰일이 터졌을 때 어찌해야 하나에 대
해서는 몰라도 너무 모르던 시절이었다. 이러다 보니 속수무
책으로 터져 나오는 오해와 추측 기사들을 망연자실 바라보
고만 있을 수밖에 없었다.

사건 터진 첫날은 정신없이 지나가고 언론의 집중포화를
맞는데도 어찌해볼 변변한 대책도 없이 시간만 갔다. 하필
그룹의 경영 총괄을 맡은 형은 해외 출장 중이었다. "상황이
급하니 그룹에 가서 회장이신 큰형님 도와 드리고 상황 전개

되는 것 좀 살펴보라"고 연락을 하며 바로 귀국길에 올랐다. 그래서 둘째 날부터 그룹의 수뇌부가 있는 사무실로 나갔다. 나야 막 이사 대우로 승진을 했고 독산동에서 청량음료 영업을 하던 처지였다. 이런 일에 경험도 없고 판단도 자신이 없으니, 정신없는 실무진 대신해서 회장에게 상황 정리해서 알려드리는 정도의 일을 우선 했다. 저녁이 되니 전직 언론사 간부였던 고위 임원이 전 사장단이 다 모여 있는 회의실에 와서 회장께 보고를 했다.

"회장님, 제가 후배들에게 다 전화를 했습니다. 내일 신문부터는 기사가 안 나거나 톤다운이 많이 될 테니 걱정 마시고 들어가시지요."

그런데 내가 옆에서 초를 쳤다.

"기왕 지금까지 계셨으니 도시락이라도 드시고 조간 가판 나오면 보고 들어가시지요."

"그래, 그럼 기왕에 늦었으니 밥이라도 같이들 먹고 기다리자."

다들 밝아진 표정으로 도시락을 기다렸다. 도시락이 도착하고 몇 술쯤 떴을 때 직원 하나가 신문 가판이 나왔다고 대여섯 가지 신문을 들고 들어왔다. 테이블에 펼쳐놓고 보니 기사가 안 나기는커녕 첫날보다 더 크게 모든 신문에서 도배하다시피 기사가 났다. 모두 망연자실 신문을 들여다보던 사장들의 얼굴을 잊을 수가 없다. 그 정도로 홍보와 비상 대처에 관해서는 전문가도 없었고 모두가 문외한에 가까웠다.

그룹의 존망이 걸린 사건으로 확대가 되어가니 너 나 구분할 것 없이 다 달려들어 사태 수습에 매달렸다. 현장의 안전관리를 위해 여러 세계적인 합작사에 요청을 한 결과 미국의 한 회사에서, 전문가를 파견시켜 도와주겠다는 연락을 받았다. 미국에서 오래 지내 영어 소통에 불편이 없던 내가 그 전문가의 카운터파트가 되어 같이 다니며 일을 하기로 결정이 돼서 하던 일 제쳐두고 차출이 됐다. 그렇게 해서 현장으로 내려가 한참을 먹고 자며 일을 했다.

이야기가 길어졌지만 이렇게 꽤 오래 현장서 지내고 어느 정도 수습이 되어 서울로 돌아왔다. 그동안에 언론은 쉬지 않고 우리를 '고의적으로 나쁜 짓을 한 기업'으로 몰아갔고 그 어떤 설명이나 하소연도 우리는 전할 방법이 없었다. 그러니 당연히 기자라고 하면 일단 덜컥 가슴이 내려앉곤 했다.

원래 자리로 돌아오니 그동안 밀린, 나를 기다리던 일이 산더미 같았다. 그날도 하루 종일 이리 뛰고 저리 뛰고 점심도 못 먹고 일을 하러 다니다가 거의 저녁이 다 되어 사무실에 돌아와 겨우 엉덩이를 막 붙인 순간이었다.

"이사님, 이런 분이 찾아오셨는데 어떻게 할까요?"

비서가 내미는 명함을 보니 ○○저널 김××.

오 마이 갓! 기자다! 이 일을 어쩐다?!

순간 내 머리는 광속으로 돌기 시작했다.

'어제오늘 사이에 새로 생긴 사건들이 무엇이더라? 없는

데……. 그럼 뭐지? ○○저널하고 무슨 일이 있었나? 내가 답하지 못할 곤란한 질문을 하면 어쩌지? 오늘이 며칠이더라? 억! 거의 기사 마감일이다. 오늘 잘못 쏘면 그냥 인쇄! 수습할 시간 없음!'

그러다 혼자 작전을 짰다.

'오케이, 공격이 최상의 방어! 들어오면 앉자마자 속사포로 멘트를 계속 던지고 질문할 기회를 주지 않는다. 그렇게 해서 내 페이스로 끌려들어오면 그때 맛보기로 한두 개 질문 허용하는 정도로 하자. 그럼 거의 6시일 테니 밥 먹으러 가자고 설득한다. 밥상에 앉기까지만 하면 술장사가 술로 죽이는 것이 무엇인지 내가 보여주마.'

결국 내가 아는 유일한 필살기인 술로 해결하기로 마음을 먹고 비서를 불렀다.

"들어오시라고 해!"

보기에도 날카롭고 제법 세련된 차림의 기자가 들어섰다. 당시 ○○저널은 막 새로 생긴 언론인 데다가, 꽤나 재력이 탄탄한 사주가 발행인이라 기사를 막기 위해 어떻게 해볼라치면 "차라리 평생 먹을 것을 준다면 이야기나 들어보겠다"고 호언을 한다고들 했다.

기자가 깍듯하게 인사를 하면서 들어섰다.

"안녕하십니까. 박 이사님!"

속으로 역시 ○○저널이라 그런지 태도가 어지간히 빡빡할 것 같아 내심 걱정을 하며 내 계획대로 밀고 나갔다.

"어서 오십시오. 전화로 말씀 주셔도 되는데 뭘 이리 멀리까지 독산동엘 오셨습니까? 제가 도움이 되어야 할 텐데……. 우선 ○○저널에서 오셨다니 한 말씀 먼저 꼭 드리고 싶은 것이 있습니다. 오늘은 취재차 오셨지만 ○○저널에 계신다니 이 얘길 안 할 수가 없습니다. 저는 요즘 우리나라 언론계에 ○○저널 같은 매체가 있어서 얼마나 좋은지 모릅니다. 기업을 운영하고 취재의 대상이기 앞서서 한 사람의 독자로서 귀사의 정확한 기사, 치우치지 않는 노선 설정, 깨끗한 기자상의 정립 등 참으로 이 땅에 바른 언론이 등장한 것으로 여깁니다. 그런 점에서 우선 독자로서 너무 기쁜 일입니다……."

쉬지 않고 따발총처럼 20분을 떠들었다. 20분이 지나자 떠들거리가 바닥나기 시작했고 초조해지기 시작했다.

시각은 5시 45분.

기자는 기자대로 처음에 무엇인가 말하려다 기세에 눌렸는지 아무 반응이 없이 나를 쳐다만 보았다. 나는 나대로 '너무 떠들었나?' 내심 켕기기 시작했다.

'남의 말을 들을 준비가 안 된 닫힌 회사, 사필귀정' 어찌고저쩌고…….

거의 다음 주 ○○저널 기사가 보이기 시작했다. 작전상 한 번 중간 점검을 하고 넘어가기로 했다.

"아이고, 이거 저만 너무 떠들었습니다. 죄송합니다. 사실 드리고 싶은 말씀이 더 많은데……."

눈치를 보았다. 이상했다. 상대 기자가 거의 당혹을 넘어 전혀 납득을 못 하는 표정이었다. 질문 기회를 주지 않음으로써 방어를 한다는 것이 결국 나 자신을 이상하리만큼 수다스럽기만 한 사람으로 만들어버린 것 같았다. 땀이 흐르기 시작하고 주워 담기에도 너무도 곤란한 상황이었다. 작전상 일보 후퇴하기로 했다.

"저! 제가 무엇을 도와드릴까요? 오늘 무슨 일로 오셨는지?"

"이사님, 제가 당황해서 말씀을 제대로 못 드리겠습니다."

"아이고, 무슨 말씀을…… 제가 너무 떠들었습니다. 무슨 말씀이든지 하세요. 허허허, 어이! 여기 찬 음료라도 좀 가져오지."

"저기요. 이사님. 저 혹시 기억 안 나세요?"

무조건 기억을 해야 하는 상황이었다.

"아! 그러네요. 기억이 어렴풋이 나는 것 같기도 합니다. 이거 미안합니다. 못 알아 뵈서. 일에 시달리다 보니 기억력만 나빠지고……."

바로 이어진 기자의 멘트에 기절했다.

"저, 이사님 저 자주 들르시던 카페 ×××의 웨이터 김군입니다."

"……."

"기억나시죠? 저 이번에 그 술집 그만두고 이 동네에 ○○ 저널 보급소 차렸습니다."

결국 그날 ○○저널 30권을 정기 구독했다.

시간이 지나고 웃으며 이 이야기를 하지만 그날은 정말 사색이 되도록 긴장했던 것이 사실이다.

워낙에 내가 사진기자가 되고 싶었던 사람인 데다가 세월이 흐르며 나도 기자들과의 교분도 늘어갔다. 어쨌든 그런 내 성향 덕인지 지금도 기자들과 꽤 잘 지내는 편이다.

그럼에도 기본적으로 기자들과 나는 긴장 관계다. 그들은 나를 취재하며 좋은 일, 잘한 일만 취재하지는 않기 때문이다. 내 실수나 잘못도 여지없이 드러내어 세상에 알리는 것이 그들의 일이고, 나는 나대로 세상의 좋은 평가를 받으려 노력하기 때문에 늘 서로 긴장하는 관계일 수밖에 없다. 그러나 그런 긴장 관계가 기자들과 나 서로를 발전하게 만든다고 생각한다. 서로가 대치하면서 서로가 성장할 수 있게 돕는 관계라고 해야 하나? 물론 쫓아가서 멱살을 잡고 싶은 경우도 없진 않았다. 그러나 동시에 그들로 인하여 나도 긴장하고 성장할 수 있었으며 나태하지 않고 진실될 수 있었음에 감사하게 생각한다. 들춰내고 알려지게 하기 싫은 사실을 기어이 알리고 정말 대답하기 싫은 질문만 골라서 해댈 때는 다시는 만나기 싫어지기도 한다. 하지만 그것이 기본적으로 언론의 소명이며 존재 이유다. 아무튼 그 덕에 내게 유리한 길만 먼저 찾기보다 옳은 길을 찾게 해줘서 진심으로 감사한다. 속이지 않고 세상 잣대에 맞춰 균형감각을 갖고 말하며 행동하는 것이 언론과의 관계를 거리낌 없이 유지할 수 있는 가장 좋은 길이다. 그러니 나도 발전하고 내 언행이 바르게 서도록 도움을 받는 셈이다.

기자라면 진저리를 치는 분들이 있다. 지나친 추측성 기사나 사실무근의 기사로 피해를 본 분들이 그럴 때가 많다. 그런데 그런 경우가 아니라도 기자라면 그냥 싫어하는 분들이 있다. 기자들이란 뭔가 캐고 다니는 사람들이란 생각에서 그런 것 같기도 하다. 이 또한 이해 못 할 바도 아니다.

그런데 나는 기자들을 좋아한다. 대한상의 회장을 하면서도 제일 즐거웠던 추억들의 상당수가 출입 기자들과 보낸 시간들이었다. 왜 기자들과 지내는 시간이 좋을까 생각해봐도 딱히 정리된 답이 없다. 그런데 그들과 같이 이야기하고 토론하는 시간이 즐거웠다. 서로가 세상사에 관심이 많아서 그게 공통점으로 작용했는지도 모른다.

언론의 잘못을 지적하는 목소리가 많다. 팩트보다 주장을 싣는 데 기울어 있다거나, 추측이나 풍문을 기사화해버리는 일 등을 지적한다. 의도를 가지고 소위 때리기용 기사를 올리는 것도 비난받는 일 중 하나다. 광고를 더 유치하기 위해 의도된 기사도 마찬가지다. 이렇게 나열하자면 한이 없다.

그렇지만 기자도 역시 인간이다. 자신이 속한 집단의 규범에 따라 움직이는 것이다. 기자 개개인을 탓하기보다는 이 기자들을 움직이는 규범이 어떤지, 그 규범의 잘잘못은 어찌해서 그리되었는가를 생각하고 토론할 필요가 있다. 정치는 정치대로 기업은 기업대로 우리 사회 모든 집단이 나름 언론을 이용하고 언론에 영향을 가한다. 그러니 기자들이 써내는 기사가 잘못되었거나 기자들의 행태가 옳지 않다면 그것은 역시 우리 사회 모두가 만들어낸 작품일 수밖에 없다.

이런 고차원의 담론으로 가기 전에 나는 그냥 기자들이 좋다. 그들과 나누는 이야기가 즐겁고 그들의 일이 재미있고 친한 기자들의 안위와 발전이 늘 신경 쓰인다. 그래서 기자들 일 편히 하라고 대한상의에도 기자실을 넓히다가 나중에는 여기자실 따로 만들고, 이어서 사진기자실을 또 따로 만들었다. 시간이 지나다 보니 오래 출입한 선임 기자들과 신세대 기자들 사이에 세대 차가 있는 것 같아 선임 기자실 따로 만들자고 했다가 홍보실장에게 좀 그만하라는 식의 코멘트를 듣고 포기한 적도 있다.

나이 든 기자들, 젊은 기자들 할 것 없이 세월 지나며 우정을 나눈 사람들이 많다. 그렇게 함께한 시간 속에서 참 많이 배웠고 많이 성장할 수 있었다.

이제 '뉴데'라고
불러드릴게요

"아직 어린 기자이고 정치부에서 산업부로 넘어온 지 며칠 안 되었답니다. 의욕이 넘쳐서 그런 것 같습니다."

"대표가 미안하다고 하는데 일이 커지면 아직 어린 기자가 힘들어질 것 같으니 회장님이 이해해달라고 합니다."

사람의 인연을 생각하다 보니 옛 생각이 났다. 출입 기자 중 한 기자가 황당한 기사를 썼다. 어찌 보면 일부가 사실이기는 한데 상상과 양념을 조금 보태다 보니 결과는 아주 다른 사실인 듯 들리는 기사를 썼다. 나는 예전이나 지금이나 사실과 다른 기사가 나오는 게 제일 싫다. 그래서 따졌다. 아니 정확하게는 불같이 화를 내고 홍보실장에게 정식으로 그 언론사에 항의하고 바로잡아 줄 것을 요구하라고 했다. 몇 시간 후 보고를 해왔다. 설명을 듣고 나니 갑자기 화가 풀리며 그냥 피식 웃고 넘길 수 있었다.

그런 일이 있고 난 며칠 후 다시 기자 간담회에서 만났다.

긴 테이블에 대각선 반대쪽 끝에 앉은 그 기자를 한눈에 알아봤다. 제일 먼 그 자리에서도 동료 기자들을 다 제치고 끊임없이 질문을 소리치다시피 해댔다. 그런데 그 적극적인 태도가 밉지 않았다. 그래서 그 후부터는 나도 가급적 그 친구 질문에는 열심히 답을 해줬고 오히려 뭐 하나라도 더 알려주려 했다(물론 사실관계 확인에 대한 다짐을 꼭 했다).

그러던 어느 날 불쑥 메신저로 연락이 왔다.

"박 회장님! 저 ○기자인데요. 저 회사 관뒀어요. 그동안 제 질문 잘 들어주셔서 참 감사했습니다."

"아니, 왜? 그럼 뭐 하려고?"

"그냥 맘에 안 들어 관뒀는데 할 거 없어서 여행이나 가려고요."

또 얼마 지나고 나서는 불쑥 말을 건다.

"회장님, 여행 가려다 돈이 모자라 안 갔어요."

"그럼 다시 일을 하지 그래?"

"아, 몰라요. 생각 좀 해보고요."

"할 거 없음 혼자 살지 말고 엄마 집으로 가!"

이렇게 뜬금없는 메시지가 오가며 몇 달이 흘렀다.

그렇게 가끔 주고받는 안부로 좀 더 그 친구를 알게 됐다. 몸에 지병이 좀 있어서 힘들어했지만 독립심 강하고 글재주도 꽤 있는 친구였다. 그래서 내가 불쑥 말을 했다.

"어이, 자네 백수니까 내가 시키는 알바할래?"

"네, 할게요. 근데 무슨 일이에요?"

"내가 조사해 오라는 자료 찾아서 정리해서 주면 되는 일이고 가끔 내가 써 오라는 글, 써 오면 되는 거야."

그다지 어려운 일은 아니었고 사실 그 친구가 마음에 좀 걸려서 일부러 일거리를 줬다고 하는 것이 맞았다. 그렇게 대책 없이 시킨 일을 정말 기약 없이 예측 불허로 들고 왔다. 어떤 때는 한 달에 한 번, 어떤 때는 한 달에 두 번을 들고 왔다. 이렇게 뜬금없이 가지고 오면 앉혀놓고 차 마시며 이런저런 세상 이야기를 나누곤 했다. 그리고 써 온 자료를 놓고 흉보고 고쳐대면 "회장님, 이제 '뉴데'라고 불러드릴게요. 뉴데요! 뉴데스크! 잔소리는 하여간!" 하고 소리 높이곤 했다.

그런데 그런 알바 같지 않은 알바가 꽤 요긴하긴 했었던 것 같았다. 어느 날 정말 큰 짐 벗었다는 목소리로 소식을 전했다.

"회장님, 저 다시 취직했어요. 이제 알바 안 주셔도 돼요."

"응, 그래? 어디로 갔어?"

"M사에 됐어요."

"잘됐네."

"네, 그러니 이젠 취재하러 가거나 아니면 그냥 놀러 갈게요. 그동안 감사했습니다."

정말 진심으로 잘됐다 싶어 무척 기뻤었다. 그러고는 나도 정신없이 살았고 그 친구도 새로 들어간 회사에 적응하느라 그런지 서로 소식이 몇 달간 끊겼다.

그런데 그 친구가 세상을 떠났다는 소식이 왔다. 엄마 집에서 병으로 갑자기 세상을 떠났다고 한다. 정말 한참 어린 친구의 부고에 그렇게 놀라고 충격받은 것이 처음이었다. 상가에 가니 어머니가 달려 나와 "아이고, 회장님 오셨네요…… 우리 애가 회장님 이야기 많이 했는데……" 내 손을 잡고 통곡을 하며 놓질 않는다.

잘못 쓴 기사에 이 갈며 알게 된 어린 친구와 그렇게 우정을 만들고 결국 훌쩍 세상을 뜨고…… 생면부지의 어머니는 상가에서 처음 만나 통곡을 하고……. 인연이 과연 무엇인가에 마음이 아파 상가에서 소주 깨나 털어 넣었다.

그리고 벌써 몇 년이 흘렀다. 엄마는 떠나보낸 딸을 못 잊어 SNS 계정을 살려뒀고 그를 못 잊은 친구들이 지금도 가끔 안부를 그곳에 묻는다. 얼마 전이 기일인데…….

나도 몇 년 만에 안부가 묻고 싶어졌다. 인연이란 이렇듯 예측 못 하게 찾아왔다가 떠나가기도 한다. 모든 인연을 다 잘 유지할 수는 없겠지만 나와 인연이 있는 사람들에게 마음을 주는 일은 가능하면 아끼지 않는 것이 좋다는 생각이 든다. 결국 현실에서든 추억 속에서든 미소를 떠올릴 수 있으면 그걸로 됐지 생각한다.

"승미 기자! 하느님 곁엔 취재거리도 알바도 필요 없지? 내가 가끔 기도하니 잘 지내."

우리가 하면
다릅니다

실패는 성공의 어머니라고 한다. 그러나 성공이 실패의 어머니가 되는 일을 무수히 목격했고 나 자신도 예외가 아니었다. 난 원래 후회하고 뒤돌아보며 가슴 치는 일이 별로 없다. 나름 낙천적인 편이기도 하고 뭐든 붙잡으면 죽어라 했다는 생각이 있어서 그런 것 같다. 그래도 가끔 돌이켜 생각해보면 지난 일 중 실수했다 싶은 일들이 있다. 그런데 그 일들의 상당수가 작든 크든 성공했다 싶은 일들 후에 저지른 것들이다. 교만과 자만이 성공을 실패의 어머니로 만든 것이다. 목표를 향해 죽어라 뛰던 시절엔 내가 모자라다는 생각에 조심하고 신중했는데 작게라도 무엇인가 이루었거나 성공했다는 생각이 꼭 자만을 불러왔다.

청량음료 영업을 맡고 보니 직접 세일만 주로 하려 하던 우리 회사는 도매상을 통하는 영업에 약했다. 게다가 시장에 나가니 무자료가 판을 치고 있는데 무자료 영업을 근절하기 시작하니 영세한 소매상들이 등을 돌리기 시작했다. 무엇인가 소매상을 장악할 무기가 절실했다. 그때 마침 종래의 소매점에서는 볼 수 없었던 대형 유리 냉장고가 외국에서 들어오기 시작했다. 지금이야 편의점이 확산돼 웬만한 소매점은 대부분 전면이 유리로 된 대형 냉장고를 갖추고 있지만 그때만 해도 이런 냉장고가 생소한 시절이었다. 저거다 싶었다. 음료가 냉장고를 뒤덮다시피 진열되고 그것도 차게 할 수 있으니 이 냉장고를 지원한 소매상들은 대부분 우리 제품을 압도적으로 많이 취급하기 시작했다. 신이 나서 다른 할인 행사나 판촉 비용을 줄이고 대신 대대적으로 냉장고를 보급하기 시작했다. 경쟁사도 따라오긴 했지만 우리 규모와 속도를 따라오지 못했다. 무자료 근절로 잃은 시장점유율을 상당 부분 탈환하는 데 성공했다. 마침내 무자료와 판촉을 무기로 하던 영업을 장비와 진열 위주의 영업으로 바꿔놓게 되었다.

그런데 문제는 이 성공에 힘입어 한 걸음 더 나아가는 바람에 생겼다. 장비에 맛을 들인 나는 자판기로 눈을 돌렸다. 일본에 가니 자판기가 없는 곳이 없다. 게다가 캔 커피 시장이 우리나라도 본격적으로 성장하기 시작한 때라 냉온을 같이 취급하는 자판기가 있으면 황금알이겠다 싶었다. 계열사인 기계 회사에 협업 제안을 하고, 내가 나서서 일본의 자판기 회사에 찾아갔다.

스피드가 승부다! 입속에서 혼잣말을 종일 되뇌며 일사천리로 라이선스 계약을 하고 기계를 만들기 시작했다. 그런데 기계가 생산되어 드디어 설치되기 시작하는데 그동안 제대로 검토하지 못한 문제들이 쏟아졌다. 결국 시간이 지나며 문제가 쌓이고 보기 좋게 실패하고 말았다. 음료를 소매상에 파는 일과 자판기를 통해 소비자에게 직접 파는 영업은 전혀 다른 경쟁력을 요구하는 일이었음을 실패의 나락으로 떨어져 내려가며 알았다. 그 실패의 과정을 일일이 쓰는 것은 별로 의미가 없고 중요한 것은 작은 성공에 도취되어 물불 안 가리고 밀어붙인 결과가 결국 실패를 낳았다는 반성이었다.

이런 예는 얼마든지 있다. 술 시장을 석권한 성공에 힘입어 만만히 보고 만들어낸 새 사업이 실패한 사례도 꽤 여럿 있다. 주막형 주점을 차렸던 것도 결국 주류 메이커로서의 성공이 주점 사업의 실패를 가져온 경우였다. 두타가 초기에 폭발하듯 성공하자 그 성공에 고무되어 한 층을 다 들어내고 어른들 놀라고 만든 어정쩡한 놀이 공간도 보기 좋게 실패하기도 했다.

한 분야에서의 성공이 다른 분야의 성공을 보장하지 않는다. 성공하는 회사일수록 실패를 불러오기 쉬운 한마디가 있다.

"우리가 하면 다릅니다."

사내에서 수없이 듣고 고무됐다가 나중에 수없이 실망했다.

개인의 차원으로 보아도 마찬가지다. 자기가 실력으로 얻은 자리가 아닌데 어쩌다 준비되지 않은 채 자리에 오르면 빠지기 쉬운 함정이 바로 이것이다. 앞에서 과거사 이야기하며 말했지만 처음 회사에 들어갔을 때는 문제가 없었다. 내게 보장된 미래가 있는 것도 아니었고 나를 당연히 한자리 차지할 사람으로 봐주지도 않았기 때문에 무엇이든 노력해야 했고 가능한 한 낮춰야 했다. 그러다 보니 더 노력하게 됐고 그 결과로 인정도 받고 미래가 열리기 시작했다.

문제는 인정을 어느 정도 받고 난 후부터 생겼다. 인정받고 승진하고 성공의 경험이 쌓이기 시작하니 나도 모르게 교만해지기 시작했다. 뭐든 하면 될 것 같았고 심지어 주변에서 나를 어려워하기 시작하니 그 모든 것이 내가 잘난 덕인 것 같았다. 내가 경험이 있고 잘 아는 분야는 상관이 없지만 그렇지 않은 부분까지 쉬워 보이기 시작했다. 뭐든 내가 하면 될 것 같으니 직관으로 결정하고 밀어붙였다. 하지만 제대로 알지 못하고 벌이는 일은 도처에 함정과 걸림돌이 있었다. 결국 성공이 실패의 어머니가 됐음을 참 비싼 수업료를 내고 배웠다.

실패는 성공의 어머니라고는 하지만 한 번 실패로 영원히 재기의 기회조차 없이 주저앉게 되는 일들이 우리 사회에 적지 않다. 반면에 그 동일한 사회의 다른 구석에서는 쉬운 성공을 손에 쥐었다가 결국 그 성공 때문에 실패로 끝나는 일도 있다. 그러니 실패가 성공으로 이어지도록 교훈 삼을 수 있어야 하고, 실패로 이어지지 않도록 성공의 자만도 줄여야 한다. 성실하게 꾸준히 노력하면 실패의 비용도 가혹하지 않

으니, 성공에 자만하기보다 더 큰 성공을 위해 꾸준히 겸손
하게 노력해야 한다.

잘
키우겠습니다

"감사합니다. 잘 키우겠습니다."

매년 신입 사원의 최종 면접이 끝나면 바로 그날 저녁에 꽃바구니와 함께 내가 손 글씨로 쓴 카드를 그 친구들의 부모에게 전했다. 별것 아니지만 노심초사 기다리는 부모 마음에 조금이라도 빨리 소식을 전하고 싶었다. 그리고 그 속에 내 마음을 담고 싶었다. 많을 때는 채용이 700명이 넘으니 그 카드에 손 글씨로 두 문장을 쓰고 사인을 하려면 꼬박 일주일 동안 일하는 중간중간 틈날 때마다 카드를 써야 했다.

그때도 지금도 믿는 생각이 있다. 자식도 사원도 사랑한 만큼 성장한다는 것이다. 아무리 조밀하고 완벽한 계획을 세우고 생각대로 길러가려 해도 마음에 사랑이 담기지 않으면 제대로 성장하기 어렵다고 생각한다. 사랑하며 믿고 기대하면 절로 그렇게 자라나고, 계획하고 몰아가려 하면 청개구리가 따로 없지 싶게 자신들 뜻대로 가려 한다.

사원 교육을 첫날부터 잘 시키기 위해서 이런저런 시스템도 만들고 제도도 만들지만, 그보다도 항상 더 관심이 가는 일은 사랑을 전하는 일이었다. 그러니 최소한 첫 메시지는 내가 직접 써야 한다고 생각했다. 요즘 젊은 친구들은 예전과 달라 유약하고 어른 돼서도 부모에게 의존하는 어리광쟁이들이 많다고들 한다. 보기에 따라서는 그리 보일지 몰라도 그런 판단의 기준이 절대적인 것은 아니다. 시대에 따라서 다른 사회적 환경이 있고 그 속에서 그때의 판단 기준이 있다. 그러니 부모와 같이 걱정하고 같이 취업 여부를 기다리는 것은 좋으면 좋았지 꼭 어리다고만 할 일은 아니다. 그런 부모 마음을 생각하니 합격 소식도 부모에게 같이 전하고 싶었고, 나도 부모로서 당신의 자식을 내가 맡았으니 이제 잘 키우겠다고 직접 전하는 게 도리라고 여겼다. 부모 마음에서는 내 아이가 들어갈 회사가 어떤 회사인가 그리고 그 속에서 잘 커나갈까 혹시 어려운 길로 들어서는 것 아닐까, 얼마나 걱정이 많을까 싶으니 역시 그 걱정도 내가 덜어주고 이해시켜 드리는 게 맞았다.

지금 돌아보면 기업인으로서 가장 행복했던 시간은 그렇게 젊은 친구들을 뽑아 한 식구가 되고 아들딸 기르듯 내 자식으로 품어가던 시간들이었다. 생각하면 내 업적이라 할 만한 일도 많았지만 그 모두 그다지 크게 행복이라고 남지는 않았던 것 같다. 역시 사람을 품는 것이 제일 좋았다.

사원들이 들어오면 바로 부모와 함께 저녁에 초대를 했다. 계열사에 따라 다른데 인프라코어 같은 회사는 부모 동반해서 해외 사업장으로 같이 여행을 가기도 했다. 지주회사에서는 부모와 같이 저녁 자리를 만들어 회사와 직원 양성 계획 등에 관해 설명을 했다. 하이라이트는 신입 사원들이 자신의 그때까지 삶을 인생 모놀로그로 만들어 발표하는 것이었다. 그럼 대부분 위 내용에서 부모에게 감사의 마음을 표했다. 아무리 부모에게 감사하라고 가르치면 뭐 하나. 자신을 돌아보고 절로 깨닫는 계기를 만들어주니 그 모놀로그는 항상 감동이었다. 부모도 눈물로 듣고 발표하는 사원들도 반은 눈물로 발표를 했다.

그러던 어느 날 한 아버지가 답사로 마이크를 잡았다. 그러더니 쩌렁쩌렁한 목소리로 "이년아, 술 좀 작작 먹어" 했다. 온통 떠나갈 듯 웃음바다가 됐고 지금도 그 직원 볼 때마다 내가 "술 좀 덜 마시냐" 하고 놀린다. 또 다른 사원 하나는 발표를 하며 부모님께 감사하다고 어찌나 엉엉 울어대던지 그날부터 별명이 울보가 됐다. 며칠 전에도 "회장님, 울보입니다" 하고 시작하는 메일이 왔다.

그렇게 받아들이고 키우던 친구들은 내가 주는 사랑을 느껴서인지 내 앞에서도 매사에 거침이 없었다. 주눅 들지도 않았고 일도 거침없이 했고 나를 편안하게 어른으로 대해줬다. 그러니 성장도 빠를 수밖에 없었다. 지금도 "아버지" 하면 내가 돌아본다. 직원들이 "아버지" 혹은 "회장 아버지" 하고 불러줄 때마다 참 행복했다. "아버지, 저 미국 지점으로 발령 났어요. 인사드리러 갈게요" 하고 해외근무를 떠난다고 알려온다. 회사 떠날 때도 "회장 아버지, 저 이제 딴 일 해보려고 결심했습니다" 하고 인사를 오는가 하면, 이미 떠난 친구들도 뜬금없이 "회장 아버지, 저 놀러 갈까요?" 하고 약혼자를 데리고 찾아오기도 한다. 그러면 "그래 하고 싶은 일은 해야지. 어디로 가든 가서 잘해. '박용만과 일하던 친구가 참 일 잘한다' 소리만 듣게 해주면 제일 좋겠어" 하고 보내준다. 나한테 인사를 올 정도면 고민할 만큼 하고 결정도 되돌리지 못할 정도로 했다는 것을 말 안 해도 안다. 그러니 서운해도 축복해주는 것이 도리다.

늘 그렇게 아들딸 같은 사원들이 웃고 신나하는 모습을 보면 먹지 않아도 배가 부른 느낌이다. 미래를 눈앞에 놓고 보는 느낌이랄까? 회사 일 하며 이렇게 가장 행복한 시간을 만들어준 것도 이들 새로 시작하는 젊은 사원들이었고, 동시에 그들 덕에 가장 힘들었던 지옥 같은 시간도 견뎠다.

1990년대 말 회사가 백척간두에 있을 때도, 2008년즈음 리먼 사태가 터져 그룹이 또 한 번 위기에 있을 때도 어려웠고 힘들었지만 신입 사원에게 희망퇴직을 강요한 비정한 인간, 한 입으로 두말하는 인간이란 비아냥과 욕을 먹었을 때는 정말 힘들었다. 삶이 이렇게 싫어질 수도 있구나 싶었고 며칠간 억울하고 속상해서 죽을 것 같았다. 그렇게 어린 사원들

건드리지 말라고 했건만 경영진이 일을 저질렀음을 알게 된 것도 SNS를 보고서였다. 난데없이 쏟아지는 비난의 홍수를 보고 사태 파악을 했을 때는 이미 저질러진 후였다. 바로 취소하라고 불같이 화를 내고 되돌리라고 했지만 소용도 없었다. 그리고 그렇게 된 과정을 알았든 몰랐든 회장인 내게 포괄적 책임이 있음을 인정할 수밖에 없었다. 그렇다고 내 뜻을 어기고 어린 사원에게 희망퇴직을 권한 경영진을 처벌한다고 상황이 달라질 일도 아니었다. 쏟아지는 비난 속에서 일을 저지른 사람들은 처벌보다 더 큰 교훈을 얻었을 것이고 어차피 나는 분노조차 표현할 수 없는 위치니 혼자 삭이고 삼켜야 했다. 결국 그렇게 사랑하고 아끼던 어린 사원들을 지키지 못한 죄로 힘들었던 그 시간은 정말 죽음과 같이 힘든 시간이 됐다.

사랑했기 때문에 행복의 순간도 컸고 사랑했기 때문에 지옥 같은 시간의 고통도 컸다고 생각하니 이제는 괜찮다. 그 사랑만이 기억에 남았고 행복한 추억으로 남았다.

나 자신까지
설득할 수 없었다

'허영과 욕심을 목표라 착각하고

　나태와 포기를 초월이라 착각한다.'

　정당하게 이룰 수 있는 것이거나 합당하게 추구할 수 있는
것이라면 목표라 해야 하겠지만, 얼토당토않게 도저히 가능
하지 않거나, 갖겠다고 바라는 것 자체가 문제가 있다면 그것
은 그저 허영이거나 욕심일 뿐이다. 오히려 합당하게 이룰 수
있는 수준의 것을 추구할 때 더 큰일을 이루는 경우가 많다.

　사업을 하면서 회장님의 숙원 사업 때문에 회사가 어려워
지는 경우를 많이 보았다. 이 숙원 사업이라는 것이 합당한
목표가 아니라면, 반드시 무리가 따를 수밖에 없다. 이런 무
리수가 회장에게 바른말을 못하는 성역과 만나면 제어장치
없이 파국을 향해 달려갈 수밖에 없다. 아무리 내가 하고 싶
거나 갖고 싶어도 그것을 이룰 수 있는 전략적 역량이 갖춰
지지 않으면 욕심일 뿐이다. 꼭 갖고 싶으면 역량을 갖추거

나 합당한 대가를 지불하고 역량을 빌려와야 한다. 그도 저도 아니면서 숙원이라고, 더구나 회장의 숙원이라고 성역을 만들어 포장하고 매진하면 결과는 실패일 뿐이다.

　이렇게 제어장치가 잘 작동하지 않는 무소불위의 권위와 성역은 개인의 취향과 사업을 혼동하게 만든다. 나도 정말 해보고 싶었던 것들이 있었다. 다행히 우리 회사는 내게 "안된다, 택도 없다"고 직언을 해주는 사람들이 있어서 머쓱해하며 내가 거둬들일 수밖에 없었다. 논리적으로 그들의 말이 옳으니 어쩔 수가 없었다. 그런데 성역의 벽이 두터워지면 내 뜻을 헤아려 미리 내 말이 맞는 것으로 맞춰주는 논리가 올라오기 시작한다. 내가 구축한 성역의 벽 때문에 생기는 일인데 아이러니하게 나는 "직원들의 말이 맞으니 그들 말을 따랐다"고 한다. 시작은 나였는데 책임의 주체는 내가 아닌 것이다. 그래서 부단히 경계할 수밖에 없다.

　노력해봐야 안 되는 일인데 집착과 욕심만으로 포기하지 못하는 것은 곤란한 일이다. 그러나 정반대의 경우도 있다. 꼭 해야 하는 일인데 피해버리거나 체념해버리는 것이다. 나도 내 역량이 모자랄 때 꼭 해야 했거나 이루어야 했던 일을 미리 피한 적이 있다. 해결 과정이 너무도 험난할 것을 미리 알았기 때문에 솔직히 하기 싫었다. 그것들을 그나마 부끄럽지 않게 포장하는 방법은 초월한 듯이 외면하는 것이었다.

　그러나 밤에 잠자리에 들 때면 아무리 초월이라 포장해도 그 진실을 아는 나 자신까지 설득할 수는 없었다. 끊임없이 죄책감에 시달리며 잠시의 도피를 합리화했을 뿐임을 나 자신이 너무 잘 아는데 초월의 평화가 올 수는 없는 일이었다. 그러니 그것은 초월이 아니라 나태와 포기였다.

감당할 수
있습니다

아침에 홍보실장이 신문을 들고 왔다. 기사를 가리키며 이 사람 기억하냐고 묻는다. 기억이 나는데 워낙 오래된 일이라 대화의 내용이 100퍼센트 그대로라고는 장담은 못 하겠다.

신입 사원 면접을 하는데 소주 영업을 하겠다고 박박 우기는 여성 지원자가 있었다. 면접 시작부터 적극성이 돋보이긴 했지만, 진심으로 걱정이 됐다. 그래서 만류를 했다.

"나는 자네를 편견 없이 볼 수 있지만, 이 사회의 많은 남자들이 자네가 일하는 데 필요 이상의 인내와 불편을 요구할 가능성이 있는 일이라 그래."

"괜찮습니다. 감당할 수 있습니다."

"다른 일이 나을 텐데…… 여성이라는 이유로 분하고 황당한 일 자주 겪을지 모르는데…… 회사 안 일이라면 내가 도와줄 수 있지만 고객이나 술 먹는 사람들이 그러면 내가 제어할 영역 밖이잖아?"

적극성으로 보아서는 채용을 하고 싶은데 소주 영업을 하겠다고 우기니 걱정이 되어 나도 고집을 부리며 자꾸 다른 일은 안 되겠냐고 했다. 그랬더니 결국 더는 못 참겠다는 말투로 대답을 했다.

"제가 중국에서 중국 남자들 틈에서 풀빵 장사도 해봤는데 이거 못 하겠습니까? 저 진심 자신 있습니다"라고까지 하는 데는 웃을 수밖에 없었다. 그래서 "그렇게 하고 싶으면 해봐요" 하고 뽑았다. 결국 그렇게 영업 사원이 되더니 소주 사업을 인수해 간 회사에서도 일 잘한다고 기사까지 났다.

남녀평등에 관한 이야기가 나올 때마다 기억나는 일이 있다. 밥캣을 인수하고 처음 공장을 방문했을 때 일이다. 쇳덩어리를 자르고 용접하는 일부터 시작되는 공장의 용접 파트에 여성 용접공이 몇 있었다. 그래서 말을 거느라고 용접 일이 힘들지 않느냐고 이것저것 물었다. 그랬더니 용접봉을 들어 보이며 "이거 별로 안 무거워요" 한다. 하긴 용접봉 무게 얼마 되지 않는다. 중량물은 컨베이어로 이동하거나 지게차나 크레인으로 들어 옮기니 사실 체력을 그리 요구할 일도 아니었다. 그런데 왜 나는 그 장면이 자꾸 마음에 남는 것인가 생각을 해보게 됐다.

만일 일이 정형화되어 있지 못하고 과학적으로 짜여 있지 못하면 용접에 드는 힘 이상의 체력이 필요할 수도 있고 그러다 보면 결국 여성이 들어오면 힘들 수밖에 없다.

"어이, 이것 좀 치워야 하는데 같이 들지."

"지게차 언제 불러와, 그냥 들어 옮겨."

이렇게 임기응변이나 즉흥적으로 이루어지는 일이 많으면 많을수록 체력, 학력, 성별 등의 차이가 두드러져 보일 수밖에 없다.

성평등에 관한 이야기가 나올 때마다 내 지론으로 말했다. 일이 과학적으로 짜여 있지 않으면 않을수록 차이만 두드러진다. 그러니 성 차이에 대한 배려보다 더 중요한 것이 배려할 필요가 없게 하는 것이다. 아무리 가사 분담을 해야 한다고 이야기해도 이 사회가 아직은 가사는 여성의 몫이라는 고정관념을 벗어나지 못한다. 육아도 마찬가지로 여자의 몫이고 남자는 거드는 것이라는 생각이 많이 남아 있다. 그러니 퇴근 시간만 해도 예측이 불가능하면 아이를 데리러 가고 돌보는 일이 여성에 국한돼 있는 한은 결국 차별로 이어질 수밖에 없다. 예를 들어 오후 5시 퇴근 시간 임박해서 상사가 일을 생각 없이 던져주거나 예정에 없는 회식을 하자고 하면 업무능력과 상관없이 그런 식의 비과학적 회사 일정을 따르기가 어렵다. 아이가 기다리고 있어 가야 하는 책임을 떠맡은 여성은 자연스럽게 불리해질 수밖에 없다. 가사와 육아의 분담이라는 사회의 이슈는 제쳐두고라도 과학적이고 선진적인 업무 방식은 많은 불평등을 해소할 수 있다고 믿었다. 불리할 수밖에 없는 일의 방식을 그대로 두고 특별히 배려한다고 하면 당연히 불만이 있을 수밖에 없다. 배려하지 말고 배려가 아예 필요 없는 일터를 만들어달라고 할 수밖에 없지 않은가.

인도에 처음 진출하던 때 일이다. 인도의 가능성을 보고 진출을 하자는 계획이 올라왔길래 먼저 내가 가서 돌아보고 오겠다고 했다. 일주일 예정으로 가서 정부 인사도 만나고 여러 타사의 사업장 방문도 했다. 그 일정 중 하나로 인도에 진출해 있는 리크루팅 회사를 찾아갔다. 리크루팅에서 세계적인 다국적 기업의 인도 지사였다. 인도의 인적 자원에 대한 이야기를 들으러 방문한 곳인데 거기서 충격적인 이야기를 들었다.

지사장과 인사, 소개를 하고 나서 인도의 인적 자원에 대해 물었다. 그랬더니 대뜸 첫마디가 돌직구로 날아왔다.

"그런데 귀사는 아마 인도 최고의 인재를 채용하기 어려울 것 같습니다. 이는 귀사만의 일이 아니고 대부분의 한국 기업과 일본 기업의 문제입니다."

한편으로는 당황스럽기도 하고 약간은 불쾌하기까지 했다. 왜냐고 물었다.

"인도의 최고 수준 인재는 외국 회사에 입사를 할 때 그 회사 본사의 회장이 되겠다는 생각까지 합니다. 실제로 세계적인 다국적 기업 상당수가 인도에서 태어나고 자라고 교육받은 인도인을 CEO로 앉혔습니다."

듣고 보니 사실이 그랬다. 세계적인 은행이며 제조업체와 컨설팅 회사의 CEO 중에 인도인이 많았다.

"그런데 한국과 일본 기업에 들어가면 아주 잘 올라가 봐야 뉴델리나 뭄바이의 부지점장입니다. 그나마 기능이 중요한 자리는 모두 한국이나 일본에서 오고 권한이 반밖에 없는 자리에 대개 인도 사람을 씁니다. 그러니 이런 기업에 인도의 정말 우수한 인재가 가겠습니까?"

할 말이 없었다. 동시에 내가 절대로 이 말을 잊지 않겠다 다짐을 했다. 그래서 그날 얻은 교훈으로 그 후 해외에서 기업을 인수해도 우리 사람을 보내, 주요 보직의 인적 청산을 하는 것을 피했다. 해외에서 기업을 인수하고 잘 경영을 해 오고 있는 이유 중 가장 큰 것이 본사 직원 중심으로만 경영하지 않도록 한 조치였다.

이렇듯 내가 경험한 대부분의 경우에 기회의 불평등은 능력과 전혀 상관없는 이유에서 오고 있었다. 편견과 선입견, 비과학적이고 임기응변식의 업무 방식, 그리고 언어와 문화의 장벽을 의식한 경계 등이 그 이유였다. 문제는 이런 불평등을 낳는 원인에 대한 경계심이 있어도 조직과 구성원의 역량이 따라주지 않으면 극복이 쉽지 않다는 것이다. 그래서 단순히 직원들을 교육한다고 되는 것이 아니고 끊임없이 합리적 판단이 업무 프로세스와 모든 의사 결정에 반영되도록 투자를 해야 한다. 그리고 최고경영자가 힘든 결정들을 해줘야 아주 서서히 바뀌기 시작한다.

나도 그런 기회의 불평등을 없앤다고 노력은 했다. 그런데 지금에 와서 돌아보면 방법이 잘못됐던 것 같다. 내가 더 힘든 결정들을 과감하게 했어야 변화도 더 빨라졌으리라 반성을 한다. 내가 아무리 그 길이 옳다고 이야기하고 강조했어도 그것이 현실화되려면 단순히 업무나 인사 프로세스 바꾸는 것을 넘어서 사업 자체에 대한 큰 결정들과 투자를 더 과감하게 했어야 했다고 생각한다. 그러니 이런 문제의 책임은 100퍼센트 최고 결정자가 어떻게 하느냐에 달린 일이다.

나 따라서
다시 합시다

　최고경영층의 신입 사원 면접은 사실 변별력이 별로 높지 않다. 더구나 우리 회사는 면접자 한 명을 세 명의 면접관이 심층면접 한 시간, 발표 및 질의 한 시간, 이렇게 장시간을 본다. 내가 잠깐 보는 것에서 특별히 더 짚어낼 것이 없게 진행이 된다. 그러니 내 면접은 차라리 상견례라고 해야 맞았다. 열 명을 뽑을 때 내가 열한 명을 면접을 했다. 따라서 11분의 10 합격률인 데다가 결시까지 감안하면 거의 대부분이 통과의례일 뿐이다. 그래도 면접하러 온 젊은이는 긴장한다. 덜덜 떨기도 하고 뻔히 아는 대답을 긴장해서 말로 꺼내놓지 못한다. 그래서 내 나름의 마음가짐이 있다. 면접을 할 때 옆에 그 친구의 부모가 앉아 있다고 생각을 한다. 그러면 아마 "아휴, 아는 걸 대답 못 하니 어째" 하고 발을 동동 구를 것이 분명했다. 그렇게 생각하니 대답 못 하는 면접자를 보면 나도 안타까웠다.

"그럴 땐 이렇게 대답하는 거야. 나 따라서 다시 합시다" 하고 질문 다시 하고 답도 가르쳐주고 그대로 하라고 시킨다. 면접자가 시키는 대로 하고 나면 "그렇게 답을 하는 거야. 수고했어요" 하고 내보낸다.

나가서는 자신이 합격인지 아닌지 알 수가 없다. 답을 제대로 못 했으니 떨어진 것 같고 내가 가르쳐주는 대로 대답하고 나왔으니 합격일 것 같고. 놀리려 그런 것은 아니지만 젊은 지원자의 순진한 걱정을 보면 참 신선했다.

면접 관련한 에피소드는 차고 넘친다.

한 면접자가 자기 이름을 우렁차게 발음한다.

"○○○에 지원한 지원자 이두산입니다."

"이름이 두산이네요."

"네, 그렇습니다."

이 친구는 면접을 하는 것이 무의미했다. 건성으로 한두 개 질문을 하고 말했다.

"그 이름으로 다른 회사 어떻게 가겠나? 그냥 우리랑 일할 수밖에 없네" 하고 합격시켰다. 물론 합격할 만한 친구였다.

안타깝고 마음이 아파서 타이르고 가르치는 자리가 되기도 했다.

"부모님과 살아오면서 안타까웠던 기억을 한번 이야기해 보세요."

이 질문에 무슨 대답을 하든 그 내용은 중요하지 않았다. 그냥 부모님 이야기하는 태도를 보면 인간에 대한 사랑이 어떤지를 볼 수 있었다.

"아버지가 개인택시를 하시는데 그 직업을 쉽게 이야기할 수 없는 것이 안타까울 때가 있습니다"라고 답을 하길래 나이 먹은 사람으로서 한마디 할 수밖에 없었다.

"아버님이 그 마음을 아시면 어떠실까? 직업의 귀천 따지기 전에 아버지를 사랑하는 것이 먼저 아닐까? 사랑이 있으면 그 일이 안타깝지 않을 것 같은데" 했더니 "네" 하며 눈물이 글썽글썽한 채로 면접을 하던 지원자도 있었다.

이렇듯 가족은 누구에게나 소중하고 안쓰러움의 원천이기도 함이 짧은 면접에서 보인다. 물론 면접을 하다 보면 대부분의 면접자는 사랑 많이 받고 자란 바른 청년들이다. 그러니 내 마음도 절로 그들에게 사랑을 보탤 수밖에 없는 일이다.

안타까운 경우는 또 있다.

면접장에 들어서는 친구를 보니 키가 거의 190센티미터에 기골이 장대하다. 속으로 정말 듬직하다 생각하며 워밍업 수준의 쉬운 질문을 던졌다.

"왜 두산에 오고 싶어요?"

"음."

"긴장하지 말고 말해봐요."

"어…… 음…….."

"답을 해야지."

"어…… 어…….."

그러더니 "으아앙" 하고 울어버렸다. 놀라서 같이 면접하던 임원과 달래느라 진땀을 뺐다. 긴장하는 것은 아무리 이해를 해도 그 친구를 받아들이기는 힘들었다.

그런가 하면 황당해서 못 받아들인 경우도 있다.

화장을 꽤나 진하게 한 경력 지원자가 면접장에 들어오더니 비스듬히 각도를 잡고 다리를 묘하게 꼬고 앉는다. 하도 기막혀 아무 말 않고 몇 초간 가만히 쳐다보고 있었다. 보통 몇 초면 짧은 시간이다. 그러나 마주 앉은 면접에서 말없이 지나가는 몇 초는 대단히 긴 시간이다. 그렇게 5초 정도가 지나가니 이번엔 지원자가 같은 포즈로 다리를 반대로 꼬고 앉는다. 그러면서 묘한 눈초리로 날 쳐다본다. 솔직히 좀 기가 막혀 물었다.

"그거 혹시 준비한 콘셉트예요?" 했더니 갑자기 나를 툭 칠 듯한 손짓을 하며,

"어머! 회장님. 재미있으시다아."

이날도 도저히 받아들일 수는 없었다.

어느 해인가 일주일 가까운 면접 절차가 모두 끝났다. 그날의 마지막 면접자가 나가자마자 오래 참았던 터라 화장실로 달려갔다. 볼일 보고 나오다 보니 마지막 면접자가 하늘

이 무너지는 표정으로 엘리베이터 앞에 서 있다. 얼마나 걱정되고 안타까우면 저 어린 나이에 저 표정이 웬 말인가 싶었다. 그래서 절차고 뭐고 질렀다.

"어이, 나 좀 봐요. 마지막 면접자 맞지요? 원래는 몇 시간 후에 알려주는데 그냥 알려줄게요. 합격했어요."

그랬더니 "엄마" 하며 그 자리에 주저앉아 운다. 한편으로는 귀여웠지만 한편으로는 청년 취업이 이렇게까지 무거운 짐이구나 싶으니 참 마음이 아팠다.

짧은 몇 분의 만남 속에 이렇듯 온갖 희로애락이 담겨 있다. 사람에 관심이 깊지 않으면 사실 이런 희로애락도 보이지 않겠지 하며, 나는 관심이 많아서 그런 걸 거라고 좋은 방향으로 늘 생각을 했다. 누구든 경영자는 구성원에 관심이 없을 수 없는 일이니 내가 뭐 특별히 대단할 일도 아니다. 하지만 조금이라도 더 관심을 가지려고 애를 쓰면 애쓴 이상으로 많은 것들이 보였다.

면접 관련 이야기만으로도 한없이 이야기보따리를 풀어놓을 수 있을 정도로 사건도 해프닝도 많았다. 경력으로 연중에 입사하는 직원들까지 합치면 매년 몇천 명 면접을 17년 동안 했다. 그렇게 많은 면접자들을 보았어도 매번 한 사람한 사람 모두가 새롭고 다른 모습이 있다. 이래서 사람을 들이고 키우는 일은 관심을 쏟아야 한다. 그리고 그 관심을 지속시키는 것은 사랑이다.

일할 자격이
모자란 사람이었다

"동해안까지 고속열차를 놓은 것에 대해 어떻게 생각해?"

"그 노선 아마 오랫동안 적자를 면치 못할 거야."

"그러게 말야. 그걸 왜 그리 서둘러 놓은 거야?"

"수익이 날 수가 없는데……."

"어이, 박 회장. 자네는 어떻게 생각해?"

"나? 내 생각에는 적자를 면치 못하니 국가가 해야지."

"아니, 뻔히 적자일 텐데 나랏돈 막 쓰라고?"

"아니, 그럼 부산도 두 시간이면 서울과 연결되는데 동해안 국민은 왜 네 시간 가까이 걸려야만 하지?"

대한상의 회장이 되기 전까지 나는 정말 공직에 관한 이해가 거의 제로에 가까웠다. 심지어 공직에 있는 사람은 오랜 친구 몇을 제외하고는 만나 본 적도 거의 없었다. 대기업을 경영하면 으레 장차관이나 정치인들을 늘 만날 것으로들 생각한다. 사실 나도 '이렇게 아무도 안 만나도 괜찮을까?' 내심 걱정이 가끔 되기는 했을 정도였으니까.

그러다 보니 내게 익숙하고 좋은 방법은 해외로 나가는 것이었다. 해외로 해외로 비즈니스를 몰아갔고 실무로만 파고들었다. 굳이 서투른 일을 하느니 잘할 수 있는 일에만 매달렸다고 하는 것이 솔직한 고백이다.

이렇게 살아오던 내가 대한상의 회장직을 맡고 보니 공직의 무게가 만만치 않음을 매일 절절하게 느낄 수밖에 없었다. 물론 대한상의 회장은 공무원은 아니다. 하지만 대한상의는 상공회의소법에 의해 탄생한 법적 조직인 데다, 일 자체가 기업들을 대변하고 상공업 전체의 경쟁력 강화를 통해 경제 발전에 도움이 되어야 하니 철저히 공적 이해를 위해 일해야 한다. 그간 내가 아무리 상장기업의 대표로 많은 주주의 이해를 위해 일해왔다고는 하지만, 그것은 특정 법인 주주들의 공동 이해를 위해 일한 것이지 공적인 이해를 위해 일한 것이라고는 이야기할 수 없었다. 그런데 공적인 이해를 위해 일을 하게 되고 보니 이제까지 내가 가지고 온 사고의 기준이 많이 달라지지 않으면 안 되겠다는 생각부터 들었다.

앞서 서울 강릉 간 고속철에 관해 지인들과 나눈 대화에서 나는 이상한 놈에 가깝다는 취급을 받았다. 다들 좋은 사람들이고 책임감도 있는 사람들인데 왜 이리 의견이 다를까 생각하다 보니 나도 대한상의 일을 하지 않았으면 아마 같은 의견이었을지도 모른다는 생각이 퍼뜩 들었다.

나처럼 기업의 CEO를 오래 한 사람은 습관 혹은 거의 체질에 가깝게 굳어진 사고가 있다. 생산성과 효율을 먼저 머리에 떠올리는 것이 CEO 사고의 기반일 수밖에 없다. 비효율은 가능한 제거해야 하고 생산성이나 수익성이 제대로 나지 않는 일은 하지 않는 것이 당연하다. 그리고 전체의 효율과 생산성을 올리기 위해서는 비효율의 요소를 버리는 데 주저하지도 않는다.

그런데 공직은 그렇지가 않았다. 물론 낭비와 비효율은 공적인 일에서도 피해야 한다. 그러나 비효율을 어떻게 처리하느냐보다 먼저 비효율의 정의가 무엇인지부터 살펴야 할 것 같다. 사적인 이해에서의 비효율과 공적인 영역에서의 비효율은 그 출발점부터가 다르기 때문이다.

공적인 이해의 관점에서는 설사 생산성과 효율이 조금 낮더라도 전체에 대한 공급이 우선해야 하는 일이 있다. CEO로서의 능력이 내게 체화된 생산성과 수익성의 추구에 뿌리를 두고 있으니, 당연히 대한상의 회장이라는 공적인 영역에서는 전혀 다른 능력과 사고를 갖추어야만 했다. 그러다 보니 처음에는 주저하는 일이 많았다. 내가 직관적으로 머리에 떠올린 판단에 자신이 없어서였다. 여러 해 동안 대한상의 회장을 하며 많이 훈련도 됐고, 공적인 영역의 일을 많이 접하다 보니 이제는 나 자신의 사고도 많이 바뀌긴 했다. 하지만 아직도 문득문득 습관적으로 생산성에의 집착을 느낄 때는 8년 가까이 해온 대한상의 일에서도 멈칫하게 된다. 같은 이유로 이런저런 다른 공직에 대한 이야기가 나와 관련지어서 나오면, 손사래를 쳐가며 나는 자격이 없다고 한다.

게다가 변명 같지만 CEO 일을 하다 보면 정말 나는 생각조차 못했던 일이 내 책임으로 돌아오는 때가 있다. 포괄적 책임을 져야 하니 어쩔 수가 없다. 한편으로는 기업도 바뀌어야 하지만 법도 바뀌어야 한다는 생각을 지울 수가 없긴 하다. 그러나 엄연히 법치의 우산 아래 있으니 책임은 책임이다. 그리고 법치국가의 혜택은 나 자신부터가 더 많이 받고 있을지 모른다. 그러니 변명하고 싶고 억울하다고 하고 싶을 때도 있지만, 법의 잣대에 비추어 잘못한 것은 그냥 심플하게 잘못한 것이다. 이 또한 사적인 이해를 위해 일하던 버릇 아닌가 싶다. 공적인 영역에서는 변명도 억울함도 훨씬 더 호소할 범위가 좁고 책임이 추상과 같아야 할 것이라는 생각에 미치면, 정말 나는 공적인 이해를 위해 일할 자격에서 모자란 사람이었다는 반성이 든다.

4

미안하다 미안하다 미안하다
세 마디밖에

　세월호 이야기를 하기는 참으로 조심스럽다. 이젠 6년이 넘었으니 이야기해도 되겠지 싶다.

　주말에 행사가 있어 집을 나서는데 딩동! 동지팥죽 두 그릇의 기프트 문자가 왔다.

　2014년 4월의 잔인한 그날이 정신없이 지나고 다음 날 보고가 왔다. 그룹 계열사 직원의 아이가 그 배에 탔다는 소식이었다. 설마 나는 해당이 없으리란 교만에 벌을 받은 듯 철렁했다. 하지만 마음만 무너져 내릴 뿐 달리할 수 있는 일이 없었다. 며칠의 초조한 시간이 흘렀고 더는 가만히만 있을 수가 없어 무작정 진도에 내려갔다.

　생각보다 진도는 참 먼 곳이었다. 눈에 띄는 게 조심스러워서 작은 차를 하나 구해 타고 조용히 실종자 가족이 머무는 체육관 근처에 가서 전화를 했다. 푸석한 얼굴로 패딩 점퍼를 입은 아이 아빠가 슬리퍼를 끌고 나왔다. 가슴이 철렁한 내가 어색하리만큼 정작 그 친구는 담담했다. 내가 물어보는 이런저런 현지 상황을 담담하게 이야기한다. 내게 "괜찮으니 체육관에 들어가자"고 했다. 내가 들어가도 되나 싶어 고개를 숙이고 조심스레 들어서는데 눈에 들어온 광경이 너무나도 처참했다. 화면에서 수없이 보았지만 이불과 비닐 돗자리가 가득 깔린 체육관은 생각 이상이었다. 유가족 상당수가 빠져나가 군데군데 이불 더미에 몸을 기댄 아이 부모들이 있고 대형 화면 두 개가 방송과 현지 상황 중계로 소리 없이 채워지고 있었다. 다시 출입문으로 나서는데 한 무리의 사람이 모여 무언가 게시판을 열심히 보고 있다. 151번, 152번, 153번…… 인상, 복장…….

아이들은 그렇게 번호가 되어 돌아왔고 부모들은 행여 우리 아이일까 게시판을 본다. 그러다 무슨 소식이 왔는지 비명을 지르며 게시판 쪽을 향해 무리로 달려가는 그 장면 자체가 참으로 처절했다. 가끔 설움인지 놀람인지 악을 쓰듯 통곡하는 소리가 들려왔다.

아무리 여러 번 티브이를 통해 보았어도 소리와 현실이 더해진 그 자리에서 받는 충격은 상상 이상이었다.

그냥 처참했다.

숙소인 체육관에서 팽목항까지 40분, 그리고 항에서 현장의 바지선까지 배로 한 시간. 서울서 진도까지 가는 데 다섯 시간이 걸렸는데 거기서 아이들 있는 곳까지 또 그리 걸린단다. 어떻게 지내느냐, 숙소에서 기다리느냐, 하니 이틀에 한번 정도 바지선에 가서 본다고 한다. 그리고 아이가 돌아오면 DNA검사를 먼저 하고 확인되면 가족을 부르니, 아이가 아직 물에 있는지 올라왔는지도 확실치는 않다고 한다. 체념한 듯 담담히 남 이야기처럼 하는 무표정 뒤에 시커멓게 타버린 가슴이 있겠지 짐작만 할 뿐이다.

가져간 묵주와 신경안정제 몇 알을 손에 쥐여주고 왔다.

"만일 자네 오라고 부르면 그냥 달려가지 말고 이거 한두 알 꼭 먹고 가."

그 밖에 달리 뭐라 딱히 해줄 수 있는 일도 없고 해줄 말도 없었다. 아무 도움이 못 돼줘서 미안하다, 아무것도 해주지 못해 미안하다, 미안하다, 세 마디밖에. 충격 때문에 나머지는 뭐라 했는지 기억이 안 나는 몇 마디 위로를 간신히 전하고는 그냥 다시 돌아섰다.

서울로 와서도 내가 본 장면들이 머리에서 떠나질 않았고, 뉴스에서 보는 장면들도 그때부터는 말로 표현 못 할 리얼리티가 되어 다가오곤 했다. 뻔히 눈뜨고 종일 지켜보며 아무것도 해줄 수 없는 무력감이 찐득하게 굳은 코피 덩어리처럼 온 마음속에 구석마다 들러붙었다.

그러다 내가 아는 사람 중 유일하게 이런 일을 의논할 수 있는 사람이 생각이 났다. 정신과 의사 정혜신 박사에게 전화를 했다. 그랬더니 안 그래도 마침 진도로 내려가는 중이라고 한다. 직원과 아이의 신상 정보를 가르쳐드리니 참으로 고맙게도 "걱정되시죠? 제가 내려가면 꼭 찾아서 도움을 드릴게요" 한다. 인연이 이렇게 고마울 수가 있나 싶었고 참으로 든든하기도 했다.

야구를 좋아했다는 아이는 그로부터도 꽤나 긴 시간 동안 부모에게 돌아오지 못했다. 결국 기다리다 몇 주 후 다시 또 진도로 내려갔다. 동네 식당에 마주앉은 아이 아빠는 첫 충격에서는 많이 벗어난 모습이었지만 꺼칠하고 피로해 보였다. 몇 안 남은 가족들만이 어려운 시간을 보내고 있다는 이야기들을 들어주고 위로 몇 마디가 고작인 만남이었지만, 돌아서는 마음은 그나마 조금 나았다. 그러고도 한참이 더 지나 아이는 두 달 만에 292번째로 부모에게 돌아왔다.

그 잔인했던 일은 그게 끝이 아니었다. 원인 규명을 호소하는 측과 왜 저럴까 싶은, 악에 받친 비난을 하는 측의 대립의 모습들이 그로부터 끝없이 이어졌다. 무슨 일이 있건 어떤 이유에서건 상처받은 유가족을 비난하거나 비아냥대는 것은 정말 인간의 도리가 아니다.

가끔씩 그 아빠인 직원도 유족을 대표해서 티브이 화면에 나오기 시작했다. 당시 소속 계열사 대표를 불러 "무슨 일이 있어도 아이 아빠가 가족으로서 해야 할 일 하도록 내버려둬라" 했더니 참으로 고맙게도 "네, 회장님, 안 그래도 이미 그러고 있습니다. 걱정 마십시오" 한다. 그 말이 참으로 든든했다. 정 박사도 그랬고 모두 그렇게 알아서 도움들을 주셨고 나는 말로 뒷북만 친 셈이다.

그 후 그 애 아빠와 가끔 연락을 주고받는 사이가 됐다. 난 해준 것이 별로 없었는데 동지라고 내게 팥죽을 보내주는 정이 고맙기 짝이 없다. 정작 나는 세월 가며 잊고 있었지 싶어 또다시 뒷북친 기분에 마음이 무겁고 인연의 소중함을 다시 한번 마음에 새길 수밖에 없다.

왜
낯이 익지?

아버지가 하늘로 가신 후 내 생활에 일어난 많은 변화들을 감당하느라 벅차기도 했고, 단순히 더 이상 아버지를 볼 수 없다는 사실에도 한참을 슬퍼해야 했다. 족히 2년은 그렇게 날개 부러진 새처럼 지냈지 싶다.

아버지가 돌아가시고 5년 후에 나도 결혼을 하고 가정을 이루게 되었다. 사랑하는 아내가 곁에서 정말 많은 부분을 채워주었기 때문에 아버지와의 별리에 더 이상 슬퍼하지 않고 제법 담담하게 아버지를 그리워할 수 있었다.

그런데 그게 아니었다. 몇 해가 더 지나고 아버지와의 많은 기억들이 점차 머릿속에서 소멸되어가는 것을 알아차리고는 소스라치게 놀랐다. 기억을 잃는 것은 또 다른, 두 번째의 이별이었다. 아버지의 얼굴도 부옇게 빛바랜 사진 같은 모습으로 남아 아무리 애를 써도 또렷한 모습을 떠올리기 힘들어졌다. 하느님 곁에서 편히 쉬시리라는 생각도 되풀이되는 이별의 아픔을 누그러뜨려 주는 데는 도움이 안 됐다. 그렇게 나는 아버지를 두 번 잃었다.

세월이 한참 흐른 뒤에 나도 중년이 되어 성당을 찾은 어느 성탄절 날이었다. 게으름을 부리다 늦게 도착한 성당은 이미 미사 보러 온 사람들로 초만원을 이루어 복도까지 꽉 차 있었다. 성당 안쪽은 전혀 보이지 않았고 스피커를 통해 들리는 소리가 이끄는 대로 미사를 드릴 수밖에 없는 현관 앞자리에 간신히 몸을 들이밀었다. 병풍처럼 앞을 막은 사람들의 실루엣만이 눈앞을 채웠고 등짝은 문틈으로 들어오는 찬바람에 무방비로 노출된 상태였다. 참으로 못난 생각이지만 솔직하게 미사가 얼른 끝났으면 싶었다.

성가를 부르며 숨을 훅 들이쉴 때마다 솟았다 내려앉는 앞사람의 어깨가 참 낯이 익다 싶었던 것은 미사가 거의 끝나갈 무렵이었다. '아는 사람인가? 왜 낯이 익지?' 그러다 생각이 어느 기억 속의 모습에 이르자 가슴이 철렁 내려앉았다. 그 익숙한 어깨는 아버지의 어깨였다. 그토록 떠올려보려 애를 써도 멀어져가며 사라져버린 기억 몇 조각이 홀연히 돌아왔다. 심장이 마구 뛰며 등짝을 때리던 추위도 잊었고 혼돈과 충격의 소용돌이 속에서, 밀려 나오는 사람들에게 떠밀려 벽에 붙어 서게 되었어도 몰랐다.

기적의 선물처럼 작은 기억들이 돌아왔다. 검버섯이 가득

하고 두터웠던 아버지의 손이며, 옳지 않은 일을 대하고 화가 나서서 앙다문 입술 모양 등이 떠올랐다. 애를 써도 떠오르지 않았던 시각적 이미지들이 그날 그렇게 기적처럼 내게 돌아왔다. 그리고 그날 밤새 그 돌아온 장면들을 행여 다시 놓칠까 안타까워하며 행복했다.

시간이 흐르며 그 성탄절의 일을 생각하면 할수록 하느님께서 주신 성탄 선물이라고밖에 달리 설명할 길이 없다. 그날의 일은 지금도 떠올리면 나도 모르게 웃음이 가득해진다. 아버지 생각하며 드린 기도에 대한 답을 주신 것도 같다. 아버지가 연옥을 면했으니 걱정하지 말라는 메시지를 주신 것 같기도 하고 아니면 그냥 "자! 여기 크리스마스 선물이다!" 하시며 주신 것 같기도 하다. 두 번이나 내게서 아버지를 데려가신 하느님이 그 성탄절에 아버지를 내게 선물처럼 돌려주셨다.

그런 빵이
가능이나 할까

"근데 남자가 어떻게 그리 부엌일을 잘해?"

한바탕 폭풍 같은 칼질을 끝내고 잠시 쉬러 주방을 나서니 머리가 하얗게 센 나이 드신 자매님이 커다란 함지 앞에 앉아 도라지를 다듬고 있다. 쉴 겸 해서 앞에 앉아 거들며 수다가 이어진다.

"아, 네, 여기서도 늘 하고 집에서도 자주 하니까요."

"집에서도 부엌일을 해?"

"그럼요, 밥도 하고……."

"아니! 회장이라며!"

"회장이라고 하지 말란 법 있나요? 제 아들들도 장가들 갔는데 다 밥 잘해요."

"세상에! 아니 그 집 며느리들은 복도 많네. 회장 아들에다 밥까지 해 바친다니……."

"하하하! 두 놈 다 어지간히 가정적이에요."

"어머나, 세상에! 아들 새끼들이 그러면 그거 진짜 꼴 보기 싫은 건데……."

속으로 '자매님 며느리들 고생 좀 하겠네' 생각하며 웃는다.

그늘에 있는 사람들을 도우러 다니면 이렇듯 의외의 대화가 이어진다. 그러는 중에 참 많이 배운다. 봉사는 꼭 자신이 여유가 있어서 하는 것이 아니다. 사랑을 나누는 일에 관심이 있느냐 없느냐의 차이일 뿐이다.

급식소 주방에 가서 일을 하면 여러 성당에서 오신 봉사자들을 만난다. 사교 모임이 아니니 굳이 통성명에 인사할 것도 없고 앞치마 하고 모자 쓰고 묵묵히 일부터 한다. 칼질하는 모습을 눈여겨보았는지 자주 이런 질문을 받는다.

"주방서 일하시나 봐요."

"아, 네, 그건 아니고…… 사업해요."

"아, 그럼 식당 하시나 보다."

"아니요……."

"칼질하는 게 주방장 같은데……."

그럼 할 수 없이 모자 벗고 내 소개를 하고 인사를 한다.

자주 주방에 봉사 일을 하러 다니다 보니 칼질이 늘어 이런 소리도 자주 듣는다. 어쨌든 잘하든 서툴든 같이해야 뭐든 도움 될 일을 한 것 같다. 그렇게 여러 해를 하다 보니 이제는 웬만한 주방 일에는 주저 없이 편하게 손길이 가는 정도가 됐다.

"그냥 제게 모두 맡겨두시지요."

어려운 분들이 밀집한 동네에 도움을 드릴 밥집을 만든다고 의논을 하는데 운영을 하실 분이 내게 이렇게 말을 했다. 그래서 나는 그분과 같이 할 수가 없겠다고 했다. 내가 간섭을 하고 내 주도로 일을 하기 위해서가 아니었다. 나는 그늘에 있는 분들을 도울 때 꼭 내 몸으로 직접 일을 하는 것을 원칙으로 하고, 그분들과 직접적인 접점이 있도록 노력한다. 어느 성직자 분께서 해주신 말씀이 그리하는 계기가 됐다.

"담장 너머로 먹을 것을 던지는 행위를 경계해야 합니다."

내 몸으로 일을 해야 가치가 있다는 것은 내가 가진 신앙인 천주교의 교리에서도 그리 가르친다. 내가 직접 일을 해봐야 그 일의 가치를 알고, 그래야 더 잘할 수 있다. 일하지 않고 재정적 지원만 한다거나 사무실에 앉아서 계획만 세우고 관리 감독만 해서는 그 어떤 일도 제대로 할 수는 없다. 남을 돕는 일도 다름이 없다.

대개 처음 오는 봉사자들은 서투르다. 하지만 서투르기 때문에 그 사람 자신도 모르게 마음속에 가진 사랑이 밝은 곳으로 나오는 것이다. '혹시 내가 만든 음식이 맛없으면 어쩌나?' '내가 자른 재료가 너무 커서 입에 불편하면 어쩌나?' 서툴러서 걱정하는 안타까움과 조바심은 정말 그 음식을 드실 분들을 생각하는 사랑에서 오는 것이다. 오히려 지나치게 능숙하면 이런 사랑의 조바심이 없어지고 그냥 작업이 되기 쉽다. 그래서 뭐든 내 손으로 하는 것이 가치 있고, 조바심이 가득한 마음이 바로 사랑이라고 믿는다.

또 내 손으로 일하지 않으면 담장 너머로 먹을 것을 던져 주는 행위와 다를 것이 없다. 담장 너머에 있으니 이가 하나도 없는 노인께 딱딱한 반찬으로 채운 도시락을 보낸다. 보이지 않으니 한 입에 들어갈 사이즈로 잘게 썰어야 함을 모른다. 담장 너머에 있으니 겨울 외투를 내 방식으로 맞게 보낸다. 장롱이 없는 노숙인은 가진 옷들을 몸에 걸칠 수밖에 없고 그렇게 여러 겹 입어야 풍찬노숙의 추위를 견딘다. 그런데 담장 너머에 있으면 사이즈는 맞아 보이지만 팔 구멍이 작아 여러 겹 옷은 안 들어가는 외투를 만든다.

독거노인들이 사시는 동네에 일을 하러 갔던 날이었다.

며느리와 손자는 떠나 버리고, 단칸 쪽방에 사시며 당뇨병 중증인 아들 홀로 돌보는 할머니, 딸이 두고 간 정신장애인 손자를 키우는 할머니, 덩치가 산만 한 정신지체 아들을 돌보는 할머니, 바퀴벌레가 가득한 방에 사는 분, 몇 계단을 오르는 것조차 힘들어 보이는데 "난간 잡으면 괜찮아" 하고 4층까지 오르는 할머니…….

기억을 더듬어 할머니들의 사연을 되뇌는 것만으로 가슴이 뻐근하다.

홍수 걱정 덜었다 했더니 따가운 햇볕에 화덕을 등지고 선 듯 뜨겁다. 시내 한복판의 비탈길 가득한 동네 길들을 오르고 내리자니 우리도 숨이 끊어질 것 같은데 그 비탈 구석구석 단칸 쪽방에 할머니들이 산다. 말복이 며칠 후라 과일 한 봉지씩을 드리려고 가파른 골목을 오르내리자니 마스크 속에서 숨이 가빠 단내가 나고 다리가 끊어질 것 같다. 잠깐 멈췄다 가고 싶단 생각이 끊임없이 다리를 잡아끈다.

그래도 정신은 육체를 이긴다. 문을 열면 훅하고 느껴지는 습한 공기 속에서 할머니가 힘겹게 몸을 내밀고 "아유, 이 더운 날 힘들 텐데…… 고마워요" 그 미소, 그 한마디에 숨 쉬기가 수월해지고 다리가 든든해짐을 느끼고 화들짝 놀란다. 그러면서 또 다짐을 한다. 이건 하느님 일이라고. 그늘에 있는 사람을 돌보라는 하느님 뜻이라고.

일어서기조차 힘든 어른이 기어서 나와 간신히 문을 연다. 빛이나 바람이 드나드는 것은 사치에 가까울 만큼 깜깜한 방 안에 습기가 가득하다. 그래도 자랑하신다.

"우리 아들이 박사야."

이조차 내리사랑이라 해야 하는가?

버려진 어른들이 동네에 가득한데 그나마 혈혈단신인 분들이 여유로워 보이니 도처에 처절한 현실이다. 벌도 아니련만…… 당신들 한 몸 이끌기도 버거운 팔순을 넘긴 할머니들이 온전치 못한 자손들 돌보느라 자신들은 뒷전이다.

우리들은 왜 이리 각박해졌을까? 정치판에 가득한 서로를 향한 증오의 마케팅이 가시처럼 따갑다.

끝내고 발길을 돌리는데 지자체에서 건널목에 세운 그늘

막조차도 과분하고 미안해진다.

나도 모르게 커피 한 잔을 가리키며 물었다.

"이거 한 잔이 얼마지?"

모든 것이 과분하고 모든 것이 미안하고 모든 것이 부끄러운 휴가의 끝 날이었다.

"철거되면 어디로 가세요?"

"대책이 없지 뭐."

"눈깔 뜨고 살아 있는데 죽기야 하겠어?"

"우리들 사정이나 도와주지 맨날 싸움이나 하고 세비나받고."

"국회 가서 이런 우리 이야기나 전해줘요."

중림동 철거촌에서 만나 이야기를 나눈 노인들의 사정이 쓸쓸하다. 대책이 없다니 할 말이 없었다. 연세를 여쭤보니 84세, 86세, 92세라고 하신다. 그나마 두 분이 해로하셔서 부부가 같이 사시는 분들은 좀 나은데, 짝이 먼저 떠나 홀로 되신 분들은 더 딱하다. 생존을 위한 기초수급이나 기초연금을 받아 살더라도 부부라면 훨씬 낫다고 하신다. 회사 운영으로 치면 고정비가 분산이 되기 때문이다. 이런 사정도 만나서 직접 들어봐야 생생한 이야기로 전해져 들려온다.

홍제동 개미마을은 뜨문뜨문 마을버스가 올라오긴 하지만 올라가는 가파른 비탈이 꽤나 불안한 동네다.

"지내시기 괜찮으세요?"

"노령 연금 조금 받아 사는데 다행히 요즘은 공공근로를 시켜줘서 월 27만원 씩 벌어. 그 덕에 훨씬 낫지."

"여긴 전세가 그냥 한 집에 2000쯤 해. 그런데 주인들은 우리가 알아서 살길 원하니 내가 고치고 손보고 돈을 들여야 해."

"그러니 집주인은 생전 와 보지도 않아. 어찌 보면 차라리 그게 나은 건가? 허."

부부가 사시면 대개 월 100만 원 조금 안 되는 돈으로 산다고 하신다. 독신이면 물론 그 반이 조금 넘는 정도. 공공근로가 많이 늘어 정부의 지출을 걱정하는 사람들도 있지만, 그런 근로로 정말 요긴한 한 달 수입을 얻는 분들에게는 참으로 감사한 일자리다.

노인 분들 대부분 정정하신 것이 그나마 보는 마음이 덜 힘들다. 올해 97세인 할머니 손을 잡으니 손이 따뜻하다. 과거는 되돌아가 바꿀 수 없다. 미래를 예측한다 해도 미리 가서 겪어볼 수는 없다. 특히 남은 시간이 얼마 없는 노인들에게 이렇듯 과거는 회한이고 미래라는 단어는 상상조차 공허하다. 그래서 할 수 있으면 오늘 손 내밀어 조금이라도 도와야 할 것 같다.

노인들만 사시면 불안해서라도 집주인이 가끔 와 볼 것 같지만 그렇지가 않다. 하긴 서울의 대부분의 쪽방들도 마찬가지다. 집을 세놓은 사람, 그 집을 통째로 맡아 구조를 변경해 방 개수를 늘린 다음 재임대를 주는 사람, 다시 이들로부터

층별로 임대를 맡은 사람들, 이렇게 층층이 전대의 전대 구조이니 맨 마지막 입주민의 살림살이는 누구의 책임인지 누구의 관리 대상인지조차 불분명하다.

쪽방촌 가파른 계단에 난간조차 없어 허구한 날 술 취한 입주민이 굴러떨어져 머리가 깨져도 누구 하나 고치려 들지 않는 것은, 이렇게 누가 그 난간을 달아야 하는지조차 분명치 않은 구조 때문이라고 한다. 서울역 앞 쪽방촌서 만난 마흔 초반의 주민 얼굴이 온통 멍투성이가 된 것을 보고 왜 그리 됐나 물으니 계단서 굴렀다고 한다. 웬만한 2층 주택이면 쪽방이 스무 개는 쉽게 들어간다. 방 하나에 20만 원이라 치면 매달 임대료가 400만 원이다. 고작 몇만 원 들여 계단에 파이프 몇 개라도 붙여 난간을 만들면 될 것을 왜 없나 물어보다 보니 그런 하청의 구조도 알게 됐다. 돈이 얼마 들어가느냐와 상관없이 입주민의 안전은 누구의 책임도 관심도 아닌 것이다. 역시 나가서 보고 들어보지 않으면 모를 일이다. 그렇게 허구한 날 깨진 얼굴로 다니던 그 알코올중독 주민도 얼마 전 세상을 떠났다. 그 곁은 엄마가 지켰는데, 엄마 또한 알코올중독자였다. 그 동네를 지나갈 때마다 그 불콰하게 취한 채 상처투성이였던 얼굴이 늘 떠오른다.

알코올중독자거나 후유증으로 고생하는 분들이 사는 쪽방촌에 처음 봉사를 하러 갔을 때 일이다. 빛조차 들지 않는 한 평 반짜리 방에 누워 삶을 포기한 모습, 지독한 악취, 뒹구는 소주병들…… 점심을 만들어드리며 속으로 생각했다.

'자신의 삶을 이렇게 만든 것은 그들의 선택이다. 차라리 희망 있는 아이들을 돕는 게 낫겠다.'

시간이 지나며 그런 평가 모두가 내 교만이었음을 알았다. 선택의 폭이 넓은 우리 눈에는 왜 하필 그런 선택을 했을까 싶지만, 아마도 그분들에게는 술에 기대는 것 이외에 다른 선택이 없었겠다는 생각이 들었다. 그분들의 상당수가 IMF사태를 겪으며 처지가 나빠진 분들이었다. IMF사태 이후 20여 년이 흘렀는데 '그동안 뭘 했길래 아직도 그렇게 사냐'고 하는 힐난도 있다. 하지만 같은 상황을 반대편에서 보면 'IMF사태 때 일을 잃은 사람이 20여 년 동안 재기를 못하는 나라 꼴은 뭐냐'라고 하는 말도 충분히 일리가 있다. 너 나 할 것 없이 기업들 모두가 살아남으려고 발버둥을 치던 시절이니 누구를 딱 집어 잘못했다고 할 수는 없는 일이다. 하지만 늘 고용을 책임져야 하는 기업인 입장에서는 이런 상황을 대할 때마다 가슴이 철렁 내려앉는다. 병 주고 약 주냐고 하면 할 말이 없다. 고용을 끝까지 책임지지 못한 주제에 그렇게 어려워진 사람들 돕고 다닌다는 짓거리는 뭐냐는 힐난에 토를 달지 못한다. 기업인의 흔한 변명을 하고 싶은 때가 있었지만 이제는 그조차 하기가 어렵다. 그냥 역량이 모자랐던 기업인으로 사죄의 마음을 갖고 살아갈 뿐이고 이렇게라도 도움을 드린다고 애라도 써야 마음의 빚이 덜해진다고 할까.

종로에 있는 노인 급식소에도 한 달에 두 번 일을 하러 간다. 그런데 문을 닫는 주말에는 어르신들이 어떻게 끼니를 때우나 생각하다 빵 공장을 하나 만들어 주말에는 빵을 드리면 되겠다 싶었다. 빵이라는 것을 만들어본 경험이라고는 집에서 군것질용으로 만들어본 것이 전부이니 어디서부터 시작해야 할지 알 수가 없었다. 빵집 하는 친구들에게 물어보아도 답이 안 나왔다. 그러다 파리크라상의 SPC그룹 허영인 회장께 전화를 했다. "달콤하고 화려한 맛은 덜하더라도 끼니 대용으로 영양가가 높고 보존성이 좋되 부드럽고 소화 잘되는 빵을 만들려고 하니 도와달라"고 부탁을 드렸다. 사실 속으로는 '그런 빵이 정말 가능이나 할까?' 싶었지만 일단 그렇게 들이밀었다. 그랬더니 두 번 묻지도 않고 흔쾌히 도와주시겠다고 했다. '빵 레시피 배우러 가야 하나?' 했는데 웬걸! 회사 연구소장이 직원까지 데리고 오셨다. 레시피 개발은 물론이고 제조 방법까지 급식소 운영하실 수녀님들께 자세히 잘 가르쳐주고 도와주셔서 어디서도 구할 수 없는 맛있는 빵을 만들게 됐다. 지금까지도 계절 바뀌면 새 레시피를 갖고 와서 가르쳐주신다. 사업하기도 바쁜 분이 이렇게 말 한마디에 도움을 주시고 온기를 나눠주니 참으로 따뜻하고 감사한 일이다.

그렇게 쪽방에서 힘겹게 사는 분들을 위해 도시락을 만들어 갖다 드리며, 그분들을 자꾸 만나고 접하다 보니 이해의 폭도 커지고 생각도 바뀌어갔다. 뭐라도 돕자고 시작한 일이 5년을 지나 내 손으로 봉사자들과 같이 만들어 돌린 도시락이 2만 식이 넘었다. 갈 때마다 조금씩 더 알게 되고 알게 되면 할 일도 따라서 늘어갔다. 한 달에 한 번이던 일이 점점 늘어 이제는 한 달에 여섯 번 이상을 봉사하는 날로 해 오전 시간을 채울 수밖에 없게 됐다. 그런데 다녀오면 우리 봉사자들 모두가 늘 좋은 기분이니 남을 돕는 일은 우리 자신의 행복을 위한 일이기도 하다.

이 사회 구석구석 다니고 보면 볼수록 자신의 작은 목소리조차 내지 못하고 그늘에 있는 사람들이 너무도 많다. 명동이나 강남 번화가에서 보는 대한민국과 같은 나라에 산다고 도저히 생각할 수 없을 정도로 처절한 삶도 많고, 선진국이라 하기에는 너무도 부끄러울 정도로 말 안 되는 일도 허다하다. 그렇다고 나 같은 사람이 그분들의 목소리를 대신 전하고 앞장설 수는 없다. 도움은커녕 오히려 분노와 짜증만 보탤 것이 분명하기 때문이다. 그럴 자격도 없고 그래서도 안 된다. 단지 내 자리에서 내가 할 수 있는 일 정도는 게으름 부리지 않고 하는 것이 옳다는 정도의 생각이다.

스페인어로
준비했습니다

 내 방 잠자리 옆의 벽에는 프란치스코 교황님의 사진 두 장이 걸려 있다. 아침에 눈을 뜨면 제일 먼저 눈에 들어오는 것도 그분이고 잠자리에 드는 밤에 불을 끄기 전 마지막으로 눈길이 가는 것도 그분 모습이다. 누가 내게 존경하는 사람이 누구냐고 물으면 한순간의 주저 없이 나는 프란치스코 교황님을 존경한다고 대답한다. 그분은 내 삶의 지향점을 가르쳐주셨고, 힘들 때 평화와 위안을 주시는 분이다.

 그분을 가까이서 뵙는 것이 소원이었다. 그러다 '교황님이 한국에 오실지도 모른다'는 이야기를 듣게 되었다. 그래서 그 자리에서 편지를 썼다. 교황청에서 한국을 담당하는 곳은 '인류복음화성'이라는 부서다. 그래서 그곳의 생면부지의 주교님께 간단한 내 소개와 함께 "찾아갈 테니 만나 주십사"고 부탁의 메일을 썼다. 정말 신기하게도 만나 주시겠다고 답장이 왔다. 그래서 우리 추기경님의 소개장을 받아 들고 로마로 비행기 타고 날아가 정해주신 시간에 사무실을 방문했다.

인사를 나누고 나니 주교님께서 도대체 왜 자기를 찾아왔느냐고 물으셨다. 그래서 그때부터 한 시간을 열변을 토하며 왜 교황님이 한국을 꼭 방문하셔야 하는지를 이야기했다. 좁게는 우리 사회 안에서의 보수와 진보의 대립, 소득의 격차에 따른 대립, 세대 갈등, 노사 갈등, 심지어 서울과 지방의 격차까지 심화되고 있고 더 나아가면 남북한의 대립, 그리고 미·중과 그 동맹들의 전략적 대립까지 한반도는 지금 모든 대립의 중심이 되어 있으니 교황님께서 오셔서 화해와 용서의 메시지를 주시는 것이 너무도 중요하다고 한참을 설명했다. 그 이야기하러 여기까지 왔느냐고 하시며 참 재미있는 사람을 다 보았다는 표정으로 이야기를 들으시더니 사무실 구경이나 하고 가라고 이곳저곳을 안내해주셨다. 하고 싶은 이야기를 털어놓고 나니 후련했다. 그런데 나중에 생각하니 아마 주교님은 그때 이미 교황님이 한국을 그다음 해 방문하실 것을 알고 있었던 것 같다. 그래서 그렇게 의미심장한 미소를 띠고 내 이야기를 끝까지 경청하셨던 것 같기도 하다.

내가 다녀오고 몇 달이 지나지 않았을 때 교황청에서 교황님이 그 이듬해 여름 8월에 한국을 방문하신다고 발표를 했다. 그러니 내가 찾아갔을 때는 이미 상당히 논의가 진행되고 있었던 것임에 틀림이 없다. 아무튼 오신다는 발표를 듣고 무척 기뻤다. 그래서 그 자리에서 당장 플라자호텔의 가장 서쪽 맨 위층 방을 예약했다. 왜냐면 그 서쪽 끝에서는 광화문이 정면으로 보이기 때문이었다. 방한하시면 박해로 순교하신 분들의 시복미사를 해야 하는데 가장 유력한 장소가 광화문이었다. 그렇게 기다렸던 교황님은 2014년 8월에 방한을 하셨고, 나는 그 반년 전에 예약한 방에서 전날 밤부터 다음 날 새벽까지 준비가 진행되는 것을 밤새 내려다보았다. 그리고 새벽 4시에 호텔을 나서서 광화문으로 갔다.

우리나라에 머무시는 동안 교황님은 일관되게 메시지를 전하셨다.

"나가라. 가서 그들을 도우라"는 말씀이었다. 내 손으로 땀 흘려 봉사하는 일을 하기 시작한 것도 이때 그 말씀을 듣고부터였다. 약자들에게 관심을 가지라는 말씀, 나가서 직접 도우라는 말씀, 그리고 그들을 돕는 것을 다른 무엇보다 우선해야 한다는 말씀 등이 가슴에 참 깊이 남았다.

대한상의 일이 많아지기 시작하며 봉사활동도 밀려드는 일정 때문에 빠지는 일이 잦아지기 시작했다. 어느 날 비서실장과 마주 앉아 내 일정을 조정하고 확정 짓는데, 일정은 많고 시간은 없으니 내가 그나마 잡아놓은 얼마 안 되는 봉사활동 시간을 자꾸 탐냈다. 어떻게든 그 시간에도 일정을 집어넣으면 안 될까 하는 속내가 보였다. 그래서 할 수 없이 교황님 어록을 담은 읽고 있던 책을 꺼내어 페이지를 열었다. 그리고 아무 말 없이 한 페이지를 보여줬다.

"가장 가난한 이들, 병든 이들, 사회의 끝자리에 있는 사람들에 대한 봉사는 어떤 다른 일보다 먼저 해야 합니다."

그 후부터는 웬만해서는 내가 봉사하기 위해 잡아 놓은 일정을 건드리지 않았다.

교황님이 서울에 와 계신 며칠의 흥분과 기쁨은 올림픽에 비할 바가 아니었다. 그분의 일거수일투족과 말씀 한마디 한마디가 모두 내게는 호기심의 대상이었고 경이로웠다.

"비참한 빈곤이 소리 없이 자라는 우리 사회에 순교자들의 모범이 많은 것을 일깨운다. 잠들지 말고 깨어 있으라. 잠들어 있는 사람은 기뻐할 수도 춤추거나 환호할 수도 없다. 일어나 나가라. 가서 그들을 도우라."

마지막으로 명동성당에서 미사를 집전하시고 소형차 뒷자리에 올라 떠나시는 모습을 보며 '이제 다시 저분을 이렇게 먼발치에서라도 뵐 일이 없겠지' 하는 생각에 가슴 한구석 문 한 짝이 열린 채 바람 앞에 선 것 같았다.

그런데 의외로 다시 뵐 기회가 왔다. 그것도 서울에 오셨을 때처럼 먼발치에서 바라보는 게 아니라 직접 알현할 기회였다. 그 소식을 듣고 바티칸에 가서 교황님을 알현할 때까지 한동안 매일 밤 잠을 설쳤다. 그리고 알현하는 짧은 시간 동안 드릴 말씀을 준비했다.

"저는 스페인어를 못하지만, 교황님께 드리는 한 말씀을 스페인어로 준비를 했습니다. 저는 대한상공회의소 회장이

자 몰타기사단 한국 지부 회장입니다. 기업의 사회적 책임이 얼마나 중요한지 잘 알고 있습니다. 지나치게 이기적인 경영이 되지 않도록 할 것이며, 그늘에 있는 사람들을 돌보도록 노력하겠습니다."

내가 알기로 교황님은 영어가 그리 편안한 언어가 아니라고 들었다. 그래서 이 네 문장을 스페인어로 번역을 시켰다. 그다음에 교황님과 같은 아르헨티나 사람을 찾아내 이 문장을 말하게 해서 녹음을 했다. 그리고 교황님을 뵐 때까지 모르는 언어의 네 문장을 발음 그대로 보름간 밤낮없이 달달 외웠다. 자다가도 깨면 옆의 스마트폰을 끌어다 녹음 파일을 틀고 몇 번 외워보고 다시 잠들곤 했으니, 입시 준비할 때도 그렇게 공부해본 적이 없었다. 교황님 알현하러 가서도 입속으로 중얼중얼 외우느라 옆사람의 눈총을 받긴 했지만 나는 개의치 않았다. 알현 전날 밤 간절하게 기도를 했다.

"교황님께서 제 말을 다 들으실 수 있도록 실수 없이 하게 도와주세요. 그리고 교황님께서 절대 스페인어로 반문을 하지 않게 해주세요."

내 인사를 듣고 교황께서 스페인어로 반문을 하시면 한마디도 못 알아들을 테니 곤혹스러운 일일 수밖에 없었다.

내 차례가 되어 교황님 앞에 서서 외어온 말을 그대로 했다. 얼굴에 환한 미소를 띠고 내 손을 잡으신 채로 내 인사를 끝까지 다 주의 깊게 들으셨다. 그러고는 더 환하게 웃으시며 알았다고 끄덕이셨다. 인사를 마치고 나오니 얼마나 땀이 낫는지 등이 흠뻑 젖었다. 낙천적인 성격인 내 평생 그렇게 긴장한 적이 없었던 것 같다.

옆에 있던 대통령이 놀라서 "아니, 스페인어를 어찌 그리 잘합니까?" 했다. 그리고 알현실을 나오자 이번에는 장관들이 또 "스페인어 잘하시네요" 한다. 그래서 "아니요, 그냥 말을 발음대로 달달 외웠어요" 했다. 나중에 알현하는 장면을 찍은 사진을 받아 보니 얼굴이 잘 익은 홍시처럼 붉었다.

오늘도 교황님 말씀 중에 내가 길잡이로 가슴에 담아야 할 말이 무엇인지 어록을 뒤적이다 나왔다. 그리고 저녁마다 기도를 한다. 오래오래 건강하게 우리 곁에서 등불처럼 계셔달라고.

너한테
인색해라

실업에 대한 보호는 사회안전망의 일부로 상당 부분 국가가 하는 것이 원칙이고, 기업을 성장시켜 고용을 유지해야 하는 것은 기업인이 할 일이다. 나도 성장을 위해 죽어라 애썼지만 고용을 끝까지 책임지지 못한 일들이 있어, 그 부분에 대해서는 할 말이 없다. 비판적으로 보는 분들의 눈에는 어찌 보일지 짐작은 가지만, 그렇게 지키지 못한 책임이 두고두고 가슴을 헤집어놓는 고통으로 남아 있음은 사실이다.

어릴 적에 아버지가 자주 말씀을 하셨었다.

"남한테 인색하고 너 자신에게 후하면 못 쓴다. 남에게 후하고 너한테 인색해라."

그런데 그 말씀의 뜻을 온전하게 이해한 것은 어른이 되고 나서도 한참을 지나 교황님을 알게 된 후부터였다. 물론 그 말씀의 수사적 의미를 모르지는 않았다. 당연히 무슨 뜻인지

366

이해했고 그리하려고 애를 쓴 것도 사실이긴 하다. 하지만 정말 그 말의 의미가 크게 다가온 것은 교황님의 말씀을 따라 이 사회의 그늘에 있는, 선택의 여지가 없는 사람들에게 가까이 가면서부터였다. 그 말의 참뜻은 단지 재물을 나누는 데 그치는 것이 아니었음을 알았다. 마음과 눈이 후하게 달라지면 나머지도 무리 없이 따르게 됨을 알게 됐다. 단지 남에게 더 많이 주고 나는 아끼라는 요령만을 뜻하는 것이 아니었다. 그렇게 요령만을 따르려 하면 솔직히 남 주는 것 아까웠고 내게 더 후하고 싶지만 애써 참는 것이었다.

아까워하고 참는 것이 아니라 물 흐르듯 자연스럽게 그 생각을 받아들이라는 것이었다. 마음의 자세를 어느 정도 바로 잡을 수 있다는 자신이 생기는 것이 물 흐르듯 자연스러워지는 길이다. 조금 주어도 미안하지 않고 내가 좀 써도 죄스럽지 않다. 단지 그런 죄의식과 욕심이 개입하지 않아도 편안하게 쓸 일이 있으면 갈등 없이 쓸 수 있었고 아낄 일이 있으면 아쉬워하지 않고 욕심을 접을 수 있었다. 너무 늦게 깨달아 아직도 시행착오가 적지 않은 늦깎이라는 생각이 들지만 이제라도 그 참뜻을 알게 된 것은 참으로 다행한 일이었다.

후하고 인색하다는 말 자체는 사실 베푼다는 개념에서 시작된 말이다. 그런데 가진 사람이 더 베풀고 아니고의 생각보다 과연 사회 구성원 모두가 고르게 국가의 보호를 받고 있는가의 문제가 더 시급해 보인다. 국민소득이 3만 달러라고는 해도 쌓여온 사회적 자산이 서구의 동일한 3만 달러 국가보다 우리가 취약한 것은 사실이다. 그들은 몇백 년에 걸쳐 쌓아왔고 우리는 불과 반세기 만에 급격하게 쌓아 올렸으니 누적 자산으로 보면 당연히 우리가 취약할 수밖에 없다. 이런 형편이니 포퓰리즘에 대한 경계도 물론 해야지만, 사회적 약자에 대한 정책이나 양극화 해소의 노력을 모두 포퓰리즘이라 규정하고 앞날 생각 없이 쓰고 보자는 의도라고 비난하는 것은 옳지 않다. 실제 우리의 사회안전망에 대한 투자는 OECD국가 중에서 순위가 바닥이다. 1990년대에 비해 양극화 지수도 비교가 안 되게 높아졌고 출산율은 바닥인 데다 자살률은 세계 선두다.

기업인들이 정치와 언론 그리고 정부를 포함한 우리 사회의 다양한 집단을 가리키며 가끔씩 눈에 띄는 오류나 후진적 행태를 지적하고 비난한다. 특히 전 세계를 다니며 선진 국가나 사회를 자주 접하고 그들의 룰오브게임에 맞춰 사업을 하는 기업인들 눈에는 이런 우리 사회의 후진적 행태들이 더 크게 보이는 것도 사실이다. 하지만 기업인도 기업도 우리 사회의 일원이다. 모자라면 모자란 대로, 나아지고 있으면 나아지고 있는 대로, 우리도 그 속에서 기업을 성장시켜왔다. 비난을 하자면 우리 사회 구성원 누구도 자유로울 수 없다. 기업을 이만큼 세계적 기업들과 견줄 정도로 성장시켜온 과정도 우리가 속한 환경과 떼어서 생각할 수 없는 일이다. 기업을 둘러싼 환경이 어리숙하고 모자라면 당연히 그에 따른 불편이라는 비용이 증가한다. 하지만 어리숙했기 때문에 기업이 편했던 시절도 있었음을 부인할 수 없다. 그러니 기업인으로서 기업을 둘러싼 환경의 모자라는 점에 대한 지적만 할 것이 아니라, 국가와 사회에 대한 부채의식도 가져야 하지 않을까 싶다.

나보다 못한 것, 줘야 한다는
생각이 당치 않다

    노숙자용 재킷을 만들어 나눈다는 이야기를 듣고 독일의 오리털 업체가 오리털을 기증해왔다. 그 털을 이용해 방한용 점퍼를 만들어 어려운 노인들에게 나누어드렸다. 소문 듣고 쪽방촌 이 방 저 방에서 노인들이 나와 점퍼를 받아 입고 좋아하시는데 막상 이야기를 나누면 자조 섞인 말씀이 대부분이다. 늘 느끼는 것이지만 숫자로 보는 국민소득의 수준에 비해서 도시 빈민의 문제가 생각보다 심각해 보인다. 나야 전문가도 아니니 그냥 마음 하나로 이렇게 할 수 있는 일이나 할 뿐이지만 볼 때마다 걱정이 커진다.

    독일제 털로 점퍼를 만들었다고 하니 "나도 못 입는 독일제 오리털을 넣었어요?" 하는 사람이 있다. 무엇보다 중요한 것은 이렇게 나는 도움을 주는 사람이고 당신들은 받는 사람들이라는 우열의 생각이 없어져야 한다는 점이다. 봉사 다니며 가장 분노가 솟을 때 중 하나가 "어머, 이건 우리도 자주 못 먹는 건데⋯⋯"라거나 "거의 우리 집 수준이네"라는 말을 들을 때다. "내가 베푸는 것이니 나보다 못한 것을 줘야 한다"는 생각이 참으로 당치 않다.

　예전에 의류 사업을 할 때 겨울이면 시즌 지난 의류 재고를 털어 1000벌 정도씩을 꿈나무마을 보육원 아이들을 입혔다. 우리가 취급하던 브랜드가 고급 브랜드였으니 그 의류를 보육원에 가져가면 깜짝 놀라는 분들이 있었다. 그때도 "어머, 이건 우리 애들도 못 입히는 건데⋯⋯" 한다. 그럼 내가 꼭 한마디를 했다. "그럼 이 아이들은 입히면 안 되는 것인가요?"
　그렇게 매년 입히다가 의류 사업을 매각했다. 그런데 사업을 인수해 간 회사에서 인수하자마자 더 이상 지원을 못 해주겠다고 했다. 아이들 생각하면 다가오는 겨울 걱정을 접을 수가 없었다. 그래서 당시 늘 머리가 터져라 경쟁하던 제일모직의 이서현 부사장에게 연락을 했다. 그랬더니 너무도 염치없는 경쟁자의 부탁에 두말도 않고 흔쾌히 지원을 해주겠다고 했다. 그러고는 그 후부터 계속해서 지원을 이어 해주고 있다. 두고두고 그날의 고마움을 잊지 못한다. 사업에서 어제의 경쟁자가 좋은 일에서는 오늘의 친구가 되기도 한다. 그리고 좋은 마음은 누구에게나 통할 수 있다.

　보통 가정에서 자란 같은 나이의 다른 아이들은 대학을 가도 엄마 아빠에게 어리광 부리고 보호를 받지만, 내가 17년째 후원을 해오고 있는 마리아 수녀회의 알로이시오 소년의 집 아이들은 고교를 졸업하고 사회로 나선 첫날부터 열아홉의 나이에 혼자 살아가야 한다.

취업도 어렵고 각박한 이 세상에서 혼자의 삶이 얼마나 처절하고 힘들지…… 이 아이들은 어떤 꿈을 꾸고 어떻게 그 꿈에 다가갈지…… 웃는 얼굴로 아이들을 보면 가슴 한편이 무겁고 아리다. 많은 사람들이 이 아이들은 그저 살아남는 것이 전부라고 생각한다.

아이들 기숙사를 새로 지어놓으니 와서 구경한 어른들 중 이런 말을 하는 사람이 있다. "아휴, 이 아이들 사회 나가면 아주 작은 쪽방 정도 얻어 살아야 할 텐데 지금 이렇게 좋은 시설 해주면 어쩌나요?"

이 말을 전해 듣고 정말 하얗게 불타오르는 분노에 떨었다. 그 사람 아이에게 "너 이담에 쪽방 정도 살아야 하니 지금 엄마 아빠랑 사는 거 호강이란다"라고 하면 좋다고 하겠는가? 이 아이들에게 주는 도움의 물건조차도 내 아이들보다는 조금 못한 걸 주는 게 정당하다고 생각하는 사람들…….

평생 온몸을 던진 수녀님들의 희생으로 아이들은 다행히 참 밝고 착하게 자란다. 한편으로 그 아이들의 밝은 얼굴에 가슴을 쓸어내리고 다른 한편으로는 아이들을 기다리는 홀로 서기의 고단함에 가슴이 철렁 내려앉는다.

전 세계가
기원하고 있다

"회장님, 저 좀 만나실까요?"

6년 전 가을날 주교님께서 연락을 하셨다. 주교님께서 보자고 하시면 용건 물을 것도 없이 달려간다. 막 새로 이사 온 사무실에 들어가는데 힐끗 보니 옆방에 노신사 한 분이 앉아 계셨다. 주교님께 용건을 묻자 바로 그 노신사를 내게 소개를 하셨다. '매튜 리'라고 자신을 소개한 분은 몰타기사단 Order of Malta의 오랜 미국 회원이셨다. 그렇게 몰타기사단과의 첫 만남이 이루어졌다.

몰타기사단은 십자군 전쟁 때 생겨나 900년을 이어온 조직으로 천주교 신앙 아래 봉사를 조직의 존재 목적으로 삼는다. 교황청에서 인정받은 엄연한 주권 국가로, 전 세계 110개국과 외교 관계를 맺어 외교 사절이 나가 있고 유엔에도 옵서버 자격으로 참여한다. 단지 국가의 영토가 거의 없다. 로마의 번화가에 있는 몇 층짜리 빌딩과 일부 그 밖의 부동산이 고작이다. 국민은 회원들로 이루어지는데 우리나라에서는 현재 내가 회장을 맡고 있다.

안 그래도 '잊혀진 이웃'이라는 사회 활동의 브랜드를 만들어서 봉사활동을 하던 나와 인연이 잘 맞았다고 해야 할까? 이런저런 봉사 일을 하고 있으니 국제적으로 조직이 있는 몰타기사단과의 인연은 자연스럽게 이루어졌다. 우리나라에서의 일도 있고 국제적으로 연계된 일도 한다. 프랑스의 가톨릭 성지 루르드에서의 봉사는 극히 일부분일 뿐이고 다른 나라에서는 응급의료 체계를 갖추는 것부터 병원들을 세우고 운영하는 일까지 아주 다양한 사회봉사를 한다.

우리나라에서는 "직접 우리 손으로 일하는 봉사를 한다"는 원칙을 나름대로 세웠다. 그래서 대부분의 활동이 회원과 자원봉사자들이 직접 땀 흘려 일하는 것으로 이뤄진다. 쪽방촌에 도시락이나 찬을 만들어 배달하기도 하고, 노인 급식소에 가서 일을 하기도 한다. 다른 나라는 부유한 회원들이 많은 탓인지 주로 재정지원을 하고 사람을 써서 봉사활동을 하는 데 비해, 우리는 직접 우리 손으로 일을 하기 때문에 몰타기사단 내에서도 봉사에 관해서는 하드코어로 알려져 있고 규모에 비해 꽤 인정을 받는 편이다.

대통령과 교황님의 만남에 동반했을 때 교황청에서 아홉 분의 영접관들이 나왔다. 모두 이탈리아와 바티칸의 주요 인사들이었는데 그 아홉 명 중 여덟 명이 몰타기사단의 회원으로 휘장을 달고 있었다. 그 덕에 경제인으로 혼자 껴서 간 내가 면이 살았다. 같이 간 각료들 중 여러 분이 "몰타기사단이 생각보다 상당한 영향력이 있네요" 하고 놀랐다. 하지만 조직의 존재 목적에 맞게 교유가 주가 아니기 때문에 같은 회원을 만나면 '아! 나와 뜻이 같은 사람들이 있구나' 정도 생각을 할 뿐이다. 하지만 사람이 자주 만나고 생각이 같으면 가까워질 수밖에 없는 것이 이치다. 그 정도는 자연스럽게 받아들여도 된다.

한번은 유럽의 한 회원이 내게 연락을 해왔다. 사무실로 전달된 연락을 받고 비서실장이 내게 물었다.

"○○○○○○ 씨에게서 연락이 와서 미팅을 좀 잡아달라는데 아시는 분입니까?"

"아, 그분 몰타기사단 회원이야."

"그런데 이분 성함이 나라 이름과 같은데요?"

"어, 그 나라 왕자라 그래."

한참 웃고 넘어간 일화다. 그만큼 유럽에서는 뿌리가 깊은 조직이다.

회원들 위치가 이렇다 보니 직접 현장에 나가 항상 일을 하는 나를 경외의 감정으로 보는 사람도 있고 이해를 못 하는 사람들도 있다. 하지만 몰타기사단 내에서 개혁을 주도하는 분들은 내가 하는 방식이 맞다고 늘 격려를 해준다.

2018년에 루르드에 봉사를 갔을 때 한국 팀은 단연 인기

만점이었다. 불과 며칠 전에 남북 정상의 판문점 만남이 전 세계에 보도가 된 직후였다. 루르드 타운 전체에 몰타기사단의 회원들이 가득한데 어디에서건 눈이 마주치고 한국서 온 것을 알면 박수를 쳐주고 엄지를 올렸다. 연예인처럼 사진을 얼마나 같이 찍어줬는지 모른다. 변화된 남북 관계는 이렇게 전 세계인에게 기쁜 소식이구나 싶었다. 그리고 새로운 평화에의 희망을 전 세계가 기원하고 있음을 너무도 리얼하게 느낀 며칠이었다.

자신에게 정말
좋은 경험이라는 걸

마지막 행사로 촛불 행진에 참여하는 아일린을 데리러 갔다. 병실 문을 열고 들어가니 침대 곁에 서서 가방을 정리하고 있다. 아일린은 내가 며칠째 돌보던, 아일랜드에서 온 암환자다.

"준비됐어?"

"다 됐어, 곧 나갈게."

잠시 후 아일린이 휠체어를 자기 손으로 굴리며 병실을 나온다. 며칠째 내가 밀고 다닌 휠체어가 이젠 익숙하다. 광장을 가득 메운 촛불 행렬이 천천히 흐른다.

"용만! 작년에도 왔었어?"

"응, 올해 두 번째야. 작년에는 더글러스라는 친구를 돌봤어. 올해도 왔던데 같은 병원에서 묵으니 더글러스 알지? 많이 좋아졌어."

"더글러스 알아. 그런데 용만, 내년에도 올 거야?"

"응, 나는 내년에도 올 거야. 그런데 아일린은 이제 기적을 받아서 좋아질 거야. 내년에는 아일린은 오지 않아도 될 거야. 좋아져서 안 오면 내가 아일랜드로 갈 테니 신나게 같이 춤이나 출까?"

"응…… 있지. 나 사실은 암 때문에 두 다리를 다 잘랐어. 이거 의족이야."

"그럼…… 수영할까?"

"그래, 나 사실 이 다리로 배영 시합 나가서 상도 받았어."

이어지는 촛불의 묵주기도 속에 아마 우리 둘이 같은 기도를 간절히 했지 싶다. 아일린의 다리를 가져가셨으니 이제 암도 걷어가 주시길.

내일은 아일린의 75세 생일이란다. 따뜻하게 축하 겸 작별의 포옹을 하고 돌아서는데 눈가가 젖어온다. 몰타기사단의 회원으로 루르드에 봉사를 하러 갈 때마다 이런 만남이 있고 헤어짐이 있다.

　　　　．

프랑스의 루르드에서 매년 몰타기사단의 성지순례 행사가 열린다. 일주일 동안 세계 45개국에서 모인 몰타기사단 회원 1만 명 정도가 기적의 성지로 알려진 루르드에 세계 곳곳에서 4000명 정도의 불치나 난치병 환자들을 데려다가 돌보고 치유의 기적을 위한 행사를 한다. 우리나라에서는 작년에도 회원 열 명이 가서 기적의 샘에 침수하는 환자를 돕고, 그들의 이동을 맡아 활동을 했다. 물론 전 세계의 몰타기사단 회원들이 다 모이니 연대를 위한 모임이기도 하다.

　루르드는 전 세계의 천주교 성지 중에 가장 보고된 기적이 많은 곳이다. 보고된 건만 7000건이 넘고 입으로 전해지는 것만도 수만 건이 넘는다. 불과 얼마 전에도 치유의 기적이 일어나 프랑스 전 언론에 보도되기도 했다.

　처음 도착했을 때 몰타기사단의 주요 직책을 맡은 영국인이 내게 그랬다. "아마 있어보면 환자보다 자신에게 정말 좋은 경험이 될 겁니다."

　그 말이 맞았다. 단순히 환자를 돕는 일에서보다 생면부지의 환자를 만나 그들의 고통을 듣고 이야기를 나누는 과정에서 내게로 오는 힐링의 느낌은 뭐라 설명하기가 어려웠다. 깨달음과 생경한 은총의 경험이 무엇보다 아주 평화로운 기쁨으로 남았다. 나흘간의 중노동을 했는데 몸이 이렇게 가벼울 수가 있을까 싶게 피로가 느껴지질 않는다. 기적의 장소라는 이유밖에 달리 설명이 어렵다.

　루르드에서의 행사 중 하이라이트는 성체를 앞에 모시고 기도하는 의식인 성체 현양 행사인데 한자리에 수천 대의 휠체어가 모인다. 그중에 아일린 같은 환자는 오히려 사정이 괜찮은 편에 속한다. 자원봉사로 온 의사 여러 명이 둘러서서 1~2분마다 체크를 해야 할 정도로 생명의 마지막 등불을 힘겹게 태우고 있는 환자가 이동 침대에 누운 채로 여럿 참석하기도 했다.

　몸은 지쳐서 고단하지만 그 행사에서 나도 돌바닥에 무릎

을 꿇고 서울의 몸 불편한 친지들에게 치유의 기적을 주시기
를 간절히 기도했다.

의자값 하며
앉아라

"이거 뭐야? 의자네."

"응. 오늘 어느 조각가 전시에 갔다가 당신 주려고 샀어."

아내가 주먹만 한 금속 조각 작품을 건넨다. 의자인데 바닥이 없다. 그래서 내가 이게 뭐냐고 물었더니, 의자는 의자이되 앉을 수 없는 의자란다. 사장이 된 지 얼마 안 됐을 때 건넨 선물은 사장 의자에 의자값 하며 앉으라는 뜻이었다.

힘이 있는 자리에 앉으면 자리 자체가 그 사람으로 하여금 '내가 뭐든 해도 된다'는 착각을 하게 한다. 주변에서 그 사람의 한마디에 쩔쩔매고 소위 '모시는' 일이 거듭되면 될수록, 앉은 자리와 상관없이 정말 자기가 대단해서 그런 대접을 받는 것으로 착각하게 된다. 다시 말해서 이미지만의 성공이 자기 머리를 가득 채워버리고 실체적 성공은 없는 것이다. 그러니 결국 제대로 깨닫고 제대로 실력을 갖출 때까지

"착각은 과감하고 실력은 겸손"한 참으로 불안한 상태가 지속될 수밖에 없다.

자신의 역량에 대한 이러한 착각은 필연적으로 무수한 시행착오를 불러오게 된다. 그리고 그 시행착오의 비용은 고스란히 다른 사람의 짐이 되어버리는 현상을 참으로 많이 목격했다. 아니 나도 그중 하나였고 예외가 아니라고 말할 수 없다. 이미지만의 성공은 이렇게 실체적인 실패의 어머니가 되어버린다. 세습에 대한 반감이 많은 데에는 이러한 준비 되지 않은 사람들의 시행착오에 대한 경계심도 들어 있다고 생각한다.

강력한 리더십은 단단히 다져진 경험의 기반 위에서 빛을 발하는 법이다. 권위만으로 지탱되는 리더십은 사상누각이다. 나도 일하면서 몸으로 느끼고 머리로 깨우쳐 알고 있다. 내가 내 경험에 기반해서 옳은 이야기를 할 때 직원들이 따르는 눈빛과, 그냥 내 자리가 가지는 권위로 나를 따르기를 주문할 때의 직원들의 눈빛이 어떻게 다른지 말이다.

내 자리가 주는 권위만으로 직원들을 이끌어갈 때는 나 자신부터가 불안하다. 내 결정이나 지휘에 확신이 없으니 그럴 수밖에 없다. 따르는 그들이라고 그것을 모를까? 천만의 말씀이다. 그들도 내가 알고 하는 말과 모르고 하는 말은 칼같이 구분해낸다. 나는 다행히도 좋은 사람들과 많이 일을 했다. 몰라서 묻는 내 질문에 부담 없이 대답을 해줬고 내가 틀릴 때는 틀렸다고 거리낌 없이 지적을 해주는 동료들이 있었다. 그분들 덕분에 오늘의 내가 있다고 해도 과언이 아니다.

그럼에도 불구하고 내가 권위에만 기대어 내놓는 주문을 군말 없이 따라주는 사람들도 많다. 물론 그중에는 내가 이룬 다른 성공에 대한 신뢰 때문에 나를 따라주는 사람도 있지만, 한편으로는 그냥 따르는 사람들도 많다. 왜일까 생각해보면 의외로 답은 쉽게 나온다. 책임을 내가 지기 때문이다. 내가 책임을 지는 일이니 설사 내가 모르고 그저 권위로 이끌고 가도 따라준다. 리더의 자리에는 권한과 책임이 수반되어야 한다는 말은 이래서 중요하다. 일을 모르고 권위만으로 지휘를 하는 경우에도 그에 대한 책임은 따르는 법이다. 그러니 경험이 없고 알지 못하면서 권위로 발휘하는 리더십은 그만큼 위태로운 것이다.

그래서 갑자기 생각이 든다.

마누라가 볼 때는 내가 그렇게 불안했나?

내가 잘 몰라서
판단이 안 된다

"회장님만 외로운 거 아니에요."

"자네도 외로워?"

술기가 어지간히 오른 실무자 직원 하나가 한숨 쉬며 던진 말에 술이 확 깼다. 리더만 외로운 줄 알았는데 그도 그렇게 외롭단다.

리더뿐만 아니라 아랫사람도 철저하게 외로울 수 있다. 리더인 나도 외롭지만, 아랫사람이라고 안 외로울까? 누구 하나 기댈 사람이 없고 가르쳐주는 사람 없어 벼랑 끝에 선 듯 절절이 외로운 직원들이 많다. 일이 비생산적으로 이뤄지고 있다거나 잘못됐거나 심지어는 부당하다고 생각하는데 상사한테 하소연할 수가 없다. 그 사실에 대해서 확신이 있다고 해도 지적하고 말하자니 두렵고, 말을 안 하자니 거울을 볼 때마다 나 자신이 너무나 비겁하고 한심해 보인다. 그러니 결국 하소연할 곳이 없이 직원들은 외롭다.

이런 상황에서 그가 느끼는 외로움은 정말로 처절한 외로움이다. 상사가 그 외로움을 전혀 알지 못하면 직원의 외로움이 해결될 수 없는 조직 분위기가 되어간다. 이런 조직에서 구성원은 자기를 정당화할 수 있는 유일한 길을 찾는다. 포기하기 시작하는 것이다. 그렇게 구성원들이 포기하기 시작하면 조직은 썩기 시작한다. 그래서 구성원의 외로움이라는 이슈에 대해서는, 이 조직이 얼마나 소통에 열려 있는가, 불편한 이야기를 얼마나 할 수 있느냐를 보고 세심하게 판단할 필요가 있다.

기업에서 리더 자리에 올라가면 권력이 따라붙는다. 내 말대로 되는 일이 많아진다. 그렇지만 내 말대로 된다는 것이 꼭 좋은 방향인 것만은 아니다. 내가 판단을 잘못하거나 실수하면 나쁜 방향으로도 그 권력은 동시에 작용한다. 그러면 권력이 큰 만큼 나쁜 방향으로도 더 가까이 가는 셈이다.

그러니까 권력 이전에 내가 상식의 범위 내에 있어야 한다. 그렇지 않으면 내가 가진 권력으로 인한 잘못된 충성이 조직 안에 만연한다. 내가 권력을 현명하게 쓰지 못하기 때문에 생긴 일이다. 잘못된 충성의 정도가 커지기 시작하면, 기업 안에 많은 부분이 비생산적이고 비효율적으로 바뀐다. 권력을 의식하며 모든 것을 정당화하는 쪽으로 간다. 그러니 권력을 손에 쥔 사람이 자기 자신을 경계하지 않으면, 내가 휘두르지 않아도 그 권력의 방망이를 쳐다보는 것만으로 상당한 실수가 일어날 가능성이 있다.

만일 조직의 구성원들이 나의 한마디를 무서워한다면, 그 한마디가 옳은 말일 때여야 한다. 옳지 않고 정당하지 않을 때는 무섭지 않다. 그냥 살기 위해 들어줄 뿐인 것이다. 예전처럼 소위 보스 기질로 리더십 발휘하던 시대는 지나갔다. 과학적이고 옳아야 리더십이 발휘되는 시대다.

직급이 올라가고 의사 결정권의 영향력이 커질수록 아랫사람들이 내게 뭘 물어보거나 결정을 요구할 때, 나는 주머니 속에 늘 솔루션을 가지고 있다가 탁 내어놓듯 바로 내어주어야 할 것 같은 강박이 생기기 시작한다. 직원들이 물어오는데 시간을 끌면 내가 무능한 인간인 것 같은 기분이 든다. 결정을 바로 내려주지 않고 지나가면 뭔지 아주 찝찝한 기분이 남는다. 그러다 보니 그 자리에서 결정을 바로 내리는 경우가 흔하다. 결국 지나친 내 직관에 의존하고 즉흥적인 대답을 내어주기 십상이다.

창밖을 바라보는 어느 회장의 옆얼굴이 참 외로워 보인다. 책상 위에는 며칠째 밤을 새운 흔적이 완연하다. 수북한 담배꽁초들, 아무렇게나 쓸어 올린 머리칼…… 그렇게 회장에게서 고독의 향기가 진하게 전해져왔다. 외로운 싸움을 끝낸 듯 책상을 손바닥으로 탁 쳤다.

"결정했어."

"네, 회장님. 하명만 하십시오. 하늘이 두 쪽이 나도 해내겠습니다."

멋진 장면인 것 같지만 사실 회사를 나락으로 끌고 가기 딱 좋은 장면이다. 회장은 혼자 결정하고 직원들은 왜 하는지 제대로 모른다. 그런데 하늘이 두 쪽이 나도 모든 것을 쏟아부을 준비가 되어 있다고 한다. 옳고 그름 구분보다 회장의 뜻을 이행하는가 아닌가가 더 중요한 일이 되어버린 것이다. 이런 장면은 골로 가는 지름길에 두 사람이 서 있는 장면일 수 있다.

기업에서 리더의 외로움을 이야기할 때 자주 의사 결정 이야기를 한다. 우리가 흔히 말하는 수사적 표현으로, 위 장면처럼 "고독한 영웅이 며칠 밤, 잠 못 자고 혼자 고민해서 내리는 고단한 결정"으로 묘사한다. 그런데 사실 그런 일 별로 없다. 기업에서는 또 그렇게 결정해서도 안 된다.

대부분의 상황을 보면 가장 합리적인 결정이란 하나다. 리더의 중요한 덕목 중에 하나는 여러 개의 의사 결정 변수들로 시작해서 그 딱 하나의 의사 결정에 이를 때까지 선택지를 좁혀나가는 과정을 얼마나 빠르고 과학적으로 처리하느냐다. 그리고 결정을 내린 뒤에 '결정했다'라고 선언하는 것은, 다 같이 과학적으로 내린 결론을 실행할 책임을 내가 지겠다는 선언이다.

회사 일 속에서 무수히 많은 회의가 열린다. 상사가 분명하게 자신의 지시에 대해서 'why'를 설명하지 못할 때 흔히 동원되는 업무 방식 중 하나가 회의다. 그런데 회의가 지나치게 많거나 지나치게 길어질 때는 다음 중 하나일 가능성이 크다.

1. 회의라고 모여 앉아 진을 빼는 과정에서 결론이 절로 나와 주기를 희망하고 있거나

2. 참석자들이 회의 목적이 아닌 주변 이슈를 갖고 시간을 한없이 쓰거나

3. 결론을 내기 위한 회의가 아니라 책임을 나누기 위한 회의거나

4. 결론은 다음에 다시 회의를 하는 것으로 정해지거나

이렇게 보고와 회의가 번갈아가며 수없이 반복되는데 정작 필요한 결정은 있는 대로 미뤄지다가 벼랑 끝 직전에 가서야 내려지는 일이 잦아지면, 조직의 구성원은 한없는 무력감에 빠지게 된다.

리더가 결정은 않고 "모든 변수를 다 고려하라"거나 "조금 더 알아보라"고 하고 끝을 낼 때는 결정을 안 내리는 것이 아니라 못 내리고 있는 경우가 많다. 리더가 의사 결정을 제때에 내리지 못하는 것은 본인이 제대로 모르거나 하기 싫은 결정을 회피하는 데서 기인하는 경우이기 쉽다. 의사 결정을 미루는 바로 그 자리에서는 "조금 더 검토해보라"는 말로 미루고 지나갈 수 있을지 모르지만, 결국 그렇게 허비한 시간만큼 나중에 해결해야 할 문제의 덩어리를 키우게 된다. 자신이 모르

면 솔직하게 "내가 잘 몰라서 판단이 안 된다" 이야기하고 남의 머리를 빌리고 도움을 받아서라도 제때 결정을 해야 한다.

옳은 리더십의 출발점은 옳은 결정을 제때에 하는 것이다. 의사 결정은 잘못하지만 리더십은 발휘한다? 이것은 수동적 태도가 만연한 조직에서 리더에게 정당성을 부여하는 수사적인 표현일 뿐이다.

의사 결정을 잘못하면서 리더십이 있을 수는 없는 일이다. 그래서 리더십의 출발점은 의사 결정을 제대로 제때 하는 것에 있고 그 과정은 과학적이어야 한다. 물론 과학적이라 하더라도 리더의 자리는 외롭다. 왜냐하면 의사 결정을 할 때 모든 것들을 다 구성원하고 공유할 수는 없기 때문이다. 나만이 가지는 책임의 무게만큼 리더는 외로울 수밖에 없다.

내란 사람이 그런 걸
못 한다

나는 소방대원들을 존경한다. 뉴욕에 살 때 불을 끄다가 순직한 어느 소방관의 장례를 본 적이 있다. 그 번화한 뉴욕의 중심 대로인 5번가를 다 막고 정복을 입은 수백 명의 소방관이 관을 따라 행렬을 지어 걸어가는데 모든 시민이 길가에 서서 조의를 표했다. 그 광경을 바라보며 나도 숙연해졌고 한편으로는 참으로 부러웠다. 국민의 생명을 지키기 위해 자신의 생명을 내어놓고 일하는 사람들의 헌신을 가슴으로 받아들이고 존경하는 시민들을 보며 '아, 이것이 선진사회의 힘이구나' 생각했다.

귀국하고 보니 소방대원에 대한 기사가 자주 언론에 올랐다. 소방관의 희생이나 미담도 오르지만 그보다 안타까운 기사들이 훨씬 많았다. 처우 문제며 주취자들의 구급대원 폭행 게다가 얼토당토않는 요구와 가짜 신고를 해대는 사람들의 이야기들이 가득했다. 내가 보고 감동한 장면과 비교가 되어 그런 기사들을 접할 때마다 참으로 부끄러웠다.

그러다 내가 소방대원의 신세를 지는 일이 생겼다. 어느 저녁 손님 접대를 해야 할 일이 있어 술을 곁들인 저녁을 했다. 술이 돌기 시작하니 버릇대로 쉼 없이 주거니 받거니가 이어졌다. 세 명이 700밀리짜리 청주를 각 1병 했다. 그때 멈췄어야 했다. 딱 기분 좋을 정도로 얼큰했는데 거기서 스톱이 안 됐다. 한 사람이 "아! 이렇게 끝날 수는 없잖습니까? 한잔 더 하셔야죠" 한다. 사실 그 며칠간 조금 무리를 해서 몸이 꽤 고단한 상태였다. 그만하자고 했어야 했는데 술의 감언이설에 속아 몸과 따로 노는 정신은 그러질 못했다.

당시에는 칙칙폭폭이라는 아주 나쁜 음주 방식이 있었다. 양주 두 잔과 맥주 두 잔씩을 가득 따라 놓고 한 번에 순서대로 그 넉 잔을 다 마시는 것을 칙칙폭폭이라 했다. 그 망할 칙칙폭폭이 쉬지 않고 이어졌다. 독주와 맥주를 연거푸 들이켜는 셈이니 당연히 상당한 양의 알코올을 몸에 들이붓는 결과가 됐다. 그런데 그렇게 퍼마신 것치고는 견딜 만했고 겨우 끝난 술자리를 벗어나 집으로 돌아왔다.

집에 와서도 멀쩡하게 아들 불러 하루 이야기 주고받으며 일상과 다름없이 한 시간 정도의 가족 시간을 가졌다. 술기가 있으니 나는 먼저 자겠다고 일어나 잠자리에 들어가 누웠는데 그제야 이상 신호가 오기 시작했다.

숨이 쉬어지질 않았다. 목이 갑갑하고 눈앞이 흐려지면서 숨쉬기가 어려웠다. 가까스로 아내를 불러 고통을 호소하고 아내는 바로 의사인 형에게 전화를 해서 상황을 알렸다. 그리고 바로 119에 구조 요청을 했다.

나는 그 후 의식이 분명치 않아 기억이 거의 소멸했다. 아내에게 들어보면 그날 거의 생사의 갈림길에 다녀온 것이 분명했다. 구급대원들이 오더니 산소마스크를 내게 씌우고는 경광등을 켜고 전속력으로 병원으로 달려갔다고 한다. 병원 응급실에서는 이상한 장치에 나를 집어넣고 손목을 절개해서 약을 강제 주입하는 등 급박한 응급치료가 이어졌다고 한다. 아무튼 그렇게 해서 살아났다. 그날 그렇게 빨리 구급차가 도착을 안 했거나 병원으로 가 응급처치를 제때에 받지 못했으면 어찌 됐을까 생각해볼 필요도 없이 결론은 하나였다.

그날 집에는 아내와 중학생이던 둘째 녀석만 있었다. 구급대원이 의식을 잃지 않게 나를 자꾸 부르라고 했단다. 둘째 녀석이 다급하고 절박한 목소리로 "아빠, 아빠" 하고 소리치던 기억이 어렴풋이 남았다. 아이에게는 그날의 일이 트라우마가 된 것 같았다. 아빠를 깨우지 못해 의식을 잃으면 잘못될 수 있다는 생각을 했을 테니, 어린 나이에 연신 나를 불러대는 그 마음이 오죽했을까 싶다. 원래부터 둘째 녀석은 효자인데 그 일 이후로는 늘 그놈이 아비고 내가 아들인 듯한 상황이 자주 벌어진다. 내 건강에 조금만 무슨 일이 있어도 녀석이 펄쩍펄쩍 뛰며 나를 다그치곤 한다.

그렇게 살아나고 난 후 어떻게든 그 소방서에 감사의 인사를 하려 했다. 그런데 말을 꺼낸 사람이 민망할 정도로 단호하게 일체의 호의를 받아주지 않았다. 이런 인연들로 소방대원들에게 늘 가졌던 감사의 마음을 조금이라도 실행으로 옮기려 노력을 한다.

아주 오래전부터 SNS에서 나와 인연을 맺은 분들 중 소방대원의 아내가 한 사람 있다. 그분의 글 중 늘 마음에 남아 있는 글이 있었다. 몇 해 전 내가 콘서트 무대에 올라 사회자로 진행을 했다. 그 콘서트에 소방대원과 가족 분들을 초청했다. 궁리를 하다가 그 소방대원이 재직하는 지역이 아닌 전혀 다른 지역에서 열린 콘서트니 소개를 해도 괜찮겠지 싶어서 그 아내가 쓴 글을 가져갔다. 관객들에게 소방대원과 가족들이 오셨다고 소개하고 그 아내의 글을 낭독했다. 뒤에서 잔잔하게 흐르는 피아노 반주를 배경으로 진심으로 감사와 존경의 마음을 담아 낭독을 했다. 그 글을 여기에 소개한다.

남편은 소방관이며 ○○○○년도 국가유공자 6급 2항이다.
인명구조로 인한 화상
병원 생활 6개월
재활 치료 1년여
지금은 정상인이나 마찬가지이지만
분명 트라우마는 남아 있겠지.
오늘 남편이 들어와 관내의 큰 화학 공장에서 불이나 소방차 90대가 출동했다며 긴박했던 상황을 이야기한다.

시어머님은 늘 말씀하신다.

"앞에 나서지 마라. 나서지 마라!"

나도 사실 늘 같은 마음이다.

"오빠! 앞에 나서지 마! 나서지 마!"

남편은 늘 내게 이야기한다.

"걱정하지 마라. 요즘은 그렇게 위험하게 불 안 끈다."

오늘 남편이 불을 끄며 인명구조를 하다가 다친 동료 소방대원의 푸념을 넌지시 이야기한다.

"소방대원이 다쳐도 보상 차원도 그렇고 조직 차원에서도 처우와 관심이 부족해. 내가 과연 다시 한번 더 용기를 가지고 시민을 위해 뛰어들 수 있을지…… 자신이 없어."

사실 남편이 걱정되는 이유가 있다.

국가유공자이며 한 번의 큰 트라우마를 겪은 사람이니 조직 내에서도 열외시켜주는 분위기가 있는 것도 사실이다. 그런데 단 한 번도 훈련, 화재, 인명구조에 소홀한 적이 없다는 거다.

"오빠! 그렇게 하면 오빠 힘들지 않아? 큰일도 했으니 한 발짝 뒤에서 지켜봐도 되지 않을까?"

그렇게 말하며 마음속으로 호소를 한다.

"날 위해서, 우리 두 딸을 위해서 꾀 좀 부려주면 안 돼?"

그러면 남편은 넋두리처럼 한마디를 한다.

"내란 사람이 그런 걸 못 한다. 내란 놈이 그래 생겨먹은 걸 우얄 끼고."

이 글을 읽을 때마다 마음이 서늘하다. 얼마 전 소방공무원 국가직화가 결정이 돼서 그때보다는 마음이 훨씬 낫다. 하지만 아직도 늘 더 잘 대우해야 한다는 생각은 여전하고 국민 모두가 그분들의 헌신을 이해하고 존경했으면 싶다.

얼마나 어리석은가
다시 생각하는

"제가 안쪽에 앉을게요."

"아! 이 옆에 저와 일행이에요."

주일미사에서 있었던 일이다. 늘 앉던 맨 앞줄에 앉았다. 내 오른쪽은 미국서 온 쌍둥이 가족이 앉기로 해서 쌍둥이 아빠가 먼저 앉아 식구들을 기다리고 있었고 내 왼쪽은 한 자리 남기고 복도였다. 미사 직전 아주머니 한 분이 오더니 내 옆자리에 앉았다. 그런데 갑자기 무작정 나와 자리를 바꿔달라고 했다. 설명을 하고 곤란하다고 대답을 했는데도 또 나와 쌍둥이 아빠 사이에 앉겠다고 무작정 고집한다.

"자리 넉넉한데 그냥 앉지요. 제가 일행과 같이 있으니까요."

미사 때 앉는 자리 갖고 교양 없이 막무가내인 사람들이 의외로 많아서 선한 마음으로 있어야 할 성당에서 있는 대로 화가 치밀어 오르는 일은 흔하다. 특히 수천 명이 참석하는 명동성당은 의외로 그런 일이 잦은 편이다.

평소 같으면 이게 무슨 교양인가 싶어서 화가 치솟았을 텐데 그날따라 이유 없는 너그러움이 솟았다. 명동성당에 처음 온 듯한 아주머니의 행동이 이상하게 마음에 걸렸다. 봉헌하는 때가 되면 대부분의 성당 미사에서는 신자들이 줄지어 나가 바구니에 봉헌을 하고 돌아와 앉는다. 이 순서가 되자 아주머니가 눈에 띄게 안절부절못하길래 작은 소리로 알려줬다.

"조금 있으면 저기서 봉헌 바구니가 와요. 그냥 앉아 계시면 내가 받아올 테니 거기에 넣으시면 돼요."

잠시 후 아주머니를 지나 나가서 바구니를 내가 받아왔다.

영성체 때가 되어 줄지어 나가야 하는데 또 안절부절 불안해 보인다.

"저기 옆 블록 두 번째 줄 나갈 때 따라 나가시면 돼요."

"자, 지금 나가세요. 저희도 따라가야 해요."

아주머니는 계속 주저하며 불안해하면서도 그냥 내가 시키는 대로 따라서 했다. 참 답답한 사람 같은데 고분고분 따라는 하니 다행이다 싶었다.

미사가 끝나고 아주머니가 자리 바꾸기를 고집하던 이유를 알았다. 일어서 나오려는데 또 불안한 몸짓으로 일어난 아주머니가 고개를 푹 숙인 채 작은 목소리로 말했다.

"미안합니다. 제가 눈이 안 보여요. 그리고 감사합니다."

눈이 안 보이니 두 번째나 안쪽에 앉아야 옆 사람을 따라서 할 수 있는 처지였다.

내 자리를 바꾸라고 고집할 때 화가 나야 마땅한데 뜻 모를 너그러움이 솟은 것은 내가 아니라 하느님 뜻이었구나 싶었다. 한편으로는 자리를 안 바꿔준 내가 너무도 부끄러웠고, 한편으론 성급한 판단이 얼마나 어리석은가 다시 한번 생각게 하는 주일이었다.

몇 년 전 스페인을 방문했을 때, 나와 한국-스페인 경제협력위원회를 맡고 있는 스페인 쪽 회장의 초대로 바르셀로나 몬세라트 성지의 수도원을 방문했다. 수도원 내부를 둘러보는데 내부가 꽤 더운 편이었다. '어, 덥네. 수도원은 청빈의 상징이어야 할 텐데 어째 이리 난방을 넘치게 했지?' 늦봄인데 뭐 하러 이리 불을 많이 땠나 싶으니 관리가 엉망이거나, 참 사리에 안 맞는 일이다 생각했다.

한 바퀴 다 둘러보고 나니 수도원의 주교께서 다과를 주시며 하시는 말씀에 혼자 얼굴이 벌게졌다.

"이곳 수도원에는 80세가 넘은 신부님만도 열다섯 분쯤 계십니다."

산꼭대기에 있는 수도원인 데다가 노인들이 계시니 당연히 조금 더 따뜻이 해야 하는 사정이 이해가 갔다. 성급한 판단으로 당치 않은 생각을 했던 내가 부끄러워 몸 둘 바를 몰랐다.

복도로 나서는데 정말 등이 굽은 신부님 한 분이 힘겹게 지팡이를 짚고 걸음을 떼고 계셨다. 평생을 기도와 헌신으로 바친 삶의 흔적이 굽은 등에 그대로 얹혀 있었다. 그날 이후엔 어디를 가든 방이 많이 더우면 뭐라 하기 전에 '노인이 계신가?'부터 생각한다.

빠른 판단을 좋게 이야기하는 일이 많다. 그러나 빠른 판단과 성급한 판단은 구분되어야 한다.

세상에서 가장
필요한 내비

내 고질병인 허리 통증에 대해서는 앞에서 얘기했다.

몸을 움직이는 것이 자유롭지 못하니 생각해낸 것이 음식을 하는 즐거움이다. 음식을 한다는 것은 참 즐거운 일이다. 내가 한 음식이 누군가에게 정말 요긴하고 맛있는 한 끼가 된다는 생각을 하면 도마 위에서 춤추는 칼질에 맞춰 절로 노래가 나온다. 친구를 위해, 가족을 위해 음식을 하는 것도 즐거운 일이다. 그 음식을 앞에 놓고 웃음 가득한 얼굴을 마주하는 것도 기쁨이고 내가 한 음식을 맛있게 먹어주면 참으로 고맙다. 토마토를 데쳐 껍질을 벗기고 바질을 손으로 뜯어 얹다 보면 진한 향기가 올라온다. 그 향기가 꽃 가득한 앞마당처럼 달다. 팬에 오일을 두르고 마늘을 볶으면 돌아가신 할머니의 그리운 미소가 향기가 되어 떠오른다. 손자들을 위해 스파게티 소스를 만들거나 팬케이크를 부치면 팬에서 나는 지글거리는 소리 속에 벌써 아이들 웃음소리가 섞여 들리는 듯하다.

음식 하는 취미가 있다 보니 주방에서 봉사하는 일도 수월하다. 웬만한 야채는 박스로 몇 박스씩 갖다 놓아도 30분 정도면 채 썰고 깍둑썰기해서 치우는 게 일도 아니다. 그렇게 칼질하다 보면 팔이 뻐근하고 심지어는 동작에 맞춰 흔들리는 뱃살에 허리가 뻐근할 때도 있다. 그래도 그 속에 하느님 사랑이 배어 있고 배고픈 이웃의 안도가 있다.

어느 집이나 밥은 다 해 먹으니 밥하는 취미는 특별할 것도 없고 준비가 무지막지하게 들어갈 일도 없다. 아내에게 양해를 구하고 부엌에 들어서기만 하면 가능한 일이다.

아예 움직일 필요 없이 할 수 있는 취미에는 글쓰기도 있다. 글을 쓰고 친구들에게 보여주며 같이 웃고 같이 슬퍼할 수 있는 것도 정말 즐거운 일이다. SNS를 통해 다양한 사람들과 글을 통해 생각을 나누고 공감도 하고, 배우기도 많이 배웠다. 그러면서 이 사회의 여러 면을 고르게 보고 배울 수 있어서 내게는 즐거운 일 이상의 삶의 공부가 됐다.

사진도 예나 지금이나 아름다움을 찾아 찍으러 다닌다. 단지 무거운 것을 들지 못하니 카메라를 가벼운 것으로 하나만 들고 다녀야 한다. 하지만 수십 년 사진을 찍어왔어도 내 실력이 모자라 사진이 안 됐지, 장비가 모자라 사진이 안 됐다고 한탄한 적은 없다. 오히려 단출한 장비로 다니다 보니 정해진 기능과 정해진 앵글에 익숙해져서 눈에 들어오는 풍경 속에서 반사적으로 내가 좋아하는 장면을 잡아내는 데 더 익숙해졌다.

　이렇듯 몸 때문에 못 하는 것보다 할 수 있는 것이 많고 시간이 모자라 못 할 따름이다. 단지 그 많은 병의 근원이 무엇일까 생각하면 지나친 혹사 때문이라는 생각은 지울 수가 없다. 아무리 되돌아보고 논리적으로 맞춰보아도 그것이 원인임을 부정하기는 힘들다. 그러니 좀 뭐든 쉬엄쉬엄 적당히 해야 하는데 그걸 못 하는 성격을 버리지는 못했다. 나이가 들어가며 몸도 바뀌고 생각도 바뀌니 점차 적당히 하는 데 익숙해지기 시작해서 천만다행이다. 심지어 적당히 하는 것을 즐기는 수준에 도달해가는 것 같아 나 자신이 꽤 대견스러울 때조차 있다.

　내 몸이 편치 않은 곳이 많다 보니 장애에 대한 생각도 달라진다. 장애를 가진 사람들에 대한 배려를 모두들 이야기하는데 사실 배려보다 더 급한 것은 차별을 없애는 일이다. 배려라는 단어 자체에 차별의 의미가 내포되어 있기 때문이다.

　얼마 전 시각장애가 있는 분들의 길 안내를 돕는 내비게이션이 샌드박스를 통과했을 때의 일이다. 대한상의에서 그 사업을 설명하는 영상을 만들어 갖고 왔는데 제목을 '세상에서 가장 따뜻한 내비'라고 해왔다. 그래서 한참 설교를 해대고 '따뜻한 내비'가 아니라 '필요한 내비'로 바꾸게 했다. 따뜻한 내비라고 이름 붙인 그 시선 자체가 마음에 들지 않았다. 따뜻한 배려라고 생각하기보다 필요한데 없었으니 필요하다고 하는 것이 맞을 것 같았다. 당연히 길을 불편 없이 갈 수 있어야 하고 당연히 층을 오르내릴 수 있어야 한다고 생각하면 필요라는 단어가 어울린다. 반면 당연하지는 않으나 애써 도와준다고 생각하면 배려가 맞다.

해외 출장 중 허리가 망가진 적이 있었다. 너무 몸 가누기가 힘들어 지팡이를 샀다. 가는 곳마다 엘리베이터에 에스컬레이터인 요즘 세상에 지팡이 짚고 다니는 일이 쉽지 않을 수밖에 없겠지만, 해외에서 의외로 다니기가 그리 어렵지 않았다. 오히려 엘리베이터 앞에 설 때마다 기다리던 사람들 모두가 비켜서서 먼저 타라고 하는 통에 지팡이에 기댄 발걸음을 재촉하느라 힘들었다.

그렇게 힘들게 출장을 마치고 인천공항에 귀국을 했다. 비행기에서 내려 지팡이에 의지해서 입국장을 향해 가는데 모두들 뛰다시피 서두른다. 우리나라 사람들, 성질이 급한 건지 아니면 서두르지 않으면 손해 본다는 과거의 통념 탓인지 필요 이상으로 급한 발길을 공항에서는 늘 본다. 지팡이를 짚어가며 걷는 수고가 필요 없는 워크웨이에 올라서 한숨을 돌리다 그대로 나동그라졌다. 뒤에서 오던 사람이 나지막이 한마디 뱉으며 어깨로 밀어대는 걸 못 견뎠다.

"병신, 비켜서기라도 하지 바빠 죽겠는데……."

그 이후로 장애가 있는 사람에 대한 내 생각도 완전히 바뀌었다. 아프게 얻은 교훈이었다.

기도가 양념으로 들어가니
맛있더라

"어이, 박 부회장, 별일 없어?"

네레오 신부님이 큰 목소리로 전화를 주실 때는 조간신문에 나나 회사에 관한 기사가 나온 날이었다. 처음에는 속세의 일을 일일이 다 설명하기도 길고 그냥 성직자의 배려겠거니 하고 어색한 통화를 했다. 세월 가며 그렇게 오래 이어진 신부님과의 인연에 익숙해졌고, 시시때때로 날아오는 신부님의 그 응원 문자가 늘 감사하게 마음에 닿곤 했다.

한번은 날 공격하는 사람을 어디서 우연히 만나시고는 몇 마디 이야기를 나누셨다고 상황을 전하시다가 "히야! 그 친구 구라발이 보통이 아니야"라고, 식당에서 속세 사람들 비속어로 큰소리로 말씀을 해서 날 당황시키기도 하셨다. 그렇게 늘 내 편인 신부님이셨다.

"박 부회장, 나 피정 가야겠어. 이번 피정, 내게 좀 의미가 있는 피정이걸랑. 근데 하하. 사실 반은 놀러 가는 거야. 두산콘도 예약 좀 해주실 수 있어?"

그 여행에서 일생을 성직자로 살아오신 여정을 마무리 지으시는 것처럼, 지나온 성직 생활을 돌아보는 이야기를 유난히 많이 하셨다고 나중에 전해 들었다. 그렇게 신부님이 여행 가신 며칠 후 오후 업무가 한참 전쟁처럼 몰아치는 시간이었다. 비서가 "춘천콘도에서 급히 통화를 원합니다" 한다. 뭘까? 신부님이 뭐 필요한 것이 있으셨나? 갸우뚱하며 이어진 통화를 믿을 수가 없었다.

"부회장님…… 신부님께서…… 돌아가셨습니다."

"뭐? 그게 무슨 소리야?"

"자전거 타다 쓰러지셨는데…….'

뇌꽈리라고 하는 뇌동맥류가 파열돼서 손쓸 틈도 없이 그렇게 돌아가셨다. 황망히 구급차를 불러 쓰러지신 분을 모시고 내게 보고를 했을 때는 이미 돌아가신 후였다.

차라리 예약해드리지 말걸. 서울에 계셨으면 사셨으려나? 김수환 추기경님 산소 언덕 바로 아래 장지에 모시는 날, 그 후회에 솟는 슬픔을 참을 수가 없었다. 그리고 한동안 춘천 쪽만 향하면 가슴이 먹먹하고 힘들었다.

그때와 비교하면 지금은 신부님이 종일 내게 문자 하셔야 할 정도로 언론에 자주 오르내리는 처지가 됐다. 기사 나왔다는 보고를 받으면 가끔은 전화기를 들고 물끄러미 쳐다보곤 한다.

"하늘에도 모바일 혁명이 일어나면 네레오 신부님 문자가 다시 오지 않을까?"

추기경님들도 아버지 뵙듯 가끔씩 찾아뵙고 설이면 세배를 드리러 간다. 그분들의 한 단면이나 말씀의 일부를 놓고 전체의 맥락을 무시한 채 비난을 하는 소리를 접하면 참으로 안타깝다. 내가 가까이서 뵌 분들은 성직자로서 그만한 자리의 책임을 지고도 남을 만큼의 덕과 성심을 가지셨다. 잠깐이라도 인사를 드리러 가면 한마디라도 마음에 잣대를 삼을 말씀도 해주시고, 나는 가늠할 수 없는 큰 생각을 하시니 고개가 절로 숙여지곤 한다.

"요즘 힘들지?"

"아뇨, 괜찮습니다."

"내가 티브이에서 자주 봐. 하고 싶은 말 다 못 하고 똑같은 표정으로 있는 모습 보고 있어. 그거 보면서 박 회장 마음 편하게 해주십사고 내가 늘 기도해."

이 한마디에 그만 코가 매워져서 한동안 대답을 못 한 적도 있다. 그렇게 한마디로 나를 움직이는 힘은 다른 데서 오지 않는다. 일생을 바친 신앙과 헌신의 무게가 그 힘을 만든다.

"박 회장, 정말 더는 못하겠다 싶고 그냥 포기하고 싶을 때가 있지? 그런데 말야. 하느님은 딱 인간이 견딜 만큼의 시련을 주시는 분이야."

이어지는 말씀을 듣고 보니 참으로 맞는 말씀이었다. 내가 견딜 만큼을 넘어서면 어차피 내가 어찌 할 수 없는 일이다.

그러니 내가 감당할 수 있는 한계까지 최선을 다 하면 되는 일이다.

"박 회장, 사람이 얼마나 오래 사는지 자신이 정할 수 있어?"

"네? 당연히 아니죠. 하느님이 정하실 일 아닐까요?"

"그렇지. 그런데 사람이 사는 시간은 조금씩 차이는 있어도 대강 정해져 있잖아. 몇백 년 살 수 없는 것이니까 말야. 그런데 말이지 남을 돕는 일에 한 시간을 쓰면 그건 내게 남은 생명 중 한 시간을 남을 위해 내어주는 거야. 그러니 일을 잘하건 못하건 도움을 많이 주건 많이 못 주건 상관없이 내게 남은 생명을 내어주는 것이니 참 값진 일이야. 박 회장 같이 봉사하는 사람들 모두 그래서 참 고마운 사람들이야."

추기경님의 이 말씀을 늘 마음에 새긴다. 말씀 한마디가 참으로 간결한데 보석 같다.

고해성사를 하기 위해 양평의 수도원에 계신 친한 신부님을 가끔 찾아간다. 수도원 뒤 숲에서 나는 생명의 향기가 코 안에 가득하다. 수도원 구석의 카페에 앉아 신부님이 드르륵 드르륵 원두를 갈아 내려주시는 커피를 마시며 고백을 한다. 신부님과 그렇게 마주 앉아 고해성사를 하면 내가 마음에 가진 짐을 내려놓아 후련한 것도 있지만 신부님의 말씀과 내 반성을 주고받는 과정에서 깨달음도 얻고 적잖이 위로를 받는 일이 많다. 한 시간에 가깝게 지난 일 놓고 한참 자책을 하며 고해성사를 하고 일어서는 내게 신부님이 말씀하신다.

"지금 그때 일들이 후회스럽고 아쉬운 것은 축복으로 생각하세요. 지금은 그것들을 깨달을 만큼 성숙해지고 삶의 기준점이 올라간 것입니다. 그때는 아마도 지금보다 미숙한 그 당시의 기준에서 저지른 일일 테니까요."

'지금 아는 것들을 그때도 알았더라면 그리하지 않았을 텐데'라는 후회가 부질없다는 깨달음을 다시 한번 얻어서 돌아간다. 내 욕심이나 허영이 죄를 짓도록 했다 하더라도, 그래서 실수를 저질렀다 하더라도, 그때의 미숙한 나를 인정하는 것이 죄를 되풀이하지 않는 길이며 조금씩이나마 하느님 뜻에 더 가까이 가는 길이다.

고백이 끝나고 신부님이 기도를 한다. "교회의 직무 수행으로 몸소 이 교우에게 용서와 평화를 주소서." 용서와 평화라는 단어가 귀에 들어오는 순간 가슴이 뻐근해지며 나도 모르게 눈물이 터진다. 그렁그렁한 눈으로 신부님과 마주 보며 웃고 손수건 꺼내어 닦고 나면 참으로 뭐라 표현할 수 없게 평화롭다. 푸르른 나무 아래 환하게 웃으며 잘 가라고 손을 흔드는 신부님 모습이 내 고백에 대한 모든 용서나 마찬가지다.

신부님들을 만날 때도 기쁘지만, 수녀님들께는 어리광부리듯 대할 수 있어 좋다. 나이 드신 수녀님들은 내가 놀리고 농담을 하면 까르르 웃는 모습이 천사 같다. 버려진 아이들을 기르고 장애 있는 분들을 돌보기도 하고 끼닛거리가 없는 분들을 위해 밥을 지어드리는 수녀님들을 참 많이 만났다. 맑고 순수한 마음으로 그 고생을 소명이라 여기고 하느님만을 바라보며 살아가는 수녀님들의 삶은 멀리서 보는 것만큼 그림처럼 아름답지만은 않다. 정작 당신들은 참으로 고통스럽고 힘든 일생일지 모른다.

몇 해 전 내가 후원하는 수녀원의 원장 수녀님이 돌아가셨다. 장례식 날 수녀님 발자취를 돌아보는데 필리핀의 쓰레기 더미 속에서 아이들과 같이 찍은 사진 속에 하얀 수녀복을 입은 젊은 수녀님의 모습이 천사 같았다. 그렇게 일생을 헌신하신 분의 상여가 수녀원을 나섰다. 수녀원의 비탈길에는 정말 벚꽃이 더 이상 아름다울 수 없게 만개를 했다. 그 벚꽃의 터널 아래로 상여가 나가고 그 뒤를 수십 명의 수녀님들이 따라 내려가는 뒷모습이 아프게 마음을 후벼 팠다. 그 한 장면이 마음에서 떠나질 않는다. 그래서 나이 드신 수녀님들을 뵈면 절로 고개가 숙여진다.

수녀원에서 만든 과자며 군것질거리를 내어주시면 농담부터 한다.

"수녀원에 놀러 오기 잘했네. 수사님들 계신 수도원 가면 국물도 없는데, 수녀원 오면 이렇게 과자도 주시잖아요."

"수녀님들은 머리를 늘 감추고 있으니 흰 머리가 안 보이잖아요. 그러니 나보다 젊어 보일 수밖에."

아무 때고 밥때가 돼서 쳐들어가면 수녀님들 드시는 상에 숟가락 하나 더 놓고 얻어먹는다. 청빈의 밥상이 소박하기

이를 데 없지만 그렇게 얻어먹는 밥이 어느 음식점의 솜씨 좋은 밥보다 꿀맛이다.

집에 가면 아내가 묻는다.

"수녀원 밥, 맛있었어?"

"응, 기도가 양념으로 들어가 그런지 정말 맛있더라, 허허."

늘 가는 노인 급식소 주방에 새로 수녀님이 오셨다. 고지식한 수녀님이 내가 썰어놓은 야채를 가리키며 타박을 한다.

"회장님, 이건 너무 두꺼워요, 다시 썰어주세요."

다시 얄팍하게 썰어놓으니 이번에는 "이건 너무 얇아서 끓이면 다 풀어져 없어져요" 한다. 기껏 힘들게 썰어놓았더니, 야채 통을 뒤져 타박을 하며 전부 골라 다시 빼낼 때는 나도 심술이 났다. 그래서 한마디 퉁명스럽게 했다.

"아, 그러지 말고 어느 정도로 썰라고 미리 말해주세요."

나도 칼질은 누구한테 뒤지지 않을 정도로 자신 있어 했는데 일하는 동안 자꾸 타박을 들으니 불편할 수밖에 없었다. 그런데 시간 가며 보니 그게 아니었다.

"이러면 할아버지들이 씹기 힘들어요."

"굵어도 되지만 그러면 보기에 맛없어 보여요."

그 모두가 노인 분들께 맛있는 음식을 보기 좋고 소화시키기 좋게 만들어 드리겠다는 동기에서 하는 말씀이었다. 심술이 눈 녹듯 사라졌다. 내가 받은 자극과 내가 보이는 반응 사이에 간격을 두라는 대화 선생님의 가르침을 까맣게 잊었다가 그 순간 다시 생각이 났다. 그리고 그 간격 속에서 생각을 하니 수녀님이 왜 그러는지 동기가 보였다. 하느님께 헌신하며 사시겠다고 맹세한 분이 내가 미워 그랬을 리가 있나? 옹졸한 내 마음을 다시 바로잡고 또 하나의 배움을 얻었다.

해외 다니면서도 좋은 일 하시며 살아가는 수녀님들 참 많이 만났다. 마리아 수녀회의 300명 남짓한 수녀님들은 전 세계 여덟 개 나라에서 2만 명의 아이들을 돌보며 가르친다. 대통령 따라 멕시코에 갔다 잠시 시간을 내어 수녀님들이 운영하시는 학교에 갔다. 멕시코시티에서 한 시간 반쯤 떨어진 찰코라는 곳에 학교가 있다. 학생들은 모두 멕시코의 저소득층 자녀들이고 여학교, 남학교 두 곳에 4500명이 넘는 아이들을 먹이고 재우며 공부시킨다. 방학에는 며칠간 집에 가는데 집이라고는 하지만 한 서너 평 공간에 열 명 이상이 자기 일쑤란다. 어찌 그 면적에 그리 자냐고 물으니까 몇 명은 그물을 매달아 거기서 자니 가능하단다. 그런데 이 학교는 모두가 무료다.

서울에서 후원회장 왔다고 학교에서 공연도 보여주고 점심도 주셨다. 강당에 가득 찬 3000명의 여학생들이 한국말로 노래를 한다. "우리 인연은 우연이 아니야……" 정말 장관이고 가슴이 뭉클하다. 눈 마주칠 때마다 활짝 웃는 아이들 얼굴이 환하다 못해 빛이 반짝반짝 난다. 행복이 온 얼굴에 배어 있다. 불과 여섯 분이 그 먼 곳에 가서서 이 어마어마한 사업을 하는데 아이들을 이리도 밝고 맑게 키우신다.

참으로 이런 기적의 힘을 접하는 날에는 내가 가진 그 모든 욕망, 짜증이 한순간에 너무도 하찮고 부끄러워진다. 천사가 바로 여기에 있고 참으로 벅차게 행복하고 기쁜 날이다.

근처 다른 남미 국가에서 같은 일 하시는 수녀님이 오셔서 말씀하신다.

"매일 음식 재료 사러 장에 가야 해요. 그런데 강도가 워낙 많아서 아침마다 기도를 하고 나가요. '하느님, 오늘 데려갈 건가요?' 하고요."

그렇게 목숨 걸고 아이들을 돌보는 분 앞에서 나는 아무 말도 더 잇지 못했다.

G20 정상 회담 때 파푸아뉴기니에 가니 정말 세상에 이렇게 열악한 나라가 있을까 싶었다. 그런데 그곳에도 학교를 세우고 12년째 아이들을 가르치는 수녀님들이 아홉 분이나 계셨다. 파푸아뉴기니도 걸핏하면 살인, 강도가 발생하는 곳이다. 인사나 하고 가자고 들렀다가 넉살 좋게 "밥때 됐는데 저도 저녁 주세요" 하고 같이 식탁에 앉았다. 수녀님들이 드시려고 준비한 저녁을 보고 목이 메었다. 그냥 삶아 놓은 면발 덩이와 멀건 멸치 국물이 전부였다. 그나마 내가 밥 먹겠다고 눌러앉는 바람에 급히 냉장고에 있던 밑반찬 몇 가지를 꺼내서 그렇지 수녀님들끼리 드셨으면 분명 그 국수 한 그릇이 전부였음이 틀림없었다. 도저히 발이 떨어지질 않았다.

험한 곳 다니는 데 타시라고 SUV를 한 대 사 드리고 돌아서
는데 이제 가면 다시 여기 올 수 있을까 싶어 몇 번을 뒤돌아
보았다.

　이렇듯 나는 성직자들과 인연이 많다. 일생을 독신으로 약
자들에게 희생하며 사는 삶이 어떨지 나는 상상조차 쉽지가
않다. 신부님들도 수녀님들도 나와 같은 인간이다. 그분들도
감정이 있고 욕구가 있을 수밖에 없다. 그러니 그 모든 것들
을 삭이고 평정을 유지하며 살아간다는 일이 결코 쉽지는 않
다. 무엇보다 끊임없이 신자들의 고백을 포함한 이런저런 하
소연이나 속풀이를 다 들어준다는 일 자체가 소명을 받들지
않으면 할 수 없는 일이다. 나도 신부님과 수녀님들 대하다
보면 속세의 경험이 없으시니 사리에 맞지 않는 말씀에 답답
할 때도 있고, 나보다 한참 젊은 분을 대하면 청년기의 치기
어림이 보여 쓴웃음을 지을 때도 있다. 하지만 사랑의 마음
으로 일생을 헌신하고 기도한 분들만이 가질 수 있는 성심을
대할 때는 절로 고개가 숙여진다.

나에 대한 용서는
권리입니다

섞여서 살다 보면 갈등이 생기게 마련이다. 쉽게 사람을 미워하기도 하고 그 행동에 짜증을 내고 못마땅해하기도 한다. 나도 신앙 속에서 그러지 말아야 하는데 참 어렵다. 어쩔 수 없을 때라도 "나는 동의하지 않아"라고 차분하게 말할 수 있으면 참 좋겠다.

가까운 가족에서 시작해 생면부지의 사람에게도 의견 차이나 행동 하나로 미움이 생기곤 한다. 일상적 소재에서부터 정치적 이슈, 남북 관계, 경제, 심지어 종교 문제 등에 이르기까지 대화보다는 미움과 짜증만이 너무 많은 것 같다. 미움이 커지면 용서라는 것도 절로 따라서 커져야 하는데 그렇게 간단하지가 않다. 미움은 쉽고 용서는 어렵다. 그러니 두 마음이 매달린 저울이 기울어진 만큼 늘 고민하며 마음의 짐으로 갖고 살기 마련이다.

한 신부님이 내가 오래 씨름하던 고민을 해결해주셨다.

"용서는 의무가 아닙니다. 용서는 권리입니다. 용서하고프면 하고 하기 싫으면 하지 마세요. 그런데 용서를 하지 않으면 평화를 찾기 어려우니 그 부담은 자기 몫입니다."

지나온 시간 동안 내 마음에 남았던 미움이나 아쉬움, 서운함을 느낀 상대들을 돌아보았다. 그중에는 용서하고 평화를 느끼는 상대도 있고, 끝내 용서라는 문턱을 넘지 못해 마음의 부담을 지게 하는 상대도 있다. 심지어 용서라는 단어만 생각해도 또다시 분노가 치밀어 오를 정도로 아직 앙금이 깊게 남은 상대도 있다. 아직 용서하지 못한 이들을 용서할 용기가 내게 빨리 오기를 기도한다. 그리고 내가 누군가에게 용서가 필요한 사람이라면, 그분들 모두 나를 용서하고 평화를 얻었기를 소망한다.

늘 이런 생각을 한다. '미움은 결국 내 마음이 지불하는 비용이고, 용서는 내 마음에 쌓는 투자다.' 그런데 용서가 꼭 남을 향한 것만은 아니다. 나를 용서하는 일 역시 그에 못지않게 힘들고 중요한 일이지 싶다.

마주 앉아 한 시간에 가까운 고해성사를 하고 일어서는 내게 신부님이 말씀하신다.

"육체도 고단할 때는 기대거나 누워야 쉬어집니다. 마음도 지치고 힘들 때는 좀 기대서 쉬세요. 하느님께 기대세요. 늘 100점짜리 삶을 살겠다고 애쓰는 것은 하느님 눈으로 보면 교만일 수 있습니다. 80점짜리지만 하느님 말씀대로 살려고 노력하는 것이 옳은 길입니다. 결과보다 과정과 노력이 더 중요한 법입니다.”

일이 좀 있어 한참을 자책을 하다 보니 그게 아니다 싶다. 나 자신에게 가장 좋은 친구가 바로 나이기 때문이다. 내가 무슨 일을 잘못했다는 생각이 들 때 곁의 친구가 “넌 이런 점을 잘못했어!” “뻔히 알면서 왜 또 그랬어” “그러다 어쩌려고 그랬어” “넌 속상할 자격도 없어” 이런 말을 쉬지 않고 계속 해대면 좋을 리가 없다. 심지어 아무리 입에 쓴 약이 몸에 좋다고 해도 노상 저런 식이면 그 친구가 하는 말이 별로 도움이 될 리도 없다.

반성도 자책도 필요하긴 하지만 가끔은 내가 자신의 너그럽고 다정한 친구가 되어 나를 달래주고 위로해주는 것도 좋겠지 싶었다. 나를 용서하는 것도 남을 용서하는 것만큼 중요한 일이다.

“그만하면 최선을 다한 거야.”

“그 상황에서 어쩔 수 없는 선택이잖아.”

“고단하지? 그냥 좀 쉬어.”

“속상해? 그런 말 들으면 당연히 속상할 거야.”

“사람이 다 맘대로 되나? 알면서도 실수 또 할 수도 있지.” 이렇게 내가 나의 가장 가까운 친구가 되는 것이 내게는 꽤 괜찮은 자기 치유가 됐다. 너무도 바쁘게 살며 이것도 하고 저것도 하고 챙겨야 할 것들 빠지지 않게 다 챙기고, 누구 한 사람 나로 인해 서운하거나 모자라지 않게 신경 쓰고 배려

하고, 미래를 위한 자기 계발, 인맥 관리 등등…… 이게 사는 게 아니다 싶을 정도로 바쁘고 일들이 많은데도 뭔가 빠진 것 같고 한편으로 텅 빈 구석이 있는 것 같을 때가 있다.

가끔은 그럴 땐 다 놓아버리고 다 내려놓는다. 거울을 보며 내게 인자한 목소리로 한마디 한다.

"그래, 수고했어. 그만큼이면 잘한 거야. 네 능력에 그 정도면 잘한 거야."

언젠가 SNS에서 누군가 내게 물어본 적이 있다.

"회장님! 회장님께선 자신감이 없어지실 때가 있습니까? 있다면 어떻게 기분 전환을 하시는지요?"

길게 생각할 것도 없이 바로 답을 했다.

"최선을 다해도 안 되는 건 나의 한계 때문이고, 그게 나 자신인 것이지요. 그렇게 생각하면 편안하게 뭐든 할 수 있더군요."

내가 나를 돌아볼 때 느끼는 불만은 내가 할 수 있는 노력을 덜 했기 때문만은 아닌 것 같다. 과정이 어떻든 이만큼은 해야 한다고 나 자신이 세운 잣대에 못 미치는 결과 때문이다. 그 잣대를 잠시 뉘어놓으면 만족과 평화가 온다. 이렇게 내가 나를 용서하는 것이야말로 내 권리가 아닐까?

다음에 오늘을 되돌아보는
날이 왔을 때

미국-사우디-미국-일본의 외국 생활을 끝내고 1986년 12월에 귀국을 했다. 그 시간 동안 10.26사건, 12.12 사태, 그리고 광주민주화운동의 5월이 있었다. 1986년 말, 7년 만에 귀국한 서울은 익숙하면서도 낯설었다.

1987년 봄, 나는 을지로입구 롯데호텔 맞은편 건물에 있는 오비맥주 경리부에서 일을 했다. 곧 박종철이 가고 연이어 이한열이 세상을 떠났다. 사무실 주변은 매일이 전쟁터였다. 학생들은 어떻게든 시청 앞이나 광화문으로 모이고자 했고, 헬멧을 쓴 체포조는 곤봉을 들고 골목에서 골목으로 뒤쫓았다. 사무실에서 창으로 고개만 돌리면 그 모든 아수라장이 바로 눈에 들어왔다.

한편으로는 답답하고 분개하기도 했지만 당시 내게는 일이 전부였다. 그렇게 일에만 집중하는 것이 가장 현명한 선택이라고 의심의 여지 없이 믿었다. 서울을 떠난 그 7년의 시간 동안에 내 나라에서 일어난 많은 일들은 그냥 이미 지나간 사건들로만 기억 속에 남았었다. 광주의 일이며 후일 매체를 통해서 본 그 시대의 어처구니없는 짓거리들에 대한 진상과 이에 대한 분노는 한참의 세월이 더 지난 후에야 내 의식 속으로 파고들어 왔다.

돌아가신 김근태 형과의 만남은 권력의 부당한 폭력에 대한 분노가 내게도 가까운 일일 수 있음을 알려주었다. 그리고 그냥 습관같이 익숙한 민주주의라는 단어에 대해서도 새롭게 생각하게 해주었다. 조금 더 일찍 알았으면, 생각 없이 사는 무뇌아 같은 언행을 훨씬 줄였을 텐데…… 하며 겸연쩍었다.

그 시절 사건들을 둘러싼 일들을 접하고 나면 슬픔이나 분노 같은 감정보다는 그냥 나 자신에 대한 솔직한 인정과 회한이 남는다. 그 일들이 일어난 시간들 속에서 나는 무지했고 비겁했다. 그를 인정하는 데도 꽤 시간이 걸렸다. 이제 와서 회한과 자책이 있다 한들 뭘 어찌할 수는 없다. 이담에 오늘을 되돌아보는 날이 왔을 때, 지금 갖는 회한을 그때도 또 느끼지는 말아야 하지 않겠나? 그렇게 바르게 살아가야 한다는 생각을 할 뿐이다.

대통령 순방을 따라 외국에 가면 많은 외교 행사와 경제 행사에 참석해야 한다. 그런 자리에서 만나는 그 나라의 사람들 앞에서 당당할 수 있는 이유는 경제적 성공만은 아니다. 물론 한국 경제의 전례 없는 성장이 자랑스런 것은 당연하다. 그러나 그것만으로는 모자라다. 국가와 사회의 품격은 경제적 부만으로는 이룰 수 없기 때문이다.

정치, 사회는 물론이고 경제도 민주주의의 바탕 위에 서 있어야 진정 부강하고 선진적인 경제로 갈 수 있다. 적절한 규범에 따라 자율적으로 공정하게 운영되되, 모든 이해관계자들의 이해가 민주적이고 성숙한 방식으로 접점을 찾아 법과 제도를 구축해야 민주주의적 경제라 할 수 있다. 이렇게 보면 아직도 나부터 시작해서 갈 길이 참 먼 것도 사실이다.

타민족의 침략과 지배 그리고 이어진 독재까지 수없는 비극을 딛고 일어서 민주주의를 우리 손으로 이룬 것은 기적 이상의 자랑이다. 투표로 당선된 대한민국의 대통령은 그가 누구든 상관없이 그 존재로서 성숙한 민주주의의 상징이며 증거다. 그래서 어느 나라를 가도 대통령과 함께일 때 늘 당당할 수 있다. 정치적 견해가 조금 나와 다르더라도 대통령을 존중하고 최대한 예의로 같이하는 것은, 다수결의 민주주의 원칙에 따르는 시민으로서의 자존심 때문이다.

민주화의 길에 자신을 희생한 수많은 분들께 진심으로 고개 숙여 감사해야 하는 이유도 선진 국가의 시민으로서 자존심의 원천이 민주주의이기 때문이다.

남쪽 사람이
탔지?

"판문점 남북 정상 만찬에 가셔야겠습니다."

"당연히 만사 제쳐놓고 가야지."

판문점에서 남북 정상이 만나고 만찬으로 이어지는 일정 중 만찬에 참석하게 됐다는 소식을 전해 듣고부터 며칠간 잠을 설쳤다.

2018년 4월 27일 오후, 공식 수행원의 한 명으로 판문점 만찬에 참석하기 위해 버스에 올랐다. 버스에 오르던 순간을 기억에 떠올려보면 제일 먼저 생각나는 단어는 긴장이었다. 학교를 다니던 동안 교련 과목을 포함해 수없는 안보 교육과 군사훈련을 받으며 자란 내 세대에게는 '판문점' 자체가 긴장을 불러오는 단어였다. 판문점에 가까이 갈수록 시각적으로 보이는 외부의 풍경에도 긴장의 수위가 높아졌다.

그렇게 판문점에 도착하여 제일 먼저 떠오른 말은 "이렇게 가까운 데구나"였다. 특히 파주로 연결되는 도로가 완비

된 지금은 더욱 가까운 곳이다. 서울에서 지리적으로는 이리도 가깝고 심리적으로는 이리도 먼 장소 판문점.

남북 정상이 마당 앞 계단에 나와 선언문을 낭독하는 모습을 옆 건물 위층에서 내려다보았다. 같이 간 참석자들뿐 아니라 만찬을 위해 온 서비스 인원들, 그리고 정상회담 관련 실무자들 모두가 작은 창문에 몰려서 역사적인 장면을 보며 탄식을 했다. 나도 창틈에 머리를 디밀어 내려다보며 깊은 감회에 잠겼다. 언젠가 내가 아주 늙었을 때 판문점 사진을 꺼내보며 '그날'이라는 수식어로 추억을 할 것 같았다.

판문점 만찬장 분위기는 대체로 따뜻하고 좋았다. 편안하고 부드러운 분위기로 진행되어 그 오랜 기간의 냉전이 참 무색하다 싶었다. 양측의 문화인들이 노래도 하고 참석자들이 테이블 오가며 자유롭게 술도 권하는 분위기였다. 만찬장에서 북측 사람들도 김정은 위원장이 있지만 경직되거나 지나치게 긴장하지 않았다. 김정은 위원장 인상은 워낙 매스컴으로 많이 봐서 그런지 익숙한 모습 그대로였다. 경직되거나 고압적이지 않았고 자연스럽게 어울리는 모습이었다. 특히 김여정 부부장은 웃음을 많이 보여서 참석한 사람들에게 편안한 인상을 주었다.

서로 건배도 하고 덕담도 나누며 진행된 만찬 음식의 꽃은 옥류관 '랭면'이었다. 생각보다 면발은 약간 질긴 편이었는데 육수가 일품이었다. 소고기, 닭고기, 꿩고기로 국물을 내었다는데 고명으로 얹은 세 가지 수육도 아주 부드럽고 담백했다. 한 그릇을 후딱 국물까지 먹어치우는 모습을 옆자리의 나이 지긋한 북측 분이 보더니 "내 쟁반국수도 개 오라 할 테니 그것도 드셔보시오" 하며 비빔냉면 같은 쟁반국수를 가져오게 했다. 혼자 신나게 먹는데 장하성 실장이 부러웠는지 한 젓갈 먹자며 그릇째 가져다 빼앗아 먹어버렸다.

다들 참 좋아했고 기뻐했다. 미래를 위한 정말 큰 디딤돌을 놓았다는 생각도 들었고 한편으로는 이렇게 쉽게 되는 걸 그리 오랫동안 힘들게 지내왔나 싶기도 했다. 앞으로 경협과 교류가 가능해지는 시기가 오면 정말 국가와 민족의 미래를 위해 함께 번영하는 길을 가도록 모두가 노력해야겠다는 생각이 들었다. 그리고 그때가 올 때까지 많이 생각하고 연구하고 토론도 해서 제대로 경협을 전개할 준비를 해야 할 것 같아 마음이 바빴다.

물론 그 이후에 전개된 여러 가지 상황이 그날처럼 희망적으로만 생각할 수 없게 된 부분도 있긴 하다. 그러나 아직도 희망의 끈을 놓기 싫고 판문점의 그날과 그 후 북한을 방문한 추억을 지우기 싫은 마음도 솔직한 심경이다. 왜냐면 그만큼 남북의 평화에 대한 열망이 아직 진하게 마음속에 남아 있기 때문이다. 그날은 참석한 사람들도, 지켜보던 많은 국민들도, 평화에의 희망을 갖고 좋은 마음으로 바로 바라보았으리라 생각한다.

과거를 따지자면 할 말이 많겠지만 지금은 미래를 바라볼 때라는 생각은 지금도 변함이 없다. 그리고 대립으로 인한 비용도 이제는 없애야 하고 무엇보다 우리가 느끼지 못하는 사이에 아주 단단하게 자리 잡았던 가슴속 멍에를 들어내버려야 할 때이기도 하다. 그날 서로 손잡고 평화를 이야기하는 장면에서 자신도 모르게 눈물이 가득해지는 경험이 바로 그 멍에 때문이지 싶다. 상대가 어떻게 하는가와 상관없이 그 오랜 시간 동안 우리 가슴에 지울 수 없이 자리한 멍에는 어떤 식으로든 덜어버려야 함은 분명하다.

연이어 몇 달 후 평양에서의 남북 정상회담을 위한 방북단이 꾸려졌다. 그때까지도 4월의 판문점 만찬 때 분위기가 이어져 남북 관계에 대한 희망의 수위가 그 어느 때보다 높았다. 출국 절차를 마치고 비행기에 올라 북으로 향하는데, 곧장 가면 30분이 채 안 걸릴 항로를 두고 비행기는 서해로 나갔다 다시 북으로 들어가는 길로 날아갔다. 바다의 끝에 해안이 보이기 시작하자 심장박동이 빨라지며 무어라 형언하기 어려운 감정이 솟았다. 그렇게 오랜 세월 '그리운 산하'라거나 '한반도'라는 표현으로 상상해온 북녘의 땅은 사실 서울에서 대전 정도로 거리가 가깝다. 그런데도 그 세월 동안 만들어진 심리적 거리가 이렇게 내려다보는 첫 시선부터 생경하게 만들어놓았구나 싶었다.

그렇게 시작한 2박 3일의 방북 일정이 이어졌다. 대부분

보도를 통해 접한 소식들이니 상세한 이야기는 특히 더 보태어 말할 것이 없다. 단지 같은 언어를 쓰고 익숙한 모습의 사람들을 다른 국가의 사람으로 대한다는 것이 참으로 어색하더니, 불과 몇 시간이 지나지 않아 나 자신도 적응하는 것을 보며 역시 한민족이란 이런 것이구나 싶었다. 평양은 보도를 통해 본 대로 새로 조성한 5대 신축건물이 있는 거리를 포함해 도시 전체가 깔끔하게 정돈이 되어 있었다. 40~50층에 달하는 주상복합 건물이 줄 지어 서 있고 그 곁을 지나는 길은 대부분 8차선이 넘는 대로였다. 계획된 도시의 모습에서는 여느 나라나 다름이 없었다. 단지 기름 사정이 여의치 않아 길에는 차량을 거의 볼 수 없고, 아파트 발코니에는 대개 태양광 패널이 놓여 있는 것으로 보아 에너지 사정을 짐작할 수 있었다. "무엇보다 속이 시원하네." 서울에서처럼 교통 체증이 없고 시원하게 뻥뻥 뚫린 길들을 보고 다니니 일행 중에 이런 말들을 주고받았다.

"체중 관리도 하고 운동도 해서 몸매 관리 안 하면 남쪽 사람들 경쟁력 모자랄지 몰라요."

돌아와서 가진 식사 자리에서 여러 사람에게 농담을 많이 했다. 차량이 적으니 대부분 평양 주민들은 대중교통이나 도보 그리고 자전거로 이동을 하는 것으로 보였다. 아마 그런 운동량 덕인지 거리에서 보는 평양 시민들은 대부분 비만이 없고 허리가 곧추선 균형 잡힌 몸매였다. 여성들의 복장도 대개 타이트하게 붙는 블라우스와 스커트 차림이었다.

우리가 생각하는 것보다 시장경제가 많이 진전이 됐다고 는 하지만 시내에서 네온사인이나 화려한 간판 등은 볼 수가 없다. 배급 경제의 사회주의다 보니 그럴 수밖에 없을 거라 고 생각한다. 하지만 내가 가 본 미얀마 등의 기억을 떠올려 보면 이 역시 체제만의 문제는 아니고 에너지 사정과 무관하 지 않겠지 싶었다.

다른 일정보다 백두산에 올라 천지를 내려다본 날은 정말 잊을 수 없는 감동으로 남았다. 중국 쪽 진입로와 달리 북한 에서 올라가면 남쪽에서 올라가는 길이니 해를 등지고 올라 가게 된다. 그러니 모든 풍광이 얼비침이나 역광이 없이 또 렷이 보인다. 게다가 우리가 올라간 날은 정말 구름 한 점 없 이 맑은 날이었다. 갑자기 결정된 백두산행을 위하여 급히 새벽에 서울서 공수해온 등산복을 입고 올라갔는데 앞섶을 풀어헤쳐도 괜찮을 만큼 따뜻하고 맑은 날이었다. 관광 준비 에 상당히 공을 들이는 흔적은 곳곳에 보였다. 삼지연 공항 에서 백두산까지 가는 길도 새로 포장을 하고 있었고 백두산 정상인 장군봉 정상까지 완전히 포장이 돼 있었다. 천지 바 로 앞까지 내려가는 케이블카도 설치가 되어 있어서 힘든 등 정이 거의 필요 없게 등산로가 완비되어 있었다.

장군봉 바로 아래서 차를 내려 불과 몇 발짝만 가면 바로 천지가 내려다보인다. 그런데 첫 번째로 놀란 것은 천지를 둘러싼 봉우리들이 웬만한 산만큼 크다는 점이었다. 그냥 막연히 백두산 천지라고 해왔으니 하나의 산에 연못 하나라는 생각을 송두리째 깨버리는 광경이었다. 올라갈 때도 한없이 올라간다 싶을 정도로 오래 걸렸고 천지를 둘러싼 봉우리의 규모도 그렇고 백두산은 그냥 단순히 산이라고만 부를 수는 없는 곳이었다. 그만큼 광대하고 그만큼 웅장한 민족의 영산이라 할 만했다.

또 다른 기억에 남는 점은 북의 사람들이었다. 정치인들을 제외하고 내가 본 보통 시민들은 순박해 보였다. 직접 대화를 나눠보지는 못했지만 잠깐씩 마주할 때의 몸짓이나 탄식 등을 통해서 짐작이 갔다. 제일 기억에 남은 것은 떠나던 날의 일이었다. 새벽에 호텔을 나서는데 길거리에 시민들이 도열해서 기다리고 있었다. 새벽어둠 속에 창문이 짙게 선팅을 해서 안이 전혀 보이지 않는 버스에 올라 떠났다. 중간에 차량 진행이 밀려 길거리 코너에 차가 멈췄다. 아주 가까운 거리에 사람들이 있어 그들의 목소리가 그대로 다 들렸다.

"보여?"

"안 보여."

"남쪽 사람이 탔지?"

마침 내가 창을 열 수 있는 자리에 앉아 있어서 창을 조금 열었다. 그랬더니 바로 탄식과 함께 인사를 해왔다.

"보인다."

"어디? 그래 보인다."

"아유, 잘 가시라요."

"꼭 다시 오시라요."

입을 맞춰 자주통일을 외치던 사람들이지만 그 순간에는 시키는 구호를 외치는 사람들이 아니라 그냥 북녘의 일반 시민의 모습이었다고 생각한다. "아유, 잘 가시라요" 하는 말과 "꼭 다시 오시라요", 그 두 마디의 억양은 분명 순박한 사람들의 진심 어린 작별 인사라고 확신한다. 그 두 마디에 참 가슴이 따뜻했다.

다녀와서 평양서 갖고 온 피로가 며칠 동안 가시질 않았다. 사흘 동안 어지간히 긴장했고 흥분했었나 보다 싶기도 했고 사실 녹록한 일정은 아니었다. 다시 돌아온 서울의 조밀한 모습은 언제 떠났었나 싶게 편안했지만, 평양에 있던 며칠간은 넓게 뚫린 시야에 정돈된 디자인의 고층 주거 건물을 보며 눈이 시원했다.

티브이의 보도로 나를 본 사람들이 말했다.

"박 회장은 티브이서 보니 늘 웃으며 다니더군요. 그렇게 좋았어요?"

"원래 호기심 천국인데 그렇게 가기 힘든 평양과 백두산을 처음 가 보니 좋고, 어쨌든 남북의 평화에 기여를 하고 있다니 좋고, 게다가 먹고 자는 거 모두 공짜로 이렇게 여행을 시켜주는데 그럼 찡그리고 다닙니까?"

"하하하, 그 말 맞네요."

북핵 문제는 복잡한 문제일 수밖에 없고 어느 한둘의 의지로 쉽게 풀기에는 너무도 많은 것이 얽혀 있다. 반드시 해결되어야 할 문제이지만 정말 많은 사람들이 공감하고 노력해야 풀릴 문제라고 본다. 동시에 남북의 평화도 우리에겐 중요한 문제다. 나한테 남북의 평화에 대해 이야기하라 하면 아주 간단한 속내부터 꺼낸다.

"무엇보다 내 손자들이 청년이 됐을 때는 총 들고 휴전선에서 청춘을 보내는 일은 없어졌으면 좋겠어요."

아마 이 단순한 바람 때문에 방북의 여정 중 그렇게 웃고 다닐 수 있었던 것 같다.

처절한데
참 따듯하네

참 오랜만에 카메라를 메고 나섰다. 동대문 시장 근처는 늘 내게 할머니와 추억을 가득 돌려주는 곳이다. 나 어릴 적 동대문 시장 주변에서 배달에 쓰이는 운반구들을 사이즈 순서로 보면 지게, 리어카 그리고 '구르마'였다. 리어카에 다 싣지 못할 정도로 양이 많으면 "안 되겠는뎁쇼. 구르마 부를 깝쇼?" 하던 기억이 난다. 그 크기 때문에 시장 뒤편의 포목을 나르는 데 주로 쓰였다. 상판이 휘어질 정도로 포목 더미가 얹힌 구르마를 끌고 가던 인부들의 모습이 뇌리에 남아 있었다.

그 구르마가 설마 아직도 있을까 싶으면서도 한편으론 왠지 아직 한둘 정도는 남아 있지 싶은 예감이 들었다. 한참 뒤지고 다녔더니 역시 있었다. 효제동 뒷골목 길에 일렬로 서 있는 구르마를 만났다. 돌아가신 할머니를 만난 듯 코가 시큰하고 눈에 눈물이 어릴 정도로 반가웠다.

할머니를 다시 만나 우리 할머니 맞나 주름살 하나하나 들여다보듯, 가까이 가서 보니 역시 나 어릴 적 보던 그 구르마들이 틀림없다. 손잡이 부근의 나무가 닳고 닳아 나뭇결대로 파여 들어간 흔적이 영락없이 70~80년은 족히 된 듯싶다. 손잡이 부근이 거의 닳아 해졌고 곳곳의 나무가 닳고 휘고 쓸려서 그동안 그 구르마를 끌던 고된 노동의 흔적이 여실히 남았다. 노동으로 고된 삶을 이어갔을 사람들의 거친 손길, 터질 듯 긴장한 근육 위로 배어난 땀방울들, 때로는 부딪치고 베여 핏방울까지 스며든 자국이 그대로 보이는 듯했다. 그 상처투성이의 몸체에 철판을 대고 철근을 뚫어 아직까지 감당 못 할 무게를 나르는 구르마가 참으로 애처로웠다.

세상은 변하고 나라는 부강해졌지만 그때나 지금이나 같은 방식으로 이들을 지치게 하는 노동의 무게는 그대로이지 않을까 싶으니 발길이 떼어지질 않았다. 한참을 서서 손잡이를 만져보고 있으려니 "거기서 뭐 하쇼!" 벽력같은 고함이 등 뒤에서 터진다. 정신이 번쩍 나서 그냥 웃음으로 대답을 하며 발길을 돌렸다.

돌아와서도 구르마 생각이 떠나질 않았다. 그 상처와 모습을 보듬고 간직하고 싶었다. 그렇게 해서 '구르마 십자가 프로젝트'가 시작됐다. 그 시장 뒤편 물류단지를 뒤져서 가장 오래된 구르마 두 대를 사정사정해서 인계받았다. 그중 구르마 한 대는 영구 보존하기로 하고 다른 한 대를 해체해서 십자가를 만들기로 하고 목공예 작가인 최기 씨와 작업을 했다. 최 작가가 작업을 하며 말했다.

"정말 어려운 작업이었어요. 나무가 손을 대기가 어려울 정도로 상처가 많은 데다가 그 상처를 건드리는 것 자체가 원형을 훼손할 것 같아 조심스러웠어요."

구르마를 찾았을 때의 충격적인 모습, 해체한 구르마에서 나온 나무판의 찢기고 잘린 상처들, 그리고 거기서 생생히 보이는 노동과 고통의 흔적들…….

완성된 십자가를 처음 대했을 때 나도 모르게 입속에서 하느님을 찾았다. 그토록 처절한 모습이 그렇게 따뜻하게 느껴질 수가 없었다. 인간의 한계를 뛰어넘는 고통의 상징이며 우리가 늘 신앙과 존경으로 우러러보는 십자가, 그 십자가가 사랑으로 어루만지고 위로하듯 서 있었다. 나도 모르게 한마디가 나왔다.

"처절한데 참 따뜻하네."

구르마를 찾고 십자가 프로젝트 기획을 해서 작업을 끝내는 데까지 꼬박 2년이 걸렸다. 2년 후 열 개의 십자가가 만들어졌고 명동성당 지하 갤러리에서 전시를 했다. 그 후 요청이 많아 1년 후에 앙코르 전시를 했다. 소식을 접한 대통령이 이 이야기를 감동이라고 SNS에 올렸다. 조용히 십자가로 부활시켜 노동과 고통의 흔적을 위로하자던 생각이 할 수 없이 이렇게 모두에게 알려지게 되었다.

그렇게 만들어진 십자가 가운데 가장 큰 것은 우리 교회의 어른이신 추기경께 드렸다. 그리고 나라를 이끌어가는 대통령, 그리고 교황님께 각각 고통의 흔적이 가장 많이 남은 십자가들로 골라 하나씩 보내드렸다.

몇 달 후 연락을 받았다. 교황께서 참으로 기뻐하시며 십자가를 받으셨고 십자가를 만든 나와 가족을 위해 기도하시겠다는 말씀을 전달받았다. 칭찬받자고 한 일은 전혀 아니었는데 그렇게 분에 넘치는 말씀들을 들었으니 이 역시 하느님께서 나를 통해 이루신 일이라 생각한다. 원형 구르마 한 대와 십자가는 온양민속박물관에 기증하여 전시되어 있다.

자유롭지 않아도
자유롭다

뜨거운 해안가 오두막을 빌려 1년만 살고 왔음 좋겠다. 그냥 깔끔하고 소박한 밥집만 하나 있으면 어디든 괜찮지 싶다. 밤에는 별이 쏟아지듯 선명하고 낮엔 뜨거운 태양, 그리고 시원한 바닷바람이 있는 평화로운 해변이면 좋겠다. 그렇게 1년을 살며 나를 깡그리 잊고 돌아와 또 새로 다시 살아보면 어떨까?

뭐가 필요할까 꼽아보니 뭐 많지도 않다. 반바지와 티셔츠 몇 장, 슬리퍼, 챙 넓은 모자, 카메라, 손에 익은 요리 칼, 낡은 접시 몇 개, 팬과 냄비 정도면 되지 싶다.

하모니카나 하나 들고 가서 1년 동안 열심히 배워 올까?

조용한 시간이 오면 갈증처럼 아쉬움이 몰려온다. 그 갈증은 마음대로 훌쩍 떠나서 발길 닿는 대로 돌아다니는 자유를 향한 목마름이다. 늘 모자라는 시간 탓에 그 목마름이 더 짙어지는 것일까?

자유로운 영혼을 갖고 사는 것은 자유롭지 않아도 자유롭다. 적어도 나를 돌아보면 그랬다. 몸도 불편한 데가 많고 이런저런 일의 책임 때문에 늘 시간이 모자라서 아쉽고 안타까웠다. 그래도 상상 속에서 자유로웠고, 생각의 한계를 규정짓는 담벼락을 무던히도 미워했다. 상상이 많고 생각의 한계를 거부하면 몸이 갇혀 있어도 생각만으로 자유로워지는 것일까.

　늘 나는 더 자유롭고 싶다고 푸념을 했지만 생각 속에서 나만큼 자유로운 사람이 그다지 많지 않음을 알게 됐다. 실체적 속박도 많지만 관념적 속박이 그만큼 많은 것이 우리 사회다. 살아가면서 삶은 변한다. 더 진보하기도 하고 더 후퇴하기도 한다. 그럴 때마다 자기 자리에 어울리는 생각과 어울리는 언행이 주어진다. 그런 것들이 주어질 때 거기서 벗어나면 주책이라고 지적받거나 주변 사람들이 불편해할까 신경을 쓰게 된다. 모두가 그렇게 살고 있으니까 그렇게 주어지는 한계를 당연한 것으로 받아들이고 만다. 하지만 지나고 보면 그 모든 한계의 벽들이 내 관념 속에 세워진 벽들일 뿐이다.

　나도 당연히 그 벽들을 인식하고 그 테두리 안에서 기대에 맞게 사는 것이 성숙한 삶이라 생각한 적이 있었다. 그런데 조금씩 벗어나 보아도 하늘은 무너지지 않았고 나를 왕따로 만들지도 않았다. 괜찮다 싶으니 갈수록 나 생겨먹은 대로 생각의 자유는 날개를 폈다. 아직 그 모든 생각 속의 자유를 다 실행으로 옮겨보지는 못했다. 아니 모두 실행에 옮겨

볼 용기까지를 갖지 못했다.

그래도 타고나길 자유로운 영혼답게 적당히 철이 덜 든 상태로 생각하고 살아가는 것이 마침내 내게 참으로 많은 생각과 삶의 자유를 주었다. 그래도 모자라는 날은 종일 상상을 하며 그 속에서 하루를 산다. 그 상상 속의 자유로운 여행길에 발바닥이 부풀어 터질 듯하고 목이 말라 갈라지기 시작할 때 시골 다방이 하나 눈앞에 나타나듯, 익숙한 현실로 돌아오며 안도감을 느낀다.

내가 책을 쓴다고 하니 대부분 표지 한가운데 내 얼굴이 크게 들어가거나 탄생부터 오늘까지의 일을 기록한 자서전이라고 짐작들을 했다. 심지어 어느 출판사에서는 내가 청하지도 않는데 찾아와서 "그냥 서너 시간 시간만 내주시고 말씀만 해주시면 저희가 다 써서 책 만들어 드리겠습니다" 했다. 그래서 내가 "저는 그런 책에 관심이 없고 내 머리에서 나오는 글을 누가 대신 쓸 수 있을까요?" 하고 일언지하에 거절했다. 그러다 마음산책의 정은숙 대표를 만났다. 정 대표와 만나 첫날 거의 첫 번째로 한 이야기가 나는 그런 책에 관심이 없다는 것이었다. 내가 문학 작가는 아니니 어차피 글의 대부분이 내가 겪은 일에서부터 출발할 수밖에 없었다. 하지만 내가 글쟁이로서 자유롭게 내 맘대로 풀어내는 글이어야만 한다는 생각을 존중해주고 이래라저래라 하지도 않았고 채근하지도 않아줘서 참 감사했다. 그래서 이 책이 나올 수 있었다.